Molli Morgan
Vom Glück, auf Bäume zu flattern

Molli fristet ein schrecklich eintöniges Leben in einem Massenstall. Tageslicht hat sie noch nie gesehen, frische Luft nie geatmet. Als ihre einzige Freundin Bertha stirbt, hat sie nichts mehr zu verlieren – Molli wagt die Flucht!
Ein abenteuerliches neues Leben beginnt. Sie kommt bei den Schlager liebenden Otterpohls unter, einem älteren Ehepaar, das privat Hühner hält. Hier lernt Molli nicht nur bemerkenswerte Hühnerpersönlichkeiten kennen, sondern darf auch erleben, was ihr bislang verwehrt war: scharren, sandbaden und Eier ausbrüten, durch Maisfelder stolzieren und auf Bäume flattern. Dabei gilt es natürlich, sowohl die Hackordnung als auch den Hahn Roland Kaiser zu berücksichtigen.
Molli genießt ihre neue Welt, möchte sich aber auch gegen das Unrecht einsetzen, das ihr früher widerfahren ist. Sie fordert mehr – und hat eine grandiose Idee.

Molli Morgan, ihres Zeichens Autorin und Hybrid-Hochleistungshuhn mit braunem Federkleid, entkommt aus einem Massenstall. Sie findet ihr erstes richtiges Zuhause bei privaten Hühnerhaltern und kostet dort ihr neues Leben aus.

Hinter Molli steht die preisgekrönte Autorin Que Du Luu:

Que Du Luu wurde 1973 in Saigon/Südvietnam geboren. Nach Kriegsende floh sie mit ihrer Familie über Umwege nach Deutschland. Sie studierte Germanistik und Philosophie.

Molli Morgan

Vom Glück, auf Bäume zu flattern

Ein Huhn entdeckt die Welt

Roman

dtv

Im Text wurde zitiert aus:

MIX
Papier aus verantwortungsvollen Quellen
FSC® C019821

3. Auflage 2024
Originalausgabe

Umschlaggestaltung: Lisa Höfner | buxdesign, München
Umschlagmotive: shutterstock.com
Satz: Uhl + Massopust, Aalen
Gesetzt aus der Adobe Caslon Pro
Druck und Bindung: Druckerei C. H.Beck, Nördlingen
Printed in Germany · ISBN 978-3-423-22034-7

Prolog
Omne vivum ex ovo: Alles Leben entsteht aus einem Ei

Zuerst war das Bankivahuhn, das Ur-Huhn aller Haushühner.

Aber auch das Ei war zuerst, denn das Ei stand am Anfang des Begehrens und nicht der Apfel.

Die Ur-Eier waren schon zugleich mit dem Huhn da: Das Huhn kommt bereits mit Tausenden Eizellen auf die Welt. Die Eier entwickeln sich im Huhn nur noch weiter. Aus dem Eierstock gleitet ein gereifter Dotter in den Eileitertrichter. Der Dotter bewegt sich nach unten, wird mit Eiklar umhüllt, dann kommen die beiden Hagelschnüre und die Eihäute hinzu. Zum Schluss wird Kalk auf das schalenlose Ei gespritzt, während es sich dreht.

Der Durchlauf im Ovidukt dauert fast einen ganzen Tag, bevor das Ei schließlich herausgedrückt wird, umhüllt von einer glänzenden Schicht, die vor Bakterien schützt, aber nicht vor dem Menschen. Wie andere Tiere gierte der Mensch nach den Eiern und raubte sie, denn in der freien Natur ist ein Ei ein nahrhafter Meteorit.

Ein Ei ist nicht Fisch, nicht Fleisch, es ist ein Ei.

Robust und zerbrechlich, schlicht und schön. Ein Ei läuft nicht weg. Es wird nicht erlegt. Stumm und wehrlos lässt es sich verschlingen.

Ein Ei ist vollkommen und genügt sich selbst. Es besitzt alles, was eine Eizelle braucht, um sich nach der Befruchtung in ein quicklebendiges Küken zu verwandeln: Proteine, Fette, Vitamine, Folsäure, Kalium, Magnesium, Eisen, Wasser.

Die Menschen stopften sich die Eier rein, und in die leeren Eier stopften sie wiederum die großen Fragen des Lebens. Hier fanden sie die Antworten.

Das Ei ist der Anfang. Brahma schlüpfte aus einem Ei und erschuf die Welt. (Dass Shiva, der Zerstörer, bei den Menschen beliebter ist als Brahma, der alles erschaffen hat, lässt tief blicken.) Anderen Erzählungen zufolge entsprang die Welt sofort einem Ei. Das Eiklar wurde zum Himmel, das Eigelb zur Erde.

Das Ei wurde vergöttert und angebetet. Es stand für Glück, Wohlergehen, Fruchtbarkeit und Auferstehung. So führte das Ei zum Untergang des Gallus gallus domesticus. Das Haushuhn verschwand nicht wirklich, es gab sogar immer mehr Hühner. Es verschwand nur aus den Augen. Zusammengepfercht in riesige Ställe, pressten ausgemergelte Hühner immer mehr Eier durch ihre Kloake.

Die Menschen dachten immer weniger an das Huhn, für das es kein Glück und kein Wohlergehen mehr gab. Die Eier waren jetzt unbesamt und nicht mehr fruchtbar. Sie waren nur noch Ei-Attrappen. Ovale Proteinkugeln, produziert zur Abfütterung der Menschheit. Sie entwickelten sich nicht zu quirligem Leben, sondern nach einiger Zeit zu Stinke-Eiern, mit denen man seine Gegner bewirft.

Die Menschen halten sich für die Krone der Schöpfung, für die Klügsten aller Klugen. Aber warum fehlt ihnen dann jeder Hauch von Logik? Selbst das dümmste Huhn weiß:

Man muss Hühner in Ehren halten.

Denn das Huhn stand am Anfang: Es legte das Ei, aus dem die Welt entsprang.

Bathilda Brahma

Prolog 2

Das dämliche Lied

In Stall 2 war es immerhin besser als in einem nordkoreanischen Arbeitslager. Ich hatte genug zu essen und war nicht von Denunzianten umgeben. (Natürlich wurde mir erst später klar, dass es Nordkorea und dass es Denunzianten gab.)

Heute habe ich Angst vor dem Habicht und dem Fuchs, aber Freiheit muss man immer mit Gefahren bezahlen, sagt Bathilda. Viel schlimmer ist es, dieses Lied zu hören, in dem der Sänger sich wünscht, ein Huhn zu sein: Man habe nicht viel zu tun, man würde nur täglich ein Ei legen, man müsse nicht mehr ins Büro, wäre dämlich, aber froh und so weiter.

- *nicht viel zu tun:* Der bekloppte Sänger sollte mal selbst schwanger werden und jeden Tag ein Kind herausdrücken, dann wüsste er, dass man ausgesprochen VIEL damit *zu tun* hat, täglich ein Ei zu legen. Ich würde lieber ins Büro gehen!
- *dämlich:* So, wie das Wort *Abschaum* Menschen entmenschlicht, werden wir durch das Wort *dämlich* enthuhnigt. Man will in uns nur dummes Geflügel sehen.
- *froh:* Ja, das stimmt. Wir können froh sein. Wir können ebenso mutig sein, empört und stolz sein (zum Beispiel wenn unsere frisch geschlüpften Küken zum ersten Mal über die Wiese laufen). Und wir können glücklich sein – so, wie Menschen es auch sind.

Molli Morgan

Prolog 3

Vogelfrei

Als Iniki, der schlimmste je aufgezeichnete Hurrikan, über Hawaii hinwegfegte, hatte es ihm Kauai, die älteste der Inseln, besonders angetan. Hier tobte er sich richtig aus. Er zerpflückte Häuser und Hühnerställe, denn er machte keinen Unterschied zwischen Menschen und Hühnern. Vor ihm waren alle gleich. Tausende Menschen verloren ihr Zuhause und Tausende Hühner ihre Behausung.

Kurz vor dem Sturm waren die Hühner nicht wie die Menschen evakuiert worden, sie galten wohl als nicht wertvoll genug. Sie wurden eingeschlossen und sich selbst überlassen. So saßen sie ängstlich in den Ställen und hörten es überall um sich herum krachen. Die dünnen Blechdächer wurden angehoben und weggerissen. Die Hühner blickten hoch zu dem dunklen, tobenden Himmel über sich. Iniki griff mit seinen riesigen luftigen Händen die Hühner, hob sie hoch, sah sie an, sah, dass sie gut waren, und pustete sie fort in den Wald.

Nach dem Sturm jammerten die obdachlos gewordenen Menschen und bauten ihre Häuser mühselig wieder auf. Die vogelfreien Hühner gackerten und verlustierten sich mit den Wildhühnern. Sie wurden fruchtbar und vermehrten sich.

Im Mittelalter bekamen vogelfreie Menschen keine Behausung. Und sie bekamen auch keine Bestattung. Wenn sie starben, wurden sie einfach den Tieren zum Fraß überlassen.

Vogelfrei zu sein, war eine ganz schlimme Bestrafung für die Menschen. Aber für die Hühner auf Kauai? Sie vermissten ihre stickigen Ställe nicht. Nun scharrten sie tagsüber im saftigen Boden, ließen sich die frische Luft um den Schnabel wehen, und nachts saßen sie auf Ästen und spielten Bäumchen wechsle dich. Die rauen Äste fühlten sich unter den Füßen angenehmer an als die verschmutzten eckigen Stangen im Stall, deren Kanten sich in den Ballen drückten. Und wenn die Hühner starben – wer bestattete schon ein Huhn? Feuerbestattung? Seebestattung? Man hätte die Hühner auch nicht bestattet, wenn sie im Stall tot umgefallen wären. Man hätte sie in den Kochtopf geschmissen. *So what?* Ob nun von Menschen oder von wilden Tieren verspeist zu werden, wenn man tot war – das interessiert doch kein Huhn!

Betty Blume

Stall 2

Jemand musste gegen meinen Kopf gepickt haben, denn mich durchfuhr ein starker Schmerz. Ich öffnete die Augen und sah neben mir zwei Beine. Mein Blick glitt weiter nach oben. Natürlich war es nicht Bertha, es war eine von den Hennen, die noch fast voll befiedert waren und sich für etwas Besseres hielten. Dabei war das hier gar nicht ihr Schlafplatz, und ich kannte sie auch nicht.

Die Henne fixierte mich weiter mit stechendem Blick. Wir starrten uns regungslos an. Auf einmal senkte sie den Kopf, um mich wieder zu picken. Ich schnellte vor und hackte ihr in den Fuß. Sie sprang auf und flatterte von der Ebene hinunter. Ich hatte mich hochgedrückt und gackerte ihr noch lange nach, so aufgeregt war ich!

Es dauerte, bis mein Herz nicht mehr so schnell klopfte. Der Platz neben mir war leer, und da kam mir Bertha in den Sinn. Ich streckte mein rechtes Bein und den rechten Flügel nach hinten, dann mein linkes Bein und den linken Flügel. Schließlich sah ich mich nach allen Seiten um. Hühner, Hühner, Hühner – und alle sahen gleich aus: braun. Nur hatten manche weniger Federn. Und je weniger Federn man hatte, desto öfter hackten die anderen auf einem herum. Manche Kämme waren zu lang. Sie hingen zu einer Seite herunter und bedeckten das Auge. Bertha konnte ich nirgends entdecken. Warum hatte sie nicht auf mich gewartet?

Da hinten kam gerade der Einsammler durch die Tür. Entweder war er heute früh dran, oder ich hatte viel länger geschlafen als sonst.

Der Einsammler ging langsam durch den Gang und schaute nach links und nach rechts. Manche Tote entdeckte er erst später, wenn sie schon nicht mehr wie richtige Hühner aussahen. Die Toten auf der höchsten Ebene und diejenigen, die weiter hinten lagen, fand er überhaupt nicht. Er nahm aber nicht nur die toten, sondern auch die halb toten Hühner mit, die nur still dalagen.

Ich lief die Rampe hoch und flatterte dann auf die höchste Ebene zu den Ablagekabinen. Von hier aus beobachtete ich ihn weiter. Diesmal war es der Kleinere. Die Hühner stoben vor ihm weg. Noch hatte er keine Toten gefunden. Er sah sich genauer um. Seine Stirn legte sich in Falten.

Jetzt beugte er sich in eine Ebene gegenüber und musterte ein Huhn. Es sah ganz normal aus, nur waren seine Augen geschlossen. Ich hatte auch noch nie ein totes Huhn mit offenen Augen gesehen. Wenn das Leben zu Ende ging, schienen wir uns von der Welt abzugrenzen, indem wir die Augen schlossen. Ich beugte mich vor. Aber von hier aus konnte ich nicht erkennen, ob es Bertha war. Ich flatterte rüber und landete direkt neben der Toten. In dem Moment wurde das Huhn aber schon an mir vorbeigezogen. Der Mann drehte sich um und warf den Körper in den Eimer. Ich ging ein Stück vor und blickte hinunter. Das Huhn war auf der Seite gelandet. Sein Gefieder war zwar ausgedünnt, aber es war auf der rechten Seite nicht ganz so federlos wie Bertha. Der Mann ging weiter, und ich zwängte mich an den anderen vorbei und lief ihm hinterher.

Es dauerte lange, bis er durch war. Bei jedem Körper hatte ich Bertha aber ausschließen können. Der Mann kehrte um, ging durch die große Tür, weiter durch den Vorraum (man konnte den Raum sehen, weil er nur durch ein Gitter abgetrennt war) und verschwand durch eine weitere Tür. Ich war ziemlich geschafft, aber auch froh: Bertha musste noch hier sein.

Bei den Wasserspendern fand ich einen freien Platz. Ich streckte meinen Kopf nach oben und drückte meinen Schnabel gegen den kalten Metallstift. Als es tröpfelte und das Wasser mir den Hals hinunterrann, kam mir auf einmal in den Sinn, dass die schwachen Hühner, die nicht mehr aufrecht stehen konnten, gar nicht mehr an das Wasser herankamen. Auch die Hühner, die nicht mehr auf eine andere Ebene – da pickte mir jemand in die Seite.

Ich drehte mich um. War es das Huhn von vorhin? Meine Halsfedern plusterten sich auf. Das streitlustige Huhn ließ sich davon nicht beeindrucken. Es sprang mich an, riss den Schnabel auf und versuchte, mich am Nacken zu packen. Vorhin hatte ich gemerkt, dass in die Füße zu picken erfolgreich war, also versuchte ich es noch einmal. Doch kaum hatte ich mich hinuntergebeugt, trat mir das Huhn von oben auf den Kopf. Meine Schnabelspitze knallte auf den Boden. Was für ein Schmerz! Ich sah nur noch schwarze Punkte, riss mich aber zusammen und pickte blind auf die Beine des Huhns ein. Einmal hatte ich wohl auch getroffen, denn ich hörte ein lautes Gackern. Allmählich lichteten sich die Punkte, und ich stellte fest, dass das Huhn sich verzogen hatte.

Neben mir tauchte ein anderes Huhn auf, und ich wollte Bertha gerade fragen, wo sie denn gewesen sei, als ich erkannte, dass dieses Huhn ganz anders aussah. Es nickte anerkennend und gackerte: »Recht so. Der hast du's aber gegeben.« Dann watschelte es gemächlich davon.

Ich sah dem Huhn noch lange hinterher. Zwar war ich immer noch benebelt, aber die anerkennenden Worte bauten mich auf. Ich ging durch die Ebene und rannte die Rampe hoch bis nach ganz oben.

Die Einzelkabinen reihten sich endlos aneinander. Vor jeder Kabine hingen zwei dicke grüne Matten als Vorhänge. Ich steckte meinen Kopf hindurch. Die Kabine war leer, und ich ging hinein. Es fühlte sich jedes Mal komisch an, wie diese glatten Gummimatten dabei an mir entlangstrichen.

Der Boden war hier etwas weicher und leicht schräg. Hinten reichten große Metallzacken fast bis zum Boden, ein Ei passte aber noch darunter hindurch.

Ich drehte mich mit dem Rücken zu den Zacken, stellte mich breitbeinig hin und presste. Das Ei hatte mir schon die ganze Zeit schwer im Unterbauch gelegen. Die Eispitze war jetzt schon an der Luft. Ich ging in die Hocke, atmete tief ein und presste noch stärker. Endlich flutschte das Ei aus meiner Kloake raus und rollte weg.

Erleichtert legte ich mich hin und schlummerte fast ein. Bertha!, schoss es mir auf einmal wieder durch den Kopf. Ich erhob mich und verließ die Kabine.

Vor einigen Kabinen standen Hühner und verkündeten ihre geglückte Ei-Ablage. Das animierte andere Hühner zum Mitgackern. Ich sah in die Nachbarkabine. Dort saß ein Huhn und gackerte mich wütend an, dass ich es in Ruhe lassen solle. Schnell zog ich meinen Kopf wieder heraus und ging weiter. In die nächste Kabine schaute ich jetzt etwas vorsichtiger. Sie war leer. Es wiederholte sich: leer, ein wütendes Huhn, ein Huhn, das gerade presste und mich nicht bemerkte, leer, ein Huhn, das gerade ein Ei gelegt hatte.

In einer Kabine entdeckte ich ein schlafendes Huhn. Ich zog meinen Kopf wieder heraus und war schon auf dem Weg zur nächsten Kabine, als ich stehen blieb und umdrehte. Dieses Huhn wollte ich mir doch noch mal genauer ansehen. Ich drückte mich durch die Vorhänge und ging hinein. Es war eng, fast berührte ich das Huhn. Die Augen waren geschlossen, der

Körper hob und senkte sich nicht. Nein, das war nicht Bertha. Ich wollte aber sichergehen und streckte meinen Hals an dem Körper vorbei. An der rechten Seite war das Huhn ziemlich kahl. Mir entfuhr ein entsetztes Gackern. Ich trat einen Schritt zurück und starrte weiter auf das schlaffe Huhn. War es etwa doch Bertha? Ein Gesicht sah mit geschlossenen Augen ganz anders aus. Zur Sicherheit hackte ich dem Huhn gegen den Kopf, aber es rührte sich nicht.

Ich gackerte, obwohl mir klar war, dass das Huhn mich nicht mehr hören konnte: »Hey, wach auf!« Und nach einer Weile gackerte ich: »Hey, steh schon endlich auf! Ich will ein Ei legen!« Nichts geschah, und schließlich verließ ich den Raum wieder. Ich hoffte, dass sich in der Kabine etwas veränderte, wenn Zeit vergangen war. Aber als ich den Raum wieder betrat, hatte sich nichts verändert. Ich streckte meinen Kopf vor, sah auf den Rücken, schaute dann weiter zu dem Schwanzgefieder, das kaum mehr vorhanden war.

Ich biss das Huhn in die Ohrscheibe und zog, aber es blieb regungslos. Es lebte wirklich nicht mehr. Welches Huhn würde sich denn schon fast die Ohrscheibe abreißen lassen, ohne einmal aufzugackern?

Alles um mich herum wirkte gedämpft, als hätte man mir etwas in die Ohren gestopft. Nicht nur in die Ohren, sondern als hätte man *alles* um mich herum vollgestopft. Als wäre kein Raum mehr vorhanden – und auch keine Zeit.

Jemand zog an meinen Schwanzfedern, die unter dem Vorhang bis in den Gang ragten. Wie immer, wenn an diesen Federn gerissen wurde, durchzog der Schmerz meinen ganzen Rücken. Ich presste den Schnabel zusammen. Die erste Schwanzfeder war ausgerupft. Die Feder gehörte nicht mehr zu mir. Da schien jemand Gefallen am Rupfen gefunden zu haben, denn nun ging es mit einer anderen Schwanzfeder weiter. Der Schmerz wurde fast unerträglich, aber ich verhielt mich ruhig. Ich wollte den Schmerz spüren, er brachte mich wieder zurück in die normale Welt.

Irgendwann wurde es mir dann doch zu viel. Nicht zu viel Schmerz, aber zu viel Gehässigkeit. Ich war schließlich noch nicht tot. Man konnte nicht alles mit mir machen! Ich sprang auf, drehte mich um und schnellte durch die Matten. Eine Henne sah mich entsetzt an. Ich pickte ihr fast ins Auge. Sie konnte sich gerade noch wegdrehen und flatterte nach unten. Dort verfolgte ich sie weiter. Ich sprang ihr auf den Rücken und biss ihr in den Nacken. Sie drehte sich um, und wir kämpften flügelschlagend und mit offenen Schnäbeln. Ich flatterte hoch und trat sie. Sie kippte um, stand wieder auf und rannte weg. Ich wollte sie nicht entkommen lassen, aber das Gedränge war zu groß. Ich verlor sie.

Neben mir war ein Metallpfeiler und nicht Bertha. Ich gehörte nun zu denjenigen, die niemanden hatten.

In der dunklen Phase konnte man die anderen Hühner nicht so gut erkennen. Auf allen Ebenen waren sie dicht gedrängt. Man konnte mit Tausenden zusammengepfercht und trotzdem allein sein. Allein. Niemand von ihnen scherte sich um mich. Keiner würde mich vermissen und nach mir suchen. Keiner würde mich aufmunternd anstupsen. Ich würde schlafen, aufwachen, trinken, essen, ein Ei legen, mich verteidigen, schlafen, aufwachen. Was sollte ich tun? Für mich konnte ich nichts tun, aber für Bertha. Ich musste sie aus der Kabine zerren, bevor der Einsammler kam, denn da suchte keiner nach toten Hühnern.

Bertha wollte mit mir zu den Ablagekabinen gehen. Ich konnte mich aber nicht rühren. So stark ich mich auch bemühte, aufzustehen – es ging nicht, und sie taperte ohne mich davon. Ich rief ihr hinterher, sie solle warten, aber sie hörte mich nicht mehr. Das laute Gegackere der anderen übertönte meine Rufe. Als sie nicht mehr zu sehen war, durchspülte mich die Verzweiflung. Das kann doch alles gar nicht sein, dachte ich, das träumst du doch nur. Du musst aufwachen, wach auf! Und als ich dann wirklich aufwachte, war der Traum vorüber, aber alles blieb wahr.

Überall lagen schlafende Hühner, schemenhaft, schablonenhaft. Im Schlaf sahen sie so unschuldig aus, nicht wie zänkische Furien. Wollte nicht jeder in Frieden leben? Niemand wollte ständig gepickt werden. Warum taten Hühner das also einander an?

Ich drückte mich von der Stange hoch, sprang auf die Ebene und lief an den vielen Körpern vorbei, die da zusammengesackt lagen und atmeten. Manche schnauften, manche schnarchten. Vielleicht träumten sie von einer Vertrauten.

Auf dem Gang vor den Kabinen lagen sie ebenfalls dicht aufgereiht. Viele schliefen am liebsten auf der obersten Ebene. Einige stieß ich aus Versehen an. Sie öffneten ihre Augen, starrten kurz vor sich hin und sackten gleich wieder in den Schlaf.

Ich wusste nicht mehr so genau, wo das tote Huhn lag, von dem ich hoffte, dass es nicht Bertha war. In der dunklen Phase konnte man noch weniger sehen. Wenn ich durch die Gummimatten hindurchlugte, erkannte ich nur, dass da ein Huhn lag. Aber was sollte da auch sonst liegen? Dann kam mir die Idee, zu prüfen, ob es atmete oder nicht.

In einer Kabine bewegte sich nichts. Es war ganz sicher das tote Huhn. Ich ging hinein, setzte mich und schlief ein.

Als ich aufwachte, lag sie noch genauso da. Ihr toter Körper zeigte mir, was ich verloren hatte: alles.

Ich stand auf, beugte mich vor und griff sie am Nacken. Sie roch nun ganz anders, nicht nach Bertha. Es war seltsam, sie in meinem Schnabel zu spüren. Stück für Stück ging ich rückwärts, an meinen Schwanzfedern spürte ich die Gummimatten. Ich zerrte weiter und war schon durch den Vorhang. Bertha befand sich zum größten Teil noch dahinter. Kurz hielt ich inne. Schließlich gab ich mir einen Ruck und zog sie heraus.

Ich ließ von ihrem Nacken ab, lief hinter sie, drückte meinen Kopf an ihren Hintern und schob sie nach vorn. Beim Schieben spürte ich etwas Hartes. Es war ein Ei, das noch in ihrem Legedarm steckte. Ich richtete mich auf und sah woandershin. Bertha war an Legenot gestorben. Stundenlange Krämpfe, ständiges Pressen, und das Ei war trotzdem nicht herausgekommen.

Denk nicht daran!, sagte ich mir. Tu, was zu tun ist! Ich beugte mich wieder hinunter, schloss die Augen und drückte meinen Kopf gegen eine Stelle neben ihrer Kloake. Ich schob sie immer weiter, bis ihr Körper über den Rand glitt und ich keinen Widerstand mehr spürte. Dann streckte ich meinen Hals vor und sah ihr nach. Sie fiel an allen Ebenen vorbei. Aufgeschreckte Hühner flatterten hoch, als ihr Körper aufschlug. Staub wirbelte auf, eine Zeit lang war die Sicht getrübt.

Da lag sie nun. Sie war so gefallen, dass ihre kahle rechte Seite oben lag. Als wollte sie mir den allerletzten Zweifel nehmen. Ich flatterte nach unten. Durch den Sturz hatte sich ihr Schnabel etwas geöffnet. Der offene Schnabel war besonders schlimm für mich. Als ich so reglos vor ihr stand und sie ansah, hätte ich am liebsten hilflos gepiepst wie ein Küken.

Eben noch war Platz gewesen, weil die Hühner auseinandergestoben waren. Jetzt aber kamen sie wieder und schauten neugierig, als hätten sie noch nie ein totes Huhn gesehen. Seltsamerweise hatte ich mir nie Gedanken über die Toten gemacht. Sie lagen einfach da, wurden angepickt, und wenn sie sich an gut einsehbaren Stellen befanden, wurden sie eingesammelt. Dann lagen irgendwann wieder andere tote Hühner herum. Es war mir nie in den Sinn gekommen, dass diese Hühner zu jemandem gehört hatten und dass dieser Jemand jetzt allein war. Ich hatte nicht gewusst, dass Hühner anderen Hühnern etwas bedeuteten. Für mich war es normal gewesen, dass Bertha da gewesen war. Ich hatte nicht gewusst, dass sie mir etwas bedeutet hatte.

Ein Huhn beugte sich hinunter und pickte ihr testend in den Nacken. Ich sprang hoch und stieß das Huhn zurück. Verdattert rannte es weg und rempelte dabei andere Hühner an, die jetzt verärgert gackerten. Ich war voller Wut. Wut füllte einen doch viel besser aus als Verlassenheit. Wut konnte man wieder rauslassen. Gegen Verlassenheit hingegen konnte man nichts tun. Sie drang immer tiefer ein bis in die Eingeweide.

Ich sah in die Gesichter der Schaulustigen und lief drohend auf ein Huhn zu, das zu nah an Bertha stand, aber es wich zurück und gab mir zu verstehen, dass es keinen Streit wollte. War noch jemand auf Ärger aus? Manche Hühner starrten weiter von den Ebenen herunter. Andere hatten sich schon wieder abgewendet. Sie putzten sich das Gefieder, als wäre nie etwas passiert.

Heute dauerte es lange, bis der Einsammler kam. Irgendwann ging die Gittertür aber endlich auf, und er sah sich um. Diesmal war es der Größere. Die Hühner auf dem Boden stoben zur Seite. Er entdeckte ein totes Huhn und warf es in den Eimer.

Langsam kam der Einsammler näher, bis er vor Bertha stehen blieb. Ich war nicht wie die anderen davongelaufen. Er beugte sich herunter und sah mich an. Ich rührte mich noch immer nicht. Als er nach Berthas Beinen griff, gackerte ich laut. Er ließ sie sofort wieder los und stand eine Weile nur da. Dann nahm er ihren Körper zwischen beide Hände und legte sie behutsam in den Eimer. Schließlich warf er mir einen kurzen Blick zu, richtete sich wieder auf, nahm Eimer und Schaufel und ging weiter.

Als er weg war, kamen die anderen Hühner zurück, und der Platz füllte sich wieder. Durch das Getrampel wurde alles aufgewirbelt: Staub, Schmutz und viele abgefallene, kleine Daunenfedern.

Meinem Körper fehlte jede Spannung, irgendwie war ich nicht mehr in mir. Während ich mich durch die Hühnermassen quetschte, überlegte ich, was ich tun könnte, um wieder in mir zu sein. Ich ging in die Knie und flatterte hoch. Das Flügelschlagen war anstrengend, so konnte ich mich aber wieder spüren und flatterte von Ebene zu Ebene bis nach ganz oben. Dort kam ich ziemlich geschafft an und merkte auch schon, wie es in meinem Unterleib zog. Zum Glück fand ich schnell eine leere Kabine. Kaum war ich drin, wurden die Krämpfe stärker. Ich drehte mich um, hockte mich breitbeinig hin und drückte. Das Ei wollte nicht herauskommen, mein ganzer Körper tat schon weh, sogar mein Kopf, und mir kam in den Sinn, ich ende jetzt so wie Bertha. Nein, das Ei musste raus, ich richtete mich auf, drückte meinen Po nach unten und presste weiter. Nach einer Ewigkeit glitt das Ei endlich durch die Kloake, und ich war erleichtert. Dann fiel mir ein, dass ich es doch behalten wollte, dieses Ei, das durch mich hindurchgewandert war. Es sollte mir Gesellschaft leisten. Als ich mich umdrehte, sah ich aber nur noch, wie es unter den Metallzacken hindurchkullerte und schließlich verschwand.

Ich drehte mich wieder nach vorn und starrte gegen die grünen Gummimatten. Innen und außen tat mir alles weh. Das Leben war zu zweit schon schwer genug gewesen. Bertha und ich waren ständig angegangen worden. Ganz allein würde ich es hier nicht mehr lange machen. Ich würde so enden wie die anderen einsamen Hühner.

Mach weiter!

In unserer Hühnervorstellung bestand die Welt aus drei Ställen: dem Kükenstall, Stall 2, in dem wir uns gerade befanden, und Stall 3. Alle Hühner in Stall 2 – jedenfalls fast alle – meinten, dass wir unbedingt durchhalten müssten, denn später in Stall 3 würde alles besser werden. Nur einige Pessimisten behaupteten, es gäbe gar keinen dritten Stall.

Welche Möglichkeiten hatte ich?

1) Ich könnte warten, bis wir alle in Stall 3 gebracht würden.
2) Ich könnte mich tot stellen und herausfinden, wohin die toten Hühner gebracht wurden.
3) Ich könnte versuchen zu entkommen. Ich würde dann entweder in den Kükenstall oder in Stall 3 gelangen.

Dann ging ich diese drei Möglichkeiten durch:

1) Ich wusste nicht, wann wir in Stall 3 kamen. Würde ich so lange durchhalten?
2) Ich wollte nicht in dem Eimer mit den Toten liegen. Beim Fallen durfte ich mich ja nicht mal mit den Flügeln abstützen, sonst bekam ich noch eins mit der Schaufel über den Kopf, weil ich noch eine Regung zeigte.
3) Die beiden anderen Ställe waren sicherlich angenehmer als Stall 2. Im Kükenstall würde ich mich als ausgewachsenes Huhn besser gegen Küken behaupten können, und in Stall 3 sollte sowieso alles besser sein.

Mir fiel noch eine weitere Möglichkeit ein, sozusagen 2a): Ich könnte mich anstatt tot einfach halb tot stellen. Dann würde der Einsammler mir mit der Schaufel auf den Kopf schlagen, und alles würde schwarz werden. Das schien mir am einfachsten. Ich müsste mich nur in den Weg legen und ein wenig blinzeln. Dafür müsste ich noch – ein Huhn lugte auf einmal durch die Gummimatten. Wir starrten uns eine Weile an. Dann gackerte es: »Ach, hier ist besetzt. Mach weiter!«

Das Huhn zog seinen Kopf wieder aus der Kabine, aber ich starrte noch lange gegen die Matten, als würde es dadurch wiederkommen. Es hatte so freundlich gewirkt, und es hatte gesagt: »Mach weiter!« Sicherlich hatte es gemeint, dass ich mich weiter aufs Eierlegen konzentrieren solle, aber man konnte es auch anders verstehen. Auf einmal war mir klar, dass ich mich für die dritte Möglichkeit entscheiden würde, die mit Abstand schwierigste. Soweit ich wusste, war das bisher noch nie einem Huhn gelungen: aus Stall 2 zu entkommen.

Das Licht wurde dunkler, und vor den Kabinen kehrte Ruhe ein. Jetzt konnte ich besser denken. Ich versuchte, die Schmerzen zu ignorieren, und überlegte mir einen Plan.

Am nächsten Morgen stellte ich mich in die Nähe der Gittertür. Manche Hühner waren auf Streit aus, weil das ihr Revier war. Ich duckte mich und verhielt mich unterwürfig. Bloß kein Aufsehen erregen. Dann war es so weit. Ich hockte mich hin, und es klappte auch: Diesmal flutschte das Ei problemlos heraus – mitten auf den Gang. Damit es niemand sah, blieb ich darauf sitzen. Wieso hatte ich das denn nicht schon immer so gemacht? Einfach woanders mein Ei abgelegt anstatt in diesen Kabinen? Hier kullerten die Eier nicht weg.

Nach langer Wartezeit kam endlich der Einsammler in den Vorraum. Es war leider nicht der Nette, der Bertha mitgenommen hatte. Schnell lief ich zur Gittertür.

Die Tür ging auf, der Mann trat in den Stall und blieb stehen. Auf dem Boden vor ihm lag mein Ei. Er stutzte, und ich huschte unbemerkt in den Durchgangsraum. Hier waren Eimer und andere Gegenstände abgestellt. Ich blickte wieder zu dem Mann. Er hatte nichts gemerkt, beugte sich herunter, hob das Ei auf und steckte es sich in die Jackentasche. Ohne sich umzusehen, drückte er die Tür zu und begann mit der Totensuche.

Ich schob einen leeren Eimer neben die andere Tür und sprang hinein. Einige Hühner hatten sich früher schon in Stall 2 gut versteckt. Sie glaubten nicht an Stall 3, und als alle weggebracht wurden, verkrochen sie sich und blieben unentdeckt. Nachdem wir neuen Hühner angekommen waren, versteckten sie sich noch eine Zeit lang, wenn Menschen in den Stall kamen, und irgendwann sahen wir Junghennen genauso aus wie diese Hühner, die schon länger da waren: verhärmt, mit vielen kahlen Stellen.

Mein Herz pochte mir bis zum Kropf, aber es beruhigte sich langsam, denn ich sah nur noch die graue Eimerwand vor mir. Irgendwann ging die Gittertür endlich auf. Ich hörte die Schritte des Einsammlers. Er blieb direkt neben mir stehen und schloss die äußere Tür auf. Das dauerte etwas, weil er noch Eimer und Schaufel in der anderen Hand hielt. Heute hatte es viele Tote gegeben, der Eimer war voll bis über den Rand. Er musste aufpassen, dass die gestapelten Körper nicht herunterfielen. Kaum stand die Tür einen Spalt weit offen, flatterte ich schon aus dem Eimer und an seinen Beinen vorbei – aber vor mir sah ich noch so einen Durchgang, bloß viel länger.

Hier war alles leer, ich entdeckte nur eine weitere Tür. Ich war gefangen. Der Mann fluchte. Er ließ die andere Tür hinter sich zufallen. Eimer und Schaufel stellte er ab. Dann kam er mit fuchtelnden Armen auf mich zu, und ich lief panisch hin und her.

Schließlich hatte er mich in eine Ecke gedrängt, und als ich an ihm vorbeiwollte, bekam er mich zu fassen. Ich pickte ihm in die Hand, und er verfluchte mich, obwohl ich durch seine Gummihandschuhe gar nicht hindurchkam.

Nun erwartete ich das Schlimmste: dass er mich in Stall 2 zurückbrachte. Aber er packte meine Beine und hielt mich kopfüber fest. Dann ging er zurück und holte Eimer und Schaufel.

Es fühlte sich komisch an, so nach unten zu hängen. Die Welt war umgedreht, ich baumelte hin und her. Meine Füße zeigten nach oben in die Luft, mein Kamm hingegen schwebte dicht über dem Boden. Ich hoffte, der Einsammler würde mich nicht fallen lassen. Er ging mit mir weiter bis zur nächsten Tür und öffnete sie.

Wir mussten nun in Stall 3 sein, denn den Kükenstall hätte ich wiedererkannt. Als er über den Hof ging, schwankte der Eimer, und ich sah (auch wenn die Welt nun verkehrt herum war), dass ein Huhn, das ganz oben lag, herunterfiel. Der Einsammler fluchte, setzte den Eimer ab und bückte sich. Dabei musste er seinen Griff gelockert haben, denn die Schaufel und auch ich rutschten ihm aus der Hand. Er schnappte sofort nach mir, aber ich war schon wieder auf den Beinen und rannte davon. (Später vermutete ich, dass er nicht ganz nüchtern gewesen war, denn er hatte nach vergorenen Kirschen gerochen, nur nicht so süß.)

Er lief mir hinterher, und ich raste panisch im Zickzack

weiter. Irgendwann sah ich einen Zaun vor mir und dachte, jetzt kriegt er mich. Aber dann drückte ich mich vom Boden ab und flatterte auf die andere Seite. Der Einsammler blieb hinter dem Zaun stehen und brüllte mir mit erhobener Faust noch lange hinterher.

Stall 3

Was der Einsammler brüllte, hatte ich nicht verstanden, aber ich hatte begriffen, dass er sehr wütend war. Wut spürte man einfach. Vielleicht war Wut das Einzige, was wirklich alle gemein hatten.

Nachdem ich lange Zeit nur geradeaus gelaufen war, blieb ich endlich stehen und sah mich um. Das hier war also der gelobte Stall 3. Er war noch größer, als ich ihn mir vorgestellt hatte. Das Gerücht stimmte also: Wir alle würden mehr Platz haben. Aber gleich so viel? Hatte jedes Huhn so viel Platz, dass es die anderen Hühner gar nicht mehr sah? Ich konnte nämlich kein einziges entdecken. Wasserspender sah ich auch keine. Und die Kabinen zum Eierablegen? Wo sollten die denn sein?

Ich drehte mich um. Das große Gebäude da hinten musste Stall 2 sein. Er befand sich demnach *in* Stall 3?

Unter meinen Füßen bemerkte ich jetzt grüne Stoppeln. Ich musste schon die ganze Zeit auf ihnen gelaufen sein. Vorsichtig setzte ich einen Fuß vor den anderen, merkte aber nach ein paar weiteren Schritten, dass sie völlig ungefährlich waren. Sie fühlten sich sogar weich und angenehm an.

Ich wusste nicht, wohin. Klar war nur: ganz weit weg. Der Einsammler durfte mich nicht finden.

Unterwegs sah ich seltsame Gebilde mit vielen Armen und grünen Federn. Ich lief schnell an ihnen vorbei. Insgeheim spürte ich aber, dass sie mir nichts tun wollten.

Irgendwann musste ich kurz stehen bleiben und verschnaufen. Dabei fiel mir auf, dass die Luft hier in Stall 3 viel besser war. Es schwebte nicht so viel Staub herum, der in den Schnabellöchern und im Hals brannte. Es stank nicht nach Kacke (es heißt ja, dass man Gestank nach einiger Zeit nicht mehr rieche, aber bei mir war das nicht so). Diese vollkommen neuen Gerüche behagten mir. Es roch würzig und frisch. Die Umgebung war bunt: blau, grün, braun, gelb, weiß, rot. Nun fiel mir auch auf, dass das Licht anders war, nämlich viel heller. Ich sah nach oben. Da waren keine langen Röhren, sondern nur ein einzelnes rundes Licht. Es war so hell, dass ich, wenn ich es direkt ansah, schnell die Augen schließen musste. Mir kam es aber so vor, als könnte ich das Licht auch mit geschlossenen Augen spüren, als würde es mein Gesicht und meinen Körper wärmen.

Plötzlich bemerkte ich schon wieder etwas Seltsames. Diese Wesen ähnelten den Gebilden mit den dünnen Armen und den grünen Federn, aber sie waren noch viel größer. Ihre Arme befanden sich ganz oben, unten war eine dicke, braune Stange. Obwohl ich noch nie Bäume gesehen hatte, wirkten sie ebenfalls nicht gefährlich. Im Gegenteil – irgendwie strahlten sie Ruhe aus.

Inzwischen war mir ziemlich warm geworden. Ich spreizte die Flügel, hechelte durch den Schnabel und ging zu einem der Bäume. Darunter schien es kühler zu sein.

Ich sah hinunter zu meinen Füßen und scharrte. Den Drang danach hatte ich schon immer verspürt, aber nun merkte ich, dass der Boden hier genau richtig fürs Scharren war. Er fühlte sich nicht hart und glatt an, sondern weich und krümelig. Ich scharrte immer weiter, so viel Spaß machte mir das. Die Erde flog in hohem Bogen davon, und vor mir entdeckte ich auf einmal kleine weiße Kugeln. Ich pickte eine auf. Sie war delikat und cremig! Ich pickte auch die anderen Kugeln auf. Mit dem Schnabel wühlte ich noch etwas in der Erde, aber es war wirklich nichts mehr zu finden. Müde legte ich mich hin und schlief ein.

Als ich über mir ein Piepsen hörte, öffnete ich die Augen und fragte mich, wo ich war. Ich sah mich um. Dann fiel es mir wieder ein: Du bist doch in Stall 3! Aber was piepste da? Es klang ungewohnt melodisch und kam von oben. Da saß ein Küken. Es schaute neugierig zu mir herunter und drehte einige Male fragend seinen Kopf. Sein Bauch war gelb und der Kopf blau. Wie war es bloß so weit nach oben gelangt?

Ich gackerte: »Wieso bist du nicht im Kükenstall? Bist du auch geflohen?«

Das Küken schaute mich an, als wüsste es nicht, was es von mir halten sollte, und flatterte weg – und wie es flatterte! Es bewegte die Flügel gar nicht so häufig, zwischendurch glitt es wie eine Feder durch die Luft. Hoch hinauf ins Blaue flog es und immer weiter, bis ich es nicht mehr sehen konnte.

Während ich weiterlief, grübelte ich, wie es kam, dass ein Küken so gut fliegen konnte – besser als jedes erwachsene Huhn. Kein Wunder, dass es aus dem Kükenstall entkommen war.

In diesem Stall gab es viel Abwechslung. Jetzt liefen große brummende Tiere vorbei. Sie hatten keine normalen Beine wie wir, sondern vier runde. Irgendwann entdeckte ich Menschen. Ich hoffte, dass sie dem Einsammler nicht Bescheid gaben, wo er mich finden konnte.

Ich ging nun über eine harte graue Fläche, was nicht so angenehm war. Aber die grünen Flächen lagen jetzt hinter Zäunen. Es wurde immer heißer. Langsam wurde mein Hals trocken, es kratzte schon. Ich hoffte, bald auf einen Wasserspender zu stoßen.

Auf einmal stand etwas vor mir und starrte mich an. Die

Augen waren wie beim Menschen nach vorne gerichtet. Das Tier war aber kein Mensch, sondern schwarz und flaumig wie ein Küken, so groß wie ich, aber nach hinten länger. Es hatte vier Beine und einen runden Kopf. Plötzlich riss es sein Maul auf und fauchte mich an.

Panisch rannte ich seitlich ins Grün. Die dünnen Arme der Sträucher bedrängten mich, aber das war mir egal. Ich zwängte mich trotzdem hindurch und ließ dabei bestimmt einige Federn. Dann ging es auf einmal nicht mehr weiter. Vor mir befand sich ein enges Gitter. Ich lief an diesem Gitter entlang, bis ich an einer Stelle ein Loch entdeckte, durch das ich hindurchpasste.

Hier musste ich mich noch durch weitere grüne Gebilde zwängen, bis ich schließlich auf einer Fläche aus grünen Stoppeln stand. Ich sah mich um, ob das Monster mir gefolgt war.

Die seltsamen Hühner

»Bist du in der Mauser?«, hörte ich und zuckte zusammen. Ich drehte meinen Kopf zurück. Vor mir stand ein Huhn.

Worin hatte sich das Huhn bloß gewälzt? Es war ja voller weißer Flecken. Sein Gefieder war aber ungewöhnlich dicht. Dem Huhn schien keine einzige Feder zu fehlen. Bei so einem perfekten Gefieder war das Huhn sicherlich bösartig. Das Huhn wendete seinen Kopf, um mich mit seinem rechten Auge besser mustern zu können. Dann drehte es seinen Kopf wieder nach vorn und richtete beide Augen auf mich.

»Es ist Sommer«, gackerte das seltsame Huhn weiter. »Wie kann man jetzt schon in der Mauser sein?«

Obwohl ich so aufgeregt war, spürte ich wieder meine trockene Kehle. Ich starrte verlegen zu Boden und sah wieder hoch. »Wo ist Wasser?«, krächzte ich.

Das seltsame Huhn lief nach rechts und dann geradeaus, da war so etwas wie ein flacher Eimer.

»Komm!«, rief es.

Vor dem Eimer blieb ich stehen. Da war wohl wirklich Wasser drin, aber nicht in Tröpfchen, sondern in einer Form, wie ich es noch nie gesehen hatte. Wie sollte man das denn trinken?

Das Huhn steckte seinen Schnabel in die Oberfläche, hob den Kopf wieder, streckte ihn in die Höhe und klappte seinen Schnabel einige Male schnell auf und zu.

Als ich meinen Schnabel ebenfalls in das glatte Nass stecken wollte, war da aber ein Huhn! Ich sprang zurück.

»Das bist du selbst«, hörte ich das seltsame Huhn sagen. »Du benimmst dich ja wie ein Küken!«

Also schob ich meinen Kopf vorsichtig über die Schüssel und betrachtete mich dann lange. Nach einer Weile merkte ich wieder, wie ausgetrocknet mein Hals war. Ich steckte meinen Schnabel ins Wasser. Brrr, war das kalt! Erschrocken zog ich ihn wieder heraus. Ich wollte mir aber keine Blöße geben, also schluckte ich mein Entsetzen hinunter und tunkte meinen Schnabel noch einmal in die Schüssel. Auch diesmal war es nicht gerade schön, aber es fühlte sich wenigstens nicht mehr so kalt an.

Trotzdem wusste ich nicht, wie ich trinken sollte. In Stall 2 waren die Wasserspender immer über unseren Köpfen gewesen, sodass das Wasser direkt in den Schnabel lief. Jetzt aber war es umgekehrt: Ich war oben, und das Wasser war unten. Ich schaute dem anderen Huhn genau zu. Dann öffnete ich meinen Schnabel und tauchte ihn erneut ein, schob den Kopf nach vorne, und das Wasser floss in meinen Unterschnabel wie auf eine Schaufel. Ich schloss den Schnabel und hob meinen Kopf in die Höhe. Ich öffnete und schloss meinen Schnabel. Das klappte wirklich. Das Wasser rann den Hals hinunter. Es schmeckte ganz anders als sonst. Nun steckte ich immer wieder meinen Schnabel in das merkwürdige Nass und trank. Meine Zunge und mein Hals wurden nach und nach befeuchtet, und ich fühlte mich klarer.

»Ich bin übrigens Betty. Betty Blume. Und wer bist du?«, fragte das Huhn.

Ich? Weil meine Freundin in Stall 2 (die ich erst im Nachhinein Bertha nannte) früher gemeint hatte, ich sei mollig (da war ich noch nicht so ausgerupft), antwortete ich: »Ich bin mollig.«

»Molli heißt du also, soso! Welche Rasse fängt denn überhaupt mit M an? Eine Madras bist du jedenfalls nicht, du bist nicht so aufrecht und kämpferisch.«

Was meinte sie? Dieses seltsame Huhn verwirrte mich immer mehr. Betty Blume fuhr fort: »Eine Marans bist du aber auch nicht. Unsere Chefin ist eine Marans.« Sie sah sich nach allen Seiten um und flüsterte: »Sie heißt Madame Maran. Sie lässt hinten das S weg, weil es dann eleganter klingt. Wir nennen sie aber heimlich ›Dickmadam‹, weil sie so fett ist!« Sie lachgackerte leise. Dann wurde Betty Blume wieder ernst, beäugte mich, zuckte mit dem Kopf hoch und runter und streckte ihn vor, als wollte sie mich auch von der Seite begutachten. »Also, Molli wer?«

Worauf wollte sie hinaus? Ich sagte: »Das erzähle ich dir später.« Das war immer eine gute Antwort auf alle Fragen, auf die man keine Antwort wusste.

»Aber nun sag doch endlich mal, warum bist du schon in der Mauser?«, gackerte Betty Blume. »Ich höre die Menschen im Sommer immer sagen, es gebe jetzt schon Lebkuchen und Spekulatius in den Läden und dass es ja auch jedes Jahr früher anfinge mit dem Weihnachtszeug. Aber das ist doch bei der Mauser nicht auch so, oder?«

Sie sprach immer noch in Rätseln. Aber die Hauptsache schien »Mauser« zu sein, also fragte ich sie, wann »hier« die »Mauser« denn üblicherweise sei.

Nun schaute das seltsame Huhn irritiert, senkte seinen Kopf und kratzte sich mit einem Fuß am Hals. Mit »hier« meinte ich diesen Bereich in Stall 3.

Betty Blume hob ihren Kopf und nickte schließlich, als sei ihr etwas eingefallen: »Ach, du bist nicht von hier. Dann kann das natürlich sein, dass du jetzt schon deine Federn verlierst, wenn die kalte Jahreszeit bei euch früher anfängt. Dann musst du ja von ganz weit weg kommen. Ich bin eigentlich auch nicht von hier. Meine Vorfahren stammen aus Schweden.«

Ich versuchte, nicht zu verwirrt auszusehen, und verzog keine Miene. Dann pickte ich auf dem Boden herum, obwohl es da nichts zu picken gab. Dabei reimte ich mir zusammen, dass »Mauser« wohl »Federn verlieren« bedeuten musste. Aber man *verlor* sie ja nicht einfach so. Die anderen rissen sie einem aus, man musste immer auf der Hut sein. Manche rissen sich auch selbst die Federn aus. Vielleicht musste man auch vor sich selbst auf der Hut sein.

Ich steckte meinen Kopf unter einen Flügel und tat so, als müsste ich mein Gefieder sortieren. Den Schnabel im Gefieder zu haben, beruhigte mich. Ich zog meinen Kopf wieder heraus und fragte: »Bist du schon länger in Stall 3?« Endlich konnte mir ein anderes Huhn hier alles erklären.

Betty Blume drehte sich um und sah zu einem rotbraunen Ding hinüber. In der Mitte war ein durchsichtiges Rechteck, als wäre dort Wasser.

»Wieso Stall 3?«, fragte sie.

»Ach, nichts«, sagte ich. Ich wollte ihr nicht verraten, dass ich aus Stall 2 geflohen war.

Betty Blume sah mich aber immer noch verständnislos an, dann blickte sie wieder zu dem rotbraunen Ding hinüber.

»Komm mit«, sagte sie und marschierte los.

Sie lief vor mir eine Rampe hoch und schlüpfte hinein. Als ich in das merkwürdige Ding hineinlugte, stellte ich fest, dass dies auch ein Stall war – nur viel kleiner. Ich trat ein und schaute mich um. Von außen drang Licht durch das Rechteck, das wie Wasser ausgesehen hatte. An der gegenüberliegenden Seite war auch noch eines. Unten lagen irgendwelche Stoppeln, sie hatten aber eine andere Farbe als die grünen von vorhin und fühlten sich etwas härter an. Ebenfalls unten befanden sich die Ablagekabinen, aber hier waren es nur zwei und keine endlose Reihe. Die grünen Gummimatten fehlten.

Endlich verstand ich: Stall 3 war so groß, dass es darin kleinere Ställe gab.

In einem Behälter entdeckte ich etwas Essbares und bediente mich. Es schmeckte so ähnlich wie das Futter, das ich kannte. Aber hier waren die Stücke größer. Ich war so ins Picken vertieft, dass ich das Hereinkommen des anderen Huhns gar nicht bemerkte. Plötzlich hackte mir jemand gegen den Kopf.

»Das ist MEIN Futter!«, hörte ich.

Ich wich sofort zurück, aber die Henne sprang mich an. Ich wusste nicht, wie mir geschah, wehrte mich mit den Flügeln, kam aber nicht so richtig gegen sie an. Sie hatte ein dunkles Gefieder, einen harten Flügelschlag und einen sehr spitzen Schnabel. Ihre Halsfedern sträubten sich. Als sie mir schon wieder gegen den Kopf picken wollte, gelang es mir, sie in den Fuß zu hacken. Sie gackerte laut auf und zog sich zurück, aber nicht ganz. Sie baute sich wieder vor mir auf, spreizte ihre Schwanzfedern und hob ihre Flügel. Sie schimpfte: »Wer bist du überhaupt?«

Ich antwortete nicht. Stattdessen machte auch ich mich mit meinen Flügeln breiter, als ich war.

»Sie kommt von ganz weit weg«, warf Betty Blume ein.

»Woher?« Das Huhn starrte mich aber dabei weiter an und nicht Betty Blume.

»Sie kommt für Wiona«, meinte Betty, aber das wütende Huhn beachtete sie gar nicht mehr.

Es musterte mich abschätzig von oben bis unten. »Wie siehst du überhaupt aus?« Es rümpfte den Schnabel über so viel Hässlichkeit und kam schon wieder einen Schritt auf mich zu. »Wie können die Otterpohls uns nur so ein Huhn reinsetzen! Du bist doch krank! Verschwinde!«

Sie startete Scheinangriffe, blieb aber auf Abstand. Was war das doch für ein Biest! In Stall 2 hatte es zwar auch solche

Furien gegeben, sie waren jedoch nicht viel stärker gewesen als ich. Gegen dieses Huhn würde ich aber niemals ankommen. Es war einfach zu groß und zu kräftig.

»Los«, sagte Betty. »Wir müssen uns verziehen.«

Sie lief aus dem Stall, die Rampe hinunter, quer über den Rasen. Ich folgte ihr die ganze Zeit bis zu einem runden Busch. Er war so dicht, dass man die Äste fast nicht sah, als sei alles eine grüne Masse. An einer Stelle hatte er einen runden Eingang. Im Inneren empfing uns eine große freie Fläche. Hier war es kühl. So abgeschottet in diesem grünlichen Licht fühlte ich mich sicher.

Als Betty Blume sich hinsetzte, lud sie mich mit einem ausgestreckten Flügel dazu ein, es ihr gleichzutun.

Sie sagte: »Das ist mein Wohnzimmer. Leider trinken wir Hühner keinen Tee, sonst hätten wir jetzt Teatime. Das wäre ein schöner Platz dafür, meinst du nicht auch?«

Sie erwartete aber keine Antwort, sondern zupfte an einer Wurzel vor sich, als müsse sie darüber nachdenken, wie sie beginnen sollte. »Das war Madame Maran.« Betty senkte ihre Stimme. »Ich hab doch gesagt: Sie ist die Chefin hier, und das macht sie immer mit den Neuen. Man kann ihr nur aus dem Weg gehen.« Sie drehte ihren Kopf zur Seite und strich eine Feder glatt. »Wie sagt man so schön? Aus den Augen, aus dem Sinn.«

»Was ist eine ›Chefin‹?«, fragte ich.

Betty hob ihren Kopf und sah mich mit großen Augen an. »In jeder Herde gibt es doch eine Chefin!«

Ich verstand immer noch nichts. Und was sollte eine »Herde« sein? Sie fügte hinzu: »Jemand, der das Sagen hat. Der ganz oben steht in der Gemeinschaft. Du weißt doch, dass wir Hühner eine Hackordnung haben. Das ist doch überall so!«

Aber davon wusste ich nichts.

»Du bist ja eine!« Betty sah mich an. »Ich weiß ja nicht, wo du herkommst. Du hast gesagt, von weither. Bei euch müssen die Hühner sehr komisch sein, aber na gut, ich erklär dir alles.«

Ich fragte mich, ob Betty Blume gar nicht aus Stall 2 kam?

»Ganz von Anfang an, als wärst du ein Küken?«, fragte sie. Es war aber wohl keine wirkliche Frage, denn sie schaute mich dabei gar nicht an, sondern starrte vor sich hin. »Von Anfang an also«, wiederholte sie. »Du weißt aber schon, dass du ein Huhn bist?«

Ob sie gleich wohl lauthals lachgackerte? Aber sie blieb ruhig.

»Ich bin kein Huhn!«, antwortete ich, und Betty sah mich an, als sei alles verloren.

»Ich bin doch ein Küken!«, fügte ich hinzu.

Betty Blume stutzte, es ratterte in ihrem Kopf. Dann gackerte sie laut los. »Du bist jedenfalls nicht auf den Schnabel gefallen!«, meinte sie. Überhaupt sei ich ein sehr lustiges Huhn, so schön gelachgackert hätte sie schon seit Langem nicht mehr, und lachgackern sei doch gesund.

Sie überlegte. Mir fiel auf, dass ihr Kamm viel niedriger war als bei anderen Hühnern. »Also …«, fing sie schließlich an.

Sie erzählte: Eine Hackordnung gebe es immer in einer Hühnerherde. Ich solle einfach mal genau nachdenken. Bei mir in der Herde habe es hundertprozentig auch eine Hackordnung gegeben. Es sei wie auf einer Leiter, ein Huhn säße ganz oben und die anderen weiter unten. Je weiter oben, desto besser. Dann könne man auf die unteren einhacken. Bei den Menschen sei es so ähnlich. Nur würden die sich mangels Schnabel nicht picken (sonst würden sie es wohl auch tun).

Ich schaute sie fragend an. Betty bemerkte meinen Blick und meinte: »Na, die Menschen machen es nicht so offensichtlich wie wir. Bei ihnen erkennt man die Hackordnung an ihrer Körpersprache und an ihrer Stimme. Hätten die Menschen einen Schnabel, wäre alles einfacher für sie.«

Eine Chefin habe aber auch Aufgaben. Als ranghöchste Henne müsse sie die anderen vor Gefahren warnen. Die Herde habe bis vor Kurzem aus sechs Mitgliedern bestanden, jetzt seien sie nur noch zu fünft. Dabei musste Betty Blume sich schütteln. Es dauerte eine Weile, bis sie weitererzählen konnte: Sie würden alle zusammen in dem rotbraunen Stall leben, seien dort aber vor allem, um Futter zu picken, Eier zu legen und natürlich, um zu schlafen. Nachts werde der Stall verschlossen. Das sei einerseits gut, andererseits schlecht. Gut sei es, weil kein Fuchs und kein Marder hereinkämen. Aber morgens möchte man halt früher raus. Die Menschen würden den Stall sauber machen, Futter, Wasser und manchmal Leckereien bringen, aber auch ihre Eier klauen. Die Menschen hätten außerdem eine Katze, die sei aber nicht gefährlich. Sie seien ja schließlich keine Zwerghühner. Ich als Küken solle jedoch vorsichtig sein, fügte sie schelmisch hinzu.

Apropos Menschen. Betty fragte mich, wie gut ich mit Menschen vertraut sei, und ich sagte, eigentlich gar nicht. Das habe sie schon vermutet. Deswegen müsse sie mir unbedingt etwas gackern: Einige von uns könnten die Menschensprache verstehen, denn wir seien den Menschen sehr ähnlich. Ich wartete auf ein Lachgackern, aber es kam nichts. Da ich immer noch nicht wusste, ob sie das ernst gemeint hatte, antwortete ich: »Ich gehöre bestimmt nicht zu den Hühnern, die die Menschensprache verstehen können.«

»Nicht so schnell. Du bist sprachbegabt. Ich habe Hühnerkenntnis, denn ich bin schon über drei Jahre alt!« Sie schaute mich an, als erwarte sie einen anerkennenden Blick. Ich sah sie aber nur fragend an. Waren »drei Jahre« sehr alt?

Sie wirkte etwas enttäuscht, weil ich keine großen Augen machte. Aber dann fiel ihr ein, dass ich doch ein Küken war, und sie erklärte mir, was Jahre, Monate, Wochen und Tage waren. Ich ging davon aus, dass »Tage« der Wechsel zwischen den hellen und den dunkleren Phasen waren. Sie stimmte mir zu und wiederholte: »Ich bin mir sicher, du gehörst zu den wenigen Hühnern, die die Menschensprache verstehen.«

Ich glaubte ihr nicht so ganz, aber sie wirkte, als sei sie sich sicher.

»Unsere Fütterer-Stallausmister-Eierklauer heißen Otterpohl«, sagte sie. Sie sah mich eindringlich an. »Aber jetzt zurück zur Menschensprache: Sprachbegabte Hühner wie du können sie mühelos erlernen. Du musst nur genau hinhören. Aber …«, sie streckte ihren Kopf ganz nah zu mir hin, »zeig ihnen bloß nicht, dass du sie verstehst. Weil, wenn die Menschen wüssten, dass wir sie verstehen können, würden sie uns sagen: *Nicht über den Zaun flattern! Kack nicht auf den Rasen! Kack im Stall nur über den Kotbrettern! Scharre nicht auf dem Komposthaufen, runter vom Komposthaufen, lass den Komposthaufen in Ruhe* und so weiter.«

Was war denn ein Komposthaufen? Er musste jedenfalls etwas sehr Wichtiges sein.

Betty gackerte: »Wir tun all diese Dinge trotzdem! Wir Hühner lassen uns keine Befehle erteilen! Weil wir nicht so dumm sind wie ihre anderen Tiere. Was finden die Menschen bloß an Hunden und Katzen?«

Ich wusste noch nicht mal, was Hunde sein sollten. Mir war aber klar, dass das seltsame schwarze Tier vorhin eine Katze gewesen sein musste. Aber wieso hatte man hier überhaupt so viel mit Menschen zu tun? In Stall 2 kamen sie nur kurz rein und sprachen nicht.

Betty wurde immer wütender und flatterte ein wenig mit

den Flügeln: »Es reicht ja wohl, dass wir Eier legen müssen! Da brauchen wir doch nicht auch noch ›Sitz‹ und ›Platz‹ zu machen!« Sie starrte wütend vor sich hin und sah mich auf einmal an, als wäre sie gerade aufgewacht und würde mich entdecken. »Du!«, platzte es aus ihr heraus, und sie richtete ihren Schnabel auf mich. »Wie oft legst du ein Ei?«

Ich erstarrte. Anscheinend galt ihr Wutanfall plötzlich mir. Sie beruhigte sich aber schnell wieder und sagte: »Das habe ich ganz vergessen: Du bist ja in der Mauser und legst jetzt natürlich keine Eier. Aber sonst? Legst du nur im Sommer wie die anderen oder auch im Winter, so wie ich?«

Ich hatte keine Ahnung, was sie meinte. Aber sie wartete auch gar nicht erst eine Antwort ab, sondern sprach nun von Osteoporose durch das viele Eierlegen, womit ich ebenso wenig anfangen konnte. Sie plusterte sich wieder auf vor Wut und wollte gerade mit ihrer Schimpftirade fortfahren, da sagte ich: »Ich lege jeden Tag ein Ei, fast jeden Tag jedenfalls. Und jetzt auch, in der … Mauser.«

Bettys Federn senkten sich wieder, und sie starrte mich mit offenem Schnabel an. Wann hatte ich das letzte Mal ein Ei gelegt?, fragte ich mich. Das war ja vor der Tür gewesen und schon lange her. Mir fiel aber ein, dass es noch dieselbe helle Phase war und somit immer noch derselbe »Tag«, wie Betty sagen würde. Mir kam es trotzdem so vor, als läge meine letzte Eiablage schon sehr lange zurück, ein halbes Hühnerleben.

»Wirklich *jeden* Tag?«, fragte Betty Blume und machte ein ungläubiges Gesicht.

»Heute«, gackerte ich, und es fühlte sich so neu an, »heute« zu sagen. »Heute habe ich schon ein Ei gelegt.«

»Aber du bist doch in der Mauser!«

Ich gab endlich zu, nicht wirklich zu wissen, was sie mit »Mauser« meinte. Betty machte wieder große Augen. Sie konnte nicht glauben, dass es Hühner gab, die jeden Tag ein Ei legten. Sie sagte: »Selbst Lisa Leghorn legt nicht so viele!«

Darüber hatte ich mir nie Gedanken gemacht. Alle legten schließlich in Stall 2 jeden Tag ein Ei. Ich war nie darauf gekommen, dass es anders sein könnte.

»Das kann –« Betty sah zum Eingang. Ein weißer Kopf lugte herein, der Hals war grau. Als ich den Kopf genauer betrachtete, war ich mir nicht sicher, ob er zu einem Huhn gehörte. Da waren weiße Flauschefedern auf dem Kopf, als hätte es sich das Po-Gefieder eines anderen Huhns aufgesetzt.

»Hallo, Helga!«, rief Betty. »Komm rein. Wir haben einen Neuzugang für Wiona. Das ist Molli. Ich erkläre ihr gerade, wie es bei uns so läuft.« An mich gewandt, sagte Betty: »Das ist Helga Haube.«

»Ist es in der Mauser?«, fragte Helga Haube und sah dabei Betty an, als wäre ich gar nicht da.

»Da, wo sie herkommt, beginnt die Mauser schon früher«, erklärte Betty.

»Wo kommt es her?«

Als ich immer noch nichts sagte, antwortete Betty: »Sie kommt von weither.«

»Von wo?«, fragte Helga Haube und schüttelte ihren Kopf, was sie noch komischer wirken ließ.

Darauf fiel Betty auch nichts ein. Sie sah mich auffordernd an. Stattdessen fragte ich: »Was hat sie da auf dem Kopf?«

Helga Haube sah säuerlich drein.

Betty sagte: »Du benimmst dich ja wirklich wie ein Küken. Das kann man doch nicht einfach so fragen – so vor ihren Augen. Du gackerst ja, wie dir der Schnabel gewachsen ist.«

Helga Haube senkte ihren Kopf und zupfte sich am Bauchgefieder, als würde sie das alles nicht hören.

Betty sagte: »Helga hat keinen Kamm wie wir, sie ist ein

Holländisches Haubenhuhn. Es gibt viele verschiedene Haubenhühner und auch Hühner, die einen anderen Kamm haben als wir, also einen doppelten oder einen Erbsenkamm zum Beispiel. Mein Kamm ist ja auch sehr klein.«

Nun kam Helga Haube herein. Im Durchgang war es niedriger, und sie musste sich etwas ducken, denn sie war doch recht hochgewachsen. Ihr Körper war grau und schlank, überhaupt nicht plump. Sie hatte ein ungewöhnlich volles Gefieder – wie Betty und Madame Maran auch. Ohne mich nur einmal anzusehen, setzte sie sich neben Betty.

Wir saßen eine Zeit lang so da. Betty zupfte an einem einzelnen Grashalm vor sich. Helga Haube hatte ihren Kopf nach vorne gerichtet. Sie tat so, als nähme sie keine Notiz von mir. Heimlich musterte sie mich aber doch mit einem Auge.

Betty erklärte mir weiter die Welt. Jedenfalls erzählte sie mir Dinge, die sie für wichtig hielt und von denen sie meinte, dass ich sie nicht kannte. Helga Haube langweilte sich. Sie schlief fast ein. Dann erhob sie sich, streckte ihren schlanken Körper durch, hob ihren Schnabel höher als nötig, sagte: »Ich nehm jetzt ein Sandbad«, und ging.

»Viel Spaß dabei, liebe Helga!«, rief Betty ihr nach.

Im Durchgang duckte Helga Haube sich wieder. Sie war noch seltsamer als Betty Blume und Dickmadam. So schlank, ohne federlos zu sein. Auch watschelte sie nicht so wie wir.

Betty kümmerte sich wieder um ihr Gefieder. »Die anderen wirst du auch noch kennenlernen. Wie viele wart ihr denn im Stall?«

War sie denn nie in Stall 2 gewesen? Vielleicht nicht. Solche komischen Hühner hatte ich dort jedenfalls nie gesehen. Wir waren alle braun, karg befiedert und mit normalem Kamm gewesen, der bei manchen zu lang gewesen war.

»Aaaachtuuung!«, krächzte jemand.

Betty und ich zuckten gleichermaßen zusammen. Betty überstreckte ihren Hals und sah nach oben. Wir hörten wieder das warnende: »Aaaachtuuung!«

Ich blieb wie angewurzelt sitzen.

»Rühr dich nicht«, gackerte Betty leise, wobei sie kaum den Schnabel bewegte. »Hier sind wir erst mal sicher. Die Wohnzimmerdecke ist zu dicht, da kommt er nicht durch.«

Ich spürte von selbst, dass die Gefahr groß war, auch wenn ich nicht verstand, was da vor sich ging. Wir saßen lange regungslos da. Lichtspiele drangen ins Wohnzimmer. Etwas Kleines flog vor meinem Schnabel, aber ich schnappte nicht danach. Ich fühlte den Boden unter mir und atmete die würzige Luft ein. Sie roch hier besonders intensiv: eine Mischung aus Erde, Zweigen und grünen Blättern. Das schwarze kleine Tier war wieder hinausgeflogen, es war still. Auf einmal hörte ich ein »Hey!«

Ich schreckte auf, aber es war nur Betty. »Der Habicht ist weg, die anderen sind wieder draußen. Ich höre jedenfalls Lisa Leghorn gackern, die Luft sei rein.« Sie sah betrübt aus. »Letzte Woche hat er sich Wiona Wyandotte … geschnappt. Der Habicht kommt immer wieder, wenn er schon mal Erfolg hatte.«

Der Habicht hatte sich also jemanden geschnappt und wollte sich noch andere schnappen. Aber wer war er?

Betty sah ängstlich nach oben: »Da ist man doch froh, dass die Chefin alle warnt, aber manchmal findet man so schnell keinen Unterschlupf.«

Sie sah mich an. »Soso, du kennst also den Habicht nicht.« Sie erzählte mir, dass es ein großer Vogel sei. Kein Hühnervogel, sondern ein Greifvogel, der Hühner jage, rupfe und fresse, indem er das Fleisch aus ihnen herausreiße. Sie erzählte mir auch vom Fuchs, vom Marder, vom Waschbären. Aber die seien vor allem nachts gefährlich, und da seien wir ja im Stall. Daher habe sie diese Tiere auch noch nie gesehen.

Der Habicht war jetzt aber weg, und hier drinnen erschien es mir – dieses Wort kannte ich damals noch nicht – »friedlich«. Ich ließ meinen Kopf hängen und döste ein. Ich träumte, Bertha sei mit mir geflohen, und sagte mir gerade, dass nun alles gut werde. Wir seien hier im Paradies.

»Hey!«, hörte ich und öffnete die Augen. »Kaum ist der Habicht weg, da nickst du auch gleich ein. Lass uns rausgehn und nachsehn, ob wirklich alles in Ordnung ist.«

Wir verließen Bettys Wohnzimmer. Draußen sah ich nach oben. Es wies nichts mehr auf den ominösen Habicht hin. Warum tötete er überhaupt Hühner? Bekam er von den Menschen kein Futter?

»Oh, es gibt gekochte Nudeln!«, rief Betty. Sie lief quer über den Rasen zu einer niedrigen Schale. Der Mensch, der neben der Schale stand, musste sie dort hingestellt haben. Er war bestimmt der Fütterer, von dem Betty erzählt hatte. Betty war ja der Meinung gewesen, er habe mich als neues Huhn hierhergebracht. Ich hatte ihr aber noch nicht erklären können, dass ich geflohen war. Wenn der Mensch mich sah, würde er mich vielleicht zurückbringen.

Ich lief zu einem Busch – er war viel größer als Bettys Wohnzimmer – und ging noch tiefer hinein. Das Geäst war hier nicht ganz so dicht. An vielen Stellen hingen violette Blätter, also Blüten. Hier war es schön kühl. Bettys Wohnzimmer hatte sich vorhin doch etwas aufgeheizt. Der Boden unter meinen Füßen war weich und feucht, und automatisch fing ich an zu scharren. Meine Hühnerfüße schienen für diesen Boden wie gemacht zu sein – sie waren da, um mit ihnen zu graben, zu kratzen, zu schaufeln. Die Erde flog hinter meinem Po in die Höhe. Ich trat immer wieder einen Schritt zurück und starrte auf die Fläche, gespannt darauf, was ich gerade wieder freigelegt hatte.

Zuerst sah ich nur etwas Helles. Ich grub weiter, denn mir war klar, dass ich auf etwas Großes gestoßen sein musste. Es schlängelte sich und wollte wieder in der Erde verschwinden, aber ich zog es mit meinem Schnabel heraus. Es fühlte sich weich an. Man konnte es essen, da war ich mir sicher. Ich ließ dieses längliche Tier wieder fallen, um es genau zu betrachten. Es war riesig! Wie sollte ich dieses lange, dicke Ding hinunterschlingen?

Auf einmal hatte ich das Gefühl, nicht mehr allein zu sein. Ich sah auf, und da stand ein Huhn vor mir, noch viel größer als Madame Maran. Es war braun, am Hals hellbraun mit schwarzen Strichen. Mir blieb fast das Herz stehen. Das Huhn interessierte sich aber gar nicht für mich, sondern nur für das Ding, das sich da auf dem Boden schlängelte. Ich hingegen sah weiterhin gebannt auf das Huhn. An Beinen und Füßen hatte es Federn.

Zur Sicherheit trat ich einen Schritt zurück. Das Huhn beachtete mich immer noch nicht. Es hatte einen niedrigen Kamm, noch niedriger als der von Betty. Der Kopf war eigentlich viel zu klein für den massigen Körper. Es stand ganz ruhig da und sah irgendwie würdevoll aus. Das Huhn sagte mehr zu sich selbst als zu mir: »Ein richtiger Regenwurm. Und dazu noch sehr stattlich. Keine Wurmattrappe wie die gekochten Spaghetti.«

Mit der Stattlichkeit des Regenwurms, wie das Tier wohl hieß, hatte das Huhn recht. Auch wenn ich nicht wusste, wie groß normale Regenwürmer waren.

Ich trat noch mal zwei Schritte zurück. »Kannst du haben«, sagte ich und fand mich sehr großzügig. Dabei war er mir einfach nur zu groß.

Das Huhn hob seinen Kopf und sah mich ungläubig an. Dann schnappte es sich den riesigen Wurm. Es drehte ihn im Schnabel etwas herum und schlang ihn hinunter.

Betty kam angelaufen. Sie musste das Ganze beobachtet haben, denn sie sagte zu dem Huhn: »Der Wurm hat sicherlich gut geschnabelt, liebe Bathilda.«

Das Huhn sah Betty an und machte eine kaum wahrnehmbare Kopfbewegung. Betty sagte weiter zu dem Huhn: »Das ist übrigens Molli, das neue Huhn, das die Otterpohls gebracht haben, um Wiona zu ersetzen.« Dann wandte sie sich mir zu: »Das ist Bathilda Brahma.«

Bathilda Brahma schaute mich eindringlich an, nickte mir kurz zu, drehte sich um und ging gemächlich weg. Ich sah ihr hinterher. Eigentlich ging sie nicht, sie *schritt* und *tapste* zugleich. Es kam mir so vor, als würde sie sich auf jeden Schritt konzentrieren.

»Willst du nicht bei uns bleiben?«, rief Betty ihr nach.

»Ich muss Shiva und Vishnu suchen«, sagte das Riesenhuhn, ohne sich noch einmal umzudrehen.

Als es aus meinem Blickfeld war, wollte ich eigentlich wissen, wieso das Huhn so riesig und komisch war. Stattdessen fragte ich: »Wer sind Vishnu und Shiva?«

Nach meiner Hühnerrechnung hatte ich alle kennengelernt außer Lisa Leghorn. Sie seien zu fünft, hatte Betty gesagt, und das waren dann wohl Betty Blume, Madame Maran, Helga Haube, Bathilda Brahma und Lisa Leghorn, die ja so viele Eier legen sollte, wenn auch nicht jeden Tag eins. Da jedes Huhn, das ich kennenlernte, immer ein wenig seltsamer war als das vorherige, musste ich mich bei Lisa Leghorn auf einiges gefasst machen.

»Ach«, winkte Betty ab. »Das sagt Bathilda immer nur so.« Sie starrte auf die freigescharrte Fläche, ob es da vielleicht noch etwas zu entdecken gäbe, fand aber nichts. Dann meinte sie: »Du hast jetzt einen Stein im Brett bei Bathilda. Sie hat Federn an den Füßen und kann deswegen nicht so gut scharren wie wir. Aber Regenwürmer sind ihr Leibgericht, weißt du.«

Der saftige, zu große Wurm hatte mir Appetit gemacht. Vielleicht fand ich noch einen kleineren. Ich fing wieder an zu scharren und Betty auch. Während wir so nebeneinander scharrten, klärte ich Betty darüber auf, dass mich nicht die Otterpohls hierhergebracht hatten und ich kein Ersatz für Wiona Wyandotte war.

Betty stutzte zuerst, gackerte dann »Ach so!« und fügte hinzu, sie habe sich schon gewundert. Wenn die Otterpohls ein neues Huhn brachten, würden sie nämlich ständig nach ihm schauen. Außerdem würden sie es nachts in den Stall setzen. Ob ich mich lieber vor den Otterpohls verstecken sollte, wusste sie nicht. Sie würden mich doch sowieso irgendwann entdecken. Betty wollte aber auch nicht den Flügel dafür ins Feuer legen, dass die Otterpohls mich nicht einfingen und zurück zu meinem alten Stall brachten. »Wohin eigentlich zurück?«, fragte Betty mich.

Ich schwieg. Wenn man nicht wusste, aus welchem Stall ich kam, konnte man mich auch nicht dorthin zurückbringen. Es schien ja doch mehr Ställe zu geben, als ich gedacht hatte. Betty sah sich um und sagte: »Die anderen dürfen auf keinen Fall erfahren, dass nicht die Otterpohls dich gebracht haben. Sonst haben sie einen Vorwand, dich anzugreifen.«

Ich überlegte noch, wie ich Betty alles erklären sollte, da hörte ich hinter mir auf einmal ein »Pockpockpockpooaaaack!« Ich drehte mich um. Ein weißes Huhn lief auf uns zu. Es war normal groß, hatte eine normale Figur und einen normalen Kamm. Nur war es nicht braun, sondern strahlend weiß – und natürlich wie alle anderen hier sehr gut befiedert. Es hörte gar nicht auf, zu verkünden, dass es gerade ein Ei gelegt habe. Das konnte nur Lisa Leghorn sein.

Sie gackerte weiter: »Ich hab ein Ei gelegt! Ich hab ein Ei gelegt!« Sie hatte das Ei doch sicherlich in einer der Legekabinen gelegt und nicht hier. Aber sie verkündete ihre Eiablage immer weiter. Betty sagte: »Das ist schön, Lisa, dass du ein Ei gelegt hast. Das ist übrigens Molli, unsere neue Gefährtin.« Betty sah mich verschwörerisch an. Sie hatte ja nicht gelogen. Ich war neu, auch wenn die Otterpohls nichts mit mir zu tun hatten.

Lisa Leghorn musterte mich und rief noch mehrmals, dass sie ein Ei gelegt habe, bis ich Helga Haube von irgendwoher gackern hörte: »Schön für dich!«, und auch Madame Maran gackerte aus der Ferne, dass das *ganz* toll sei.

Lisa Leghorn beugte sich nun, zufrieden mit den Antworten, nach vorn und fuhr mit ihrem Schnabel am Bauch entlang. Dann drehte sie ihren Kopf nach hinten, kratzte sich am Rücken, wandte sich wieder nach vorn und sah mich an. Sie sagte: »Ich bin Lisa Leghorn«, wobei sie die Betonung auf »Leghorn« legte. Dann fügte sie laut gackernd hinzu: »Ich hab ein Ei gelegt!«

Betty wiederholte, das sei sehr gut, was sie da gemacht habe. Eine großartige Leistung. Dann sah Betty mich auffordernd an, und ich sagte: »Ich bin Molli.« Ich überlegte mir, dass ich mich doch anpassen solle, und stimmte mit ein: »Schön, dass du ein Ei gelegt hast.«

Zum Dank hackte mir Lisa Leghorn kräftig gegen den Kopf und ging davon. Ich sah ihr mit offenem Schnabel hinterher.

»Bathilda!«, rief Lisa Leghorn laut. »Bathilda! Ich hab ein Ei gelegt!«

Betty fuhr mit dem Schnabel über ihr weiches Bauchgefieder, als wäre nichts geschehen. Aber ich starrte sie weiter an. Sie hob ihren Kopf und sagte: »Hackordnung. Das hab ich dir doch vorhin erklärt. Hühner hacken nun mal die neuen, das ist überall so.« Damit schien für sie alles gesagt zu sein, und sie putzte sich weiter mit dem Schnabel am Bauch.

Ich verstand überhaupt nichts. »Und du? Warum pickst du mich nicht?« Sie kam mir viel gewöhnlicher vor als Helga Haube und Lisa Leghorn. Und als normales Huhn musste sie mich doch laut Hackordnung dann auch picken, oder?

Betty drehte sich von mir weg und starrte angestrengt nach unten, als müsste sie den freigelegten Boden vor sich genau untersuchen. Dabei war dort nichts anderes als braune Erde. Ihre Kehllappen liefen nun dunkelrot an.

Sie sagte, ohne mich anzusehen: »Komm, ich zeig dir unser Reich.«

Betty ging zu einer staubigen Kuhle, auf der nichts wuchs. »Unser Bad«, erklärte sie mir, legte sich auf den Bauch, breitete die Flügel aus und scharrte Sand über sich. Ein paar Körner flogen mir ins Auge. Ich wandte meinen Kopf zur Seite und rieb mich am Gefieder. War sie verrückt geworden?

»Los, komm baden!«, rief Betty. »Vielleicht hast du ja wirklich eine Krankheit, wie die Chefin behauptet. Dann kannst du die jetzt abwaschen. Ich will mich ja nicht anstecken und mein schönes Blumengefieder ruinieren.«

Ich legte mich neben sie und machte es ihr nach. Der Boden war hier nicht feucht, sondern trocken und locker. Ich drehte mich, staubte und sandete mich ein. Betty lag noch eine Weile ermattet da und stand dann auf. Sie schüttelte sich, flatterte kräftig, und der ganze Staub flog aus ihrem Gefieder. Anschließend ordnete sie mit ihrem Schnabel hier und da eine Feder und schien dann zufrieden zu sein. Dabei war sie immer noch voller weißer Flecken.

Ich stand jetzt auch auf und schüttelte mich. Der Sand ging gut aus den Federn, nur auf der Haut saßen noch ein paar Körnchen fest. Aber mein Gefieder fühlte sich wirklich sauber an.

Die Führung ging weiter, und wir stießen wieder auf Lisa Leghorn, die sich vor Bathilda gestellt hatte. Bathilda lag auf dem Boden unter einem Baldachin aus Blättern und starrte vor sich hin. Lisa verkündete lauthals: »Bathilda! Ich habe ein Ei gelegt!«

Bathilda rührte sich nicht. Ohne aufzublicken, sagte sie: »Der Karpfen.«

»Was für ein Karpfen?« Lisa Leghorn sah verwirrt aus.

»Heinrich Seidel«, sagte Bathilda. »›Das Huhn und der Karpfen‹:

Auf einer Meierei
Da war einmal ein braves Huhn,
Das legte, wie die Hühner tun,
An jedem Tag ein Ei
Und kakelte, mirakelte, spektakelte,
Als ob's ein Wunder sei!

Es war ein Teich dabei,
Darin ein braver Karpfen saß
Und stillvergnügt sein Futter fraß,
Der hörte das Geschrei:
Wie's kakelte, mirakelte, spektakelte,
Als ob's ein Wunder sei.

Da sprach der Karpfen: ›Ei!
Alljährlich leg' ich 'ne Million
Und rühm' mich des mit keinem Ton.
Wenn ich um jedes Ei
So kakelte, mirakelte, spektakelte –
Was gäb's für ein Geschrei!‹«

Bathilda zog ihre Flügel wieder ein und starrte vor sich hin.

»Was ist eine Meierei?«, fragte Lisa Leghorn.

Bathilda schwieg. Lisa Leghorn streckte ihren Hals nach unten, bis ihr Gesicht direkt vor Bathildas Schnabel war, als wollte sie fragen: »Nun?«

»Das ist die falsche Frage«, meinte Bathilda schließlich.

»Es gibt keine dummen Fragen!«, gab Lisa Leghorn trotzig zurück und hob ihren Kopf.

Bathilda sah kurz hoch, drehte ihren Kopf nach hinten und steckte ihn ins Gefieder, bis nur noch ihr kurzer Kamm zu sehen war. Lisa Leghorn stand noch lange unschlüssig da. Sie senkte ihren Kopf und schaute sich Bathildas Hinterkopf von so Nahem an, als wäre sie kurzsichtig. Schließlich merkte sie, dass Bathildas Kamm keine Antwort geben würde, wandte sich ab und lief quer durch den Garten zu einer Wassertränke. Betty beobachtete Lisa und gackerte mir leise in die Ohrscheibe: »Nicht nur tiefe Wasser sind still, sondern auch trinkende Hühner.«

Betty wollte mir nun das »Nicht-Hühnerreich« zeigen. Da durften wir Hühner nicht hin. Aber ausgerechnet dort gab es Leckereien. Sie sagte: »Denk dran, wir Hühner verstehen die Verbote der Menschen nicht. Es ist ja nicht so, dass wir aufmüpfig wären, aber wir sind dumm, verstehst du? Und weil wir dumm sind, machen wir, was wir wollen.«

Wir standen vor einem niedrigen Zaun, dahinter war das Gemüsebeet, das für uns Hühner verboten war. Vor den Beeten befand sich ein riesiger Berg, der ominöse »Komposthaufen«.

»Gemüse« seien Pflanzen, die gut schmeckten, erklärte mir Betty. Und es sei nicht schwierig, über den Zaun zu gelangen. Wir zogen weiter und kamen vor der Tür des großen Menschenstalls an. »Das ist die Eingangsklappe«, sagte Betty und deutete mit dem Kopf auf ein graues Rechteck in der Tür.

»Wie gesagt, die Otterpohls wollen nicht, dass wir in ihr Haus gehen. Also dürfen wir uns nicht erwischen lassen.«

»Wozu ist die dann da?«

»Die ist für Flocke«, meinte Betty, »den Kater. Das hab ich dir doch vorhin schon gesagt. Du musst unbedingt mal Gedächtnisübungen machen. Vergiss nicht, was ich dir auch gesagt habe: Du brauchst keine Angst vor Flocke zu haben. Er fängt nur ganz kleine Vögel.«

»Warum?«

»Warum, warum, warum. Warum ist die Banane krumm?«, fragte Betty zurück. Weder wusste ich, was eine Banane sein sollte, noch, warum sie krumm war.

Betty fuhr fort: »Durch die Katzenklappe können wir jedenfalls ins Haus gehen.« Sie drehte sich um und ging weiter. »Wir dürfen nur keine Spuren hinterlassen.«

Sehr lange klärte sie mich noch über alles Mögliche auf, bis wir schließlich Hunger bekamen und zum Hühnerstall gingen. Auf der Rampe vor dem Eingang stand aber Madame Maran. Betty riet mir ab, an ihr vorbeikommen zu wollen. Ich solle am besten draußen schlafen. Aber ich solle auf einen hochgelegenen Ast flattern wegen des Fuchses. Sie habe ihn zwar noch nie gesehen, aber jedes Huhn wisse, dass es ihn gebe. Wir gingen über den Rasen und flatterten erst auf einen niedrigen Ast und von dort aus auf den jeweils nächsthöheren, bis wir so hoch waren, dass von hier aus alles klein aussah. So weit oben war ich noch nie gewesen.

Betty sagte, wenn der Marder auftauche, müsse ich versuchen, aufs Hausdach, also auf das Dach des Menschenstalls, zu kommen. Ein Marder könne zwar klettern, aber nicht fliegen. Dann gab sie sich einen Ruck und flatterte hinunter. Von dort unten winkte sie mir mit beiden Flügeln zu und rief: »Bis morgen!«

Sie lief durch den Garten und unterhielt sich noch eine Weile mit Helga Haube, bis schließlich alle in den Stall gingen. Das Licht wurde rötlich und dunkler. Der Fütterer kam heraus und schloss den kleinen Eingang zum Stall, indem er eine rechteckige Scheibe herunterließ. Ich hörte Geraschel und zwitscherndes Geschimpfe. Andere Vögel stritten sich im Baum (Betty hatte mir erklärt, dass das keine fliegenden Küken waren). Einige Lichter gingen an.

Das letzte Vogelgezwitscher war nun verstummt. Alles war in dieses seltsame Licht getaucht. Träumte ich? Frischer Wind kam auf, und ich roch die Blätter. Ich war also wirklich wach, denn ich konnte Berührungen und Geräusche träumen, aber keine Gerüche. Ich starrte auf den kleinen Stall. Darin waren die seltsamen Hühner. Mit Kopfhaube, mit Federn an den Füßen und riesig, mit einer bösartigen Chefin, einer Angeberin, einem drauflos plappernden Huhn. Und ich saß hier oben. Zum ersten Mal war ich wirklich ganz allein.

Ich schaute hinüber zum Menschenstall. Vor der Tür war Licht. Unten kam ein Tier aus der Klappe, das musste dieser Flocke sein. Er war aber nicht schwarz wie die Katze, die mir begegnet war, sondern weiß mit schwarzen Flecken. Geschmeidig lief er durch den Garten in die Dunkelheit, dann verlor ich ihn aus den Augen. Unten sah ich stachelige Tiere langsam über den Rasen laufen, ich sah andere Katzen. Ich sah ein rötliches Tier mit weißer Brust und einem buschigen Schwanz, größer als eine Katze. Es schlich um den Hühnerstall. Ich sah die viereckigen Ausschnitte der Menschenställe, die Fenster, sie wurden hell, und irgendwann wurden sie alle dunkel. Von irgendwoher tönte ein »Huhuhuhu!« Es knackte hier und da. Das erschreckte mich. Aber kurz darauf schlief ich ein.

Ein einzelner Vogel fing an zu zwitschern. Ich fragte mich, wo ich war, aber es fiel mir schnell wieder ein. Andere Vögel stimmten in das Gezwitscher mit ein, bis es ganz laut wurde und alle durcheinanderzwitscherten. Für mich hörte es sich immer noch nach Gepiepse an. Um mich herum mussten viele Vögel sein, aber durch das dichte Blätterwerk konnte ich sie nicht sehen.

Ich betrachtete die bunte Welt. Sie schien so weit weg, als gehöre sie nicht zu mir. Menschen bewegten sich, Tiere, Fahrzeuge. Nirgendwo gab es Gedränge wie in Stall 2. Ich wollte hinunterflattern, aber als ich nach unten sah, wurde mir schwindelig. Irgendwann gab ich mir endlich einen Ruck, denn meine Kehle wurde immer trockener. Das Herz pochte mir bis zum Kropf, als ich wild flatternd dem Boden immer näher kam. Schließlich landete ich doch auf meinen Füßen, das Gras fühlte sich jetzt feucht an, und lief zu der großen Wasserschüssel. Nach dem Trinken riss ich mit meinem Schnabel ein paar Halme aus, sah mich um, ging zu den Büschen und scharrte. Komischerweise war mir das jetzt nicht mehr neu. Als hätte ich schon mein ganzes Leben lang unter diesen Büschen gescharrt.

Ich hörte ein Geräusch und schaute hoch. Der Fütterer trug ein anderes Gefieder als gestern. Er ging zum Hühnerstall und zog das Brett hoch. Sofort sprang Betty heraus, lief die Rampe hinunter und weiter bis zum Baum. Sie blieb unten stehen, überstreckte ihren Hals und sah suchend nach oben. Sie trat ein Stück zurück und rief: »Hallooo? Jemand da?«

Ich rief ihr zu, sie drehte sich abrupt um, und ihre Augen fanden mich: »Da bist du also!« Ich wusste nicht, ob ich verlegen war oder mich einfach freute. Vielleicht beides. Sie rannte über den Rasen auf mich zu.

»Ich hab Hunger!«, gackerte ich. In dem Moment kam

Madame Maran aus dem Stall und blieb wieder vor dem Eingang stehen. Von da oben überblickte sie den Garten. Betty sagte: »Körner gibts nur im Stall. Erst später kommen die Fütterer vielleicht mit ein paar Leckerlis.«

Madame Maran machte keine Anstalten, die Rampe herunterzugehen. Betty schlug vor: »Ich zeig dir die Umgebung, bis dahin hat die Chefin vielleicht bessere Laune.« Ich fragte mich, ob sie überhaupt gute Laune haben konnte. Schon die Biegung ihres großen Schnabels ließ sie immer missbilligend aussehen.

»Über den Zaun zum Gemüse können wir jetzt auch nicht, weil die Otterpohls am Küchenfenster sitzen. Wir verschwinden. Woanders gibt es mehr Würmer.« Betty schob sich durch die Büsche, bis wir vor dem Zaun standen. Da war auch schon die Öffnung, über die ich gestern reingekommen war. Sie schlüpfte hindurch, und kämpfte fluchend mit dem Grün, riss hier und da mit ihrem Schnabel Blätter aus und meinte, dass in diesem Sommer alles so schnell zuwuchere.

Auf Erkundung

Betty lief über die Straße und erklärte mir die Umgebung. Wir zogen weiter durch andere Gärten und sahen einen Hund, der Falten im Gesicht hatte. Jeder Garten war anders und doch gleich. Überall roch es nach Erde, Grünzeug, Ästen und Blüten. Betty wollte zu einem bestimmten verwilderten Garten. Da finde man immer viele Würmer, und Gemüse gebe es dort auch.

Irgendwann streckte ich einen Flügel aus und fragte, was das sei. Betty blieb abrupt stehen und drehte sich um. Ich sagte, der Duft (das lernte ich auch: dass es nicht nur Gerüche, sondern auch Düfte gab) sei so intensiv, ganz besonders. Betty hielt ihren Schnabel in die Höhe.

»Hm«, sagte sie. »Du hast ein feines Schnäbelchen. Ich rieche nichts Besonderes.« Sie sah mir in die Augen: »Riecht es lecker? Dann geh immer deinem Schnabel nach, und lass uns die Quelle suchen.«

Nun ging ich voraus. Es war ein komisches Gefühl, in dieser fremden Welt voranzugehen. Ich lief durch hohes Gras, überquerte kahle Stellen, bis ein Zaun mich aufhielt. Auf der anderen Seite war ein großer Komposthaufen.

Betty steckte ihren Kopf durch den Zaun. »Jetzt rieche ich es auch«, sagte sie. »Es sind süße, reife Kirschen!« Es sah komisch aus, wie sich ihr Hühnerkörper an den grünen Zaun schmiegte und ihr Kopf auf der anderen Seite hervorkam. Der Zaun schien weich zu sein, denn er beulte aus.

»Hallo?«, rief Betty. »Hallo, jemand da? Ich hab doch im Garten einen Hühnerstall gesehen!«

Da kamen zwei seltsame Tiere angelaufen. Sie waren klein

mit zwei Beinen und zwei Flügeln, aber ansonsten sahen sie nicht aus wie Hühner. Statt Federn hatten sie ein weißes Flauschegefieder. Ihre Gesichter und Schnäbel waren schwarz. Vielleicht handelte es sich um halbwüchsige Küken? Wie Helga Haube hatten sie keinen Kamm, sondern einen Puschel auf dem Kopf. Aber sie sahen Helga Haube trotzdem nicht ähnlich. Und wie bei Bathilda Brahma waren ihre Beine und Füße befiedert – nicht mit richtigen Federn, sondern auch so flauschig.

»Hey, ihr!«, rief Betty. »Die Kirschen auf eurem Komposthaufen – da sind doch genug für alle da!«

Die zwei stutzten. Sie sahen Betty und dann mich mit großen Augen an. »Unsere Fütterin sagt, wir dürften die nicht mehr picken«, antwortete das eine Tier, es war wohl doch ein Huhn. »Letztes Mal sollen wir danach etwas merkwürdig gewesen sein.«

Das andere Huhn sagte: »Aber sie hat die Kirschen trotzdem auf den Kompost geworfen.« Und das rechte Huhn fügte hinzu: »Sie hat einen Zaun davor angebracht, damit wir da nicht rankommen.«

Jetzt bemerkte auch Betty den niedrigen Zaun. Ich wunderte mich, dass sie nicht einfach darüber flatterten. »Ach ja«, sagte Betty, »ihr könnt ja nicht fliegen. Ich bin übrigens Betty Blume, und meine Freundin heißt Molli.«

»Ich bin Sina Seide«, sagte das linke Huhn. »Und meine Schwester heißt Sabina Seide.«

»Seid ihr richtige Schwestern?«, fragte Betty.

»Jedenfalls sind wir zusammen geschlüpft«, antwortete Sabina.

»Ihr könnt ja fliegen«, sagte Sina. »Geht hier den Zaun entlang, da gibts dann kein Gebüsch mehr. Dann könnt ihr rüberflattern. Kommt mit.«

Der Zaun war an vielen Stellen labberig, kein Metallzaun wie sonst, sondern aus Plastik. Eine kahle Stelle kam, und Betty und ich und flatterten hinüber. Wir liefen zurück zum Komposthaufen. Der Duft wurde immer intensiver. Der grüne Zaun davor war wirklich sehr niedrig und auch biegsam. Betty hatte eine Idee: Wir beide traten den Zaun herunter und stellten uns auf ihn. So konnten auch Sina und Sabina darüberhüpfen.

Sina sagte: »Ich kann mich gar nicht mehr so genau daran erinnern, wie es war. Es ist lange her, dass wir sie unerlaubterweise gepickt haben. Die Fütterin meinte, die Kirschen seien vergoren.«

»So was wie *Mon Chéri*«, sagte Betty entzückt und schlug mit den Flügeln. »Schade, dass es keinen Tee gibt, sonst könnten wir jetzt Teatime machen.«

»Wieso Teatime?«, fragte Sina. »Du bist doch anscheinend ein Blumenhuhn und kein Sussex.«

Betty wirkte etwas pikiert, hielt aber den Schnabel und pickte drauflos. Ich pickte auch. Als Sina und Sabina uns so sahen, fingen sie ebenfalls an zu picken.

Der Geschmack dieser Kirschen war überwältigend. So süß und dazu dieser betörende Hauch Alkohol. Ich pickte wie wild, und das auf nüchternen Magen. Die Kirschen nahmen kein Ende. Sie hatten zwar einen harten Kern, aber drumherum war saftiges Fleisch, nur, dass es Obstfleisch war und kein Fleisch wie bei den Würmern. Alles schien nun nicht so schwer. Das Hühnerleben war einfach und leicht. Ich hatte keine Angst mehr, vor gar nichts. Ich lief wankend vom Komposthaufen herunter und gackerte laut: »Ja, ich bin Molliiii!«

Unten angelangt, kippte ich um und gackerte weiter: »Ihr seid alle so komisch! Ihr komischen Hühner! Ihr beiden, Sina und Sabina, seid ihr eigentlich noch Küken, oder warum habt ihr keine richtigen Federn?«

Sina und Sabina torkelten ebenfalls vom Komposthaufen herunter und ließen sich mir gegenüber nieder. »Und du, bist du in der Mauser?«, fragte Sina. »Du bist auch ein merkwürdiges Huhn.« Sabina gackerte: »Die Welt dreht sich.«

»Ihr seid alle albern«, rief Betty vom Gipfel des Komposthaufens. »Aber Molli ist sowieso wie ein Küken.«

»Ja, sie ist das Küken, nicht wir«, gackerte Sabina.

Betty kam auf unsicheren Beinen vom Komposthaufen herunter und sagte: »Sie gackert so, wie Küken die Welt sehen.«

»Und du, Betty, du hast so viele weiße Flecken auf dem Gefieder!« Ich hielt mir die Flügel an den Bauch und gackerte weiter: »Wieso gehen die beim Baden nicht ab?«

»Von wegen Küken«, meinte Sina. »Die ist so albern, die ist noch ein Dotter!«

Alle gackerten laut auf, und ich musste mitgackern, obwohl ich nicht wusste, was ein Dotter war, und mich das Ausgegackertwerden auch verletzte. Ich gackerte, bis mir der Bauch wehtat. Dieses Gefühl im Bauch war neu, alles war neu. Ich lag schief am Hang, und irgendein schwarzes, rundes Tier krabbelte vor meinen Augen.

»Ein dicker Käfer!«, rief Betty. »Schnapp ihn dir!«

Ich pickte wieder und wieder nach diesem Käfer, aber immer daneben. Die Welt sah verzerrt aus.

»Du hast den Mistkäfer entwischen lassen! So ein Mist aber auch!«, gackerte Betty. »Da fällt mir ein: Den Bauern erkennt man an der Gabel, den Advokaten am Schnabel.«

Sina und Sabina lachgackerten.

»Was für ein Vogel ist ein Advokat?«, fragte ich. »Ein kleiner, der piepst, ein normal großer, der gackert, oder ein großer, der Hühner tötet?«

»Ein Mensch, der meint, recht zu haben«, sagte Betty.

»Und warum hat er dann einen Schnabel?«

Betty, Sina und Sabina gackerten wieder laut.

Sina sagte: »Apropos Advokat: In der Stadt gibt es viele davon. Wir könnten doch in die Stadt gehen. Vielleicht sehen wir einen.«

»Jetzt?«, fragte Betty. »Ich hab einen dicken Kopf.«

»Na ja, ihr habt euch an unseren Kirschen satt essen dürfen, dann könnt ihr auch mit uns in die Stadt gehen.«

»Wieso geht ihr nicht einfach alleine? Ich kann gar nicht mehr geradeaus sehen.« Sie stützte sich seitlich mit den Flügeln ab, um nicht umzukippen. Jetzt gab sie auf und legte sich hin.

»Wir sind«, sagte Sina und ordnete mit ihrem schwarzen Schnabel ihr Gefieder am Flügel, an dem es nichts zu ordnen gab, weil eh alles flauschig war, »so klein und können auch nicht fliegen. Katzen können uns gefährlich werden. Wenn große Hühner dabei sind, trauen sich die Katzen nicht an uns heran.«

Sabina sagte: »Früher sind wir immer mit Nala Nackthals, die einige Gärten weiter wohnte, in die Stadt gegangen. Aber dann war sie auf einmal nicht mehr da.«

»Wenn ich jetzt losgehe, kann ich eine Katze nicht von einem Auto unterscheiden«, sagte Betty. »Ihr wollt ja wohl nicht, dass ich platt gefahren werde? Lasst uns erst mal ein Nickerchen machen.«

Sina und Sabina führten uns zu einem Platz unter einem schönen Gebüsch. Ich legte mich hin, steckte meinen Schnabel ins Gefieder und schlief ein. Im Schlaf drehte sich immer noch alles, aber ich träumte nichts.

»Willst du den ganzen Tag verschlafen?«

Ich nahm den Kopf aus dem Gefieder und sah hoch. Betty stand vor mir. Sie schwankte nicht mehr.

»Los, ihr auch!«, rief sie Sina und Sabina Seide zu. »Ihr wolltet doch in die Stadt!«

Betty erklärte mir, was mit »Stadt« gemeint war. Menschen, Häuser, also Menschenställe, Geschäfte (Menschen bräuchten immer so viele Dinge, das könne ein Huhn niemals verstehen), Cafés und so weiter. Viele Tauben seien dort. Die seien ganz friedlich. Daher spreche man auch von Friedenstauben.

»Wir Hühner würden wohl nicht als Friedensvögel taugen«, meinte Betty. »Tauben hacken jedenfalls nicht aufeinander rum. Diese blöde Hackordnung! Und die Netten werden immer gemobbt!«

»Wo stehst *du* denn in der Hackordnung?«, fragte Sina.

Betty drehte sich um und sagte: »Da ist ja euer Sandbad!« Sie lief los und sagte: »Wir können ja nicht mit dem ganzen Mist an unseren Federn in die Stadt gehen. Wir sind doch keine Schmuddelhühner!«

Ich drückte mich mühsam hoch, und Sina und Sabina standen auch auf. Mir war immer noch schwindelig. Das Sandbad war groß genug für uns alle. Wir wälzten uns nebeneinander und scharrten Sand über uns.

»Oh, wie toll«, sagte Betty. »Ihr habt auch noch einen Badezusatz!« Sie meinte wohl die kleinen schwarzen Krabbeltiere. Ich wollte gerade eines davon aufpicken.

»Nicht!«, gackerte Betty. »Die Ameisen essen die Milben und Läuse aus unserem Gefieder. Außerdem tut die Ameisensäure gut!« Sie wälzte sich genüsslich weiter.

Nach dem Baden ruhten wir eine Weile, dann standen wir auf, gingen ein paar Schritte und schüttelten den Sand mitsamt den lästigen Milben und den nützlichen Ameisen ab. Wir legten uns auf den Rasen, ordneten unser Federkleid und fetteten es neu ein.

Tapetenwechsel

Sina und Sabina liefen voran. Sie waren schon ganz freudig erregt. Beim Gehen wurde mir wieder schwindelig. Ich versuchte, nach links und rechts zu schauen, anstatt auf die wackelnden flauschigen Hinterteile vor uns. In meinem Bauch drückte schon das Ei, aber nirgendwo war eine Ablagekabine zu sehen.

Sina und Sabina blieben abrupt stehen, und ich prallte fast gegen sie. Vor ihnen stand eine graue Katze. Betty flatterte über die beiden hinweg und landete vor der Katze, die überrascht zurückwich. Aber schnell hatte sie sich wieder gefangen und fixierte Betty mit ihren seltsamen Augen. Betty sah die Katze nicht direkt an, als würde die Katze sie nicht sonderlich interessieren.

Sie rief: »Los, Molli, komm her! Zu zweit sind wir stärker!« Ich lief an Sina und Sabina vorbei und stellte mich neben Betty. Aber als ich dieser Katze ins Gesicht sah, bekam ich Angst. Jetzt fauchte sie auch noch!

»Was soll ich denn machen?«, nuschelte ich, ohne die Katze aus den Augen zu lassen.

»Das, was du mit bösen Hühnern auch machst!«

Also plusterte ich mein Gefieder auf und streckte meine Flügel von mir. Betty tat es mir nach, und laut gackernd gingen wir mit flatternden Flügeln auf die Katze zu, die uns zuerst groß ansah und sich dann mit einem Sprung ins Gebüsch rettete. »Genau, hau ab!«, gackerte Betty ihr nach. »Sonst picken wir dir noch in den Hintern!«

Ich konnte nicht fassen, dass ich so mutig gewesen war. Sina und Sabina hüpften und flatterten mit ihren kleinen, flauschigen Flügeln. »Hurra, hurra!«, gackerten sie, und irgendwie kamen sie mir in ihrer hellen Freude doch vor wie quirlige Küken.

Wir gingen weiter, während Sina und Sabina immer wieder freudig hochhüpften. Langsam mussten wir der »Stadt« näher kommen. Es gab immer weniger Grün, dafür immer mehr Menschen und Autos.

»Was wollt ihr eigentlich dort?«, fragte Betty.

»Ach, wir flanieren einfach gern«, sagte Sabina. »Mal was anderes, als immer nur im Garten zu hocken.«

»Wir haben auch schon mal eine Perle gefunden.«

»Eine echte?«, fragte Betty.

»Ist doch egal«, sagte Sina.

»Wozu brauchen Hühner Perlen?«, fragte Betty.

»Weil die schön sind. Man kann sie gut in den Schnabel nehmen und sie drehen. Alles Schöne, das wir finden und das nicht lecker ist, bringen wir in unser Versteck. Und wenn uns langweilig ist, schauen wir uns die schönen Dinge an. Unsere Fütterin weiß nichts davon. Es ist unser Geheimnis«, sagte Sina.

»Geheimnisse sind toll«, gab Sabina ihren Senf dazu. »Man muss sie nicht mit anderen teilen. Ein Stück Welt, das nur einem allein gehört.«

»Hühner sind wirklich wie Menschen«, seufzte Betty, blieb kurz stehen und kratzte sich mit ihrem rechten Fuß.

Betty sagte, sie fühle sich jetzt wie eine Fremdenführerin, und erklärte mir alles: Bänke, Geschäfte, Cafés, Brunnen. Zum Brunnen liefen wir als Erstes. Aus einem steinernen Ausguss lief Wasser in ein niedriges Becken. Betty, Sina und Sabina stellten sich davor und tranken. Ich stieg über den Rand. Es war richtig kalt an den Füßen! Ich watete trotzdem weiter bis zum Strahl und ließ mir das kühle Nass bequem in den Schnabel laufen. Das Wasser war herrlich erfrischend. Ich watete zurück zum Beckenrand und sprang hinaus. Meine Füße waren nass, aber ich musste nicht mehr hecheln. Erst jetzt merkte ich, wie überhitzt ich gewesen war.

»Dahinten«, meinte Sina und zeigte mit dem Schnabel auf ein paar Menschen, die dort an Tischen saßen, »ist das Eiscafé. Vielleicht fallen ein paar Waffelstücke für uns ab.«

»Die Tauben verscheuchen wir dann einfach«, fügte Sabina hinzu.

Wir marschierten also zur Eisdiele hinüber. Betty erklärte mir, dass Eis kalt und lecker sei, aber als Huhn bekomme man nur ein paar Krümel von den Waffeln – allerhöchstens. Ältere Menschen gäben gern etwas ab. Vor kleinen Menschen, also vor Kindern – das seien die Küken unter den Menschen –, müsse man sich hüten. Die Kinder würden gerne Tauben jagen und uns auch. Wir gingen zu einem Tisch am Rand. Dort saßen zwei Frauen, die eine schien sehr alt zu sein.

Unter den anderen Tischen drückten sich ein paar Tauben herum, die anders sprachen als wir – sie gackerten nicht, sie gurrten. Sie hatten aber einen ähnlich watschelnden Gang.

Betty meinte: »Wir lassen den Tauben ihre Waffelkrümel. Die Tauben haben keine Fütterer. Sie müssen sich den ganzen Tag ihr Futter mühsam selbst zusammensuchen. Wir Hühner müssen nicht hungern, wir bekommen Futter im Stall.«

»Ach so«, sagte Sabina und starrte die Tauben an. »So habe ich das noch gar nicht gesehen.«

Aber nun waren wir schon am Tisch mit den zwei Frauen. Die ältere zeigte mit dem Finger auf uns: »Schau mal, Annegret. Das sind aber vier seltsame Tauben!«

»Ach, Mama, deine Augen. Das sind Hühner!«

»Und was sollten Hühner hier am Marktplatz zu suchen haben? Und die zwei kleinen? So klein sind doch keine Hühner! Und warum sind die so plüschig wie Kaninchen?«

Sina und Sabina verzogen fast ihren Schnabel, so eingeschnappt waren sie. Plötzlich bekam ich wieder die typischen Krämpfe, die immer stärker wurden. Aber hier war nirgendwo ein enger, halbdunkler Ort. Mir blieb nichts anderes übrig, als unter den Stuhl der einen Frau zu laufen, mich dorthin zu stellen und zu pressen. Ich merkte, wie sich mein Legedarm vorstülpte, bis er ein wenig aus der Kloake hervortrat.

»Die legt hier wirklich mitten in der Stadt ein Ei!«, meinte Sabina.

Damit das Ei nicht zu tief fiel, hockte ich mich hin. Endlich flutschte es heraus. Ich drehte mich um und starrte es an. Es war noch feucht und hatte eine braune Farbe wie ich, nur war das Ei gleichmäßig braun. Wie schön es doch war! Hinter mir hörte ich Geläster: »Hat sie denn noch nie ein Ei gesehen? Es wird doch nicht ihr erstes Ei sein?«

Nein, es war nicht mein erstes Ei. Ja, ich habe noch nie ein Ei gesehen. Gestern, als ich in Stall 2 eins mitten auf den Gang gelegt hatte, musste ich drauf sitzen bleiben, um es zu verstecken. Ich musste an das Riesenhuhn denken. Was hatte es noch mal vorgetragen? Als ob es ein Wunder sei? Ja, ein Ei *ist* ein Wunder, ganz egal, ob dieser miesepetrige Karpfen (wer immer das auch war) viel mehr Eier legte.

»Mama, das Huhn hat unter deinem Stuhl ein Ei gelegt.«

»Erzähl das jemand anderem, Annegret! Hältst du mich für senil?«

Die Jüngere stand auf, beugte sich runter, starrte mir in die Augen. Sie griff sich das Ei und ging zurück an ihren Platz. Ich kam unter dem Stuhl hervor, trat ein paar Schritte zurück und sah, wie sie das Ei auf den Tisch legte.

»Es ist noch ganz feucht«, sagte sie.

Die alte Frau starrte das Ei an und lachte, und die jüngere stimmte ein. Die zwei lachten so laut, dass die anderen Menschen zu ihnen herübersahen. Die alte Frau sagte: »Du hast dem Huhn das Ei geklaut, jetzt musst du ihm dafür etwas zurückgeben.« Die jüngere Frau kratzte sich am Kopf. Dann ließ sie eine große weiße Kugel neben dem Tisch herunterfallen. Ich starrte die komische Masse an, während Betty, Sina und Sabina sich schon auf die Kugel stürzten.

»Vanilleeis!«, gackerte Sina und steckte ihren kleinen, schwarzen Schnabel in die Masse. Ich kam hinzu und drückte vorsichtig meine Schnabelspitze hinein, zog sie aber sofort wieder zurück. Es war so furchtbar kalt! Die anderen hingegen schlugen ihre Schnäbel weiter in das Eis.

Die jüngere Frau sah zu uns herunter und sagte: »Deine Freundinnen picken dir ja alles weg.« Sie ließ noch mal etwas herunterklatschen: »Hier, das ist nur für dich.«

Ich beugte mich hinunter, begutachtete die seltsame Masse von Nahem, drückte meinen geöffneten Schnabel hinein, und das Eis glitt in meinen Unterschnabel. So kalt! Kurz, bevor es in den Schlund rutschte, schmeckte ich endlich das Vanilleeis. Es war süß und tröstlich. Es schmeckte nach: Alles wird gut.

Immer wieder steckte ich meinen Schnabel in das weiche Vanilleeis. Es verschwand rasend schnell. Betty, Sina und Sabina hatten auch schon alles verputzt. Ihre Schnabelspitzen waren noch weiß verschmiert. Die Tauben schauten neidisch zu uns rüber. Aber ich hatte mir das Eis schließlich verdient!

»Das hat gut geschnabelt«, meinte Sabina.

Ich legte ja in jeder hellen Phase, also jeden Tag, ein Ei. Warum hatte ich früher nichts für meine Eier bekommen?

Mit vollen Mägen spazierten wir weiter. Das süße Eis hatte mich beruhigt. Etliche Menschen waren in der Stadt unterwegs. Ich hatte nicht gewusst, dass es so viele von ihnen gab. Hühner sah ich keine. Tauben hingegen unzählige. Ich dachte über Bettys Aussage nach, die Tauben müssten sich ihr Futter selbst suchen, sie hätten schließlich keine Fütterer. Wie konnte man denn so leben? Ich hatte ja ziemlich lange gescharrt, um etwas zu finden. Und sicherlich gab es auch nicht überall einen Komposthaufen mit Kirschen. Und wer fütterte überhaupt die Menschen? Was aßen sie, außer Vanilleeis?

Langsam taten mir meine Beine weh von dem langen Marsch. Wir entdeckten ein Ding, das wie ein Mensch aussah und laut Betty eine »Statue« sein sollte. Dieser Mensch saß auf einer Wiese: Ein Bein war ausgestreckt, das andere angewinkelt. Er stützte sich mit den Armen nach hinten ab. Die Statue war aus Stein. Wir hüpften auf das ausgestreckte Bein. Betty sprang weiter auf das angewinkelte Knie. Durch einen großen Baum direkt hinter uns war es hier nicht ganz so hell und heiß.

Auf dem breiten Gehweg zogen die Passanten vorbei. Es gab große und kleine Menschen. Manche waren allein, manche zu zweit. Bei den Menschen, die zu zweit waren, nahm ich die Hackordnung wahr, von der mir Betty erzählt hatte. Ich merkte es daran, wie sie sich ansahen. Die Menschen kamen mir auf einmal so vor wie Hühner. Betty hatte recht gehabt. Menschen waren jedenfalls huhnischer als Katzen und Hunde. Sie gingen auf zwei Beinen wie wir. Statt Flügeln hatten sie Arme. Die Menschen zogen aber Grimassen. Das konnten sie, weil ihre Gesichter unbefiedert waren.

Betty machte mich auf eine Frau aufmerksam. Sie ging mit einem kleineren Menschen, sozusagen einem Menschen-Küken, vorüber. Betty sagte, die Menschen-Küken hätten es gut. Sie würden von ihren Müttern aufgezogen. »Wir Hühner«, sagte sie von hinten in meinen Nacken, »landen ja meistens als Eier in Brutmaschinen.« Die meisten Küken hätten keine Glucke.

»Wir waren mal Eier?«, fragte ich und drehte mich zu Betty um. Betty streckte ihren Kopf näher zu mir und guckte mich ungläubig an. Dann riss sie ihren Schnabel auf und gackerte, und Sina und Sabina stimmten lauthals mit ein. Ich drehte mich wieder nach vorn, damit Betty mir nicht weiter ins Gesicht gackerte. Meinetwegen sollte sie sich mit meinem Nacken unterhalten. Als die drei fertig waren, meinte Sina: »Wir Seidenhühner werden immer gluckig und sind die perfekten Mütter, aber unsere Fütterin lässt uns nicht brüten!«

Betty sagte: »Eure Eier sind doch sowieso nicht befruchtet. Was soll daraus denn schlüpfen?«

»Stimmt auch wieder.«

Dann drehte sich Sina wieder nach vorn und schwelgte beim Anblick von Mutter und Kind: »Nichts geht über Mutterwärme! Stattdessen gibt es bloß diese dummen roten Wärmelampen. Kann eine Lampe etwa eine Mutter ersetzen? Alle Glucken lieben ihre Küken und beschützen sie. Etwas Besseres als eine Mutter kann sich kein Kind-Küken wünschen!«

Jetzt blieb die Mutter stehen und schimpfte auf das Kind-Küken ein. Das Kind ließ seinen Kopf hängen und duckte sich, machte sich kleiner, als es schon war. Die Mutter holte mit einem Arm aus und schlug ihm ins Gesicht, und das Kind schrie laut auf und rannte auf die Straße, wo ein Auto es fast überfahren hätte.

Sina streckte sich nach vorn, als sähe sie nicht richtig. Schließlich setzte sie sich wieder zurück und tat betont gelassen: »Na ja, *fast* alle Glucken sind gut zu ihrem Kind-Küken. Dass *alle* so sind, hab ich nie behauptet, oder?«

Sie hüpfte von der Statue herunter. »Es ist schon spät«, sagte sie.

Also setzten wir uns in Bewegung. Sina und Sabina gingen wieder voran. Ich bildete das Schlusslicht. Eigentlich wollte ich noch gar nicht los. Sina und Sabina hatten ein Zuhause, und auch Betty hatte ein Zuhause. Hier in der Stadt kamen und gingen die Menschen. In der Stadt war niemand zu Hause.

Ohne zu suchen, entdeckte ich ein rundes glitzerndes Plättchen auf dem Boden. Es war ein Cent-Stück (wie ich später erfuhr). Ich nahm es in den Schnabel und behielt es dort. Es hatte einen metallischen Geschmack.

Nach einer Weile kamen wir bei Sina und Sabina an. Die beiden plapperten die ganze Zeit, wie aufregend das alles gewesen sei. Ein toller Tapetenwechsel. Wir sollten doch mal wieder vorbeikommen und so weiter und so fort.

Betty erwiderte, dass ihr das Flanieren auch Spaß gemacht habe. Seit Wiona Wyandotte von einem Habicht getötet worden sei, habe sie den Schnabel in den Sand gesteckt. Aber jetzt habe sie wieder Lust auf Ausflüge. So ging das noch lange weiter. Irgendwann war sie endlich fertig mit ihrer Abschiedsrede.

Dann guckten die drei mich an. Da ich mein Fundstück nicht zeigen wollte, nuschelte ich mit fast geschlossenem Schnabel: »Bis dann«, und ging.

Betty lief hinter mir her und meinte: »Du bist aber wirklich kurzschnabelig.« Sie quasselte mich zu, dass es eine Frage der Höflichkeit sei, sich ausgiebig voneinander zu verabschieden. Ich könne nicht immer gackern, wie mir der Schnabel gewachsen sei. Ich müsse mich auch mal an die Hühnermanieren halten.

Das Licht wurde schon rötlich. Wir schlüpften durch das Loch im Zaun. Betty lief in den Stall, und ich flatterte wieder von einem Ast auf den anderen, immer weiter hoch bis zu meinem Schlafplatz. Ich suchte den Ast ab, dann den Stamm. Da war eine kleine Einkerbung. Ich legte mein Cent-Stück dort hinein und betrachtete es noch eine Zeit lang. Natürlich konnte ein Huhn nichts mit einem runden Metallplättchen anfangen. Aber es war ein Stück Welt, das nur mir gehörte.

Von hier oben konnte ich Madame Maran nicht entdecken, sie war wohl schon im Stall. Helga Haube lief die Rampe hoch, schüttelte sich und ging dann zögernd hinein. Lisa Leghorn watschelte auch hinein. Zuletzt schlurfte Bathilda Brahma gemächlich zum Stall. Am Ausschlupf musste sie sich stärker ducken als die anderen.

Viel später kam der Fütterer aus dem Haus und schloss die Klappe. Ich schlief ein.

Mitten in der Nacht wachte ich auf und öffnete die Augen. Unten sah ich den Fütterer. Er lief zum Stall, in den Armen trug er ein Huhn. War es das Huhn, das Wiona Wyandotte ersetzen sollte? War ich dann überflüssig? Der Fütterer öffnete die große Tür, ging hinein und kam schließlich ohne das Huhn heraus. Ich schlief sofort wieder ein.

Das neue Huhn

Ein einzelner Vogel fing an zu zwitschern. Er schien zu fragen: »Schon jemand wach außer mir?« Schließlich antwortete ein zweiter Vogel, und irgendwann zwitscherten sie alle durcheinander. Plötzlich ertönte lautes Geschrei aus dem Stall. Ich zuckte zusammen. Was war da los? Das Schreien ging weiter. Irgendein anderes Tier musste im Stall sein. Das klang auf jeden Fall nicht nach einem Huhn!

Nun hörte ich auch ein Gackern: »Du gehörst hier nicht hin!«

Der Fütterer kam in einem schlaffen Gefieder durch den Garten geschlurft. Ich fragte mich, wie er es schaffte, dauernd sein Gefieder zu wechseln. Der Fütterer zog die Klappe hoch, und sofort rannte Betty heraus. Sie lief zum Wasser und tunkte ihren Schnabel tief hinein. Hinter ihr waren auch Helga, Lisa, Bathilda und eine aufgebrachte Madame Maran rausgelaufen. Ich wartete auf das neue Huhn und vor allem auf das seltsame Tier, das im Stall geschrien hatte. Da schrie es schon wieder! Ich trippelte auf dem Ast hin und her und gab mir schließlich einen Ruck. Kaum war ich unten gelandet, kam Madame Maran auf mich zu. Aber sie rannte an mir vorbei zurück zum Stall. Kurz vor dem Eingang zögerte sie, dann lief sie energisch hinein. Es gab lautes Gegackere und Geflattere. Das neue Huhn tat mir leid. Mir kam auf einmal in den Sinn, dass Neue zusammenhalten müssen. Allein würde das Huhn nicht gegen die Chefin ankommen. Ich lief ebenfalls in den Stall.

Die Chefin kämpfte mit dem anderen Huhn, das schreiende Tier sah ich nicht. Das Huhn war schlank, aber nicht so wie Helga Haube, sondern kräftig-schlank. Es war seltsam bunt, hatte einen goldbraunen Hals, an der Brust war es dunkelbraun, am Bauch schwarz, am Rücken rotbraun, und sein viel zu langer Schwanz war schwarz und mit blauen Federn durchsetzt. Es sah aus, als hätte man sein Gefieder aus mehreren Hühnern zusammengesetzt.

Die Chefin flatterte immer wieder gegen das neue Huhn, aber das Huhn trat sie kräftig und griff seinerseits an, bis Madame Maran an mir vorbei aus dem Stall lief. Mir war es auch nicht geheuer, mit diesem bunten Huhn hier allein zu sein. Ich eilte hinaus zur Wassertränke, wo Betty immer noch stand, und stellte mich neben sie. Ich ließ Wasser in meinen Unterschnabel laufen und streckte meinen Kopf nach oben. Das kühle Wasser rann mir die Kehle hinunter.

Dann fragte ich: »Ist das die Neue?« Es war seltsam, das zu fragen. Ich war doch selber neu. Noch nicht mal neu, ich war ja irgendwie außen vor.

»Die?«, fragte Betty. »Das ist ein *Der*, ein Hahn!« Sie hob ihren Kopf. »Da kommt der Otterpohl. Schnell, versteck dich im Gebüsch!«

Ohne mich umzusehen, zwängte ich mich ins Dickicht. Durch die Blätter spähte ich wieder hinaus. Der Fütterer hatte nun unten ein blaues und oben ein weißes Gefieder an. Er lief zum Stall, öffnete die Tür und ging hinein. Heraus kam das Huhn, nein, der Hahn. Er blieb eine Zeit lang auf der Rampe stehen. Ich dachte schon, er sei auch zu einer Statue geworden, wie der Steinmensch in der Stadt, da drehte er seinen Kopf, richtete sich mit dem Schnabel das Bauchgefieder und schritt die Rampe herunter.

Der Fütterer kam nun aus dem Stall, beobachtete den Hahn, sah sich die anderen Hühner an – mich entdeckte er nicht – und ging wieder.

Betty rief mir zu: »Komm raus, die Luft ist rein!«

Ich fragte mich, ob die Luft denn vorher verschmutzt war, und lief zu ihr hin.

Der Hahn schritt durch den Garten und inspizierte alles. Dann hob er seinen Kopf, streckte sich und schrie aus voller Kehle. Er war also dieses komische Tier, das schrie. Hier draußen klang es noch viel lauter.

Das Fenster des Menschenstalls ging auf. Ich duckte mich hinter der Wassertränke, hörte aber nicht den Fütterer, sondern etwas Wummerndes. Dann sprach ein Mensch. Nein, er sprach nicht, irgendwie zwitscherte er, nur viel tiefer und lauter als die Vögel. Er zwitscherte, dass er irgendetwas nie zu träumen gewagt habe. Es war bestimmt nicht der Fütterer, der so laut in unterschiedlichen Tönen zwitscherte.

Betty gackerte gegen die Lautstärke in meine Ohrscheibe: »Warum muss der Otterpohl uns ausgerechnet einen Hahn in die Herde setzen? Wir hatten noch nie einen Hahn!« Wie auf Knopfdruck kam der Hahn an die Tränke und steckte seinen Schnabel ins Wasser. Es schien, als bemerkte er uns gar nicht. Dabei hatte er uns im Auge, genauer gesagt: im linken Auge.

»Sehr delikat das Wasser, nicht wahr?«, gackerte Betty bemüht lässig. Der Hahn drehte plötzlich seinen Kopf und guckte sie nun von vorne, mit beiden Augen, an. Der Mensch, der aus dem Fenster zwitscherte, überschallte aber auch alles. Man konnte ja kaum sein eigenes Gegackere verstehen. Ich wusste nicht, ob der Hahn Betty einfach nicht gehört hatte oder nicht antworten wollte. Meine Neugier siegte. Ich sah Betty fragend an, aber sie machte keine Anstalten, uns einander vorzustellen. Da ich den Hahn nicht direkt angackern wollte und Betty uns bekannt machen sollte, fragte ich Betty: »Wer ist das?«

Die tiefe Stimme aus Otterpohls Haus zwitscherte nun davon, jemanden zu lieben und zu berühren.

»Das ist Roland Kaiser!«

Irgendwie war es erleichternd, nicht mehr das neueste Huhn zu sein. Ich überwand mich endlich, drehte mich zu dem Hahn und sagte: »Du bist also Roland Kaiser. Und ich bin Molli.«

Betty stieß mich ungeschickt von der Seite an. Ich schaute aber weiterhin Roland Kaiser an. Er hatte einen wirklich schönen, großen, roten Kamm. Auch seine roten Kehllappen waren nicht zu verachten. Er schien mir trotz seiner Wortkargheit harmlos zu sein. Ich fragte ihn: »Wieso schreist du immer so rum?« Dabei mussten ihm doch seine eigenen Ohren platzen.

Betty stupste mich erneut mit dem Flügel an: »Du bist ja wirklich wie ein Küken. Das nennt man Krähen! Er ist ein Hahn. Das tun Hähne nun mal.«

»Warum?«

»Warum, warum, warum?«, äffte Betty mich nach. »Warum ist die Banane krumm?«

»Was ist eine Banane?«

»Ach, vergiss es«, seufzte sie.

Madame Maran ging wieder auf Roland Kaiser los. Ich hatte sie gar nicht gesehen, so schnell war sie von der Seite gekommen. Roland Kaiser hatte sie aber wohl auf dem Schirm gehabt. Er drehte sich blitzartig um. Die beiden flatterten gegeneinander, Roland Kaiser flog aber höher und trat ihr gegen die Brust. Sie fiel nach hinten, war aber sofort wieder auf den Beinen. Jetzt wollte sie ihn mit dem Schnabel packen, aber das gelang ihr nicht.

Die beiden gingen auseinander und standen sich eine Weile lauernd gegenüber. Schon vom Zuschauen raste mein Puls. Plötzlich flatterten sie gleichzeitig hoch und versuchten, sich in die Schnäbel zu greifen. Beim Gerangel flogen ein paar Federn durch die Luft. Wahrscheinlich rissen sie sich die gegenseitig aus, aber das ging so schnell, dass ich es nicht richtig sehen konnte. Schließlich gelang es Roland Kaiser, auf Madames Rücken zu springen und von da oben auf sie einzupicken.Nach kurzer Zeit sprang er wieder von ihr herunter, und Madame verzog sich, als wäre nichts gewesen.

Roland Kaiser sah ihr nach. Er schien abzuwarten, ob sie nicht doch noch mal einen Angriff startete. Madame tat aber gelassen und fuhr mit dem Schnabel über ihren linken Flügel, als wäre es ihr jetzt einfach wichtiger, Gefiederpflege zu betreiben. Roland Kaiser ging weiter inspizierend durch die Gegend, ließ Madame Maran dabei aber nicht aus den Augen.

Ich sah zum Stall hinüber. Es war niemand dort, und mein Kropf war ganz leer. Schnell lief ich über den Rasen und hoffte, Madame würde sich nicht umdrehen und mitbekommen, dass ich zu »ihrem« Futter wollte.

Drinnen war es etwas ruhiger. Es war schon seltsam, dass das hier genauso ein Stall sein sollte wie Stall 2. Ich hatte früher gedacht, dass Hühner immer *in* einem Stall waren, aber bei den Otterpohls waren die Hühner die meiste Zeit draußen und gingen nur nachts zum Schlafen hinein.

Die Sonne schien freundlich durch die Fenster. Die Luft war frisch, und wenn alle nachts wieder reinkamen, war es nicht gedrängt. Es lagen keine toten Hühner in den Ecken, und niemand hatte ausgerissene Federn. Böse Hühner gab es aber auch hier. Da fiel mir wieder Madame Maran ein, und ich rannte zum Futter und pickte gierig. Als mein Kropf voll war, lief ich sofort wieder hinaus. Bloß nicht der Madame hier drinnen begegnen!

Helga Haube und Lisa Leghorn standen noch immer hinten vor dem Gemüsegarten, als wollten sie sich bewusst abseits vom Geschehen halten. Madame Maran nahm ein Sandbad. Sie wälzte und drehte sich, als müsste sie mit jemandem auf dem Boden kämpfen. Betty beobachtete Roland Kaiser, der von außen ihr Wohnzimmer beäugte. Als sie mich entdeckte, warf sie mir einen erleichterten Blick zu und sagte, wir sollten uns in ihr Wohnzimmer verziehen. Sie machte einen Bogen um Roland Kaiser und lief durch den Gang.

Kaum saßen wir, seufzte Betty. »Wir brauchen keinen Hahn!«

»Heißt das, dass er jetzt der Chef ist und nicht mehr Madame?«, fragte ich.

Betty starrte stumm vor sich hin, was wohl »Ja« bedeuten sollte. Der Hahn hatte mich jedenfalls nicht angegriffen wie Madame Maran.

»Was ist an ihm so schlimm?«, fragte ich.

Betty sah sich nach allen Seiten um. Roland Kaiser musste woandershin gegangen sein. Außerdem übertönte der menschliche Gesang sowieso alles. Der Sänger mit der tiefen Stimme zwitscherte nun von einer Joana.

»Hähne«, raunte Betty mir zu, duckte sich ein wenig und schaute mich ernst an, »treten einen immer.«

Als sie meinen Blick sah, seufzte sie. »Die Hähne treten einen nicht wirklich, das heißt nur so. Hähne … wie soll ich dir das erklären …« Betty steckte ihren Kopf unter den rechten Flügel, als müsste sie etwas im Gefieder suchen. »Sie springen den Hennen auf den Rücken, krallen sich fest, und irgendwann ist man da so kahl wie du, nur halt auf dem Rücken.«

»Warum machen sie das?«

»Weil sie die Chefs sind.«

»Und warum tut die Chefin das nicht?«

»Weil sie eine Henne ist!«

Ich kapierte das nicht.

Bettys kaum vorhandener Kamm färbte sich tiefrot. »Du hast doch gehört, dass Sina und Sabina sich Küken wünschen. Aber ohne Hahn geht das nicht, verstehst du?« Sie sah, dass ich sie nicht verstand. »Ein Hahn befruchtet die Eier, indem er eben auf die Hennen springt und seine Samen an sie abgibt. Er presst dabei seine Kloake auf die Kloake der Henne.«

»Das ist ja ekelhaft!« Mir kamen fast die Körner aus dem Kropf wieder hoch.

Roland Kaiser schrie, nein, krähte wieder ohrenbetäubend ganz in unserer Nähe. Ich hatte das Gefühl, dass sogar meine Ohrscheiben vibrierten.

Betty erklärte weiter: »Ihre Samen wandern dabei den Eileiter hoch. Wenn das Ei befruchtet ist, kann sich ein Küken entwickeln. So sind wir alle entstanden: aus dem Samen des Hahns und der Eizelle der Henne. Beides muss miteinander verschmelzen. So entsteht Leben.«

»Wozu ist es denn gut, dass Küken aus dem Ei kommen?«

Betty schüttelte den Kopf: »Sonst wären wir jetzt alle nicht hier!«

»Und warum ist es gut, dass wir hier sind?«

»Warum, warum, warum –« Betty unterbrach sich.

Roland Kaiser kam herein. Er duckte sich im Gang und stand dann in seiner ganzen aufgerichteten Buntheit vor uns. Sein Kamm stieß an die Wohnzimmerdecke. Betty und ich erstarrten. Er wollte doch hier drinnen keinen Kampf mit uns anfangen? Uns in den Nacken beißen? Er sah sich um. Betty gackerte: »Hey, das ist *mein* Wohnzimmer!«

Draußen wurde es still. Der Gesang war verstummt.

»Ist jetzt alles meins«, sprach Roland Kaiser. »Und ihr gehört mir auch.«

Mir fiel der Unterschnabel herunter, und auch Betty starrte ihn mit offenem Schnabel an. Hatte der Hahn gerade gesagt, dass ihm *alles* gehöre? Bettys Wohnzimmer, wir und überhaupt alles? Oder hatte ich ihn nur nicht richtig verstanden?

»Alles gehört mir«, wiederholte Roland Kaiser und betonte seine Worte mit einem kräftigen Flügelschlagen.

»Ihr beide seid ganz schön hässlich«, sprach er weiter und sah mich an. »Du! Du siehst richtig erbärmlich aus, so was hab ich noch nie gesehen. Bist du etwa schon in der Mauser? Dein Kamm ist auch ziemlich blass. Und du!« Er sah jetzt zu Betty herüber. »Du hast ja kaum einen Kamm, so niedrig ist der.« Dann drehte er seinen Hals und ordnete das Gefieder auf dem Rücken. Er bewegte seinen Kopf wieder nach vorn, blickte mich an, und ich zuckte zusammen.

»Du bist Molli«, sprach er mich an. »Ich hatte zwar schon einen Namen, aber ›Roland Kaiser‹ klingt besser.« Er drehte sich um und schritt kaiserlich davon. Im Durchgang duckte er sich wieder, aber selbst dabei sah er noch stolz aus. Ich starrte auf seine langen schillernden Schwanzfedern, die bei jedem Schritt mitwippten. Draußen beugte er sich noch einmal herunter und rief uns zu: »Also, für euch: Roland Kaiser. Ein Kardinal nimmt schließlich auch einen neuen Namen an, wenn er Papst wird.«

Dann verschwand er.

Betty gackerte entrüstet: »Von wegen Papst. Dieser Kaiser ist doch – « Sie wollte gerade weiterzetern, da steckte Roland Kaiser seinen Kopf noch einmal in den Durchgang und sah Betty an. Sie zuckte zusammen und gackerte: »Ich bin Betty.« Er nickte ihr zu und ging.

Sie wartete noch eine Weile, ob er auch wirklich weg war, dann flüsterte sie schlecht gelaunt: »Na toll!«

Die tiefe Stimme ertönte schon wieder. Es ging jetzt um eine Insel, um weiße Strände, und jemand hielt irgendwas in den Händen.

Betty verdrehte die Augen: »Na toll! Santa Maria! Heute ist wohl Roland-Kaiser-Tag! Santa Maria, Josef und Jesus! Heilige Scheiße! Bullenkacke! Hühnerkacke! Verdammt noch mal!« Sie schüttelte den Kopf. Auf einmal gackerte sie noch lauter: »Immer müssen die Otterpohls diese Schlager hören! Immer müssen sie ihr Fenster dabei aufreißen!« Sie schlug wütend mit den Flügeln: »Steht das etwa irgendwo in einem Ratgeber: Wenn Sie Ihre Hühner so richtig auf die Palme bringen wollen, reißen Sie Ihr Fenster auf und beschallen Sie sie ständig mit deutschen Schlagern?«

Roland Kaiser krähte wieder. Ich fand sein Krähen viel schlimmer als den Gesang. Betty stand auf und scharrte wütend. Dann blieb sie abrupt stehen. »In meinem Wohnzimmer ist Scharren verboten, und jetzt scharre ich selbst.« Sie sah nach unten: »Der schöne glatte Boden, das muss ich unbedingt ausbessern.« Trotzdem scharrte sie noch einige Male. Dann lief sie hinaus.

Betty scharrte auf dem Rasen weiter. Zwischendurch riss sie Grashalme aus, dass es knirschte. Helga Haube und Lisa Leghorn kamen angerannt. Sie fragten Betty: »Der war doch bei dir im Wohnzimmer, was hat er gesagt? Wie heißt er?«

Betty scharrte noch heftiger: »Iwan der Schreckliche.«

Lisa fragte: »Ist das eine neue Rasse, ›der Schreckliche‹?«

Helga legte ihren Kopf zur Seite und kratzte sich am Hinterkopf. Dann meinte sie: »Bist du dir sicher? Also wenn ich keinen Knick in der Pupille habe, müsste er dem Aussehen nach doch ›Italiener‹ heißen.«

Ich sortierte gerade meine Federn, als Lisa Leghorn ohne Vorwarnung auf mich losging. Ich wich zurück, sie kam mir aber hinterher, und ich wollte sie gerade picken, da schob sich auf einmal Roland Kaiser zwischen uns.

»Schluss!«, gackerte er. Lisa Leghorn riss die Augen auf.

»Du Hübsche«, sagte er zu ihr, »solltest deine Energie lieber für mich aufheben.« Dann sah er zu Helga Haube. »Was hast du denn auf dem Kopf? Das ist ja schrecklich! Du bist ja noch hässlicher als die in der Mauser!«

Helga schaute ihn fassungslos an, und Lisa stammelte mit dunkelrot angelaufenem Kamm: »Ich geh jetzt in den Stall! Ich muss ein Ei legen!«

»Moment!«, herrschte Roland Kaiser sie an und sah uns dann reihum in die Augen. Er richtete sich auf und verkündete: »Ich bin Roland Kaiser!«

Helga und Lisa fingen an zu gackern. Lisa gackerte: »Es kann der Frömmste nicht in Frieden leben«, und Helga gackerte: »Santa Maria!« Betty lachgackerte laut mit.

»Ruhe!« Roland Kaiser bäumte sich auf, krähte aus vollster Kehle und übertönte alles. Schließlich ging er ein paar Schritte weiter und blieb dann stehen: »Ihr seid jetzt meine Hennen, auch wenn drei von euch hässlich sind wie die Nacht. Nein, vier, wo ist dieses Monstrum mit den Federfüßen?« Er sah sich suchend um. »Die ist so hässlich wie die Nacht bei Neumond. Dafür bist du –« Er blickte Lisa eindringlich an, bis sie sagte: »Ich bin Lisa Leghorn.« »Dafür bist du, Lisa Leghorn, umso schöner, und diese dunkle Furie, die ich besiegt habe«, wieder sah er sich um (Madame lag groggy im Sandbad), »ist auch eine Hübsche. Ich muss sie nur noch zähmen.« Dann wandte er sich an Helga: »Und wer bist du?« Helga war beleidigt, sagte aber: »Helga Haube.« »Du mit der Haube, du bist überhaupt nicht mein Fall. Am schlimmsten finde ich aber dieses Monstrum. Und ihr –«, nun waren Betty und ich an der Reihe, »euch nehme ich nur, wenn sich nichts Besseres findet.« Er legte seine Flügel eng an und stolzierte hin und her: »Ich werde für Ordnung sorgen, euch alle beschützen, auch wenn ich einige bevorzuge. Und wenn ihr Nachwuchs von mir ausbrüten wollt, hab ich nichts dagegen.«

»Der Fütterer nimmt die Eier sowieso weg«, sagte Lisa.

»Wir werden schon eine Möglichkeit finden«, meinte Roland Kaiser. »Ich werde euch kein Nest bauen und auch nicht bei der Kükenaufzucht helfen. Ich bin schließlich kein Täuberich. Aber wenn ich etwas Leckeres finde, werde ich euch herbeirufen und euch und die Küken vor Gefahren beschützen und« – dabei sah er Lisa eindringlich an – »euch stets meinen besten Samen spenden.« Er hob seinen Schnabel: »So, habt ihr noch Fragen?«

»Wieso Roland Kaiser? Ich dachte, du heißt Iwan Schrecklich?«, fragte Lisa.

Roland Kaiser sah Lisa verdutzt an. Die erkannte ihren Fehler, blickte Betty böse an und stieß hervor: »Ich muss jetzt wirklich ein Ei legen!« Und schon eilte sie über den Rasen zum Stall. Roland Kaiser schaute ihr hinterher.

Betty fragte: »Woher kommst du? Aus was für einem Züchterstall?«

»Aus einem sehr renommierten Stall«, antwortete Roland Kaiser. »So, genug gefragt. Ich muss mich noch dem Monstrum und der wunderschönen Furie vorstellen.« Er wandte sich ab und stolzierte davon.

Betty kam ganz nah an mich heran und flüsterte: »Lass uns mal *unauffällig* folgen.« Wir gingen in einigem Abstand hinter ihm her. Helga Haube schloss sich uns an. Wir starrten betont desinteressiert in alle möglichen Richtungen, während wir Roland Kaiser folgten. Er fand Bathilda dann auch endlich. Sie lag unter ihrem Baldachin.

Roland Kaiser spazierte mehrmals vor ihr auf und ab,

konnte aber trotzdem nicht ihre Aufmerksamkeit gewinnen. Schließlich überstreckte er wieder seinen Kopf und krähte.

»Ich bin der neue Chef«, sagte er, obwohl sie ihn immer noch keines Blickes würdigte. »Ich bin Roland Kaiser.«

Sie schwieg. Da beugte er sich zu ihr herunter und beäugte sie. Mir fiel wieder sein großer, roter Kamm auf.

»Und du?«, gackerte Roland Kaiser laut. »Wer bist du?« Er richtete sich wieder auf.

Schließlich sah Bathilda doch hoch. »Wenn du Roland Kaiser bist, bin ich Helene Fischer.«

»Du bist also Helene.«

Betty gackerte laut auf, Helga stimmte ein und ich auch. Roland Kaiser drehte sich abrupt um und sah uns an. Betty gackerte so stark, dass sie die Augen zukneifen und dabei noch mit den Flügeln schlagen musste, und Helga bewegte beim Gackern ihren Kopf immer nach vorn, als würde sie heftig nicken.

Roland Kaiser wandte sich wieder Bathilda Brahma zu. »Weißt du, was?«, sagte er verärgert. »Ich glaube, du bist gar nicht Helene Fischer!« Bathilda drehte ihren Hals nach hinten und steckte ihren Schnabel ins Gefieder, sodass man nur noch ihren Kamm sah. Kurz darauf hörte man sie leise schnarchen. Roland Kaiser starrte ihr auf den Kamm, dann wandte er sich ab und stapfte davon. Er schüttelte sich: »So ein Monstrum mit Federn an den Füßen und dann auch noch meditativ. Schrecklich!«

Wir folgten ihm wieder unauffällig.

Madame lag immer noch im Sandbad. Als er kam, sprang sie sofort auf und schüttelte sich. Eine Staubwolke hüllte sie nun ein.

»Ich mag es, wenn Hennen ihr Gefieder sorgfältig pflegen«, sagte Roland Kaiser. Sie schaute ihn grimmig an. Er sprach weiter: »Obwohl es mir leidtut, dass ich dir ein paar Federn ausgerissen habe. Aber du warst auch nicht gerade zimperlich.«

Dickmadam schüttelte sich noch einmal und ordnete dann mit dem Schnabel ihr Federkleid. Es wirkte so gewollt ignorierend.

»Wie heißt du?«, fragte Roland Kaiser, aber Dickmadam fuhr demonstrativ mit ihrer Gefiederpflege fort, und er sagte: »Du trägst anscheinend deinen Schnabel sehr hoch. Dass du ein Marans bist, ist offensichtlich. Und du darfst deinen Schnabel auch sehr hoch tragen, weil du ein wunderschönes Huhn bist.«

Madame streckte den linken Flügel aus und glitt mit ihrem großen, gebogenen Schnabel über eine Außenfahne.

Roland Kaiser fuhr fort: »Du bist noch eine Henne, wie es sein sollte: mit schönem Kamm, roten Kehllappen, einem vollen, gepflegten Gefieder – ein richtiges Rassehuhn.«

Madame flatterte wie ein hilfloses Huhn und sagte: »Ich bin Madame Maran«, wobei sie das »Madame« betonte. Dann pickte sie auf dem Boden herum.

Roland Kaiser hatte nun freie Sicht auf ihren gut gebauten roten Kamm und war entzückt. Er gackerte: »›Madame‹ kann ich dich nicht nennen, das klingt zu ehrfürchtig. Ich nenn dich Mademoisellchen.«

Madame hob abrupt ihren Kopf und schaute ihn giftig an. Ihre Halsfedern hatten sich aufgeplustert: »Wag es ja nicht, mich ›Mademoisellchen‹ zu nennen!«, fauchte sie, und Roland Kaiser zuckte angesichts ihres plötzlichen Stimmungsumschwungs zusammen.

Dickmadam sah sich um und entdeckte uns, wie wir zwar abseits, aber nicht zu weit entfernt standen und so taten, als würden wir uns nicht die Bohne für sie interessieren. Dann wandte sie sich wieder Roland Kaiser zu und zischte leise: »Sonst nimmt mich keiner mehr ernst! Ich bin die Chefin!«

Roland Kaiser fasste sich schnell wieder. Er fing an, um sie herumzulaufen. Ab und an hob er das rechte Bein an und schüttelte es, während er gleichzeitig seinen rechten Flügel nach unten ausstreckte und man dabei ganz genau seine großen Flügelfedern sah. Er gackerte laut, damit es auch jeder hörte: »Mein Mademoisellchen, mein Schnuckelchen, mein Schätzchen, mein Mäuschen, mein Baby!«

»Was macht er da? Hat er einen Krampf im Bein?«, fragte ich Betty.

»Er tänzelt um das Schnuckelchen herum«, meinte sie. »Er macht ihr den Hof.«

»Das ist ja lächerlich«, gab Helga Haube ihren Senf dazu. »Führt sich auf wie die *Dancing Queen*, papperlapapp, wie der *Dancing King*.«

»Pockpockpockpooooaaack! Pockpockpockpooooaaack!«

Wir sahen uns um. Lisa Leghorn stand auf der Rampe vor dem Stalleingang und verkündete, dass sie ein Ei gelegt habe. Roland Kaiser blieb mitten im Tanz auf einem Bein stehen, sah hinüber zu Lisa Leghorn, setzte sein Bein wieder ab, drückte seinen Oberkörper in die Höhe und krähte ohrenbetäubend. Dann sagte er kurz angebunden zu Madame, während er immer noch Lisa anstarrte: »Schnuckelchen, überleg dir, ob du lieber Mäuschen oder Baby genannt werden willst.« Er ließ Madame Schnuckelchen stehen und lief Richtung Lisa Leghorn.

Dickmadam blickte ihm enttäuscht nach, dann bemerkte sie unsere Blicke und fuhr mit ihrer Gefiederpflege fort, als wäre nichts passiert.

Aus dem Fenster der Otterpohls ertönte nun keine Musik mehr, sondern Menschengeschimpfe, was weniger schön klang. Auf einmal knallte es dumpf, dann hörte ich gar nichts mehr.

»Mist«, sagte Betty von der Seite. »Sie haben das Fenster zugemacht. Los, komm mit.« Wir schüttelten Helga Haube irgendwie ab und gingen zur Tür mit der kleinen Klappe.

»Sie streiten sich wegen Roland Kaiser. Jedenfalls hat Frau Otterpohl irgendwas mit ›Hahn‹ gesagt. Lass uns mal horchen.« Vor der Tür blickte sie sich noch mal um, drückte dann die Klappe mit dem Schnabel auf und hüpfte hinein. Ich begriff: Die Klappe war wie die Gummimatten, nur fester. Ich folgte Betty. Auf dem Boden lagen Steinplatten. Sie fühlten sich schön kühl an. Wir gingen einige Schritte weiter.

»Und wenn sich die Nachbarn beschweren?«

»Wir können es zumindest probieren! Wir bestechen sie einfach mit mehr Eiern.«

»Und wenn die Hennen ihn nicht akzeptieren?«

»Das werden wir ja sehen. Aber apropos – ich schau mal nach ihm. Nicht, dass die Marans-Henne ihn schon ganz zerpickt hat.«

Auf einmal kam der Fütterer um die Ecke und stand vor uns. Er starrte uns an: »Was macht ihr denn hier?« Dann sah er mich an: »Wer bist du denn?«

Ich blieb erstarrt stehen, obwohl Betty mir zugackerte: »Los, raus hier!«

Als der Fütterer auf mich zukam, lief ich weg, aber in die falsche Richtung. Ich rannte an ihm vorbei, dann nach rechts durch eine offene Tür. Dort saß Frau Otterpohl auf dem Sofa, und ich lief wie ein kopfloses Huhn herum. Der Fütterer war mir nachgekommen, trieb mich in eine Ecke, packte mich, und seine Frau brachte ihm einen kleinen Käfig, in den er mich hineindrückte. Dann schloss er die Gittertür.

»Wem gehört das wohl?«, fragte er.

»Beringt ist das Huhn nicht, und es hat offenbar keinen Halter«, meinte die Frau. »Sonst säh es wohl kaum so aus wie ein gerupftes Suppenhuhn.«

Hier drinnen konnte ich mich kaum rühren. Es war so eng wie in einer Kabine zum Eierablegen. Aber da konnte man jederzeit wieder raus. Ich stieß mit dem Schnabel gegen das Gitter. Sie wollten mich doch nicht hier drinlassen? Ich gackerte und gackerte. Betty war mir nachgelaufen und gackerte nun lauthals mit.

»Was ist denn mit dem Blumenhuhn los?«, fragte die Frau.

»Das hat bestimmt noch einen Knacks wegen der Wyandotte.«

»Also, ich würde sagen, du fährst zur Tierärztin und nimmst auch gleich den Hahn mit.«

Der Otterpohl ging zum Fenster und sah hinaus. »Der freundet sich gerade mit der Leghorn an. Ich will ihn da jetzt nicht rausholen.«

»Und wenn er krank ist?« Seine Frau klang aufgebracht. »Dann steckt er die anderen an!«

»Ach was, der wirkt ziemlich gesund. Den bring ich ein anderes Mal hin.«

Betty war vor den Käfig gelaufen und sah mich an. In dem Moment wurde ich aber hochgehoben, und alles schaukelte. »Hilf mir!«, gackerte ich. »Was hat er vor?« Ich presste mich ans Gitter, um vielleicht doch noch einen Blick auf Betty zu erhaschen, aber ich konnte sie nicht sehen.

»Hab keine Angst!«, rief Betty von unten. »Er bringt dich nur zum Tierarzt. Keine Angst!«

»Was ist ein Tierarzt?«, fragte ich zurück.

»Das ist jemand«, sagte Betty, »der den ganzen Tag Tiere quält.«

Beim Tierarzt

Bisher waren die gesichtslosen Autos nur an mir vorbeigerast, oder sie standen ganz still. Jetzt saß ich in einem drin und bewegte mich quer zur Fahrtrichtung. Hielt das Auto, kippte ich nach rechts und wurde gegen die Käfigwand gedrückt. Mir wurde ganz schwindelig.

Und wenn ich nie mehr rauskäme? Wenn ich hier drin eingesperrt bliebe? Verdammt zu einer lebenden Statue?

Es ruckelte nicht mehr. Der Käfig wurde aus dem Auto gezogen und hochgehoben. Es schaukelte noch heftiger. Ich schwebte weiter in einen Raum mit Menschen. Sie saßen dort mit jeweils einem Tier, als wäre das ein allgemeines Gesetz: Zu jedem Menschen gehört ein Tier.

Dann wurde der Käfig wieder hochgehoben, und ich schwebte durch einen Gang in einen sehr hellen Raum, in dem das Licht so ähnlich war wie in Stall 2, nur viel greller. Gleichzeitig roch es scharf und unlecker.

Der Käfig schwebte noch höher und wurde dann abgesetzt. Der Raum war von Stimmen erfüllt. Der Tierarzt war kein Mann, sondern eine Frau, das hörte ich am Klang der Stimme.

Dann tauchte vor dem Gitter ein Frauengesicht mit hellem, lockigem Kopfgefieder und großen, blauen Augen auf. Die Frau redete auf mich ein, und am Ton konnte ich hören, dass es beruhigend wirken sollte. Das Gesicht entfernte sich, das Gitter wurde zur Seite geklappt, und die Stimme von eben lockte mich sanft. Aber ich rührte mich nicht. Hier drinnen war es eng, aber sicher. Ich sah nun auch den Otterpohl. Beide, er und die Frau, taten weiterhin freundlich. Aber als Huhn hat man so eine Ahnung. Vielleicht vergaßen sie mich einfach, wenn ich still und regungslos sitzen blieb? Die Frau mit dem hellen Kopfgefieder steckte doch tatsächlich ihre Hände zu mir herein. Ich wich zurück, bis mich die Rückwand aufhielt. Da die Frau nicht von mir abließ, pickte ich ihr in die Hand. Sie wurde nicht wütend wie der Einsammler, zog ihre Hände aber auch nicht zurück. Auf einmal geriet ich in Panik, aber sie ließ nicht locker, drückte mir die Flügel zusammen, hob mich aus dem Käfig und stellte mich auf eine kalte glatte Fläche.

Ich wollte wegrennen, doch ich konnte mich nicht rühren. Dann merkte ich, dass noch eine zweite Frau anwesend war. Sie hatte ein glattes braunes Kopfgefieder. Die mit dem hellen Kopfgefieder hielt mich weiterhin fest, und die andere machte seltsame Dinge mit mir. Sie besah sich meine Beine und Füße. Dann nahm sie sich meine Zehen vor und hantierte mit einem Metallteil herum. Ich sah, wie meine Krallen abfielen. Nicht die ganzen Krallen, sondern nur der vordere Teil. Sie schnitt an mir herum! Als sie mit allen Krallen durch war, hob sie jeweils einen Flügel hoch und sah darunter. Ich wurde nach vorne gesenkt, und mein Po wurde begutachtet. Dann war der Kopf an der Reihe, sie betrachtete erst das eine, dann das andere Auge, sie drückte mir sogar den Schnabel auseinander! Sie schien Freude am Drücken gefunden zu haben, denn nun drückte sie gegen meinen Bauch und gegen meine Brust.

Schließlich ging sie weg und kehrte mit einem Ding zurück, das mir verdächtig vorkam. Nun lag ich fast auf dem Rücken. Ihre eine Hand hielt meine Beine fest, andere Hände drückten gegen meine Flügel. Ich war vollkommen eingeklemmt. Die Frau näherte sich mit dem Ding, aus dem ein dünner Stab ragte: »Das tut gaaar nicht weh!« Ich verstand damals nicht, was sie sagte, aber ihre Stimme klang falsch. Mit einem Auge beobachtete ich, wie sich dieser dünne Stab meiner Brust näherte und schließlich in mich hineingestoßen wurde. Ich gackerte und gackerte, so weh tat es! Ich dachte an Bettys Worte: Ein Tierarzt sei jemand, der den ganzen Tag Tiere quäle. Diese Frau musste die Tierärztin sein!

Als ich wieder im Auto war, spürte ich den Schmerz immer noch. Auf der Rückfahrt wurde mir aber wenigstens nicht schwindelig, vielleicht vertrieb der Schmerz den Schwindel. Ich blickte auf meine Krallen hinunter. Sie sahen ganz anders aus als sonst, so kurz. Sie berührten gar nicht mehr den Boden. Ich schaute nach oben zum Fenster. Bäume flogen vorbei, der blaue Himmel, größere Autos.

Wir hielten an, und ich schwebte wieder durch die Gegend. Ich fragte mich, wohin der Otterpohl mich brachte, da hörte ich auch schon Roland Kaisers Krähen. Vorhin hatte es für mich nach einem hässlichen Schreien geklungen, aber jetzt fühlte ich mich begrüßt. Durch das Gitter sah ich den Stall, den Rasen, die Büsche. Es war komisch, zurückzukommen und alles genau so wieder vorzufinden.

Ein leichter Wind wehte, es roch wie immer. Ich wusste nicht, was für mich seltsamer war: das »Zurückkommen« oder das Gefühl von »wie immer« – vielleicht auch beides zusammen: »das Zurückkommen ins Wie-immer«. Als der Käfig auf dem Rasen stand und die Tür geöffnet wurde, blieb ich sitzen. Über mir hörte ich Stimmen, die Frau von dem Otterpohl muss wohl rausgekommen sein.

»Willst du das Huhn gleich in der Herde lassen?«

»Warum nicht? Es kannte schließlich schon das Blumenhuhn.«

Ich wunderte mich, dass ich auf einmal nicht nur den Ton, sondern auch den Sinn verstand.

Die Frau fragte: »Was sagt eigentlich die Tierärztin?«

Der Otterpohl flüsterte: »Es ist wahrscheinlich eine Legehenne aus der Massentierhaltung.«

»Und wie kommt sie hierher?«

»Tja, das ist wohl die Preisfrage. Ich brauch jetzt erst mal einen Kaffee.«

Allein

Anstatt sofort aus dem Käfig zu laufen, blieb ich hier sitzen. Die Gittertür stand ja offen. Ich spürte nicht mehr die Enge, sondern den angenehmen Schutz um mich herum. Ich konnte jederzeit hinaus. Kaum war mir dieser Gedanke durch den Kopf gegangen, kam auch schon Dickmadam an und versperrte mit ihrem Körper den Eingang.

Sie steckte ihren Kopf zu mir herein, und ich sah ihr verkniffenes Gesicht mit dem spitzen Schnabel. Sie pickte sofort nach mir. Es ging nicht vor und nicht zurück. Nach kurzer Zeit war ich schon ganz zerpickt und merkte, wie Blut von meinem Kamm in mein Auge floss. Ich sah kaum noch etwas. Schließlich schnellte ich vor und schnappte zu. Ich bekam ihren Kehllappen zwischen meinen Schnabel, und sie versuchte, mich abzuschütteln. Sie warf ihren Kopf hin und her, aber ich ließ nicht los. Sie wich zurück, halb zog sie mich mit, halb lief ich von selbst. Endlich war ich aus dieser engen Falle heraus, da wirbelte sie herum und traf mich mit ihren Krallen an einer federlosen Stelle, und ich ließ sie abrupt los. Sie fiel nach hinten, war sofort wieder auf den Beinen und flatterte auf mich zu.

Hier draußen fühlte ich mich nicht mehr so wehrlos, aber das half mir wenig. Das Blut lief an mir herunter, und auf einmal kamen Lisa Leghorn und Helga Haube und hackten zusammen mit Dickmadam auf mich ein. Sie schienen alle nicht mehr sie selbst zu sein. In einem gemeinsamen Blutrausch wurden sie immer wilder. Ich pickte wild um mich, aber es kam mir so vor, als wären sie einfach überall. Sollte ich aufgeben? Es gab kein Entkommen. Ich spürte nur noch ihre spitzen Schnäbel. Da flog auf einmal etwas zwischen mir und den anderen herab, kurz dachte ich, es sei Betty. Aber es war Roland Kaiser.

»Weg, ihr Schnepfen!«, gackerte er und teilte so richtig aus. Er pickte um sich, und die drei gingen auf Abstand. Lisa Leghorn wagte es, einen Schritt nach vorne zu machen, da flatterte er hoch und trat sie mit beiden Beinen. Dickmadam, die an ihm vorbeiwollte, versperrte er mit einem ausgestreckten Flügel den Weg, drehte sich dann um und biss ihr in den Nacken. Helga Haube lief davon. Lisa Leghorn und Dickmadam sahen Roland Kaiser fragend an.

Ich verzog mich. Weiter hinten entdeckte ich Betty in einem Gebüsch. Als sie merkte, dass ich sie gesehen hatte, drehte sie ihren Kopf weg. Das versetzte mir einen Stich, aber einen ganz anderen als der von der Tierärztin.

Ich tat ebenfalls so, als würde ich sie nicht sehen, und änderte die Richtung. Ich kam unter einem anderen Busch an. Erst jetzt bemerkte ich, dass ja Bathilda Brahma dort lag. Mit ihrem bräunlichen, gescheckten Gefieder war sie so gut getarnt, dass sie auf dem Boden kaum auffiel. Ich legte mich einfach ein Stück weiter hin, behielt sie aber im linken Auge. Hühner wurden zu Zombies, wenn jemand blutete. Ein blutendes Huhn war geschwächt, und auf die Schwachen ging man los. Mir ging auf, dass die Hühner deswegen immer so taten, als sei mit ihnen alles in Ordnung.

Bathilda Brahma schaute gar nicht mehr vor sich hin, sondern beobachtete mich. Sie lag aber ruhig da, es schien keine Gefahr von ihr auszugehen. Im nächsten Moment brach es aus mir heraus: »Ich dachte, Betty sei meine Freundin! Aber sie hat mir nicht geholfen!« Es tat gut, das rauszugackern. »Sie hat sich im Gebüsch versteckt und so getan, als ginge sie das alles nichts an!«

Ich erwartete von Bathilda Brahma gar keine Antwort, aber sie sagte: »Sie kann nicht aus ihren Federn.«

»Meinst du, ich soll ihr die Federn ausreißen?«

»Dreh mir doch nicht das Wort im Schnabel um.«

»Sie ist … war doch meine Freundin!«, schimpfte ich weiter. Es war seltsam, jetzt ständig in zwei Zeiten zu denken: Gegenwart und Vergangenheit.

Bathilda drehte ihren Kopf zurück und sah vor sich hin. »Es gibt keine Freunde«, sagte sie.

Ich blickte an mir herunter. Mein Gefieder war ganz blutig. Das waren Dickmadam, Lisa Leghorn und Helga Haube gewesen, aber Betty hatte mir am meisten wehgetan.

Bathilda Brahma sagte: »*Quid pro quo*. Gibst du mir, so geb ich dir. Das ist alles, was es gibt.« Sie streckte ihre Flügel aus und zog sie wieder ein. »Du hast mir den großen Regenwurm gegeben, und ich gebe dir mein Wissen.« Sie blickte zu Roland Kaiser hinüber, der nun wieder alles unter Kontrolle hatte. Er stolzierte herum und krähte. »Du hast dich Roland Kaiser vorgestellt, da hatte er Madame noch nicht besiegt. Damit hast du ihm etwas gegeben.«

»Woher weißt du das?«

»Ich habe gute Ohren«, sagte Bathilda Brahma. Sie sah mich mit einem Auge an und behielt mit dem anderen Auge Roland Kaiser im Blick. »Zu einem Chef freundlich zu sein, ist nichts Besonderes. Aber wenn du zu jemandem freundlich bist, bei dem noch gar nicht feststeht, ob er womöglich verjagt wird, dann vergilt er dir das.«

»Und Betty? Was habe ich für Betty getan?«

»Sie brauchte nun mal eine neue Freundin. Wiona Wyandotte ist ja weg. Es gibt niemanden, der keine Macken hat. Wenn du in jedem Huhn immer nur das Schlechte siehst, wirst du einsam und verbittert werden.«

Bathildas Gerede regte mich auf. Ich stand auf und lief zu einer Schale mit Wasser. Gut, dass es hier so viele gab. Als ich meinen Schnabel ins Wasser stecken wollte, sah ich wieder mein Gesicht. Das war also ich: ein Hühnerkopf, oben in der Mitte ein blasser, blutender Kamm. An den Außenseiten jeweils ein rundes Auge, mit einer großen schwarzen Pupille mittendrin. Die rechte Gesichtsseite war blutverschmiert, mein Schnabel vorne auch. Unter dem Schnabel hingen links und rechts die Kehllappen herunter.

Ich tauchte meinen Kopf unter Wasser. Es war kalt, besonders an den Kehllappen und am Kamm. Ich schüttelte den Kopf hin und her, hob ihn wieder und steckte ihn erneut ins Wasser. Ich war jetzt tropfnass, aber hoffentlich weniger blutig. Schließlich lief ich zu meinem Schlafbaum, flatterte erst auf den einen Ast und von dort aus auf den nächsten und immer höher.

Hier oben war ich von allem ganz weit weg. Ich sah nach unten und beobachtete, wie Lisa Leghorn zu Helga Haube ging. Wie sie nebeneinandersaßen und vor sich hin gackerten. Wie Roland Kaiser wieder um Dickmadam herumtanzte, die ihn ignorierte. Wie Betty verstohlen aus dem Gebüsch kam und zum Stall ging. Wie der Otterpohl über den Rasen lief, in den Käfig schaute und sich weiter umsah. Er suchte mich in den Büschen und schaute dann hinüber zum Gemüsegarten. Dann ging er in den Stall, aber auch dort war ich nicht. Der Otterpohl nahm den Käfig und ging wieder in den Menschenstall.

Ich hoffte, dass mich niemand hier auf dem Ast entdecken würde. Ich würde für den Rest meines Lebens hier oben sitzen bleiben, alles beobachten und selbst nicht gesehen werden. Ich würde nichts mehr mit denen da unten zu tun haben.

Dieser seltsame Kater Flocke war nun auch in den Garten

gekommen. Die Hühner interessierten ihn nicht. Er war auch ein »Er«. Ich fand, diese »Ers« wie Roland Kaiser und Flocke strahlten eine bestimmte Art von Ruhe aus, was vielleicht daran lag, dass sie »Ers« waren.

Flocke starrte vor sich hin. Grashalme bewegten sich, ein kleines Tier – eine Maus, wie ich später erfuhr – huschte dort umher. Plötzlich schlug Flocke mit der Pfote nach ihr. Die Maus piepste. Flocke sprang auf, als hätte er sich erschrocken. Dann starrte er sie weiter an. Auf einmal kam Bathilda Brahma ins Bild gerannt, schnappte sich mit dem Schnabel blitzschnell die Maus und lief mit ihr weg. Die Maus baumelte dabei am Schwanz hin und her. Bathilda war zu ihrem Baldachin gelaufen, ich konnte sie nicht mehr sehen. Flocke sah völlig verdutzt aus.

Ich hatte nicht geahnt, dass die träge Bathilda so schnell sein konnte. War sie das wirklich gewesen? Die anderen hatten nichts mitbekommen. Nur Flocke und ich waren verwundert, und auf einmal fühlte ich mich diesem Kater näher als den Hühnern. Er hatte gesehen, was ich gesehen hatte. Er hatte sich die Fragen gestellt, die ich mir gestellt hatte. In seinem Kopf war das Gleiche vorgegangen wie in meinem.

Die Frau vom Otterpohl kam nun heraus, der Otterpohl folgte ihr. Frau Otterpohl stellte sich neben Flocke und streckte ihren Kopf nach oben. Sie hielt sich einen ihrer Flügel über die Augen, denn das Licht blendete sie anscheinend. Sie entdeckte mich.

»Da!«, rief sie aus. »Da ist es doch!«

Der Otterpohl schaute mit zusammengekniffenen Augen ebenfalls hoch. »Mann, dieses Huhn kann ganz schön hoch fliegen! Und jetzt?«

»Jetzt? Warten, bis es runterkommt. Oder willst du etwa hinaufklettern?«

Das wollte der Otterpohl wohl nicht. Er sah nun zu Roland Kaiser, der über den Rasen stolzierte. »Aber der Hahn scheint sich hier schon gut eingelebt zu haben.«

Der Otterpohl und die Frau gingen wieder zurück zum Menschenstall. Es sah komisch aus, sie hielten sich dabei an den Flügelspitzen fest, als wären sie aneinandergeklebt. Sie hatten mich entdeckt, aber sie kamen nicht an mich heran. Das gab mir noch mehr Sicherheit.

Flocke streckte sich auf dem Rasen aus. Er wälzte sich auf dem Rücken hin und her. Roland Kaiser war auf ihn aufmerksam geworden und beäugte ihn. Der Kater sah kurz auf und nahm dann keine Notiz mehr von ihm. Er war auch nicht mehr verdattert wegen Bathilda. Er genoss es, auf der Wiese zu liegen und das Gras zu spüren.

Ich musste an Bathildas Worte denken. Das Leben bestand also nur aus Tauschgeschäften, und es gab keine Freundschaften. Dann dachte ich an das Huhn, das ich im Nachhinein Bertha nannte. In Stall 2 hatte ich nur Bertha gekannt, aber ich hatte nichts vermisst. Nun kannte ich schon acht Hühner – und ich vermisste Bertha trotzdem.

Bertha hätte mir gegen Dickmadam und die anderen geholfen – auch ohne Tauschgeschäfte. Sie hätte auf die Hackordnung gekackt, wir hätten Seite an Seite gekämpft, hätten uns nebeneinander schlafen gelegt und uns gegenseitig gewärmt. Wozu war ich aus Stall 2 geflohen? Ich hatte gedacht, woanders sei es besser. Aber woanders wurde dann zum Hier. Vielleicht war das Woanders vorher wirklich besser gewesen. Aber man brachte sich selbst mit, und das Woanders wurde geändert. Und diejenigen, die nicht mehr hier waren, waren auch nicht im Woanders zu finden. Woanders war immer woanders.

Ich wollte noch sitzen bleiben, aber mein Ei drückte, und so flatterte ich hinunter. Mitten auf dem Rasen drückte ich es heraus. Ich drehte mich um und betrachtete das Ei, das ich abgelegt hatte. »Ablage« war eigentlich die falsche Bezeichnung, das hörte sich an, als würde man einen Wurm im Schnabel haben und ihn irgendwo ablegen. Es klang zu einfach, zu schmerzlos. Es war jedes Mal ein anstrengendes Herausgedrücke, und die Kloake tat mir hinterher noch eine ganze Weile weh.

Das Ei war glänzend und schön, umrahmt von grünen Grashalmen. Und niemand in Sicht, der es mir wegnahm. Ich rollte es mit meinem Schnabel hin und her. Es war noch feucht und roch angenehm. Von weit her hörte ich Helga Haube lästern: »Wie kann sie es nur mitten im Garten ablegen?«

Aus dem Ei würde nichts werden, schließlich war ich nicht von einem Hahn getreten worden. Das Ei würde also so bleiben, wie es war. Irgendwann würde es zerfallen.

Aus dem Fenster der Otterpohls drang wieder ein Lied, man solle nicht so hoch flattern, weil die Sonne da oben sehr heiß brenne. Diese sanfte Musik kam so leicht daher, aber sie drückte mich nieder. Vielleicht gelang das nur Liedern, die scheinbar leicht daherkamen. Man denkt, sie seien harmlos, also wehrt man sich nicht gegen sie. Und dann überrennen sie einen.

Vor mir hörte ich ein Rascheln. Ich musste kurz eingenickt sein, öffnete die Augen und sah irgendwas Graues, es war sehr klein und wurde von den Grashalmen überragt. Es wuselte durchs Gras. Mit dem rechten Auge sah ich es mir genauer an. Es war eine Maus. Sie bewegte sich von Zeit zu Zeit, manchmal verharrte sie an einem Platz. Ich schob meinen Kopf weiter vor und kam der Maus so nah, dass mir ihr Geruch in die Schnabellöcher stieg.

Hatte Bathilda Brahma sich nicht vorhin so eine Maus geschnappt, um sie vor Flocke zu retten? Jedenfalls hatte ich jetzt etwas zum Tauschen. Ich drückte mich hoch, überwand mich und schnappte nach dem Schwanz. Die Maus piepste, und fast hätte ich sie vor Schreck fallen lassen. Ich sah die Maus nun im Ganzen. Sie war nicht mehr nur ein Stück Fell irgendwo im Gras. Sie strampelte. Ich streckte meinen Hals weiter vor, um die Maus von mir wegzuhalten, und rannte los. Die Maus piepste und piepste, und ich wusste nicht, wie ich den Weg geschafft hatte, aber auf einmal stand ich vor Bathilda Brahma, die wie immer unter ihrem Baldachin lag und nun verdutzt dreinsah.

Ich wusste nicht, was ich jetzt tun sollte. Mir fiel ein: Wenn Bathilda die Mäuse vor dem Kater rettete, war es eigentlich sinnlos, ihr eine Maus zu bringen. Der Kater war ja nicht mehr im Garten. Ich ließ die Maus also los. Sie landete auf ihren Beinen und wollte schon wegrennen, aber Bathilda sprang plötzlich auf, schnappte sich die Maus mit ihrem großen Schnabel und schwenkte sie wild hin und her. Dann ließ sie die Maus fallen und hackte auf ihr herum, bis sie sich nicht mehr rührte. Ich starrte Bathilda fassungslos an. Sie hatte das Leben aus der Maus regelrecht herausgeschüttelt und herausgehackt!

Die Maus lag da, mit starren runden, schwarzen Augen. Entgeistert sah ich wieder zu Bathilda. Es war nicht so, dass ich Hühnern nichts Schlechtes zutraute – ich lebte schließlich schon lange genug unter ihnen. Aber wie konnte ein Huhn auf ein so kleines Tier einpicken, während es kläglich piepste?

»Ich kann die Maus noch nicht essen«, sagte Bathilda, »ich hab vorhin schon eine verschlungen.« Sie legte sich hin. Dann stand sie wieder auf und zog die Maus unter ihren Bauch.

»Du *isst* diese Tiere?!«

Sie sah mich an. Ihre Augen waren groß und ihr Blick irgendwie stechend. »Warum sollte ich sie sonst umbringen?«

Darauf fiel mir keine Antwort ein. Ich konnte mir nicht

vorstellen, wie Bathilda die Maus aß. Die Maus war zwar klein, aber so klein nun auch wieder nicht. Jedenfalls viel zu groß für ein Huhn. Mich hatte schon gewundert, wie sie diesen Riesenwurm hatte verschlingen können. Aber die Maus war doch um einiges breiter.

»Die letzte liegt noch in meinem Kropf«, meinte Bathilda. Ich musterte sie verstohlen von der Seite. Ihr Kropf wölbte sich tatsächlich etwas vor.

»Was möchtest du wissen?«, fragte Bathilda. Uns beiden war klar: Sie stand in meiner Schuld, denn ich hatte ihr die Maus gebracht.

»Es stimmt nicht, dass es keine Freundschaften gibt«, sagte ich. »Das Huhn, nennen wir es mal Bertha, das mit mir in dem früheren Stall gelebt hat, hätte mir geholfen. Einfach so, ohne etwas dafür zu verlangen.«

Bathilda Brahma saß lange Zeit einfach nur da. Ich dachte schon, sie sei mit offenen Augen eingeschlafen.

»Nur Glucken, also Mütter, sind selbstlos«, meinte sie schließlich. »Dann war sie deine mütterliche Freundin.«

»Glucken?«, fragte ich.

Sina hatte davon gesprochen, dass Küken es gut hätten bei einer Glucke. Glucken-Mütter hätten viel Liebe zu geben. Dann aber hatte eine Mutter ihr Kind-Küken vor unseren Augen geschlagen, und Sina wollte beleidigt nach Hause gehen.

»Sie geben glucksende Laute von sich«, sagte Bathilda Brahma, »deswegen nennt man sie Glucken. Erst brüten die Glucken drei Wochen lang. Im Stall hier ginge das ja noch, Futter und Wasser werden uns gestellt, aber in der Natur sind Nahrung und Wasser nicht so leicht zu finden. Die Glucken müssen also am Boden bleiben, auch nachts, trotz der Raubtiere. Sie setzen ihr Leben aufs Spiel und verausgaben sich, magern ab. Dann wird es noch schlimmer. Die Küken schlüpfen, sie brauchen was zu picken, und man muss immer ein Auge auf sie haben. Man hat erst viel aus seinem Körper gezogen, um die Eier zu produzieren, dann muss man brüten und dann auch noch die Küken aufziehen. Danach ist man völlig fertig.«

Bathilda Brahma schien von ihren eigenen Worten betroffen.

»Warum machen sie das dann?«, fragte ich. »Was bekommen sie dafür?«

»Sie können nicht aus ihren Federn. Jeder will seine Gene weitergeben. Und was haben Küken denn schon zum Tauschen? Sie wollen Futter, sie wollen Wärme, sie wollen beschützt werden. Sie wollen immer nur und haben nichts zu geben.«

Früher hatten wir alle keine Glucke gehabt, und ich hatte auch gar nicht gewusst, dass es Hennen gab, die sich um Küken kümmerten. Mir fiel ein, dass ich mich als Küken nach etwas gesehnt hatte. Jetzt wusste ich, wonach. Ich hatte gepiepst und gepiepst. Irgendwie hatte ich gehofft, dass mich jemand hörte und zu mir kam. Dabei hatten alle Küken um mich herum genauso laut gepiepst wie ich. Dann war Bertha aufgetaucht, genauso klein wie ich. Seitdem hatten wir alles zusammen gemacht.

Bertha war nicht so wie die anderen Hühner hier. Die verzogen sich (Betty) oder machten bei dem Gepicke mit (Helga Haube und Lisa Leghorn).

»Man kann sehr wohl aus seinen Federn«, sagte ich. »Roland Kaiser. Er ist jetzt der Chef.«

»Wenn andere Hühner hinzukommen, wird die Hackordnung neu ausgekämpft«, sagte Bathilda nicht sonderlich beindruckt. »Die Hackordnung ist nichts Unverrückbares. Roland

Kaiser ist nun da und du auch. Manchmal verschwinden Hühner, die man gar nicht richtig wahrgenommen hat. Aber wenn sie einmal weg sind, fällt das ganze Kartenhaus in sich zusammen. Erst dann merkt man, dass sie die eigentlichen Stützen der Gruppe waren. Oder die Puffer: Wenn sie nicht mehr da sind, gehen alle aufeinander los. Man merkt nur, wie wertvoll der Einzelne war, wenn er fehlt. Die Chefin ist nicht wichtiger als die anderen. Sie fällt nur mehr auf.«

»Du bist die Größte und die Stärkste. Wieso bist du nicht die Chefin?«, fragte ich.

»Es sind nie die Stärksten die Chefs. Auch nicht die Klügsten. Es sind immer die Aggressivsten mit Geltungssucht.« Bathilda war ganz in ihre Gedanken vertieft. »Außerdem habe ich keine Lust, Chefin zu sein. Damit sind viele Aufgaben verbunden. Ich will lieber hier liegen, nachdenken und die Welt beobachten. Ich will Zeit haben, um die Tage so zu verbringen, wie ich will. Zeit ist alles, was wir haben.«

Sie drehte ruckartig ihren Kopf. Ich folgte ihrem Blick. Der Otterpohl war mit einer Tüte gekommen, und die ersten Hühner rannten schon zu ihm. Die Frau vom Otterpohl war ihm gefolgt.

»Eine Tüte!«, gackerte Bathilda Brahma und sprang auf. Sie wollte schon losrennen, da hielt sie inne und sah zu der Maus, auf der sie eben noch gelegen hatte. Sie wirkte hektisch, guckte hin und her, als könne sie sich nicht entscheiden. »Der Otterpohl hat Mehlwürmer!«, gackerte sie. »Aber wenn ich die Maus hier liegen lasse, ist sie später weg. Jemand anderes wird sie sich krallen. Eine Ratte oder ein anderer Vogel.« Sie kam zu dem Entschluss: »Ich nehm sie einfach mit!«, packte die Maus und lief zu den Otterpohls.

Ich folgte ihr. Madame, Helga und Lisa belagerten den Otterpohl und seine Frau, die ein paar Würmer in ihren

Händen hatten. Ich fand es komisch, dass diese Menschen ihre Flügelspitzen als Futternäpfe benutzten. Bathilda drängelte sich dazwischen. War ihr Kropf nicht voll? Na gut, so groß schienen diese Mehlwürmer nicht zu sein.

Bathilda Brahma konnte nichts picken. Sie hatte ja noch die Maus im Schnabel. Ich näherte mich und sah, dass die Würmer wirklich ziemlich klein waren, dünner und sehr viel kürzer als der Regenwurm. Sie sahen lecker aus, und sie bewegten sich auch nicht mehr. Bathilda ließ die Maus fallen. Sie landete ausgerechnet auf Frau Otterpohls Fuß, die gellend aufschrie und zurücksprang. Herr Otterpohl musste erst richtig hinschauen, dann rief er: »Es ist nur eine Maus!«

Frau Otterpohl zog eine Grimasse: »Igittigitt! Jetzt schleppt uns nicht nur der Kater ständig diese toten Mäuse an, sondern auch noch die Hühner!« Sie sah ganz angewidert aus: »Schaff die Maus weg!«

Der Otterpohl sagte: »Was regst du dich so auf? Das Brahma-Huhn will dir doch nur ein Geschenk machen. Es ist uns dankbar. Jetzt will es uns etwas zurückgeben.« Trotzdem bückte er sich und griff die Maus am Schwanz. Er lief mit ihr quer über den Rasen, blieb am Zaun stehen und warf sie auf den Komposthaufen.

Bathilda hatte ihm nachgestarrt. Wie Betty und ich schien sie die Menschensprache zu verstehen. Sie gackerte wütend vor sich hin und flatterte dabei sogar mit den Flügeln, so aufgebracht war sie: »Das war kein Geschenk! Ich wollte sie da nur kurz ablegen! Um ein paar Mehlwürmer zu picken!«

Sie zügelte ihre Wut. Die Maus war weg, und sie war an der Würmer-Quelle. Sie beschloss zu bleiben und gab sogar bettelnde Gackerlaute von sich. Die Otterpohls begutachteten jedes Huhn, besonders Roland Kaiser. Dann bemerkten sie mich und versuchten, mich anzulocken. Ihr »Put-put-put«

schreckte mich aber ab. Trotzdem war ich neugierig auf die Mehlwürmer, die anscheinend diese sonst so gelassenen oder streitbaren Hühner ganz willenlos machen konnten. Hatten sie gar keine Selbstachtung mehr? Sie waren nur noch ein Haufen Bettelnder.

Der Otterpohl kam auf mich zu. Er ging in die Hocke und streckte mir seine Hand entgegen. Da lagen sie, die Mehlwürmer. Ich beäugte sie, dann streckte ich meinen Kopf vorsichtig vor und pickte einen. Der Mehlwurm war nicht weich wie ein Regenwurm, sondern knusprig, schmeckte aber trotzdem sehr gut. Ich pickte noch einen aus seiner Hand und noch einen. Roland Kaiser probierte auch. Betty hatte sich ebenfalls unbemerkt genähert und pickte nun gierig mit.

Schließlich stand der Otterpohl wieder auf, wischte sich die Hände am Beingefieder ab und ging zu seiner Frau.

»Das neue Huhn ist ganz schön zerpickt«, sagte er.

»Das Marans-Huhn auch. Der eine Kehllappen blutet.«

»Da muss ganz schön was abgegangen sein. Wir sollten öfters nach ihnen schauen.«

Madame Maran guckte unschuldig zu Frau Otterpohl hoch, als könne sie kein Wässerchen trüben.

Wo steckt die Maus?

Alle schienen sich beruhigt zu haben. Jedenfalls pickte Madame noch etwas im Gras herum und schaute, ob sich nicht hier und da ein Mehlwurm verirrt hatte. Helga Haube putzte sich. Lisa Leghorn gähnte, legte sich schließlich hin, breitete ihre weißen Flügel aus und nahm ein Sonnenbad.

Roland Kaiser stolzierte wieder durch den Garten. Ab und zu blieb er stehen, streckte seinen Kopf empor und krähte. Zwischendurch warf er ein Auge auf Dickmadam und rief ihr zu: »Mein Schnuckelchen!« Lisa bedachte er mit: »Mein weißes Täubchen!« Seltsamerweise scharwenzelte er nun auch um Helga Haube herum und musterte sie eingehend. Hatte er nicht gesagt, sie sei hässlich? »Mein Sahnehäubchen!«, rief Roland Kaiser ihr auf einmal zu.

Bathilda Brahma war bis zum Zaun vor dem Gemüsegarten gelaufen und starrte auf den Komposthaufen. Betty hatte mich nicht angegackert und ich sie auch nicht. Schließlich watschelte sie zum Sandbad. Ich sah ihr nach. Nein, ich würde ihr nicht –

»Hey! Hallo! Hallooooo!«

Ich schaute wieder nach links. Bathilda Brahma stand immer noch am Zaun. Sie hatte sich umgedreht: »Ja, du! Molli!« Sie flatterte mit beiden Flügeln.

Mich durchzuckte es wohlig. Warum bloß? Dann wurde es mir klar: Sie hatte mich bei meinem Namen gerufen. Ich war nicht irgendein fremdes Huhn. Sie kannte mich. Ich war Molli! Bisher hatte nur Betty meinen Namen ausgesprochen und einmal Roland Kaiser. Nun rief mich Bathilda mit Namen, damit ich zu ihr ging. Mich, Molli!

Als ich bei ihr angekommen war, drehte sie sich wieder zum Komposthaufen um. Warum flog sie nicht einfach hinüber?

»Ich bin zu schwer«, sagte Bathilda, als hätte sie meine Gedanken gelesen.

Bathilda war also zu schwer, Sina und Sabina hatten keine richtigen Federn. Wozu hatten sie dann Flügel? Ich wusste, was Bathilda von mir wollte.

»Es ist verboten, auf den Komposthaufen zu flattern«, sagte ich. »Außerdem tut mir noch alles weh.«

Bathilda sah mich groß an: Ich, die Neue, die Aussätzige, wollte ihr etwas abschlagen? Ich wollte ihr nichts abschlagen, ich war sogar froh, dass sie mich um Hilfe bat. Aber hatte sie nicht vorhin von Quitten gesprochen? Quitte pro Kopf? Quitten waren Früchte, die an Bäumen hingen, sie seien gelbgrün und hart, hatte Betty gesagt, und würden nur gekocht schmecken. »Quitte« stand sicherlich für alles, was es zu essen gab, und »Kopf« für Geistiges, also für Weisheiten über die Welt. Also: Ich gebe dir Essen für das, was du im Kopf hast. Nur waren Regenwürmer oder Mäuse nicht mehr da, wenn man sie weggegeben hatte. Was man aber im Kopf hatte, blieb und konnte immer weiter vertauscht werden. Bathilda hatte gesagt, alles im Leben sei ein Tausch – außer bei den Glucken und den Küken. Ich war aber bestimmt nicht Bathildas Glucke!

»Du willst da also nicht rüberflattern?«, fragte Bathilda. Sie sah mich weiterhin entgeistert an. Irgendwie freute es mich, dass ich sie so verblüffen konnte. Schließlich begriff sie: »Du willst, dass ich dir ein Angebot mache für deine Dienstleistung. Ich sags mal so: Wenn du rüberflatterst und mir die Maus zurückbringst, hast du was bei mir gut.«

Was sollte das nun wieder heißen? Aber etwas »gutzuhaben« klang auf jeden Fall gut. Ich flatterte also über den

Zaun und landete oben auf dem Komposthaufen. Hier oben war die Maus auf jeden Fall nicht.

»Sie ist bestimmt runtergerollt!«, rief mir Bathilda zu.

Bloß, zu welcher Seite? Es gab hier viel zu entdecken, Grünzeug, Gemüsereste und so. Ich hob etwas schweres Gelbes mit dem Schnabel an. »Das kannst du vergessen, das ist nur eine Bananenschale!«, rief Bathilda. »Zäh, zersetzt sich kaum und ist gespritzt, voller Pestizide.«

Das war also die Schale einer Banane. Betty fragte mich doch immer, warum die Banane krumm sei. Es musste eine sehr wichtige Frage sein. Die Schale hier war aber nur labberig, es fehlte das Innere. Ich konnte nicht sagen, ob sie krumm gewesen war oder nicht.

Automatisch fing ich an zu scharren, obwohl Bathilda mir zurief, dass ich nicht zu scharren brauche, die Maus müsse noch irgendwo sichtbar liegen, man habe sie schließlich nicht begraben. Aber der Boden hier war schön locker, und ich entdeckte immer neue Dinge.

Kein Wunder, dass die Otterpohls den Hühnern verboten hatten, den Komposthaufen zu betreten. Die Erde flog hier noch viel weiter, man fühlte sich stark. Das Scharren machte keine Mühe und war doch so ergiebig. Manchmal sah ich weiche, runde Leckereien, die ich sofort pickte, bis mir Bathilda wieder zurief, ich solle endlich die Maus suchen.

Ich lief auf der anderen Seite hinunter. Es war ungewohnt, so viel Schwung zu haben. Hier sah mich Bathilda nicht mehr. Ich kam mir vor wie an einem anderen Ort. Aus den Augen, aus dem Sinn.

»Siehst du sie?«, schallte es über den Berg.

Ob Bathilda gar nicht das über alles erhabene Huhn war, wie ich gedacht hatte? Sie interessierte sich nur für leibliche Genüsse, und ihr größtes Problem war nun: Wo ist die Maus?

Wahrscheinlich meditierte sie gar nicht ständig unter ihrem Baldachin, sondern döste einfach nur, weil sie zu vollgefressen war.

Ich drehte mich um und beäugte den Berg, der sich jetzt vor meinem Schnabel erhob und mich nichts anderes mehr sehen ließ. Dann entdeckte ich sie endlich. Das heißt, ich spürte etwas Weiches unter meinem linken Fuß. Als hätte Bathilda übersinnliche Kräfte, rief sie genau in dem Moment: »Hast du sie gefunden?«

Ich antwortete nicht. Ich trat einen Schritt zurück und sah mir die tote Maus genau an. Im Gegensatz zu den toten Hühnern hatte sie ihre Augen nicht geschlossen. Sie lag auf der Seite, als wäre sie geschafft. Als wolle sie sich ausruhen von den Turbulenzen dieser Welt. Sie hatte vier Beine wie der Kater, an ihren Füßen waren Zehen. Die Vorderbeine waren kürzer als die Hinterbeine, und die Zehen waren dort kleiner. Die großen runden Ohren der Maus standen ab. Sie waren nicht nackt, aber weniger flauschig als der Rest des Körpers. Ich zupfte mit dem Schnabel an einem Ohr. Sie rührte sich nicht. Die Maus war wirklich tot. Obwohl ich es hätte besser wissen müssen, hatte ich geglaubt, sie könne doch noch aufspringen und entrüstet piepsen. Ich war sogar auf der Hut und bereit, einen Satz rückwärts zu machen. Ich schaute noch mal in ihr Gesicht. Sie hatte keinen Schnabel, sondern einen Mund, der aber anders geformt war als bei den Menschen. Ihr Mund lief nach vorne hin spitz zu, und zur Seite gingen sechs lange Haare ab.

Ich drehte meinen Kopf und stupste sie mit meinem Schnabel in den Rücken. Sie fühlte sich weich an. Als Küken waren wir genauso klein und flauschig gewesen. Die Maus erinnerte mich an die toten Küken im Kükenstall. Nur war ich jetzt ein großes Huhn. Ich hätte die Maus unter meinem Körper beschützen müssen vor den Gefahren dieser Welt. Vor allem vor Bathilda, diesem verrückten, verfressenen Huhn.

»Du hast sie doch sicher schon gefunden?«, kam es wieder über den Kompostberg herüber.

»Nein!«, rief ich zurück. »Ich sehe sie nicht!« Ich stutzte. Es war das erste Mal, dass ich log.

»Hühnerkacke, verflixt und zugenäht!«, schimpfte Bathilda. »Bestimmt haben die Krähen sie schon geholt oder die Elstern.«

Ich kämpfte mich den Haufen hoch. Oben angekommen, rutschte ich fast auf der Bananenschale aus. Ich wusste nicht, was mich trieb, aber ich schnappte mir mit dem Schnabel die Schale (sie war ganz schön schwer!) und lief, nein, schlitterte auf der anderen Seite wieder hinunter zu der toten Maus.

»Was willst du mit der Bananenschale?«, hörte ich Bathilda. »Die kann man nicht essen!«

Ich zog die Bananenschale neben die Maus und drehte eine der drei langen Seiten nach außen. Dann nahm ich die Maus am Schwanz und legte sie hinein. Nach mehreren Versuchen gelang es mir, eine der länglichen Seiten über sie zu klappen, sodass sie nun verdeckt war. Nur ein kleines Stück von ihrem Schwanz hing noch heraus.

Ich mühte mich den Haufen wieder hoch. Dabei rollten Erd- und Pflanzenstücke den Berg herunter. Auf halbem Wege fühlte ich etwas Weiches an den Füßen. Ich sah nach unten: ein großer Regenwurm. Ich beugte mich hinunter, griff ihn mit meinem Schnabel und lief mit ihm hoch. Als ich ganz oben war und Bathilda mich sah, freute sie sich: »Oh, du hast einen saftigen Regenwurm gefunden!« Ich flog über den Zaun und landete neben Bathilda. Kaum war ich auf den Beinen, ließ ich diesen sich windenden Wurm fallen, und kaum landete er auf seinen Nicht-Beinen, war Bathilda auch schon da und schnappte ihn sich mit ihrem großen Schnabel. Sie drehte ihn etwas zurecht (darin schien sie Übung zu haben: lange, dicke Regenwürmer schnabelgerecht in die richtige Richtung zu drehen), ließ ihn kurz los, schnappte dann wieder zu und schlang ihn runter. Als der Regenwurm ganz in Bathilda verschwunden war, lief ich zu ihrem Busch und legte mich in den Schatten. Es war so heiß, und ich war so kaputt, ich spürte noch das Gepicke von Dickmadam, Helga Haube und Lisa Leghorn. Die roten Stellen auf meiner Haut taten richtig weh, besonders wenn ich irgendwo damit anstieß.

Ich zupfte noch ein wenig an meinen Brustfedern, als Bathilda angestapft kam und sich neben mich legte. Sie sagte: »Eigentlich war ich noch viel zu satt. Aber was man nicht sofort aufpickt, ist nachher weg. Was man hinuntergeschlungen hat, kann man getrost im Magen mit sich tragen.« Sie drehte ihren Kopf und sah mich an: »Du hast bei mir etwas gut, das bedeutet, du kannst mich etwas fragen. Ich kann dir jede Frage beantworten, jedenfalls fast jede.«

Ich war beeindruckt: »Woher weißt du denn so viel?«

»Ich habe schon Tausende Leben gelebt«, sagte sie. »Ich werde immer wiedergeboren. In meinem jetzigen Leben bin ich ein Huhn, dabei war ich meistens ein Mensch. Als Huhn leben zu müssen: Ist das nun ein Geschenk oder eine Strafe? Eigentlich eine Strafe, aber wir Hühner bei den Otterpohls gehören zu den wenigen Hühnern, die es gut haben. Schlecht ist nur, dass ich Federn an den Füßen habe, und schlecht ist auch, dass ich zu schwer bin zum Fliegen.«

Bathilda sah mich eindringlich an: »Also, denk nach. Was ist für dich die wichtigste Frage?«

Welches Wissen würde mein Leben zum Besseren verändern? Betty hatte mir schon viel beantwortet, ohne etwas dafür zu verlangen. Sie hatte mich allen vorgestellt, mich vor Gefahren gewarnt, mit mir den schönen Ausflug unternommen. Sie hatte mich zum Wasser geführt, als ich schon ganz ausgetrocknet war. Ich hatte Betty nie etwas dafür zurückgegeben. Und nur, weil sie nicht gegen Dickmadam, Helga Haube und Lisa Leghorn vorgegangen war, zeigte ich ihr jetzt den kalten Flügel.

Ich hatte auch nichts gehabt, was ich ihr hätte anbieten können: weder Wissen noch etwas Leckeres zu picken. Bathilda schien aber noch viel mehr zu wissen als Betty. Betty kannte nur den Garten und die nähere Umgebung, aber Bathilda zufolge war die Welt noch viel größer, so weit, dass ein Huhn niemals überallhin fliegen konnte. Betty war drei Jahre alt. Bathilda hatte Tausende von Leben gelebt, also Tausende von Jahren hinter sich.

Ich beschloss, Betty etwas zurückzugeben: Wissen. Außerdem war es sicherlich eine sehr wichtige Frage, weil Betty sie andauernd wiederholte. Und dann –

»Ich bin müde und möchte gleich meinen Kopf ins Gefieder stecken und einnicken«, sagte Bathilda. Die Augen fielen ihr immer wieder zu. »Denk schnell nach. Die wichtigste Frage deines Lebens. Das ist jetzt deine Chance.«

»Ich habe eine Frage«, gackerte ich zurück. »Die wichtigste Frage für mich ist: Warum ist die Banane krumm?«

Bathilda drehte mir nicht nur ihren Kopf zu, sondern fast ihren ganzen Oberkörper. Sie sah mich eindringlich an. »Soll das ein Witz sein?«

»Warum?«

»Auf solche dummen Fragen antworte ich nicht«, sagte Bathilda. Sie steckte ihren Kopf ins Rückengefieder, sodass nur noch ihr niedriger Kamm herausragte.

»Quitte pro Kopf!«, sagte ich und stieß sie mit meinem Flügel an.

»Du scheinst es ernst zu meinen«, nuschelte Bathilda unter ihrem Gefieder. »Aber was weiß ich, warum die Banane krumm ist. Warum ist der Apfel rund?« Sie fing an zu schnarchen.

Jetzt spürte ich selbst, wie müde ich war. Bathildas Geschnarche war ansteckend. Mein ganzer Körper sackte in sich zusammen wie ein nasser Sack. Doch kaum war ich eingenickt, schreckte ich auch schon wieder hoch. Ich versuchte, wieder einzuschlafen, aber das Krähen wurde immer lauter. Meine Ohrscheiben vibrierten. Als ich blinzelte, sah ich zwei lange Hühnerbeine vor mir. Nun war mir auf einmal klar, warum das Krähen so laut war: Roland Kaiser stand direkt vor mir. Er streckte seinen Hals hierhin und dorthin, als müsse er mich von allen Seiten begutachten.

»Mir ist etwas zu Ohren gekommen«, sagte er. »Mein Schnuckelchen hat einiges über dich gegackert, und das Leghörnchen auch.«

Da seine beiden Lieblingshennen über mich lästerten, wollte er mich wohl aus seiner Herde verstoßen. Betty hatte sich von mir abgewandt, und ich konnte sie noch nicht mal mit der Antwort auf ihre Bananenfrage bestechen. Ich fühlte mich wie die kleine graue Maus. Sollten sie mich doch alle totpicken. Ich würde einfach hier liegen bleiben und irgendwann selbst zu einem Stück Boden werden.

»Was lässt du dich so hängen!«, herrschte Roland Kaiser mich an und befahl: »Achtuuung! Aufstehen!«

Ich schaute zu ihm hoch. Es war immer wieder seltsam, sein Gefieder zu sehen: Dort schimmerte es schwarzblau, dort goldig, dort braun, lauter verschiedene Farben. Träge drückte ich mich hoch. Bathilda konnte der Lärm nichts anhaben. Ihr Kopf war immer noch nach hinten gedreht.

Roland Kaiser sah mich direkt an und befahl im Generalston: »Kamm hoch und Schnabel nach vorn!« Dann stolzierte er los: »Mir nach!«

Ich trottete hinter ihm her. Lisa Leghorn, die unter einem Busch lag, schaute grimmig, als wollte sie sich am liebsten schon wieder auf mich stürzen.

Roland Kaiser hatte in der Zwischenzeit anscheinend alles ganz genau inspiziert. Er hatte hinter der Reihe von Büschen das Schlupfloch im Zaun entdeckt. Dieses Loch war ein Übergang. Ich war zufällig darauf gestoßen und in diese kleine Welt gelangt. Dann war ich mit Betty durch dieses Loch ausgebüxt, und jetzt sollte ich Roland Kaiser hindurchfolgen. Sicherlich wollte er mich aus seinem neuen Kaiserreich werfen.

Ein Hahn im Maisfeld

Roland Kaiser sah sich um, er war nicht ganz sicher, welche Richtung er einschlagen sollte. Dann marschierte er nach links, bis er schließlich stehen blieb und über die Straße lief. Es ging nicht Richtung Stadt, und obwohl ich vorhin noch so kraftlos gewesen war, konnte ich ihm folgen.

Wir kämpften uns durch eine hügelige Grasfläche, dann liefen wir über Wege mit kürzerem Gras. Irgendwann kamen wir vor schmalen Sträuchern an. Sie standen gerade wie kleine Bäume aufgereiht, hatten aber nicht wie sonst einen dicken braunen Stamm, sondern dünne gelbgrüne Stämme mit langen grünen Blättern, die nach oben ragten. Zwischen den Reihen war genug Platz, um hindurchzugehen wie durch eine Gasse, die nur für Hühner bestimmt war.

Es war seltsam, nur noch den Weg vor sich zu sehen, zu beiden Seiten aufragendes Grün. Roland Kaiser lief vor mir her, dann scherte er auf einmal aus und wechselte auf den Weg links neben mir. Er sah mich durch die grün bewachsenen Stangen an. »Das hier ist ein Maisfeld«, sagte Roland Kaiser und breitete seine Flügel aus, als wäre er in sein Reich zurückgekehrt. »Die wenigsten Hühner waren schon mal in einem Maisfeld. Dabei ist ein Maisfeld die ideale Umgebung für uns Hühner.«

Ich sah mich um. Das war wirklich eine ganz andere Welt. Die Maispflanzen standen alle in einer Linie. Wenn man nach oben sah, war der Himmel etwas von den grünen Blättern verdeckt, die leicht zur Seite ragten. Sie spendeten ein wenig Schatten, und der ominöse Habicht entdeckte einen nicht. Es roch gut. Ich mochte das Grün an den Seiten und den erdigen Weg vor mir. Hier konnte man sich rundherum wohlfühlen.

»Hier drin«, Roland Kaiser zeigte mit dem Schnabel auf ineinander verschlungene Blätter, »sind die Maiskolben. Du kannst mit dem Schnabel die Blätter vom Kolben reißen und die Körner picken. Und die vielen Insekten erst mal. Wenn du in einem Maisfeld lebst, musst du nie hungern.«

Kurz dachte ich, er würde jetzt die Körner freilegen, aber er ging einfach weiter. Nach einer Weile sagte er: »Schnuckelchen und Leghörnchen haben mir erzählt, dass du erst kurz vor mir in die Herde gekommen bist.« Er blieb stehen und starrte mich durch zwei Maispflanzen hindurch an. »Sie haben zuerst gedacht, du hättest dich eingeschlichen, weil die Otterpohls neue Hühner normalerweise nachts in den Stall setzen. Aber dann haben sie gesehen, dass die Otterpohls dich später mit einem Käfig noch mal in den Garten gesetzt haben. Also warst du doch kein Eindringling, den Betty angeschleppt hat.«

Ich sah nach unten und scharrte. Es war schön, mit den Füßen in der Erde zu graben. Komisch, dass sich jeder Boden anders anfühlte. Mal fester, mal lockerer, mal weicher, mal trockener, mal krümeliger.

»Eben habe ich dich noch einmal genau inspiziert, und mir ist eine Vermutung gekommen. Dich haben die Otterpohls zwar gebracht, aber deine Vergangenheit ist sicherlich eine andere, als die Hennen glauben.« Er sah sich nach allen Seiten um und sagte leise: »Und meine auch. Ich erzähl dir meine Geschichte. Die behältst du dann für dich. Das nennt man ›Geheimnis‹.« Er schaute wieder zu mir herüber: »Und du erzählst mir deine Geschichte, und ich behalt sie auch für mich.«

Wieso wollte er mir seine Geschichte erzählen?

»Du brauchst gar nicht so entsetzt zu gucken«, meinte Roland Kaiser. »Wir Hühner sind sozial, wir können nicht aus unseren Federn.« Er legte seine Flügel noch enger an, als würde ein Mensch seine Arme auf dem Rücken verschränken, und spazierte weiter. Ich lief ihm hinterher, bis ich wieder auf gleicher Höhe war. Die Reihe Maispflanzen trennte uns und ließ dabei genug Lücken, um den anderen noch zu sehen.

»Also erst mal zu mir«, sprach Roland Kaiser, »ich hatte eine gute Kükenzeit. Das ist viel wert und prägt einen fürs ganze Leben.«

War an meiner Kükenzeit irgendetwas gut gewesen? Der Stall schien nicht ganz so beengt wie Stall 2, es gab auch nicht diese mehreren Ebenen. Schließlich konnten wir noch nicht fliegen.

»Was war daran gut?«, fragte ich Roland Kaiser.

»Ich hatte die perfekte Glucke. Sie sprach mit mir, da war ich noch im Ei. Sie gluckste, dass wir uns alle bereit zum Schlupf machen sollten, denn bald sei es so weit.«

»Man kann mit einem Ei sprechen?«

»Die Küken können die Glucklaute durch die Schale hindurch hören und die Glucke umgekehrt das Kükenpiepsen.«

Ich konnte mich nicht daran erinnern, mit jemandem durch die Schale hindurch gesprochen zu haben. Als ich schlüpfte, waren neben mir so viele andere Küken gewesen. Manche waren noch feucht und klebrig, andere schon trocken und flauschig. Alle piepsten und sahen sich suchend um.

»Wir sind also fast alle zur gleichen Zeit geschlüpft, meine Geschwister und ich. Ich weiß noch, wie anstrengend es war, mit dem Eizahn die Schale aufzubrechen. Ich lag hinterher ganz geschafft da. Aber kurz darauf fühlte ich mich fit. Ich lief mit den anderen herum, und wir schauten uns im Stall um. Als wir nach draußen gingen, zeigte uns die Glucke, was wir picken konnten. Sie beschützte uns vor den anderen Hennen, und wenn ich laut piepste, kam sie gleich angerannt, um zu sehen, was mir fehlte. Ich spielte mit den anderen Küken, entdeckte viele kleine Welten im Hof, und abends schliefen meine fünf Geschwister und ich dicht gedrängt unter ihrem kuscheligen warmen Bauch.«

Das klang wirklich besser als meine Kükenzeit.

Er erzählte weiter: »Irgendwann, von einem Tag auf den anderen, verstieß uns unsere Glucke aber. Sie zeigte uns nur noch den kalten Flügel. Manche von uns piepsten wehleidig und wollten weiter mit ihr kuscheln, aber sie kannte kein Erbarmen.«

Die Erinnerung daran schien ihn richtig mitzunehmen, er blieb stehen, ließ die Flügel hängen, umschloss mit seinem linken Fuß etwas Erde und ließ die kleinen Brocken durch die Zehen rieseln. Er sah nach unten und dann auf einmal wieder hoch, als sei er gerade aufgewacht. Die Gasse zwischen den Maispflanzen wirkte unendlich.

War es wohl besser, nie eine fürsorgliche Glucke gehabt zu haben, oder eine gehabt zu haben und dann verstoßen zu werden?

Roland Kaiser ging weiter und fuhr fort: »Inzwischen sah man uns an, wer Henne und wer Hahn war. Wir zwei Hähne kamen zusammen mit anderen Junghähnen in einen Stall und die Hennen in einen anderen. Hähne sind unbeliebt. Wenn man nicht gerade ein toller Hahn ist, dann«, Roland Kaiser drehte mir seinen Hinterkopf zu, »ist man überflüssig.«

Seine Geschichte war aber noch nicht zu Ende: »Die Hennen wurden bald von anderen Hühnerhaltern abgeholt, aber uns Hähne wollte niemand haben. Es gab schon genug Zuchthähne, und wir waren nicht gut genug. Mir zum Beispiel fehlt eine Zacke im Kamm.«

Ich sah auf seinen Kamm, der mir perfekt vorkam: groß, gerade und rot.

Er erzählte weiter: »Der Halter wollte uns nicht behalten. Wir sind nutzlose Fresser: zu laut, vertragen uns später nicht mit anderen Hähnen, legen keine Eier. Wir landen in den Mägen der Menschen.«

»Menschen essen Hühner?!«, gackerte ich laut. »Ich dachte, sie essen nur unsere Eier!«

»Wusstest du das nicht?« Er fuhr sich mit dem Schnabel über den linken Flügel, als müsste er etwas abstreifen. »Der Halter hat uns jedenfalls nicht geschlachtet. Weil er uns aber auch nicht behalten wollte, verfrachtete er uns nachts in sein Auto und hat uns ausgesetzt.« Er drehte sich zur anderen Seite, um seinen Schnabel nun dort über den Flügel gleiten zu lassen. Dann schritt er weiter. Dieses Stolzieren würde ich wohl nie hinbekommen: so elegant und würdevoll.

Roland Kaiser sagte: »Mich hat er auf einer Landstraße ausgesetzt.«

Es musste für ihn ein ziemlicher Schock gewesen sein, plötzlich ganz allein in einer vollkommen anderen Welt zu sein. Ich spürte seine Angst am ganzen Körper. Dann wurde mir klar: Ich wusste, was er gefühlt hatte, weil es mir so ähnlich ergangen war. Roland Kaiser berichtete, wie er schließlich von der Straße herunterspaziert sei und ein Maisfeld entdeckt habe. »Es war nicht genau dieses Maisfeld«, meinte er. »Es war viel weiter weg, aber alle Maisfelder sind gleich.«

Zwischen den Maisähren habe er instinktiv gespürt, dass er hier sicher sei. Es habe auch genug zu picken gegeben: Insekten und Maiskörner. Nur Wasser habe ihm zunächst gefehlt, aber auf einer Weide nebenan habe er dann einen Bach entdeckt. Nach einiger Zeit wurde er aber durch die Einsamkeit verwirrt, und er fühlte sich nur noch niedergeschlagen. Als er einmal am Rande des Maisfeldes herumgeirrt sei, habe ein Auto gehalten. Der Otterpohl habe ihn entdeckt und mitgenommen. Roland Kaiser wolle diese einsame Zeit mit ihren Höhen und Tiefen niemals vergessen. Vorsichtig sah er sich nach allen Seiten um. »Wenn die Hennen wüssten, dass ich nur ein ausgesetzter Hahn bin, würden sie mich nicht mehr respektieren.«

»Warum denn das?«, fragte ich.

»Man ist, woher man kommt«, meinte Roland Kaiser.

Man durfte keine Schwäche zeigen, das war mir klar. Aber ich hatte nicht gewusst, dass auch die Vergangenheit eine Schwäche sein konnte.

Ich fragte ihn, ob es denn nicht besser sei, hier im Maisfeld ganz allein zu sein, als zusammen mit den anderen im Garten der Otterpohls, aber Roland Kaiser verneinte und sah mich zwischen zwei Maisähren an: »Glaub mir, ich weiß, wovon ich rede. Im Sommer mag es halbwegs gehen, aber im Winter … Der Boden ist gefroren, und du findest nichts zu picken. Wir Hühner kommen schließlich aus den Tropen.«

Mich streifte ein Blatt am Bauch, es war wie ein angenehmes Streicheln. Die Blätter waren still und freundlich.

Ich blickte zu Roland Kaiser. Zwischen den Maispflanzen sah ich ihn immer nur in Ausschnitten. Aber ich hatte das Gefühl, von ihm viel mehr zu sehen als im Garten.

»Und jetzt zu dir«, sagte er.

Ich kam aus Stall 2: Gestank, Lärm, Hühnermassen, ständiges Gepicke und Federnausrupfen, die tote Bertha, der wütende Einsammler. Für mich war dieses Maisfeld ein unvorstellbar schöner Ort.

Ein summendes Tier flog plötzlich über meinem Kopf. Ich schaute nach oben. Es war flauschig und schwarz-gelb. Oben wiegten sich die grünen Blätter leicht im Wind, als würde ein großer, unsichtbarer Flügel sanft über sie hinwegstreichen. Ich sah den blauen Himmel. Einige Vögel flogen vorbei. Erst jetzt ging mir so richtig auf, was »draußen« war.

»Und nun du«, forderte Roland Kaiser mich wieder auf.

Ich dachte nach. Ich sagte, erst wenn ich einen Anfang gefunden hätte, würde ich ihm meine Geschichte erzählen.

Wir waren am Ende des Maisfeldes angelangt. Das Feld war nicht so unendlich, wie es zuerst schien. Ohne nachzudenken, drehte ich um und wollte umkehren, aber Roland Kaiser drängte sich durch mehrere Reihen durch, und ich folgte ihm. Wieso gingen wir nicht einfach dieselbe Reihe zurück? Roland Kaiser meinte, man solle immer neue Wege einschlagen, auch wenn man zurückgehe.

Im Garten hatte man uns offensichtlich schon vermisst – nicht uns beide, sondern nur Roland Kaiser. Dickmadam, Helga Haube und Lisa Leghorn wussten anscheinend nichts von der Öffnung im Zaun. Dickmadam gackerte Roland Kaiser wie eine Furie an: »Wieso bist du so lange mit ihr im Gebüsch verschwunden? Mit dieser hässlichen Kröte? Hast du was an den Augen?«

Roland Kaiser lief zu ihr hin und gackerte sanft zurück: »Schnuckelchen, ich hatte nur ein Hühnchen mit ihr zu rupfen.« Er hatte Gras ausgerissen, das nun aus seinem Schnabel hing. Dickmadam zog ihm Halm für Halm mit ihrem spitzen Schnabel heraus.

Wie schnell die Übergänge doch sein konnten. Die Geschichte von Roland Kaiser spukte mir immer noch im Kopf herum. Ich ging zu meinem Baum und flatterte von Ast zu Ast. Bei meinem Schlafplatz angekommen, sah ich nach dem rundem Metallstück. Es steckte noch im Stamm. Keiner wusste davon, es gehörte nur mir.

»Hey, du Hahn!«

Ich drehte meinen Kopf. Die Stimme kam vom Haus. Der Otterpohl hatte sich weit aus dem Wohnzimmerfenster gelehnt. Sein Kopf war rot, seine Sprache verwaschen.

»Hey, du Hahn!«, rief der Otterpohl noch einmal und sah zu Roland Kaiser rüber, der das ungeschriebene Hühnergesetz einhielt und nicht auf den Otterpohl einging.

»Ich hab ein Lied für dich!«, grölte der Otterpohl und winkte Roland Kaiser zu.

»Ach«, meinte Dickmadam, »es ist ja wieder Wochenende. Der hat sich heute aber so richtig einen hinter die Binde gekippt. Hoffentlich ist seine Frau nicht zu lange beim Shoppen.«

Roland Kaiser drehte sich vom Otterpohl weg, scharrte im Gras und pickte im Boden. Aus dem Wohnzimmerfenster tönte Musik. Der Otterpohl zeigte auf Roland Kaiser und brüllte: »Nur für dich!« Eine Stimme erschallte. Der Otterpohl sang mit und übertönte die andere Stimme noch:

Sommerabend über blühendem Land –
Schon seit Mittag stand ich am Straßenrand,
Bei jedem Wagen, der vorüberfuhr,
Hob ich den Flügeeeel.

Lisa Leghorn rief: »Der Otterpohl hat wieder einen sitzen!«

In einem Wagen
Kam der Otterpohl daher,
Und er sagte, ich bedauere dich sehr.
Doch ich lachte und krähte:
Ich brauch keine weichen Daunen!

Hmmm, ein Hahn im Maisfeld!
Der ist immer frei,
Denn es ist Sommer,
Und was ist schon dabei?
Die Grillen singen,
Und es duftet nach Mais,
Wenn ich träume.

Der Otterpohl zeigte mit beiden Armen auf Roland Kaiser und rief ihm wieder zu: »Nur für dich!«

Hmm, ein Hahn im Maisfeld!
Zwischen Insekten und Stroh,
Und die Sterne leuchten mir sowieso.
Ein Hahn im Maisfeld,
Das macht mir gar nichts
So ganz alleine.

Etwas später stand
Otterpohls Auto im Gras,
Denn es war so, dass er den Hahn nicht vergaß.
Mit meinem Schnabel hab ich ihm erzählt
Von meinem Leeeeben.

Auf einmal rief er:
Es ist höchste Zeit!
Schon ist es dunkel, doch der Weg ist nicht mehr weit.
Und ich gackerte und krähte:
Dann lass uns gehen!

Roland Kaiser tat weiterhin gleichgültig, aber ich merkte, dass ihm langsam der Kamm schwoll.

Hmmm, ein Hahn im Maisfeld!
Der ist immer frei,
Denn es ist Sommer,
Und was ist schon dabei?
Die Grillen singen,
Und es duftet nach Mais,
Wenn wir träumen …

Zwischen den Zeilen hörte man Betty laut schimpfen: »Kein Wunder, dass der irgendwann durchdreht. Wenn man den ganzen Tag Schlager hört!« Augenrollend fügte sie hinzu: »Außerdem heißt es *Korn*feld und nicht *Mais*feld!«

Hmmm, ein Hahn im Maisfeld
Zwischen Insekten und Stroh.
Und die Sterne leuchten mir sowieso.
Ein Hahn im Maisfeld,
Das macht mir gar nichts
So ganz alleine.

Endlich verebbte das Lied, und Roland Kaiser entspannte sich wieder. Der Otterpohl schwang sich umständlich über das Fensterbrett in den Garten, fiel hin, stand auf und wankte zu einer Gießkanne. Er füllte sie mit einem Schlauch auf, lief torkelnd zu den Wasserschüsseln und rief: »Für euch alle! Wasser für alle! Für alle Hühner auf dieser Welt!« Dann ging er mit der leeren Kanne zurück. An einer Stelle blieb er stehen, er hatte etwas entdeckt. Er bückte sich und hob ein braunes Ei auf. Ich erinnerte mich daran, dass ich es heute Morgen dort abgelegt hatte.

Er streckte seinen Arm in die Höhe, hielt das Ei hoch und rief: »Danke, meine Damen! Danke für eure Eier!« Er drehte sich zu Bathilda um, die hinten im Gebüsch saß. »Wir, also die Hühnerfreunde, lieben *Eier* und keine toten Mäuse! Ich möchte noch mal betonen: Keine toten Mäuse!«

Bathilda scherte sich nicht um ihn – so wie immer, wenn der Otterpohl nicht gerade Mehlwürmer dabeihatte.

Der Otterpohl verschwand wieder im Menschenstall. Die anderen liefen nun zu den Wassertränken, obwohl sie gerade noch ihre Schnäbel über den beschwipsten Otterpohl gerümpft hatten. Lisa Leghorn steckte ihren Schnabel ins Nass: »Frisches Wasser! Schön kühl!« Sogar Bathilda hatte sich zu einer Schüssel begeben, tunkte ihren Schnabel in die Wasserfläche, hob ihren Kopf und bewegte ihren Schnabel schnell auf und ab. Beim Trinken sahen alle Hühner gleich aus. Ich bekam ebenfalls Durst.

Als ich neben Bathilda landete, brüllte der Otterpohl aus dem Fenster in unsere Richtung: »Lasst Micky leben!«

Mit meinem linken Auge sah ich, wie Betty angelaufen kam. Sie blickte nach unten, als suche sie etwas, als seien nicht wir das Ziel. Schließlich stand sie neben mir.

»Komm mit«, gackerte sie und packte mich mit ihrem Schnabel am Flügel.

Bettys Plan

Wir saßen schweigend in ihrem Wohnzimmer. Betty betrachtete die grünen Wände, dann sagte sie auf einmal: »Roland Kaiser.« Ich schaute mich um, aber Roland Kaiser war nicht in der Nähe. Schließlich drehte ich mich nach rechts. Betty sollte ruhig meine schlimmsten Pickstellen sehen und sich ihre Gedanken machen.

»Sina und Sabina Seide«, gackerte Betty weiter. »Brüten.«

Vielleicht war etwas in ihrem Kopf durchgeschmort. Ihr Kamm war sehr niedrig, der konnte also nicht viel Kühlung bringen. Ich streckte meine Flügel aus. Ja, so war es luftiger. Dass wir aus einem heißen Land stammen sollten, konnte ich mir gar nicht vorstellen.

»Du scheinst dich gut mit ihm zu verstehen«, meinte Betty weiter. Endlich gackerte sie wieder in ganzen Sätzen. Dieser Satz war aber genauso sinnlos wie ihre einzelnen Wörter davor.

Schließlich stand sie auf, kratzte sich mit dem Fuß am Kopf und erzählte mir von ihrem geheimen Plan. Dabei sah sie angestrengt in alle Richtungen, ob uns auch niemand belauschte.

»Sina und Sabina«, sagte sie, »wollen doch gerne Eier ausbrüten. Sie haben allerdings keinen Hahn. Aber wir haben jetzt Roland Kaiser.«

In meinem überhitzten Kopf arbeitete es. Dann machte es klick. »Ich glaube, ich weiß, was du mir gackern willst«, meinte ich.

Irgendwie fand ich die Vorstellung immer noch ekelhaft, dass ein Hahn einem auf den Rücken sprang und dann auch noch seine Kloake auf die eigene Kloake drückte. Ich fügte hinzu: »Sina und Sabina Seide müssen aber auch einverstanden sein. Bestimmt wissen sie noch gar nicht, was sie dafür …«, mir fehlten die Worte, »ertragen müssen.«

»Na, so schlimm ist das nicht. Das dauert doch nicht lange!«

Ach? Neulich hatte sie noch ganz anders geklungen. Jetzt war auf einmal alles halb so wild.

Betty machte mit einem Flügel eine wegwerfende Bewegung. »Jetzt fragen wir Sina und Sabina, ob sie mal mit Roland Kaiser zu tun haben wollen.« Betty lachgackerte laut auf. »Ich weiß ja nicht, was dabei rauskommt: Italiener mit Zwergseidenhuhn!«

Sie gackerte noch eine Zeit lang weiter, dann wurde sie nachdenklich: »Aber was soll das auch alles mit diesen Rassen? Warum müssen die Menschen bei Tieren immer Rassen züchten?«

Langsam verstand ich, warum wir alle so unterschiedlich aussahen. Es hatte etwas mit diesen ominösen Rassen zu tun.

Auf dem Bürgersteig war die Hitze unerträglich. Und dann lag auch noch diese lange Strecke vor uns.

»Ich geh wieder zurück«, gackerte ich.

Betty schaute mich fragend an: »Wieso? Wir sind doch erst zehn Schritte gelaufen.«

Sie hatte gut reden. Ihr hatte man heute kein langes, dünnes Metallstück in die Brust gedrückt. Sie war nicht von Dickmadam, Lisa Leghorn und Helga Haube zerpickt worden. Sie war nicht verantwortlich für den Tod einer kleinen Maus. Sie hatte keinen riesigen Komposthaufen besteigen, die tote Maus zudecken und sich die wichtigste Frage im Leben überlegen müssen – nur, um dann zu hören, dass das eine dumme Frage sei. Sie war nicht durch ein endloses Maisfeld gelaufen – und wieder zurück. Sie musste nicht über Verrat, die Bedeutung der eigenen Kükenzeit, Zurückweisung und Verlassenheit nachdenken.

Ich wünschte mir nur noch Kühle, Ruhe und Schlaf.

Stehen zu bleiben machte es aber auch nicht besser. Diese Steine hier waren einfach zu heiß, ich hob abwechselnd einen Fuß hoch. Betty sah mich missmutig an.

»Da!«, sagte sie auf einmal. Ich folgte ihrem Blick. »Da kommt ein Fahrradfahrer mit Bollerwagen. Von dem lassen wir uns mitnehmen!« Sie lief in ihrem typischen Watschelgang los. Hatte sie nicht gesagt, man solle nur auf die Straße laufen, wenn weit und breit nichts zu sehen war? Sie blieb mitten auf dem Asphalt stehen, ich ging ihr zögernd nach. Der Fahrradfahrer wurde langsamer, als er Betty und mich sah.

»Na, jetzt aber schnell rüber!«, rief er uns zu und wedelte mit seinem Arm. Aber Betty blieb stehen und ich auch. Er trat wieder in die Pedale: »Dann halt nicht.«

Kaum war er an uns vorbei, flatterte Betty auf die hintere Kante des Bollerwagens. Ich flatterte ihr nach. Hier war es bequem. Wir saßen nebeneinander wie Hühner auf der Stange. Der Wind wehte uns um den Schnabel. Der Mensch vor uns bewegte seine Beine. Über seinen Nacken lief Schweiß. Sein kurzärmeliges weißes Wechselgefieder war am Rücken ganz feucht.

Ich genoss es, hier zu sitzen. Es war erholsam und abwechslungsreich. Wir bewegten uns nicht, kamen aber vorwärts. Nach einer Weile hob ich meine Flügel ein wenig an, nur so weit, dass mir der Fahrtwind durch die heiß gewordenen Daunenfedern blies. So konnte es bleiben.

Alles zog an mir vorüber, Gärten, Wiesen, Bäume. Der Wind blies weiter unter meinen Flügeln durch. Ich gackerte zufrieden in mich hinein. Das hatte ich wohl noch nie getan: so wohlig leise gackerzuseufzen. Es war herrlich, auf der Welt zu sein. Es war schön, Flügel zu haben, und es war schön, ein Huhn zu sein.

Betty stupste mich mit ihrem Flügel an. Sie meinte: »Los, jetzt auf die Wiese.« Sie stieß sich ab. Ich breitete meine Flügel aus, flatterte ihr nach und landete neben Betty im hohen Gras. Die langen Grashalme streichelten mich nun ganz anders als der Wind. Schade, dass das Gras bei den Otterpohls so kurz war. Der Boden war hier schön kühl und feucht.

»Hier wird man jedenfalls nicht zum Broiler!«, meinte Betty. Sie watschelte zufrieden vor mir her.

»Was ist ein Broiler?«

»Das willst du nicht wissen.«

Ich fragte mich, warum ich das denn nicht wissen wollte, wenn ich doch selbst danach gefragt hatte? Manchmal war Betty ziemlich komisch.

Allmählich kam mir die Gegend bekannt vor. Wir sahen nun auch den weichen Zaun und flatterten über die niedrige Stelle. Sina und Sabina kamen uns nicht entgegen. Sie waren doch nicht allein in die Stadt gegangen?

Schließlich entdeckten wir sie unter einem Busch. Sie dösten im Schatten. Die Hitze schien auch sie ganz platt gemacht zu haben.

»Hey, ihr beiden«, gackerte Betty. »Wir wollten euch mal wieder besuchen kommen!«

Sina und Sabina schauten auf und brauchten einen Moment, bis sie uns erkannten. Ich wunderte mich wieder, wie komisch sie doch aussahen. Und wie klein sie waren! Und – Betty stupste mich mit einem Flügel an. Sie fand es ja immer unhöflich, wenn ich die beiden so fassungslos anstarrte. »Mach deinen Schnabel zu!«, zischte sie.

Sina sagte verlangsamt: »Schön, euch zu sehen. Aber heute ist es zu viel heiß, um sich zu beschwipsen.« Sabina nickte nur träge.

»Wir sind nicht zum Kirschenpicken hier«, sagte Betty, »auch wenn mit uns beiden natürlich gut Kirschen essen ist, das muss man ja mal so gackern.« Sie beugte sich zu den beiden hinunter, um ihnen besser ins Gesicht zu schauen: »Es geht um Wichtigeres.«

»Um was denn?«, fragten die beiden fast gleichzeitig. Sie schienen nun völlig klar. Weil Betty nichts mehr sagte, starrten die beiden jetzt mich erwartungsvoll an.

»Roland Kaiser«, sagte ich.

»Gibt er ein Konzert in der Nähe?«, fragte Sina.

»Er wohnt jetzt bei uns«, sagte ich.

»Bei euch im Stall?!«, fragte Sina.

Ich nickte.

»Ich liebe seine Stimme!«, seufzte Sabina.

»Papperlappapp!« Betty fuchtelte mit ihren Flügeln. »Hört auf, solchen Unsinn zu reden. Roland Kaiser ist der neue Hahn.«

Sina und Sabina sahen Betty verdutzt an.

Betty sagte: »Ihr wolltet doch Eier ausbrüten!«

Die beiden schauten immer noch fragend.

Betty wurde ungeduldig und trippelte mit den Füßen auf der Stelle: »Ihr könnt euch von ihm treten lassen. Er gibt dann Samen an euch ab, die eure Eier befruchten, und dann könnt ihr brüten.«

»Aber die Fütterin nimmt sie uns doch weg!«

»Es ist Sommer, warm und trocken«, fasste Betty zusammen. »Ihr baut euch ein Nest im Gebüsch und legt da eure Eier ab, wie es die Wildhühner im Dschungel auch tun.«

»Und nachts? Da sind wir im Stall!«

»Da finden wir schon eine Lösung. Aber ich hab den Eindruck, ihr wollt gar nicht wirklich brüten.«

»Doch!«, kam es einstimmig.

Es stellte sich heraus, dass der Ausschlupf von Sina und Sabinas Stall elektrisch gesteuert wurde und ihre Fütterin abends gar nicht nachschaute, ob sie wirklich drin waren.

Betty und ich legten uns zu ihnen und besprachen alles. Wir würden Roland Kaiser vorbeibringen. Sie würden es »tun«. Danach würden wir ihnen beim Nestbau unter die Flügel greifen. Wenn die Küken geschlüpft wären, könne ihre Fütterin nichts mehr machen, denn dann seien sie ja schon da, und sie würden zusammen mit den Küken wieder in den Stall ziehen.

Auf dem Heimweg kam kein Fahrradfahrer vorbei. Wir mussten auf unseren eigenen Füßen laufen. Gott sei Dank strahlte die Sonne nicht mehr so glühend vom Himmel. Ich fragte Betty noch einmal, warum sie das Ganze anzettelte. Wozu sollte es gut sein, dass Sina und Sabina heimlich Eier ausbrüteten? Betty meinte, Seidenhühner seien nun mal gerne gluckig. Das läge an ihrer Rasse, sie könnten nicht aus ihren Federn.

Ich dachte aber an das seltsame Tier mit weißem Bauch und buschigem Schwanz, das nachts um den Stall herumlief und versuchte, einen Eingang zu finden.

Als wir zurück in den Garten kamen, war auch hier nichts mit Entspannung und Ruhe.

»Schon wieder! Wie können die das nur tun?«, schimpfte Lisa Leghorn.

»Unglaublich!«, stimmte Dickmadam mit ein.

Betty schien sofort zu wissen, worum es ging, und rief: »Nein!«

»Doch!«, gab Helga Haube zurück.

»Was ist los?«, flüsterte ich Betty zu. Es hatte anscheinend nichts mit mir zu tun, das war schon mal gut.

»Lisa Leghorn hat gesehen, dass Frau Otterpohl neben den ganzen Einkäufen auch diese gewisse Papiertüte wieder mitgebracht hat.« Betty sah mich eindringlich an, aber ich wusste nicht, was sie meinte.

»Vom Hähnchengrill!«, gackerte sie auf einmal laut auf, und ich zuckte zusammen. Ihre Halsfedern sträubten sich. »Jetzt weißt du, was ein Broiler ist! Auch wenn ich dir das gerne erspart hätte!«

Ich wusste aber immer noch nicht, was sie meinte.

Lisa Leghorn, Helga Haube und Dickmadam standen in der Runde und machten sich durch Aufplustern und Flügelschlagen Luft. Betty gesellte sich dazu und stimmte mit ein. Das beruhigte aber keinen von ihnen, sie schaukelten sich nur gegenseitig hoch. Nach einer Weile wurde mir klar, dass sie sich miteinander verbunden fühlten, indem sie sich zusammen aufregten.

Ich flatterte vors Wohnzimmerfenster. Niemand zu sehen. Aber es gab ja noch andere Räume. Ich flog weiter zum nächsten Fenster. Betty war mir inzwischen nachgeflattert.

Frau Otterpohl verteilte gerade gelbe Stücke auf Tellern. »Pommes«, meinte Betty. Danach ließ Frau Otterpohl aus einer anderen Tüte jeweils zwei große, braune Klumpen gleiten. Sie ging durch den Raum, stellte die Teller auf den Tisch und setzte sich dem Otterpohl gegenüber.

»Was ist das?«, fragte ich mit einem mulmigen Gefühl.

»Halbe HÄHNCHEN!«, zischte Betty.

Zuerst verstand ich nicht. Dann ratterte es in meinem Kopf. Es waren kleine Hühner, ganz ohne Federn, die in zwei Hälften geschnitten waren. Aber warum waren sie so braun?

»Sie wurden gegrillt«, zischte Betty, als hätte ich meine Frage laut gegackert. »Die Hühner werden auf einen Spieß gesteckt. Auf dem Grill ist es noch viel heißer als auf dem Bürgersteig. Also werden sie braun. Dann werden sie abgenommen und in zwei Hälften geschnitten.«

Ich konnte es nicht glauben. Zwar hatte Roland Kaiser erzählt, dass Menschen Hühner essen, aber ich hatte es trotzdem nicht für möglich gehalten. Ich presste meinen Schnabel gegen die kalte Scheibe und riss die Augen auf.

Von hinten hörte ich lautes Geflattere. Dickmadam, Helga Haube und Lisa Leghorn landeten neben uns und starrten ebenfalls durchs Fenster. Der Otterpohl riss etwas ab, und Betty flüsterte: »Ein Hühnerflügel!« So ganz ohne Federn sah der Flügel gar nicht aus wie ein Flügel, sondern wie ein kurzer brauner Ast. Ich konnte es immer noch nicht glauben. Ich bewegte meinen rechten Flügel, nur um ihn zu spüren und um sicher zu sein, dass er noch da war. Der Otterpohl hielt den Flügel zwischen seinen Händen und nagte daran. Ich merkte, wie sich meine Halsfedern aufstellten. Den abgeknabberten Flügel legte er auf den Teller, man sah nur noch Knochen mit ein wenig Haut und Knorpel dran. Mir wurde schlecht. Er riss nun ein größeres Stück heraus. Betty zischte: »Ein Hähnchenschenkel!«, und die anderen gaben ein Fauchen von sich. Ich fauchte mit. Dabei hatte ich gar nicht gewusst, dass ich solche Laute von mir geben konnte.

Wie konnte das ein Hühnerschenkel sein? So sahen Schenkel aus? Auch meiner? Wo war der Fuß? Der Otterpohl riss mit seinen Zähnen Fleischstücke heraus. Ich sah kurz zu den anderen. Ihr Gefieder war aufgeplustert. Dickmadam stieß mit ihrem spitzen Schnabel gegen das Fenster, und es machte laut »Klack!«. Die Otterpohls zuckten zusammen und entdeckten uns. Wir glotzten sie an, während sie uns wiederum anglotzten.

Der Otterpohl sagte zu Frau Otterpohl: *»Angry birds!«*

Schließlich stand Frau Otterpohl auf und kam auf uns zu. Ich wollte schon wegflattern, weil ich dachte, sie wolle uns jetzt auch noch essen. Aber dann fiel mir ein, dass sie gar nicht durch die Scheibe konnte. Also blieb ich sitzen. Die anderen auch. Frau Otterpohl hob ihre Arme und zog an etwas, bis das ganze Fenster bräunlich war. Was war das denn?

Dickmadam schimpfte: »Zieht einfach die Vorhänge zu!«

»Hat wohl ein schlechtes Gewissen!«, meckerte Helga Haube.

»Tja, warum wohl!«, keifte Lisa Leghorn.

Nach und nach flatterten wir hinunter auf den Rasen.

»Schrecklich! Schrecklich!« Lisa Leghorn gackerte noch aufgeregter als nach einer Eiablage.

Ich fühlte mich immer noch benommen. »Warum tun sie das?«, fragte ich Betty. »Warum essen sie Hühner?«

Betty herrschte mich an: »Warum, warum, warum? Warum ist die Banane krumm?«

Sie wieder mit ihrer Banane! Wieso wollte sie immer etwas über diese blöde Banane wissen, wenn ich Fragen hatte? Diesmal ließ ich mir das aber nicht bieten!

»Weil eine Maus drinsteckt!«, schmetterte ich ihr entgegen, ließ sie stehen und rannte zu Bathilda. Wie immer starrte Bathilda vor sich hin. Wie schaffte sie es nur, den ganzen Tag so reglos dazusitzen (außer wenn es ums Essen ging)? Ich stellte mich vor sie und fing an zu scharren.

»Ich hab noch eine Frage frei«, sagte ich. Sie hatte schließlich nicht gewusst, warum die Banane krumm war. »Warum essen die Menschen Hühner?«

Bathilda antwortete nicht. Ich dachte schon, sie sei mit offenen Augen eingeschlafen, da fragte sie zurück: »Willst du die lange Version hören, die kurze oder die sehr kurze?«

Damit wusste ich nichts anzufangen. Bathilda fuhr fort: »Für die lange Version brauche ich zehn Tage.« Dann dauerte die kurze Version sicherlich auch noch ein paar Tage. »Und die sehr kurze?«, fragte ich.

»Weil Hühner gut schmecken«, sagte Bathilda.

»Und weiter?«, fragte ich.

»Das *war* die sehr kurze Version.«

»Und die kurze?«, fragte ich.

»Weil Hühner gut schmecken, und die Menschen es einfach können.«

Irgendwie bekam ich von Bathilda auch nie richtige Antworten.

»Du warst doch mal ein Mensch«, sagte ich. »Hast du auch Hühner gegessen?« Ich sah wieder das Bild vor mir, wie der Otterpohl den Hühnerschenkel aus dem Körper riss.

»In meinem letzten Menschenleben war ich Veganerin«, meinte Bathilda. Dann sah sie noch nachdenklicher aus als sonst. »Da habe ich keine Tiere gegessen, noch nicht mal Eier. Und jetzt als Huhn? Jetzt esse ich am liebsten Würmer, Larven und Mäuse.« Sie erhob sich. »Ich will Fleisch!«, keuchte sie und sah mich mit glasigen Augen an.

Das überraschte mich so, dass ich zwei Schritte zurücksprang.

»Findest du es nicht widerlich, dass die Menschen Hühner essen?«, fragte ich. Eigentlich wollte ich ihr nur ins Gedächtnis rufen, dass ich ein Huhn war und keine Maus.

»Nein.« Bathilda starrte wieder vor sich hin. »Aber die Menschen müssen auch nicht ständig Eier legen wie wir. Sie müssten also keine Hühner essen. Es ist nicht notwendig, dass sie sich so viele Proteine reinstopfen.« Sie hatte sich aufgeplustert und wirkte Furcht einflößend. »Wie sollen wir denn so viele Eier legen, wenn wir keine Tiere essen? Wo soll das Eiweiß herkommen? Von Luft und Liebe?«, fragte sie.

Ich wusste nicht, ob Eiweiß von Luft und Liebe kommen konnte.

»Ich würde die Menschen auch aufpicken, wenn sie so klein wären wie Mäuse«, meinte Bathilda, und ihr gesträubtes Gefieder legte sich wieder. »Wir, sie, die anderen – wir alle bestehen aus nahrhaftem Fleisch. Wir essen und werden gegessen. Wir essen, um zu leben, und wir werden gegessen, damit andere leben können. Wir sind Futter und futtern andere.«

Ich stellte mir vor, dass die Otterpohls auf einmal schrumpften und schreiend davonliefen, während Bathilda nach ihnen pickte.

»Werden die Otterpohls uns auch essen?«, fragte ich.

»Nein«, sagte Bathilda.

»Warum nicht?«

»Weil wir ihre Haustiere sind, so wie dieser faule Nichtsnutz-Kater«, meinte Bathilda und ging weg. Nach ein paar Schritten blieb sie stehen und drehte sich um: »Außerdem sind wir schon zu alt. Wir taugen nur noch als Suppenhühner, und die Otterpohls mögen nun mal keine Suppe.«

Am nächsten Morgen war es zwar schon hell, aber ich hätte noch viel länger schlafen können, wenn Roland Kaiser nicht so laut gekräht hätte. Der Otterpohl kam in einem kurzen Gefieder heraus, ging zum Stall und zog die Klappe hoch. Er schien noch nicht richtig wach zu sein und hastete wieder in seinen Menschenstall zurück. Hier war bisher viel mehr passiert als in meiner ganzen Zeit in Stall 2. War die helle Phase, also der Tag, hier länger? Meine innere Hühneruhr meinte: Ja! Der gestrige Tag hatte so lange gedauert wie hundert Tage in Stall 2.

Die Hühner stoben nach draußen, wobei sie mit Ausnahme von Bathilda nicht die Rampe herunterliefen, sondern von oben einfach herunterflogen. Ich flatterte auch von meinem Ast und landete im Gras. Die Halme waren noch schön feucht und kühl. Da alle draußen waren, beschloss ich, in den Stall zu gehen. Dort pickte ich gierig. Das Futter schmeckte richtig gut so auf leeren Magen. Für die anderen war das Futter im Stall nichts Besonderes, für mich aber schon. Mir war es nicht immer möglich, an die leckeren Körner heranzukommen.

Gestern, als wir alle vor dem Fenster gestanden und uns empört hatten, schien es mir, als sei ich ein Teil des Ganzen gewesen. Ich hörte Hühnerschritte.

»Guten Morgen«, gackerte jemand, »gut geschlafen?«

Ich drehte mich um und wollte Bertha gerade antworten, da ging mir auf, dass Bertha ja Betty war. Hier, in der neuen Welt, gab es Bertha nicht mehr. Ich hatte sie in der alten Welt zurückgelassen. Aber auch dort gab es sie nicht mehr.

Der Wechsel der Welten machte mich benommen, und ich wurde noch von einem anderen Gefühl erfasst: Wehmut.

Draußen lief ich zur nächsten Wassertränke. Ich steckte meinen Schnabel ins Wasser, öffnete ihn, ließ Wasser hineinrinnen, zog ihn wieder heraus, legte schmatzend meinen Kopf in den Nacken. Daran hatte ich mich schon gewöhnt in dieser neuen Welt. Als hätte ich nie auf eine andere Art getrunken. Nun tauchte ich meinen ganzen Kopf unter Wasser. Nur die Ohrscheiben blieben noch oben. Irgendwann hörte ich Betty gackern: »Du denkst wohl, du bist dann in einer anderen Welt.«

Ich zog meinen Kopf wieder raus. Mein ganzes Gesicht war nass. Etwas Wasser tropfte mir ins Auge, meine Wangen trieften. Praktisch wäre das ja schon: die Welten zu wechseln, indem man seinen Kopf in unterschiedliche Wasserschüsseln steckte.

»Los«, meinte Betty. »Wir müssen mit Roland Kaiser sprechen und zu Sina und Sabina, bevor es zu heiß wird.«

Wie auf Kommando krähte Roland Kaiser wieder. Von irgendwoher brüllte jemand: »Halts Maul, du verdammter Scheißhahn!«, worauf Roland Kaiser erst recht nachlegte. »Ich dreh dir deinen verdammten Hals um!«, kam es noch mal, und Roland Kaisers Antwort folgte prompt: Er krähte wieder aus vollsten Hahnenlungen.

Wir gingen immer dem Gekrähe nach. Roland Kaiser tänzelte um Dickmadam herum, schüttelte ein Bein aus, streckte dabei einen Flügel hinunter. Das sah einfach nur lächerlich aus, als wäre er verletzt und beschwipst zugleich. Wir mussten ihn irgendwie von ihr weglocken. Betty meinte, wir sollten einen Kampf vortäuschen. Zum einen würde das meinem Ansehen guttun (und ihrem auch), denn die anderen hätten Respekt vor aggressiven Hühnern, und zum anderen käme Roland Kaiser zum Schlichten.

»Warum?«, fragte ich.

»Weil er in seiner Herde für Ordnung sorgen muss«, sagte Betty.

»Du Miststück, du Stangen-unten-Sitzerin, du Windei-Legerin, du Vogelmilben-Freundin, du Hahnversteherin!«, schimpfte Betty.

Ich merkte, wie alle Augen plötzlich auf uns gerichtet waren. Irgendwie fiel mir selbst aber keine Beschimpfung ein. Dann erinnerte ich mich an das, was Roland Kaiser über ihren kaum vorhandenen Kamm gesagt hatte: »Du Niedrig-Kamm-Huhn!«

Betty schaute mich wütend an und zeterte noch lauter: »Du Ewig-Mausernde, du Kleinschnabel, du Sitzkacker!«

Sie flatterte auf mich zu, und wir kämpften. Ich fand, sie übertrieb es. Sie hackte wirklich mit dem Schnabel auf mich ein. Ich wurde wütend und pickte sie kräftig zurück. Wir verbissen uns ineinander, gingen wieder auseinander, traten uns gegenseitig. Das kam mir nicht mehr gespielt vor. Jedenfalls tat ihr Gepicke richtig weh.

Vielleicht hatte sie unrecht, und Roland Kaiser kam gar nicht? Dann mussten wir doch nicht weiterkämpfen? Ich hatte keine Lust mehr, mich von ihr picken zu lassen. Sie ließ aber nicht von mir ab, und so rannte ich weg. Ich schlug mich durch die Büsche und sah schon das Schlupfloch im Gitter, da riss mich die Furie zurück. Wir kämpften vor dem Zaun weiter, obwohl hier kaum Platz war. Als sie gerade wieder zubeißen wollte, zwängte sich wie aus dem Nichts ein Körper zwischen uns: Roland Kaiser.

»Auseinander!«, befahl er. »Auseinander!« Ich nutzte die Gelegenheit und schlüpfte durch den Zaun. Betty folgte mir, und auch Roland Kaiser kam uns nach.

Als ich auf dem Bürgersteig stand, war ich immer noch aufgebracht. Ich drehte mich um und gackerte Betty laut an: »Das hast du gar nicht gespielt! Du hast mich richtig heftig gepickt!«

»Stimmt nicht! *Du* hast richtig zugepickt!«

»Auseinander!«, gackerte Roland Kaiser und drängte sich wieder zwischen uns. Dann wandte er sich an Betty: »Du hast angefangen. Das habe ich ganz klar mitbekommen. Was hast du zu deiner Verteidigung zu sagen?«

»Wir kennen zwei Seidenhühner, die wollen Eier ausbrüten«, sagte sie.

»Sina und Sabina Seide«, fügte ich hinzu. Betty und ich spazierten los.

Roland Kaiser holte auf. Wie wir so zu dritt schweigend nebeneinander gingen, kam ich mir vor wie in einer Gruppe. Es war so ähnlich wie an dem Tag, als wir mit Sina und Sabina in die Stadt gegangen waren. Wir gehörten zusammen, jedenfalls jetzt gerade. Ich kannte Betty, ich kannte Roland Kaiser, und die beiden kannten mich. Es gab uns drei, und ich war ein Teil von »uns«.

»Mir schwant etwas«, sagte Roland Kaiser.

Ich schielte beim Gehen auf seine Schwanzfedern. Bei jedem Schritt wippten sie mit. Roland Kaiser stolzierte wie immer auf seinen langen Beinen, ohne dabei bemüht zu wirken, während Betty und ich in unserem watschelnden Hennengang neben ihm herliefen.

»Ihr habt das alles bloß gespielt, nur um unter sechs Hühneraugen mit mir zu sprechen?«, fragte er.

Ich hatte es gespielt, Betty aber war wirklich in Rage geraten.

»Es sah sehr echt aus«, meinte Roland Kaiser.

Betty blieb stehen: »Hier müssen wir über die Straße.«

Leider kam kein Radfahrer mit Bollerwagen vorbei. Aber es war jetzt noch schön kühl. Als wir uns durch das Gestrüpp kämpften, weihte Betty Roland Kaiser ein: »Sina und Sabina Seide wollen unbedingt Eier ausbrüten und Küken aufziehen.

Sie sind Zwergseidenhühner, sie können nicht aus ihren Federn. Sie haben aber keinen Hahn, und wir dachten, du könntest …«

Unauffällig beobachtete ich ihn. Er verzog keine Miene. Nach einer Ewigkeit sagte er: »Ich bin nicht abgeneigt. Es kommt natürlich darauf an, wie attraktiv die beiden sind. Obwohl … ich habe noch nie ein Seidenhuhn gesehen, aber ›Seide‹ klingt elegant.«

Den Rest des Weges sagte keiner mehr etwas. Wir waren alle angespannt. Schließlich erreichten wir den niedrigen Zaun und flatterten hinüber. Wir liefen eine Weile durch den Garten, bis wir die beiden entdeckten.

Betty stellte alle vor: »Das ist Roland Kaiser«, und an Roland Kaiser gewandt sagte sie: »Das sind Sina und Sabina Seide.«

Sina und Sabina trippelten auf der Stelle. Roland Kaiser starrte die beiden an. Schließlich drehte er sich zu Betty: »Mit denen kann ich nicht.«

»Was?«, fragte Betty.

»Die sind so klein und haben noch ihr Flauschgefieder. Das sind ja fast noch Küken!«

»Sina und Sabina sind Zwergseidenhühner«, erklärte Betty. »Zwerghühner sind nun mal kleiner als normale Hühner, und Seidenhühner haben andere Federn als wir.«

»Sie sind hässlich«, fuhr Roland Kaiser fort.

»So sehen Seidenhühner nun mal aus.«

Sina und Sabina starrten in die Gegend, als wären sie nicht gemeint. Es war nicht zu übersehen, dass sie sich am liebsten in Luft aufgelöst hätten.

Betty stellte sich vor Roland Kaiser: »Du bist ein Hahn, und ein Hahn kann mit jeder Henne!«

Roland Kaiser streckte sich und sah in die Luft. Betty gackerte: »Das geht doch ganz schnell.«

»Nein«, meinte Roland Kaiser. »Sie sehen aus wie Küken, und ich bin doch nicht kükophil!« Abrupt wandte er sich ab und stolzierte davon. Sein langer gebogener Schwanz wippte bei jedem Schritt würdevoll mit. Betty und ich schauten ihm mit offenem Schnabel hinterher, während Sina und Sabina zu Boden blickten. Ich wusste nicht, was ich gackern sollte, und selbst Betty hatte es diesmal wohl die Sprache verschlagen. Sina und Sabina rührten sich als Erste. Sie gingen zu den Büschen und legten sich hin.

Ich schämte mich. Betty hatte mir mal vorgeworfen, ich würde gackern, wie mir der Schnabel gewachsen sei. Vor einiger Zeit hatte ich ebenfalls gesagt, dass Sina und Sabina wie Küken aussähen. Da hatte ich nicht mitbekommen, wie sehr meine Worte sie getroffen hatten. Jetzt war es aber nicht zu übersehen: Worte konnten genauso verletzen wie Gepicke.

Sina und Sabina lagen bedröppelt da.

Irgendwann beugte ich mich zu Betty hinüber und hielt meinen Schnabel dicht an ihre Ohrscheibe: »Was sollen wir jetzt tun?«, flüsterte ich.

»Was tun denn Menschen, wenn es ihnen schlecht geht?«, fragte sie zurück.

Ich kannte Menschen nicht so gut. Vielleicht hörten sie Musik wie der Otterpohl und sangen laut mit? Oder sie betranken sich? Der Otterpohl schien richtig gute Laune gehabt zu haben, als er beschwipst gewesen war.

»Sie beschwipsen sich?«, fragte ich. Betty drehte ihren Kopf und sah mich an: »Das ist mal eine gute Idee! Komm mit!«

Wir flatterten über den niedrigen Plastikzaun. Dort lagen noch viele glänzend rote, verführerisch duftende Kirschen. Betty nahm eine in den Schnabel, hüpfte über den Zaun, und ich wollte es ihr gleichtun. Nur bekam ich den Schnabel nicht so weit auf wie sie. Ich entdeckte aber Würmer. Sie passten gut in meinen Schnabel und fielen nicht heraus.

Nach und nach häuften wir die Leckereien vor Sina und Sabina auf. Sie sagten immer noch nichts, aber sie betrachteten den wachsenden Berg von Kirschen und Würmern und bekamen große Augen.

Schließlich war der Berg hoch genug. Betty sah ihn zufrieden an und gackerte: »Ein schönes Stillleben, und durch das besondere Licht hier unter dem Busch sieht es aus wie von einem impressionistischen Maler. Man könnte das Gemälde ›Zusammenspiel von Kirschen und Würmern‹ nennen oder ›Die vollkommene Weichheit der Würmer und die versteckte Härte der Kirschen‹. Aber Ersteres gefällt mir besser, schlicht und einfach ist immer gut.«

»Eigenlob stimmt immer«, meinte Sabina, drückte sich hoch und pickte in eine Kirsche. Sina tat es ihr nach. Betty pickte sich einen kleinen Regenwurm. Ich nahm mir abwechselnd eine Kirsche und einen Wurm. Bald wurde ich gelassener, die Anspannung fiel von mir ab.

Betty sagte: »Eigentlich ist es gegen meine Prinzipien, schon am frühen Morgen Alkohol zu picken.« Sie wirkte ebenso beschwipst wie ich, und Sina und Sabina hätten schon längst ihr Gleichgewicht verloren, wenn sie nur vier Zehen anstatt fünf gehabt hätten.

Bei mir drehte sich alles. Ich legte mich hin und fühlte den kühlen Boden an meinem Bauch. Zwischen meinen Schmerzen und mich hatte sich eine Schicht gelegt. Die vielen Pickwunden spürte ich nicht mehr.

Sina und Sabina hielten sich erstaunlich lange auf den Beinen, bis sie sich plötzlich fallen ließen. Ihr Gegackere klang verwaschen. »*Euch* findet der Hahn bestimmt attraktiver«, meinte Sina.

Betty schien es nicht mitzubekommen. Aber vermutlich tat sie nur so, damit sie keine Antwort geben musste. Betty hatte es faustdick hinter den Ohrscheiben, das wusste ich inzwischen.

»Du, Molli!«, sprach mich Sina direkt an. »Mit dir würde der Hahn doch sicherlich diesen komischen Tretakt vollziehen.«

Mein Kopf tat weh.

»Wir fanden diesen Hahn total hässlich!«, sagte Sabina. »Wir hätten da nur mitgemacht, weil wir Küken wollen!«

»Der denkt wohl, *er* sei schön!«, meckerte Sina. »Unter normalen Umständen würden wir so einen ordinären Hahn nicht einmal mit einem Hühnerauge ansehen.«

Betty hob ihren Kopf und stimmte auf einmal mit ein: »Er ist nun mal ein Italiener, der auf sehr gewöhnliche Hennen steht: normale Federn, füllige Form und einen roten, gerade stehenden Kamm. Exotische Schönheiten weiß er nicht zu schätzen. Was der Bauer nicht kennt, das frisst er nicht – was der Hahn nicht kennt, das tritt er nicht.«

Das schien die beiden zu besänftigen. Beinah herrschte wieder Harmonie, bis ich gackerte: »Das hilft uns aber auch nicht weiter, weil wir keinen anderen Hahn kennen.«

Sechs Hühneraugen sahen mich bitterböse an.

Manchmal konnten nichtssagende Worte kühlender sein als Vanilleeis und die Wahrheit verletzender als ein spitzer Schnabel. Sina streckte ihren Kopf in die Höhe: »Deswegen hab ich das ja gesagt: Euch beide würde er nicht verschmähen.«

Betty seufzte: »Wenn du wüsstest. Aber ich bin im Grunde froh. Das ruiniert nur das Federkleid.«

»Vielleicht seid ihr nicht seine Lieblingsdamen«, meinte Sina. »Aber ich glaube, er hätte nichts dagegen, euch einmal zu treten, wenn ihr ihn darum bittet.«

»Wieso denn das?«, fragte Betty. Sie richtete sich empört auf.

»Wir sollten zusammen sandbaden«, sagte Sina, drückte sich mühsam hoch und lief schwankend nach rechts, dann nach links, dann wieder zurück und geradeaus, bis sie das Sandbad erreicht hatte. Was sollte das? Sich mit einem dicken Kopf auch noch im Sand wälzen?

Aber Sabina drückte sich auch hoch, und Betty tat es ihr nach. Beide taumelten zur Sandfläche. Ich wollte nicht allein zurückbleiben. Zum ersten Mal wurde mir bewusst, was Gruppenzwang bedeutete. Ich stand also auf und torkelte hinter ihnen her.

So richtig wälzen konnte sich keine von uns, es fehlte uns die Körperbeherrschung.

»Gemütlich ist es hier«, sagte Sina. »Also, jetzt, wo wir alle so schön zusammen baden, möchte ich einen Vorschlag machen.«

Nein, mir war zu schwindelig, um in die Stadt zu gehen.

»Ihr bittet Roland Kaiser, euch zu treten«, sprach Sina weiter. »Und eure Eier legt ihr dann hier bei uns ab.«

Was sollte dieser Blödsinn denn? Betty hatte das Ganze angezettelt. Sollte sie doch Sina eine gepfefferte Antwort geben.

»Aber mein schönes Federkleid«, sagte Betty, anstatt sich aufzuregen.

Sina meinte: »Nur ein einziges Mal.«

»Und wozu?«, gackerte ich nun doch.

»Na ja«, sagte Sina. »Dann können wir doch noch brüten und Küken aufziehen.«

»Aber doch nicht eure eigenen!«

»So abwegig ist das gar nicht«, meinte Betty und scharrte ein paarmal kräftig, sodass uns der Sand nur so um die Ohrscheiben flog. Sie fuhr fort: »Wir Hühner brüten oft die Eier anderer aus. Deswegen legen wir unsere Eier auch oft dorthin, wo schon andere Eier liegen.«

»Hör auf!«, gackerte ich. Mit meinen Flügeln wühlte ich jede Menge Staub auf, damit Betty eine volle Ladung abbekam. »Mir kommt gleich alles wieder hoch!«

»Außerdem wären das auch unsere Küken.«

»Genau«, bekräftigte Sina. »Es sind auch eure Küken, und ihr müsstet keinen Flügelschlag tun, außer eure Eier hier abzulegen. Eure befruchteten Eier.«

»So bequem Nachwuchs zu haben«, sagte Sabina. »Wer will das nicht?«

»Er findet uns hässlich«, gackerte ich triumphierend. Ich hätte niemals gedacht, dass ich einmal mit meiner Hässlichkeit angeben würde.

»Wieso findet er Betty denn hässlich?«, fragte Sabina.

Irgendetwas irritierte mich an ihrer Aussage. Mir ging schließlich auf, dass Sabina ganz selbstverständlich davon ausging, dass Roland Kaiser mich hässlich fand. Nur bei Betty konnte sie es nicht verstehen. Ich presste meinen Schnabel fest zusammen. Dabei war es doch die Wahrheit: Es war jedem klar, warum ein Hahn mich nicht attraktiv fand. Ich hatte meine kahlen Stellen schon normal gefunden, aber alle anderen, die ich hier draußen antraf, hatten ein volles, glänzendes Gefieder.

»Roland Kaiser hat gesagt, dass er uns zur Not auch nehmen würde«, sagte Betty. Warum hatte sie auf einmal ihre Meinung geändert? War sie verrückt geworden? Was hatte ich denn mit dem Ganzen zu tun?

Sina und Sabina riefen: »Dann klappt's ja bestimmt! Hurraaaa!«

»Ich bin recht zuversichtlich.« Betty klang gönnerhaft.

Ich fühlte mich außen vor. Sollte Betty sich doch treten lassen.

»Wir müssen auch noch eine gute Stelle finden und ein Nest bauen«, sagte Sabina.

»Damit können wir uns etwas Zeit lassen«, erklärte Betty. »Wir müssen uns ja erst treten lassen. Und dann dauert es auch noch etwas, weil dann schon Eier unterwegs sind und nicht mehr befruchtet werden.«

»Außerdem habt ihr Alkohol gepickt«, meinte Sina. »Alkohol schädigt das Ei. Die Küken kommen dann ganz dumm auf die Welt.«

»Also erst nach dem Eierlegen wieder Kirschen picken!«, sagte Sabina.

»Na gut«, meinte Betty. »Ich will ja auch keinen dummen Nachwuchs haben.«

Ihr Gerede ging mir auf die Nerven. Mir fiel nur noch Bathildas Prinzip ein, um dem Ganzen ein Ende zu setzen. Was hatten die beiden denn zu bieten, wenn man noch nicht mal ihre Kirschen essen durfte?

»Quitte pro Kopf«, sagte ich.

Die drei sahen mich verständnislos an.

»Also?«, fragte ich. Es kam immer noch nichts. »Klar, ihr habt nichts anzubieten«, sagte ich. »Ihr glaubt doch wohl nicht, dass ich Roland Kaiser auf meinen Rücken springen lasse und jeden Tag bei dieser Hitze zu euch laufe, um ein Ei zu legen?« Ich drückte mich hoch: »Ihr könnt mir ja noch nicht mal die großen Fragen des Lebens beantworten.« Damit wankte ich davon.

Projekt Küken

Ich wusste nicht, wie ich in den Garten zurückgekommen war. Jedenfalls hatte mich kein Auto überfahren. Ich torkelte über den Rasen und sah, dass auch Roland Kaiser zurückgefunden hatte. Er rief, er habe einige Leckerbissen beim Scharren freigelegt, und Dickmadam und Lisa Leghorn eilten zu ihm. Helga Haube putzte ihr Gefieder, und Bathilda Brahma lag wie immer unter ihrem Baldachin aus grünen Blättern.

Ich tat so, als würde ich Bathilda nicht bemerken. Nur ganz zufällig legte ich mich neben sie.

»Sag mal, Bathilda«, fragte ich. »Was sollte ein Huhn dafür verlangen, wenn es sich von einem Hahn befruchten lässt und seine Eier bei zwei anderen Hennen ablegt, die dann die Eier ausbrüten wollen? Es geht vor allem um das Sich-treten-Lassen, was ekelhaft ist, und es geht darum, bis zu dem Ort zu laufen, an dem die Eier abgelegt werden sollen.«

Ich sah Bathilda dabei nicht an. Ich wusste noch nicht mal, ob sie mich gehört hatte. Mir fiel ein, dass das Vorhaben wahrscheinlich ein Geheimnis sein sollte. Also fügte ich hinzu: »Es geht dabei nicht um mich und auch um niemanden, den du kennst.«

»Du fragst für eine Freundin?«

»Ja.«

»Dann kann *deine Freundin* gleich mal durch die Katzenklappe rein und mir zu dem Katzenfutter verhelfen«, meinte Bathilda. »Die Otterpohls machen den Napf immer vormittags voll, und der Kater ist noch unterwegs.«

»Warum gibt der Kater nicht dir die Mäuse, anstatt sie

den Otterpohls zu schenken?«, fiel mir ein. »Wenn du Mäuse magst und die Otterpohls nicht?«

»Weil Katzen dumm sind«, meinte Bathilda. »Flocke merkt nicht, dass die Otterpohls die Mäuse nicht wollen. Katzen sind nun mal nicht so klug wie Hühner.«

Das hatte ich schon geahnt, als Bathilda ihm blitzschnell die Maus vor der Nase weggeschnappt hatte. Ich fügte in Gedanken hinzu: Katzen sind auch nicht so gute Jäger wie Hühner.

»Das mit dem Katzenfutter geht in Ordnung«, sagte ich.

Vor mir landete eine Fliege. Ich sah sie zwar doppelt, pickte aber in die richtige Erscheinung. Da ich noch satt war und mir nun der Kopf wichtiger war als die Quitte, streckte ich meinen Hals lang und legte sie Bathilda vor den Schnabel. Bathilda schaute auf einmal wacher, so wie immer, wenn es ums Essen ging. Sie pickte die Fliege auf und schluckte sie herunter.

»Ein guter Snack«, meinte sie anerkennend. »Schön knusprig. Wie Chips. Nur, dass Fliegen gesünder sind. Jetzt zu deiner *Freundin*. Du willst wissen, was sie nach dem Prinzip *Quid pro quo* für ihre Dienstleistung verlangen sollte. Da will ich nicht so schnell eine Antwort aus dem Flügel schütteln, weil es doch eine sehr ungewöhnliche Bitte ist. Das Unangenehme für dich ist doch der Tretakt und der Gang zur Eiablage, ich meine, für deine *Freundin* ist das unangenehm. Die Eier legst du, legt *sie* doch sowieso.«

»Stimmt.« Ich nickte. Das hatte Bathilda gut erkannt.

»Und danach musst du dich nicht mehr um deinen Nachwuchs kümmern?«

Ich nickte wieder.

»Es bleibt bei einem Tretakt«, sagte Bathilda. »Zwei Wochen lang können die Samen im Eileiter die Eier befruchten. Bei Menschen läuft der Tretakt anders. Sie machen ein Spektakel daraus. Dabei ist es bei allen gleich: Der Akt dient der Fortpflanzung.«

»Was für eine Pflanze?«, fragte ich.

»Alle wollen Nachwuchs haben, also, Hühner wollen Küken haben und Menschen Kinder. Das ist die Bedeutung von ›sich fortpflanzen‹: nachwachsen, fortbestehen, weiterleben in anderen Körpern, wenn unser eigener Körper nicht mehr lebt.«

»Warum?«

»Weil man auf der Welt ist, um sein Leben weiterzugeben. Wir wollen nicht sterben, also zeugen wir Nachfahren. Aber egal. Der Tretakt dauert nur Sekunden. Wir müssen nicht so ein Geschrei darum machen wie die Menschen, dass es ein Wunder ist und so. Bei denen ist das auch nicht anders, aber sie schämen sich für den Tretakt. Deswegen müssen sie ihn romantisch verklären: Liebe, Seelenverwandtschaft und so weiter. Der Tretakt ist bei allen aber nur ein Vorgang, bei dem das Männchen seinen Samen abgibt, der sich dann mit der Eizelle des Weibchens verbindet. Es gibt keine Liebe, es gibt nur Triebe.«

»Es gibt keine Liebe?«, fragte ich.

»Doch. Aber nur, wenn die Liebe aus den Trieben kommt. Wenn Glucken ihre Küken lieben oder Menschenmütter ihre Kinder. Die Muttergluckenliebe ist die einzige Liebe, die es in Wirklichkeit gibt. Das habe ich dir doch schon mal erklärt. Ich glaube, das Katzenfutter ist schon im Napf.«

Bathilda stand auf: »Du schiebst den Napf zur Tür, dann hältst du mit dem Schnabel die Klappe hoch, und ich strecke meinen Hals durch.«

Mir ging auf, dass Bathilda einfach zu groß für die Katzenklappe war. Auf dem Weg kam die Angst zurück. Was, wenn die Otterpohls mich erwischten? Würden sie mich wieder zum Tierarzt bringen? Oder mich aufessen? Jeder eine Hälfte? Aber dann standen wir schon vor der Tür, und ich ließ mich widerstrebend von Bathilda hineinschieben. Ich spürte ihren gebogenen Schnabel an meinem Po. Wenigstens pickte sie mich nicht. Kaum war ich durch die Klappe geschlüpft, war ich sofort wieder in einer anderen Welt. Es roch anders, der Boden fühlte sich anders an, das Licht war anders. Ich wunderte mich, wie schnell das ging, dieser Wechsel zwischen den Welten.

»Da vorn!«

Ich erschrak und drehte mich um. Aber es war nur Bathilda. Sie hatte ihren Kopf durch die Klappe gesteckt. Das sah komisch aus, als hätte sie nun eine flache Kopfhaube. Ich musste fast losgackern.

»Pssst«, zischte Bathilda. »Da hinten neben der Kommode, da steht der Napf. Ich rieche doch bis hierhin, dass da was drin ist.«

Ich sah die silberne Schüssel. Sie war nicht ganz voll, für ein Huhn war die Menge jedoch viel zu viel. Die Schüssel war glatt und oben am Rand gerundet, man fand keinen Halt. Ich schob sie abwechselnd mit Schnabel und Fuß den Flur entlang. Als ich endlich vor der Klappe angekommen war, pickte Bathilda sofort gierig los. Ich hielt die Klappe mit meinem Schnabel hoch.

»Hmmm, Thunfisch!«, freute sich Bathilda mit vollem Schnabel. Die Schüssel wurde doch tatsächlich leer. Das wunderte mich. Als ich die Schüssel wieder an ihren Platz zurückschob, hörte ich die Otterpohls im Wohnzimmer.

»Da hast du's!«, schimpfte Frau Otterpohl. »Die Quakernacks haben sich bei mir beklagt.«

»Ach die!«, meinte der Otterpohl. »Warum heißen die wohl Quakernacks? Weil sie Quark reden.«

»Frau Schnakenwinkel hat auch was gesagt.«

»Und was?«

»Sie hat gefragt, ob der Hahn von der Rasse der Bergischen Kräher ist.«

»Ja, und?«

»Was, ›ja, und?‹ Verstehst du das denn nicht?«

Der Otterpohl schien nichts darauf zu sagen, denn Frau Otterpohl sprach weiter: »Weil die Frau Schnakenwinkel so süffisant geklungen hat, hab ich gegoogelt, was ein Bergischer Kräher ist: Das sind Hähne, die sehr lang gezogen und laut krähen.«

»Diese Schrapnelle Schnakenwinkel«, meinte der Otterpohl, »soll bloß ihre Klappe halten. Ständig beschallt sie einen mit Andrea Berg. Weißte, wie mir das auf den Sack geht? Was guckst du denn so? Meine Schlager haben nicht so bescheuerte Texte: *Du hast mich tausendmal belogen!* Wie kann man dazu bloß fröhlich mitsingen? Die Leute haben gute Laune, wenn man sie tausendmal belügt? Ist wohl die Logik der Weiber!«

Ich war auf dem Weg zurück zur Katzenklappe, als ich links eine offene Tür bemerkte und mich daran erinnerte, dass Betty ab und zu in dieses »Arbeitszimmer« ging. All diese Dinge kannte ich damals noch nicht: Links befand sich ein Schreibtisch, hinten an der Wand war ein breites Bücherregal, und an der anderen Wandseite stand ein kleines Sofa. Auf dem Boden lagen Bücher verstreut.

Ich spürte ein starkes Ziehen in meinem Unterleib. Wahrscheinlich zog es schon die ganze Zeit. Die beschwipsten Kirschen hatten mich nur zu sehr betäubt.

Wenn das Ei hier herauskam, würden die Otterpohls wissen, dass ich im Haus gewesen war. Betty hatte gesagt, dass der Menschenstall für uns verboten sei. Schnell lief ich auf den Flur und durch die Katzenklappe und war – schwuppdiwupp – wieder draußen. Die Welt war hell und luftig. Ich wollte weitergehen, aber das Ziehen war zu stark. Also blieb ich stehen und presste. Das Ei war schon direkt vor der Kloake, endlich flutschte es heraus. Wie immer fühlte ich mich direkt nach der Ablage erleichtert. Ich drehte mich um und betrachtete das Ei. Aus so einem Ei würde also ein Küken entstehen. Wie war das möglich?

Ich lief zu Bathilda. Sie lag schon dösend unter ihrem Baldachin. Kaum stand ich vor ihr, fragte ich schon ungeduldig: »Was ist das also wert, mich treten zu lassen und einige Eier in einem Garten abzulegen, der einen mittellangen Hühnerfußmarsch entfernt ist?«

Bathilda öffnete die Augen. »Tausend Regenwürmer.«

»Wirklich?«, fragte ich.

Roland Kaiser krähte, und von irgendwoher schrie wieder jemand: »Ich dreh dir gleich den Hals um!«

Die Menschen um uns herum schienen immer wütender zu werden. Vielleicht würden sie Roland Kaiser wirklich den Hals umdrehen? Bis hinten zum Rücken ging das ja noch, bis dahin drehten alle ihren Hals. Aber es hörte sich so an, als solle Roland Kaisers Hals noch weiter gedreht werden. Jedenfalls klang es nach einer schlimmen Drohung. Betty hatte gesagt, er krähe, weil er nicht aus seinen Federn könne. Aber wenn er wüsste, dass ihm eine Ermordung drohte – könnte er selbst dann nicht aus seinen Federn? Bis zum Schluss? Oder konnte jemand aus seinen Federn, wenn er dafür weiterleben durfte?

Ich sah mich um, konnte Roland Kaiser jedoch nicht entdecken. Von Bathildas Ruheplatz aus ließ sich aber auch nicht alles überblicken. Da fiel mir Bathilda wieder ein. Tausend Würmer. War das ihr Ernst? Ich wusste noch nicht mal, ob es überhaupt so viele Würmer auf der Welt gab.

Bathilda betrachtete mich. Dann sagte sie: »Wozu wir leben,

hab ich dir vorhin erklärt. Du kannst froh sein, dass die zwei anderen Hühner von der Sorte sind, die unbedingt glucken wollen. Du brauchst dich nur kurz treten zu lassen und ein paar Eier abzulegen. Du brauchst nicht einundzwanzig Tage lang zu brüten. Die zwei anderen Hühner kümmern sich um deinen Nachwuchs, um dein Fortbestehen. Und dann willst du auch noch etwas dafür haben? *Du* müsstest eigentlich den beiden tausend Würmer dafür geben, dass sie sich für deinen Nachwuchs aufopfern.«

Verlegen kratzte ich mich mit dem Schnabel am Bauch, aber Bathilda war noch nicht fertig.

»Das Feuer weitertragen«, sagte sie. »Ich praktiziere nicht immer *Quid pro quo*. Dieser Ratschlag hier ist ganz umsonst für dich: Geh da vorne hin, da gibt es Pfefferminze. Iss was davon. Du hast so eine Fahne, dass man schon besoffen wird, wenn du nur den Schnabel aufmachst.«

Ich trat sofort einen Schritt zurück. Mir hatte noch niemand gesagt, dass ich Schnabelgeruch hätte!

Die Pfefferminze fand ich nicht, also ging ich weiter zu einer Tränke. Ich sah mich wieder auf der Oberfläche. Mein Blick war heute seltsam. Als ich meinen Schnabel eintauchte, zerstörte ich das Bild. Ich schaufelte Wasser in meinen Schnabel und schmatzte es hinunter. Das tat gut. Schließlich ging ich zu einem Busch, von dem aus man einen guten Überblick hatte.

Roland Kaiser gackerte Lisa Leghorn herbei. Er hatte Erfolg beim Scharren. Sie eilte zu ihm und pickte etwas vom Boden auf. Er ging neben ihr her, schaute sie die ganze Zeit an und stieg auf sie drauf. Fast fiel er wieder herunter, er stand etwas schief und breitete die Flügel aus, die er nach unten senkte. Lisa Leghorn saß nun ganz flach auf dem Boden und hielt still. Er zitterte ein paarmal und rüttelte sie dabei durch.

Seine langen schwarzen Schwanzfedern machten keinen Bogen mehr, er zog sie an sich, als würde er den Schwanz einziehen. Kurz darauf glitt er wieder herunter, kam mit einem Fuß auf und stieß sich mit einem Flügel ab. Lisa Leghorn stand auf, schüttelte kurz ihr Gefieder und pickte gelassen weiter. Auch Roland Kaiser tat so, als wäre nichts passiert. Er lief noch einmal um Lisa Leghorn herum und beobachtete sie. Schließlich ging sie zum Sandbad und er zu einer Wasserschüssel.

Von irgendwoher kam Musik, eine Frau sang. Kurz darauf wurde das Wohnzimmerfenster der Otterpohls aufgerissen. Ich sah, wie der Otterpohl zwei rechteckige schwarze Teile ans Fenster stellte. Er brüllte: »Nimm das!«, dann verschwand er, und es kam wieder die Musik, die wir schon an dem Morgen gehört hatten, als Roland Kaiser zum ersten Mal im Garten aufgetaucht war. Nur diesmal viel lauter. Ein Mann sang davon, dass eine Frau in ihm ein Feuer entfacht habe.

Ich beobachtete Roland Kaiser weiter. Nach dem Trinken stolzierte er durch den Garten. Am ersten Tag hatte ich gedacht, er müsse sich erst einen Überblick verschaffen, aber er schien sich jeden Tag einen Überblick verschaffen zu müssen. Er war nicht so pummelig und watschelig wie wir. Darüber staunte ich jedes Mal. Nur Helga Haube war ähnlich schlank. Sie stolzierte allerdings nicht so kaiserlich umher. Im Gegenteil, ihr Kopf nickte beim Gehen immer nach vorn, genau wie bei den Tauben in der Stadt. Kaum dachte ich an Helga Haube, hatte Roland Kaiser auch schon ein Auge auf sie geworfen. Der Otterpohl drehte die Musik nun leiser. Im Hintergrund hörte ich Frau Otterpohl meckern, er solle es nicht auf die Spitze treiben.

Roland Kaiser tat so, als würde er sich nur zufällig in Helga Haubes Nähe aufhalten. Dann sah er sie direkt an und sagte:

»Mein Sahnehäubchen. Du bist ganz anders als die anderen Hennen.« Er gackerte weiter: »Zuerst fand ich deine Haube … ungewöhnlich. Aber sie eignet sich gut als Sonnenschutz, du brauchst keinen Hut aufzusetzen. Mit deiner Haube siehst du so elegant aus wie die Frauen beim Pferderennen mit ihren Hüten. Die gehen auch so aufrecht wie du.«

Helga Haube reagierte nicht, und Roland Kaiser umgarnte sie weiter: »Soll ich dir was gackern? Ich mag elegante Hennen!«

Er stellte sich seitlich neben sie, dann sprang er plötzlich auf ihren Rücken. Fast wären beide umgekippt, denn Helga Haube war nicht so kompakt wie Lisa Leghorn. Aber Roland Kaiser schaffte es, sich flügelschlagend auf ihrem Rücken auszubalancieren. Helga legte sich hin, und Roland Kaiser streckte wieder seine Flügel nach unten und seine langen Schwanzfedern auch. Er rüttelte sie durch, als hätte er einen Zitteranfall. Dann sprang er auch schon wieder von ihr herunter, torkelte ein wenig und kam wieder zum Stehen. Helga Haube war sofort wieder aufgestanden und schüttelte sich. Roland Kaiser umkreiste sie noch zweimal und ging dann Richtung Stall.

Betty lief über den Rasen, als suchte sie nach mir. Sie entdeckte mich auch bald, sah aber wieder weg und watschelte Richtung Stall. Roland Kaisers und Bettys Wege kreuzten sich. Betty verhielt sich jetzt auf einmal anders. Es kam mir so vor, als wolle sie ihm gefallen. Er hingegen schien nicht sonderlich an ihr interessiert. Er sah hoch zum Himmel, verharrte wie erstarrt, dann stieß er einen fürchterlichen Schrei aus: »Achtuuung!« Betty rannte wie von der Tarantel gestochen zum Stall, und auch ich verkroch mich noch tiefer ins Gebüsch. Ich wusste auf einmal, woher mir der Schrei bekannt vorkam: Als ich zum ersten Mal in Bettys Wohnzimmer saß, hatte Dickmadam ein ähnliches Gackern ausgestoßen. Roland Kaiser gackerte weiter: »Achtuuuung, der Habicht!«

Ich ging wieder einige Schritte vor und spähte aus den Sträuchern. Lisa Leghorn war zu Bathilda unter den Baldachin gerannt. Roland Kaiser lief aufgeregt hin und her und fixierte etwas am Himmel. Von hier aus sah der Vogel fast aus wie ein Huhn, aber er flog viel akrobatischer. Er glitt einfach durch die Lüfte. Ich entdeckte Helga Haube, wie sie dahinten am Zaun vor dem Komposthaufen stand, wo sie keine Deckung hatte. Sie wusste nicht, wohin, und sie konnte wegen ihrer Haube auch schlecht den Himmel beobachten. Der Vogel, der wohl der Habicht war, stürzte sich vom Himmel herunter, packte sie am Genick und drückte sie zu Boden. Sie versuchte, sich zu wehren, und zappelte, aber der Habicht besaß zu viel Kraft. Er war nicht besonders groß, schien aber spitze Krallen zu haben. Er war am Rücken bräunlich, am Bauch weiß mit schwarzen Strichen, und er hatte kalte, stechende Augen.

Roland Kaiser flatterte auf den Habicht zu, der seinen Kopf drehte, ihn überrascht ansah und Helga Haube losließ. Dabei flogen graue Federn von Helga Haube durch die Gegend.

»Nicht, das ist Selbstmord!«, hörte ich es laut gackern und sah mich um. Das kam vom Stall.

Betty hatte ihren Kopf durch den Ausschlupf gesteckt und starrte gebannt auf Roland Kaiser und den Habicht. Der Habicht bekam Roland Kaiser zu fassen und drückte ihn rücklings zu Boden. Der versuchte, sich herauszuwinden, aber der Habicht hatte einen Fuß auf seine Brust gesetzt. Der Habicht sah sich noch einmal um und fing dann an, Roland Kaisers Brustfedern auszureißen. Helga Haube lief zu Bathildas Baldachin und verlor dabei noch weitere Federn. Bathilda war inzwischen aufgestanden und rannte nun an Helga Haube vorbei auf den Habicht zu. Ihr Gefieder war aufgeplustert, und sie hatte ihre Flügel zur Seite ausgestreckt. Der Habicht stutzte und ließ von Roland Kaiser ab. Bathilda war mit ausgebreiteten Flügeln viel größer als er, und sie schien wild entschlossen zu sein. Der Habicht stieg senkrecht in den Himmel auf.

Betty war aus dem Stall gekommen, flatterte zu dem geöffneten Wohnzimmerfenster und gackerte, was das Zeug hielt. Als der Otterpohl ans Fenster kam, machte Betty sich davon und lief zu Roland Kaiser. Der Otterpohl schaute in den Garten, schließlich schwang er seine langen Beine über das Fensterbrett. Drinnen verstummte die Musik. Frau Otterpohl stand nun am Fenster, und der Otterpohl rief ihr zu, dass etwas passiert sein musste.

Ich beobachtete alles nur regungslos. Dann löste sich die Starre, und ich wagte mich noch etwas weiter vor. Gleichzeitig schaute ich immer wieder nach oben. Ich konnte jederzeit selbst zur Beute werden. Plötzlich spürte ich mein Herz. Es schien mir bis zum Kropf zu schlagen.

Roland Kaiser lag immer noch auf dem Boden, er hatte sich aber mittlerweile gedreht. So kannte ich ihn gar nicht: Alle Kraft schien aus ihm gewichen. Der Otterpohl hob ihn auf wie einen schlaffen Toten und besah ihn sich von allen Seiten. Er lief mit Roland Kaiser zurück zum Wohnzimmerfenster und reichte ihn an Frau Otterpohl weiter.

Dann lief der Otterpohl zurück in den Garten, zuerst zum Stall. Er schloss die Tür auf und schaute hinein. Anschließend rannte er zu den Büschen und fand Helga Haube. Sie war zwar unter den Baldachin gelaufen, aber ihre Verletzungen schienen viel schwerer zu sein, als ich gedacht hatte. Der Otterpohl trug sie zum Wohnzimmerfenster. Nun suchte er die restlichen Hühner und gab dämliche Laute von sich: »Putput-put!« Er entdeckte mich und wollte mich einfangen. Er hob seine Arme, was fürchterlich aussah, und ich lief zurück ins Gebüsch. Der Otterpohl hätte die Äste schon ausreißen müssen, um mich zu kriegen. Doch da meinte er: »Mit dir scheint ja alles in Ordnung zu sein!«, und ließ von mir ab.

Frau Otterpohl stand wohl am Fenster, denn der Otterpohl rief: »Mit den anderen ist alles in Ordnung!«

»Wir müssen endlich etwas gegen diesen Habicht tun!«, schimpfte Frau Otterpohl. »Das geht so nicht weiter!«

Das Spektakel schien nicht unbemerkt geblieben zu sein, denn jemand brüllte aus einem der umliegenden Gärten: »Hat der Habicht den Schreihals gekillt? Haha, dem ging das Gekrähe wohl auch auf den Wecker!«

Der Otterpohl brüllte: »Arschloch!«

»Ihr seid selber egoistische Arschlöcher!«

Ich kam wieder aus dem Gebüsch hervor, die Äste hatten mich ganz zerzaust. Das Gesicht vom Otterpohl war rot, und sein ganzer Körper spannte sich an. »Komm her!«, brüllte er und wollte schon zu dem anderen gehen, den ich von hier aus nicht sehen konnte, aber Frau Otterpohl befahl ihm vom Fenster aus: »Nicht aufregen, kleiner Otter!«

Der Otterpohl schüttelte seinen Kopf, als könnte er damit seinen Zorn wegschütteln, drehte sich um und ging zurück zum Haus.

Lisa Leghorn lief hin und her, und auch Bathilda schien von den Geschehnissen mitgenommen. Sie stand kerzengerade auf dem Rasen und starrte vor sich hin. Dickmadam hatte sich unter einen Busch verkrümelt, durch die Blätter sah ich nur ihr dunkles Gefieder. Betty war immer noch im Stall. Ich wartete, dass sie endlich rauskam, aber sie blieb drinnen.

Und was war mit Roland Kaiser und Helga Haube? Ich lief über den Rasen und flatterte auf den Sims vor dem Wohnzimmerfenster. Da war niemand. Also flatterte ich weiter bis vors

Küchenfenster, aber Frau Otterpohl bemerkte mich sofort und zog die Vorhänge zu. Ich starrte noch lange auf die bräunliche Fläche, dann flatterte ich hinunter und lief zum Stall, während ich immer wieder nach oben schaute.

Im Stall saß Betty auf der Stange und starrte trübselig vor sich hin. Sie merkte noch nicht mal, dass ich hereingekommen war. Ich ging also wieder, hüpfte vom Ausschlupf hinunter und lief zu Bathildas Baldachin. Hier hatten sich inzwischen alle anderen versammelt. Sie schwiegen und starrten vor sich hin.

Ich trat von einem Fuß auf den anderen. Mir kam das Ganze wieder hoch. Da hörte ich ein Geräusch, drehte mich um und ging ein paar Schritte vor. Die Otterpohls trugen einen seltsamen großen Käfig aus dem Haus. Wozu war der denn gut? »Die Krankenstation«, sagte Bathilda. Sie und die anderen waren mir nachgekommen und beobachteten die Otterpohls ebenfalls. »Das ist eigentlich ein Kaninchenkäfig für draußen«, erklärte Bathilda. »An der einen Seite ist ein Stallhäuschen aus Holz und drumherum ein vergitterter Auslauf.«

Ich war voller Hoffnung. Also waren Roland Kaiser und Helga Haube nicht gestorben? Oder wenigstens einer von ihnen nicht? Es machte doch keinen Sinn, für Tote einen Käfig mit Auslauf bereitzustellen?

Die Otterpohls schleppten die Krankenstation weiter bis zum Stall und stellten den Käfig daneben ab. Frau Otterpohl ging ins Haus und kam mit zwei Schüsseln wieder. Sie klappte das flache Gitterdach zur Seite, stellte Wasser und Futter hinein und klappte das Dach wieder zu. Der Otterpohl hatte inzwischen in einer Schubkarre von irgendwoher rechteckige Steine geholt und legte sechs davon auf die Ränder des vergitterten Auslaufs, dort, wo die rechteckigen Leisten das Gitter hielten.

Beide gingen wieder ins Haus, und jeder kam mit einem

Huhn wieder. Frau Otterpohl hielt Helga Haube in den Händen, und der Otterpohl trug Roland Kaiser. Die beiden wirkten nicht mehr so schlaff wie vorhin, wenigstens hingen ihre Köpfe nicht mehr so kraftlos herunter. Wenn ein Huhn seinen Kopf noch aus eigener Kraft hochhalten konnte, bestand doch Hoffnung?

Der Otterpohl öffnete das schräge Dach des hölzernen Stallhäuschens und bugsierte Roland Kaiser hinein. Er nahm Helga Haube von Frau Otterpohl entgegen und tat mit ihr das Gleiche. Schließlich schloss er das Dach wieder und verriegelte es.

Die anderen setzten sich in Bewegung, und ich lief mit. Der Otterpohl ging zum großen Stall und öffnete die Tür. Frau Otterpohl kehrte ins Haus zurück. Vor dem Kaninchenstall schauten wir alle in die Luft. Roland Kaiser und Helga Haube waren ja in diesem winzigen Stallhäuschen verschwunden.

»Wo seid ihr?«, rief Lisa Leghorn, obwohl sie doch wissen musste, wo die beiden waren.

Dickmadam legte einen Hühnerfuß an das Gitter und drückte dagegen: »Wie ist es bei euch?«

»Muss ja«, hörten wir aus dem Stall.

Ich fragte mich, wer das gesagt hatte. Es war nicht Helga Haubes Stimme. Nach Roland Kaiser klang sie aber auch nicht. Der hatte eine kraftvolle Stimme mit mehr Volumen.

»Roland Kaiser?«, fragte ich.

»Wer denn sonst? Hier sind ja wohl nur zwei Hühner.«

Lisa Leghorn steckte ihren Schnabel durch das Gitter. »Helga?«, rief sie.

Es kam keine Antwort. Dann sagte Roland Kaiser: »Die schläft. Lasst uns jetzt in Ruhe.«

Wir standen ratlos vor dem vergitterten Auslauf. Da rief uns der Otterpohl: »Put-put-put!« Er war herausgekommen und warf ein paar Mehlwürmer auf den Boden. Alle rannten zu ihm und pickten sie auf. Der Otterpohl ging in den großen Hühnerstall und verstreute weiter seine Mehlwürmer. Nun liefen alle in den Stall. Der Otterpohl sah mich und streckte mir seine Hand entgegen. Sie war voller Mehlwürmer, aber mir war nicht nach Picken zumute.

Es kam mir verrückt vor, dass sich die anderen so leicht ablenken ließen, obwohl keiner richtig wusste, was nun mit Roland Kaiser und Helga Haube los war. Jedenfalls hatte Roland Kaiser nicht gut geklungen, er klang ja überhaupt nicht mehr nach Roland Kaiser.

»Put-put-put!«, rief der Otterpohl wieder in einem unnatürlich hohen Ton. Er kam langsam auf mich zu. Ich lief schnell weg. Der Otterpohl ging wieder zum Stall, schloss die Tür und auch die Scheibe vor dem Ausschlupf, obwohl es noch lange nicht dunkel wurde. Dann kam er wieder lockend auf mich zu, aber ich flatterte auf den untersten Ast und dann immer weiter hoch bis zu meinem Schlafplatz.

»Willst du hier draußen bleiben?«, rief der Otterpohl mir zu. »Da bist du aber nicht sicher!« Ich sah gleichgültig zu ihm hinunter. Und schon wieder lockte er mich mit dem dämlichen »Put-put-put.« Dabei hielt er seine Hand mit den Mehlwürmern hoch.

Schließlich gab er auf. Seine Körperhaltung war nicht mehr erwartungsvoll gespannt. Er ließ die Mehlwürmer einfach fallen, rieb sich die Hände und ging zum Menschenstall.

Es war noch helllichter Tag, und der Garten war leer. Als wäre der Tag trotz der Helligkeit schon vorbei. Ich fühlte mich aber noch nicht müde. Am Himmel war nichts zu sehen. Ich hörte auch nichts. Selbst aus den umliegenden Gärten kamen keine Gespräche und keine Musik. Langsam bekam ich doch Hunger, ich flatterte nach unten und suchte im Gras nach den Mehlwürmern. Das Suchen beruhigte mich. Außerdem schmeckten die Mehlwürmer einfach zu gut. Ich war aber froh, dass ich mich nicht hatte einlullen lassen, denn sonst wäre ich jetzt eingesperrt. Obwohl es in Stall 2 weitaus enger war, weil so viele Hühner sich darin drängten, konnte ich mir nicht mehr vorstellen, überhaupt jemals wieder in einem Stall gefangen zu sein.

Ich trank etwas Wasser, scharrte unter den Büschen nach Würmern, Larven und Schneckeneiern, pickte mir den Kropf voll und flatterte wieder zurück auf meinen Ast. Der Otterpohl kam noch mal raus und sah sich um. Dann ging er wieder hinein. Als er wieder drinnen war, hörte ich aus dem offenen Wohnzimmerfenster den Otterpohl sagen, er könne nicht garantieren, dem Fritzenkötter nicht irgendwann doch noch eins »auf die Fresse« zu geben, worauf Frau Otterpohl wieder meinte, der kleine Otter solle sich beruhigen. Dann schlossen sie das Wohnzimmerfenster.

Irgendwann musste ich eingeschlafen sein, denn als ich aufwachte, war es dunkel. Ich brauchte einen Moment, bis ich etwas sah. Die Straßenlaternen leuchteten und auch manche Fenster. Von irgendwoher rief wieder etwas: »Huhuhuhu.«

Am Himmel schien die halbe Sonne mit dem kalten Licht. Betty hatte gesagt, das sei nicht die Sonne, sondern der Mond, eine ganz andere Kugel, aber das konnte ich nicht so richtig glauben. Ich glaubte, dass die Sonne nachts einfach ruhte und weniger Licht gab, genauso, wie die Röhren in Stall 2 nachts auch weniger Licht gegeben hatten.

Da unten lief wieder dieses Tier mit dem buschigen Schwanz herum, das ich schon in der ersten Nacht gesehen hatte. Jetzt umkreiste es die Krankenstation. Es schnüffelte, stieß mit der Schnauze gegen das Gitter, sprang auf das Gitterdach des Auslaufs. Dieses Tier war wahrscheinlich der

Fuchs, von dem Betty gesprochen hatte. Es gab so vieles, was ich noch nicht kannte. In Stall 2 waren weder Habicht noch Fuchs gewesen. Dort gab es keine Gefahren außer den anderen Hühnern. Ja, es stimmte. Ich war hier draußen nicht sicher. Aber ich hatte frische Luft um den Schnabel.

Der Fuchs schnüffelte weiter. Er stellte sich auf die Hinterbeine und rüttelte mit den Vorderpfoten am Käfig, sodass der Kaninchenstall wackelte, aber nicht umkippte wegen der vielen Steine. Was, wenn der Otterpohl weniger draufgelegt hätte? Unten gab es keinen Boden, der Käfig war da offen, und der Ausschlupf vom Stallhäuschen besaß keine Platte zum Verschließen.

Kippte der Käfig auf die Seite, dann … Ich dachte an Bathilda und ihre Ausführungen über das Leben. Roland Kaiser konnte meine Eier dann nicht mehr befruchten. Plötzlich hatte ich Angst, niemals Küken von mir aufwachsen zu sehen. Ein paar Steine konnten über Leben und Tod entscheiden.

Ich spürte: Der Fuchs war der Tod, der am Leben schnüffelte. Ich sah noch mal genau hin, aber der Fuchs war verschwunden.

Am nächsten Morgen wachte ich früh auf. Noch war alles still. Der Kaninchenstall stand unverändert da. Der Garten sah leer aus. Am Morgen war diese Leere ganz natürlich. Die Welt war verschlafen und friedlich. Ich sog die frische Luft durch meine Schnabellöcher ein. Der Morgen – da war ich mir sicher – ist die schönste Zeit des Tages.

Ich flatterte herunter und ging durchs feuchte Gras zum Kaninchenstall. Zwischendurch blieb ich einmal stehen und scharrte, einfach so, aus Freude, weil ich es konnte. Der Käfig mitsamt Steinen hatte standgehalten, er hatte den Tod ausgesperrt. Ich lief um ihn herum und begutachtete ihn von allen Seiten. Schlief Roland Kaiser noch? Er krähte doch sonst, sobald es hell war.

»Roland Kaiser«, rief ich. »Bist du noch gar nicht wach?«

»Ich ruh mich aus!«, gackerte er aus dem hölzernen Stallhäuschen heraus. »Ich habe Schmerzen.«

»Haben die Otterpohls dir nicht geholfen?«

»Sie haben mich mit Alkohol besprüht, weißt du, wie das brennt?«

Alkohol kannte ich von den Kirschen. Ja, ein bisschen hatte das im Hals gebrannt. War Roland Kaiser also nur beschwipst?

»Sie werden das heute wohl noch mal machen, sie wollen unsere Wunden reinigen.«

»Hast du Wunden?

»Ich hab richtige Fleischwunden. Bei Helga Haube ist es nicht so schlimm. Helga Haube!« Er schien sie mit dem Flügel angestoßen zu haben. »Deine blöde Haube ist an allem schuld! Wegen der hast du den Habicht nicht so gut sehen können. Wie bescheuert ist das denn? Hühner zu züchten, die wegen ihrer Haube den Himmel nicht beobachten können?«

»Gestern fandst du sie noch schön!«, hörte ich Helga pikiert sagen.

»Schön?«

»Du hast mich jedenfalls … wir haben … kopuliert.«

»Weil ich ein Hahn bin und jede Henne nehme.«

Mir war es peinlich, ihren Streit mitzubekommen und sie dabei nicht zu sehen. Als würde ich ihre Intimitäten belauschen. Die friedvolle Stimmung des Morgens war schlagartig weg.

»Habt ihr den Fuchs in der Nacht gehört?«, fragte ich.

»Ja«, sagte Roland Kaiser. »Er hat gerüttelt.« Er machte

eine Pause. »Ich muss mir dieses Außengehege mal genauer ansehen.«

Er steckte seinen Kopf durch den Ausschlupf. Zuerst sah ich nur seinen Schnabel, dann sein Gesicht mit Kehllappen und Kamm, die allesamt nicht so knallrot waren wie sonst. Er schaute sich um und kam dann langsam die Rampe herunter.

Seine Brust war zerrupft. Dort hatte er kaum noch Federn, ich sah die nackte Hühnerhaut. Die tiefroten Wunden sahen schlimm aus. Aus der Ferne hatte es nicht so gewirkt, als hätte der Habicht kraftvoll auf ihn eingehackt. Aber es musste so gewesen sein. Der Habicht schien sich nicht anstrengen zu müssen, um jemanden schwer zu verletzen.

Unten angekommen, schlurfte Roland Kaiser durch das Gehege. »Das ist gar nicht gut«, sagte er auf den Rasen blickend. »Unten ist alles offen, es gibt keine Verankerungen, nur die Steine beschweren von oben. Für den Ausschlupf ist auch keine Platte vorhanden. Wenn der Stall umkippt, wird dem Fuchs Tür und Tor geöffnet.«

Mir tat es leid, dass Roland Kaiser heute so jämmerlich aussah. Er stolzierte nicht mehr. Sein Gackern klang leise. Er hatte an diesem Morgen noch kein einziges Mal gekräht. Wahrscheinlich hätte er das auch gar nicht gekonnt: seinen Körper anzuspannen, seinen Hals hochzustrecken und aus vollen Lungen zu krähen.

Jetzt kam auch Helga Haube heraus. Von vorn sah sie noch halbwegs normal aus, aber als sie die Rampe herunterging, zeigte sich, dass am Nacken und am Rücken Federn fehlten. Ihre Haube hingegen war noch intakt.

Helga Haube sah sich um, und Roland Kaiser kam zu mir ans Gitter: »Warum bist du nicht im Stall?«

»Mehlwürmer schmecken gut«, sagte ich. »Aber ich gebe für sie nicht meine Freiheit auf.«

»Sehr vernünftig«, meinte Roland Kaiser.

»Ich saß auf dem Baum und habe den Fuchs beobachtet«, sagte ich und erzählte ihm, was ich gesehen hatte. Roland Kaiser hörte sich alles genau an. Er hoffte, bald wieder in den normalen, fuchssicheren Stall zu kommen.

Jetzt war zwar nicht gerade der richtige Zeitpunkt, aber es konnte doch von einem Moment auf den anderen vorbei sein. Also fragte ich Roland Kaiser, ob er mir nicht einen Gefallen tun könne, wenn er wiederhergestellt sei. Dann hatte ich aber einen Kloß im Hals, als hätte ich Bathildas Maus verschluckt.

»Ja«, sagte Roland Kaiser, »das kriege ich noch hin.« Er lief zur Futterschale, nahm ein paar Körner in den Schnabel, kam zurück, steckte seinen Schnabel durchs Gitter und ließ sie fallen. Er hatte Ja gesagt! Und wenn er mir dazu noch Körner gab, bedeutete das dann nicht, dass ich nun eine seiner Lieblingshennen war? Schließlich gab er doch sonst alle Leckereien, die er freilegte, an Dickmadam und Lisa Leghorn weiter.

Woher hatte er überhaupt gewusst, was ich wollte? Das verblüffte mich. Zugleich war ich erleichtert, dass er sofort einverstanden war und ich meinen Wunsch noch nicht mal aussprechen musste.

»Danke«, sagte ich und nahm sein Tretgeschenk an. Ich pickte die Körner auf. »Wir sollten es aber mehrmals machen«, fiel mir ein. Betty hatte gesagt, das mache die Eier-Befruchtung wahrscheinlicher.

»In Ordnung«, sagte Roland Kaiser, schlurfte zum Futter, schnappte sich wieder ein paar Körner, kam zurück, steckte seinen Schnabel erneut durch das Gitter und ließ sie fallen. Er sagte: »Die Otterpohls stellen nie Körnerfutter nach draußen, wegen der Mäuse. Natürlich hast du großen Pickotit, wenn der Stall zu ist. Ich hol dir Körner, bis dein Kropf voll ist.«

Ich sah ihn an. »Und treten?«, fragte ich.

»Was ›treten‹?«

»Mich!«

»Dich?«

Helga Haube sagte pikiert: »Eine anständige Henne bettelt nicht darum! Außerdem schickt es sich nicht, von ›treten‹ zu gackern. Das ist vulgär!«

»Ich soll dich treten?!«, fragte Roland Kaiser.

Betty hatte manchmal von »peinlich« gesprochen, und nun wusste ich, was »peinlich« war. Vielleicht konnte ich dieses blöde Gefühl ja abschütteln. Ich rannte über den Rasen und schüttelte mich. Das half wirklich.

Helga rief: »Hast du dir die roten Milben eingefangen? Bleib mir bloß vom Hals!«

Roland Kaiser ging zur Wasserschüssel, tunkte seinen Schnabel hinein und trank. Als er genug hatte, schüttelte er den Kopf und sagte: »Da wird man vom Habicht zum halben Krüppel gemacht, und die Weiber denken nur an Sex.«

Er schleppte sich die Rampe zum Stall hoch und ward nicht mehr gesehen.

Helga Haube hielt Abstand zum Gitter, um mir bloß nicht zu nahe zu kommen. Sie schimpfte weiter, dass Madame Maran recht habe, ich sei krank und ansteckend, sonst würde ich nicht so zerfleddert aussehen.

Plötzlich fragte ich mich, wie Sina und Sabina denn im Garten brüten sollten? Ihnen würde niemand eine Krankenstation da hinstellen. Sie konnten nicht mal auf einen Ast fliegen. Sie wären das gefundene Fressen für einen Fuchs, vor allem, wenn sie 21 Tage und Nächte draußen auf den Eiern sitzen würden.

Die Haustür öffnete sich, der Otterpohl trat heraus, sah mich und ging wieder hinein. Als er wieder herauskam, hatte er etwas in der Hand.

»Mehlwürmer!«, rief er und näherte sich. »Put-put-put, hmm, lecker Mehlwürmer!«

»*Ich* sollte Mehlwürmer bekommen!«, gackerte Helga Haube. »*Ich* bin schließlich das arme, kranke Huhn.«

Es wunderte mich doch jedes Mal, wie alle ihre Hühnerpersönlichkeit verloren, sobald Mehlwürmer im Spiel waren: ihren Stolz, ihre Trägheit, ihre Gleichgültigkeit.

Die anderen im Stall bekamen mit, dass der Otterpohl im Garten war, und riefen: »Mach auf!«, »Ich will rauuus!«, »Aufmaaachen!« Sie waren drinnen, und ich war draußen. So sollte es auch bleiben – jedenfalls Letzteres. Der Otterpohl lief mit ausgetreckten Armen auf mich zu, und mir blieb nichts anderes übrig, als mich vom Boden abzustoßen und über den Garten und dann gleich weiter über den Zaun zu flattern.

Hinter mir hörte ich erstauntes Raunen. Der Otterpohl sagte: »Die fliegt ja wie eine große Taube.«

In Stall 2 war ich nur auf die Ebenen hochgeflattert, jetzt hingegen konnte ich viel weiter fliegen. Das Flügelschlagen war anstrengend, und ich war nicht so wendig wie die kleinen Zwitschervögel, aber ich konnte es. Beim Fliegen ließ ich die Welt unter mir. Ich flog über die Straße auf einen Baum und von da aus noch etwas weiter, bis ich schließlich im hohen Gras landete. Eine Weile blieb ich sitzen, knabberte an den Grashalmen und ging dann weiter. Es kam mir komisch vor, dass ich unterwegs zu anderen Hühnern war. Als hätte ich Freunde.

Sina und Sabina lagen im Sandbad, als ich eintraf.

»Wo hast du Betty gelassen?«, riefen sie mir zu.

Ich legte mich zu ihnen und sagte, dass Betty noch im

Stall eingesperrt sei. Beim Baden erzählte ich ihnen von dem Habichtangriff und dass der Fuchs in der Nacht am Kaninchenstall gerüttelt hatte. Es sprudelte nur so aus mir heraus. Zum Schluss informierte ich sie über meinen Sinneswandel: Ich würde mich befruchten lassen und die Eier hier ablegen. Sie sollten meine Küken aufziehen. Sina und Sabina flatterten mit ihren kleinen Flauscheflügeln, so sehr freuten sie sich. Aber ich musste ihre Freude bremsen. Ich wusste nicht, ob Roland Kaiser durchkam. Ich wusste nicht, wann der Otterpohl Betty wieder aus dem Stall lassen würde. Außerdem – und das war mir am allerpeinlichsten – wusste ich nicht, ob Roland Kaiser mich überhaupt treten würde, falls er überlebte.

»Und der Fuchs?«, fügte ich hinzu. »Wie wollt ihr nachts hier auf dem Boden brüten?«

Die beiden sahen sich an und schüttelten die Köpfe. Es gäbe hier keinen Fuchs, außerdem würden sie sich doch gut im Gebüsch verstecken. Ihre Ahnungslosigkeit machte mich wütend. Dann wurde mir aber klar: Wie sollten sie wissen, wer nachts um ihren Stall herumlief? Ihr Stall war genauso groß wie der Hühnerstall bei den Otterpohls. Der Fuchs schnüffelte sicherlich auch hier. Aber drinnen bekam man davon nichts mit.

»Nachts ist es doch dunkel«, sagte Sabina. »Wie soll er uns da im Gebüsch entdecken?«

»Er schnüffelt! Also, falls Roland Kaiser nicht an seinen Verletzungen stirbt, nicht an dem Fuchs, nicht an dem Habicht, und falls ich auch nicht an dem Habicht, Fuchs oder sonst was sterbe, und falls Roland Kaiser mit mir … ihr wisst schon, was … würde ich die Eier hier nur ablegen, wenn ihr nachts geschützt seid.«

In Gedanken fügte ich hinzu: und nicht als zwei Leckerbissen für jeden sichtbar hier herumliegt.

Wir Hühner schienen nicht nur den Menschen zu schmecken, sondern auch den Habichten und den Füchsen. Vielleicht aßen sie uns nur, weil wir kleiner waren und uns nicht gegen sie wehren konnten. Vielleicht war das immer so, dass andere einen aufaßen, einfach, weil sie es konnten, wie Bathilda mir erklärt hatte. Aßen wir nicht auch Würmer? Sie waren kleiner als wir und weich. Sie hatten keinen spitzen Schnabel und keine Krallen. Sie schlängelten sich und versuchten, wieder in die Erde einzutauchen, aber sie waren zu langsam.

Wir warteten auf Betty, aber sie kam nicht. Also nutzten wir die Zeit, um den Garten nach einem guten Brutplatz abzusuchen. Natürlich fanden wir Verstecke, aber es war von vornherein klar gewesen, dass niemand hier im Garten heimlich einen Kaninchenkäfig abgestellt hatte, damit Sina und Sabina drei Wochen lang in Ruhe brüten konnten.

Die beiden bestanden darauf, dass ich nicht mehr »Kaninchen« sagte. Früher habe man Seidenhühner auf Jahrmärkten genauso vorgeführt wie manch ungewöhnliche Menschen. Die Seidenhühner habe man als Kreuzung zwischen Huhn und Kaninchen angekündigt, denn sie hatten einen Schnabel, aber ihr Gefieder sah aus wie das Fell von Kaninchen. Sie seien begafft, ausgelacht, beschimpft worden. Man habe die Sensationslust des Publikums befriedigt, und allen sei egal gewesen, wie die Seidenhühner sich dabei gefühlt hatten: verletzt und gedemütigt.

In Stall 2 hatte ich noch nicht gewusst, dass man auch auf andere Weise »verletzt« werden konnte als durch spitze Schnäbel. Aber jetzt lernte ich, dass Schnäbel nicht nur vorne spitz sein konnten, sondern auch durch das Gegackere, das aus ihnen herauskam. Ich hatte es ja am eigenen Hühnerleib gespürt. Es hatte mich »verletzt«, dass

- Roland Kaiser mich hässlich fand (obwohl das ja stimmte, ich *war* hässlich, aber es tat weh, gerade *weil* es stimmte)
- Betty mich kindisch fand (auch das stimmte wohl)
- Bathilda meinte, ich hätte Schnabelgeruch (das hatte wohl auch gestimmt)
- Helga Haube meinte, ich würde mich unflätig ausdrücken (stimmte vielleicht auch, ich hatte ja nicht so ein Hühnersprachgefühl)
- Sina und Sabina gesagt hatten, ich sei nicht mal ein Küken, sondern noch ein Dotter (stimmte nicht! So ein Quatsch!).

Aber auch ich hatte oft einen spitzen Schnabel gehabt: Ich hatte Helga Haube, Sina und Sabina und Betty mit meinem Gegackere wehgetan. Andererseits konnte man die Verletzungen durch Gegackere besser vor anderen verstecken. Wenn man blutete oder Federn ausgerupft waren, ging das nicht. Es war dann zu offensichtlich, dass man verletzt war.

Als ich in den Garten zurückkam, schien alles unverändert. Der Stall war verschlossen, drinnen wurde weiter geschimpft. Roland Kaiser und Helga Haube waren in dem hölzernen Häuschen der Krankenstation verschwunden. Allerdings fehlten auf dem vergitterten Auslauf jetzt drei Steine. Sie lagen im Gras. Ich flatterte zum Wohnzimmerfenster. Es stand nicht ganz offen, die Scheibe war gekippt. Frau Otterpohl sprach in ein kleines Rechteck hinein. Es musste dort jemand drinnen sein, obwohl ich mir nicht vorstellen konnte, wer in so etwas Kleines hineinpassen konnte: kein Mensch, kein Huhn, höchstens ein Wurm – wenn er nicht zu dick war.

»Nein, Didi ist bei der Arbeit. Er will sich darum kümmern, wenn er zurückkommt. So reflektierende Kugeln und Bänder. Eine Vogelscheuche soll auch noch rein. Ja, so lange bleiben die Hühner im Stall. Den Hahn und die eine Henne habe ich heute schon behandelt, ich denke, sie kommen durch. Was sagst du? Ach so, ich denke …«

Ich wusste nicht, dass Würmer sprechen und einen verstehen konnten. Hoffentlich sprach mich demnächst kein Regenwurm an, wenn ich ihn freischarrte und mit dem Schnabel aus dem Boden zog. Er schien ja die Menschensprache zu sprechen, die manche von uns auch verstanden. Was wäre, wenn der Regenwurm dann sagen würde: »Lass mich wieder aus deinem Schnabel fallen, du tust mir weh!« Würde ich ihn zu Boden fallen und ihn entkommen lassen?

Was wäre, wenn wir so gackern könnten, dass die Menschen uns verstanden? Würden sie uns dann immer noch essen, wenn wir ihnen sagen könnten, dass wir nicht von ihnen gegessen werden wollten? Dass wir weiterleben wollten?

Ich flatterte wieder vom Sims. Im Unterleib drückte mein Ei schon. Wo sollte ich es ablegen? Zum Gebüsch schaffte ich es nicht mehr. Ich ging zum Kaninchenstall und presste. Endlich flutschte es heraus und landete im Gras.

Roland Kaiser stand plötzlich am Ausschlupf des Häuschens. Er entdeckte mich: »Frau Otterpohl hat die drei Steine auf der einen Seite vergessen. Sie hat uns wieder mit Alkohol besprüht und dabei die Klappe aufgemacht, die Steine dort hatte sie runtergenommen. Die auf der anderen Seite sind durch das

Gekippe runtergefallen. Dann hat sie die Steine auf ihrer Seite wieder draufgelegt. Die denkt, die Steine sind nur für uns, damit wir das Gitterdach nicht hochklappen können.«

Ich lief um den Käfig. Wir mussten etwas tun, bevor es Nacht wurde. Mir war klar, dass der Buschelschwanz zurückkommen würde.

Ich stellte mich hinter einen Stein, senkte den Kopf und drückte dagegen. Er bewegte sich kein bisschen. Ich ging in die Hocke und drückte mit der Brust dagegen, aber er war zu schwer. Wie sollte ich ihn auf den Käfig bekommen, wenn ich ihn noch nicht mal verrücken konnte? Ich dachte nach. Vielleicht konnte man den Otterpohl darauf aufmerksam machen? Ich ging zum Ei zurück und rollte es mit dem Schnabel um den Käfig herum zu einem Stein.

Schließlich gab es für mich nichts mehr zu tun. Ich ging durch den Garten, dann stand ich vor der Tür mit der Katzenklappe.

Die Kunst der Verführung

Meine Augen mussten sich erst wieder an das gedämpfte Licht gewöhnen und meine Schnabellöcher an den Geruch. Aus dem Wohnzimmer hörte ich Frau Otterpohl immer noch mit dem schwarzen Kasten sprechen. Ich bog in das Zimmer rechts ein, flatterte auf den Schreibtisch und sah ein kleines Fenster. Eine Frau befand sich dort, aber es war nicht Frau Otterpohl. Ich ging näher heran und trat auf etwas Graues mit kleinen viereckigen Dingern.

Die Frau fing auf einmal an zu sprechen, begrüßte die selbstbewussten und unabhängigen Frauen. Ich sah mich um, aber hier war niemand außer mir. Sie wirkte sehr freundlich, schaute mir in die Augen und kündigte an, in Zukunft könne ich alle Männer erobern, denn sie wolle mir ihre geheimen Verführungsmethoden verraten. Wahrscheinlich war die Verführung bei Hennen und Hähnen so wie bei Männern und Frauen. Wie sie mich als »Frau« ansprach, klang es höflicher, als mich »Huhn« zu nennen.

Wenn das hier ein Fenster war, musste die Frau doch auf der anderen Seite der Wand, also im Flur, stehen? Dort hatte ich jedoch niemanden gesehen. Trotzdem wollte ich ihr zuhören. Vielleicht klappte es dann ja auch mit Roland Kaiser.

Die Frau meinte, man solle sanft sprechen, nicht so kehlig, sondern sein Sprechen nach vorne zu den Lippen hin verlagern. Das würde die Distanz verringern und Nähe erzeugen. Ihre Lippen, sozusagen ihre Schnabelspitze, waren zwei weiche, wulstige, rötliche Dinger, sehr komisch und sehr hässlich wie bei allen Menschen. Sie sprach nun sanft, so, wie es sein sollte. Ich hatte keine Lippen, gackerte etwas herum, aber irgendwie blieb es kehlig. Das Gackern ließ sich auch nicht nach vorne bis zur Schnabelspitze verlagern.

Ja, und jetzt komme ein Ratschlag, der oft unterschätzt werde: roter Lippenstift. Das fänden Männer immer anziehend. Sie nahm ein längliches Ding in die Hand und zog es sich über die Lippen. Danach waren sie knallrot.

Roland Kaiser schien eher auf rote Kämme zu stehen, denn er hatte bemängelt, dass mein Kamm so blass sei. Aber die Frau gab keine Tipps, wie man seinen Kamm röter bekommen konnte. Ich beugte mich extra vor, um ihr meinen Kamm zu zeigen, vielleicht fiel ihr von selbst auf, dass er blass war, und sie gab mir dann einen Ratschlag. Aber sie sagte nichts dazu, sondern ging einfach über zu weiteren Tipps.

Man solle seinen Kopf schief legen, so würde man dem Mann seinen Hals und dadurch seine Verletzlichkeit zeigen, denn der Hals sei etwas Verletzbares. Sie legte ihren Kopf schief, er sah dadurch irgendwie abgeknickt aus. Sie sagte, ich solle es ihr gleichtun. Nun, das war endlich etwas, was ich befolgen konnte. Es war nicht schwierig, meinen Kopf zur Seite zu neigen.

Sie sagte: »Ja, ganz toll machst du das! Das ist richtig gut!«

Ich fühlte etwas Neues, erst später lernte ich das Wort dafür: Ich fühlte mich geschmeichelt.

Und nun komme der ultimative Tipp. Nähe und Sympathie werde durch Gleichartigkeit erzeugt, man solle den anderen spiegeln. Die Frau solle sich also so verhalten, dass der Mann sich in ihr sehe. Ich wusste nicht, was »spiegeln« war, aber ich konnte mir denken, dass es so was sein musste, wie sich selbst auf der Wasseroberfläche zu sehen.

Also, wenn er einen Arm heben sollte, der Mann, solle man

auch einen Arm heben. Sie hob ihren Arm, ich hob meinen Flügel. Na gut, das war auch für mich machbar. Ich merkte mir: Kopf schief legen und ihm alles nachmachen.

Zum Schluss bedankte sich die Frau fürs Zuschauen. Man solle ihren Kanal abonnieren und auch beim nächsten Thema dabei sein, wenn es darum gehe: »Wie schaffe ich es, dass ein Mann bei mir bleibt?«

Dann löste sich die Frau vor meinen Augen auf, und ich sah auf einmal viele kleine Bilder. Ich fragte mich, ob ich einen Knick in der Pupille hatte. Mir wurde ganz schwindelig, und ich flatterte herunter, lief in den Flur und sah mich um. Aber die Frau war schon weg. Sie musste ganz schön schnell sein.

Die Frau hatte mich ebenbürtig behandelt, sie hatte zu mir gesprochen wie zu einem Menschen. Sie war aufmerksam gewesen. Sie hatte gemerkt, dass ich mir Mühe gab. Sie hatte mir das Gefühl gegeben, jemand zu sein. Und obwohl ich so hässlich war, hatte sie keine Bedenken, dass ich es schaffte, jemanden zu verführen. Dafür würde ich ihr immer dankbar sein.

Frau Otterpohl sprach nicht mehr, und ich befürchtete, sie würde in den Flur kommen, also lief ich schnell zur Tür und ging durch die Klappe. Es war jedes Mal überraschend, in das Sonnenlicht zu treten, den grünen Rasen zu sehen, die frische Luft durch die Schnabellöcher einzuatmen. Ich war wieder draußen, und das Draußen begrüßte mich mit allem, was es zu bieten hatte. Ich verstand nicht, warum sich die Otterpohls immer in ihrem Stall aufhielten (und auch die freundliche Frau). Sie konnten kommen und gehen, wie sie wollten, aber sie blieben drinnen.

Im Hühnerstall war es ruhig, das Schimpf-Gegackere hatte auch nichts bewirkt. Da fiel mir ein: An den Seiten gab es doch Fenster!

Das Brett vor dem Fenster war aber nicht so breit wie beim

Menschenstall. Hier konnte ich nur seitlich mit viel Mühe stehen und musste meinen Körper auch noch eng an die Fensterscheibe drücken. Sie fühlte sich schön glatt und kühl an! Ich sah mit meinem linken Auge in den Stall. Da drinnen war es etwas dunkler als draußen. Betty saß auf einer Stange und schlief. Lisa Leghorn hockte in einer Kabine für die Eiablage. Wahrscheinlich hatte sie das Ei noch nicht gelegt. In der anderen Kabine befand sich Bathilda und grummelte vor sich hin: »Ich bin doch kein Stall-Huhn!«

Sie lag doch sowieso immer nur herum. War es dann nicht egal, wo sie lag? Da kam mir wieder in den Sinn, wie schön es draußen war. Nein, es war nicht egal, ob man drinnen oder draußen vor sich hin starrte.

Dickmadam scharrte, obwohl es im Stall keine Erde gab und sicherlich auch keine Würmer. Aber sie konnte wohl nicht aus ihren Federn. Federn ... jetzt war es endlich einmal möglich, Dickmadam ganz genau zu betrachten. Sie hatte ein wirklich dichtes und glänzendes Gefieder. Ihr Kamm war tiefrot, als hätte ihn jemand angemalt, und ihre Kehllappen waren ebenso rot. Ich verstand, warum Roland Kaiser ihr den Hof machte.

Dickmadam hatte mich entdeckt. Sie sah böse zu mir hoch, und ich fragte mich, ob alle schönen Hühner böse waren. Ich flatterte vom Fenster weg auf einen Zweig und von dort aus hinüber zur Krankenstation.

Roland Kaiser war draußen und sonnte sich. Er hatte seine Flügel ausgebreitet. Neben ihm saß Helga Haube und zupfte an den Grashalmen.

Ich landete neben dem Gitter. Roland Kaiser und Helga Haube sahen mich an, und ich neigte meinen Kopf zur Seite und sah Roland Kaiser ebenfalls an. So blieb ich.

»Wieso ist dein Hals so schief?«, fragte er schließlich.

»Die ist ja wirklich komisch«, sagte Helga Haube zu Roland Kaiser. Ständig sprach sie über mich anstatt *mit* mir. Sie war sich wohl zu fein dafür.

»Das sieht richtig dämlich aus«, meinte Roland Kaiser. »Soll ich in Zukunft etwa Knickhals zu dir sagen?«

Ich richtete meinen Hals wieder auf, setzte mich und breitete meine Flügel aus.

»Der Otterpohl kommt bestimmt gleich zurück«, sagte er. »Dann müssen wir ihn auf die fehlenden Steine aufmerksam machen.«

»Ich hab da ein Ei hingerollt«, gackerte ich. »Das wird er bestimmt sehen.«

Ich zeigte mit dem Schnabel hinüber, aber im Gras sah man das Ei nicht so richtig.

Da kam der Otterpohl auch schon in den Garten.

»Wenn man vom Teufel spricht«, meinte Roland Kaiser.

Ich lief zu den Büschen.

»Na, wie gehts euch?«, fragte der Otterpohl Roland Kaiser und Helga Haube. »Ihr beide seht schon viel besser aus als gestern.«

Er ging weiter zum Komposthaufen. Aus dem Stall gackerte es laut. Die anderen hatten gemerkt, dass der Otterpohl im Garten war, und beschwerten sich wieder. Bathilda gackerte besonders empört.

Roland Kaiser gackerte in dem engen Auslauf nun auch und flatterte wild mit den Flügeln: »Die Steine!«, rief er dem Otterpohl hinterher. »Siehst du das denn nicht? Tu die Steine wieder drauf!«

Der Otterpohl rief allen zu: »Ihr bleibt da drin, bis ich alles fertig habe! Ihr wollt doch nicht, dass der Habicht sich wieder einen von euch krallt!« Alle gackerten lauthals weiter, aber der

Otterpohl ging weg. Dann kam er wieder, und Roland Kaiser forderte mich auf: »Los, mach was, damit er die Steine bemerkt!« Ich rannte aus dem Gebüsch zu den Steinen im Gras. Ich gackerte. Der Otterpohl lief zu mir hin und wollte mich greifen, aber ich flatterte davon.

»Wer nicht will, der hat schon«, sagte er, drehte sich um und ging.

»Du musst länger bei den Steinen bleiben, bis er da ist«, rief Roland Kaiser mir zu.

»Dann fängt er mich!«

»Na und?«

Was ›na und‹? Ich ließ mich doch nicht einfangen und in den Stall sperren! Was würde wohl Dickmadam mit mir machen? Ich konnte ihr dann nicht mehr aus dem Weg gehen. Und ich wollte auch nicht eingesperrt sein. Vielleicht steckte mich der Otterpohl sogar wieder in diesen engen kleinen Käfig und brachte mich zum Tierarzt?

Eine Zeit lang blieb ich neben dem Kaninchenstall sitzen, bis der Otterpohl mit allerhand Zeug in den Händen wieder in den Garten kam. Ich gackerte laut. Der Otterpohl sah zu mir hin, legte seine Sachen ab und wollte mich greifen. Im letzten Moment hob ich ab.

»Was willst du eigentlich?«, rief er mir hinterher. »Mir zeigen, wie gut du fliegen kannst?«

Roland Kaiser gackerte auch laut.

»Und was willst du?«, fragte ihn der Otterpohl.

Roland Kaiser hatte sich extra auf der Seite der fehlenden Steine aufgebaut. »Stell die Steine wieder drauf!«, gackerte er, aber der Otterpohl verstand ihn nicht. »Genug Wasser und Futter sind doch da!« Er dachte nach: »Na gut!« Er holte eine Gießkanne und goss Wasser durch das Gitterdach, bis die gut gefüllte Wasserschüssel randvoll war. Dann ging er wieder.

»Du Idiot!«, gackerte Roland Kaiser ihm hinterher, und der Otterpohl antwortete, ohne sich umzudrehen: »Gern geschehen!«

Der Otterpohl schlenderte zu seinen Sachen, hob etwas auf und hämmerte dann einen Pfahl mit einer waagerechten Stange in den Boden. Klockklockklock. Das war also eine Sitzstange für hier draußen. Jeweils ein Huhn würde auf eine Seite passen. Das gefiel mir. Aber er fummelte weiter, oben auf den Pfahl kam eine Art Haube, dann zog er der Stange ein kariertes Wechselgefieder an.

Das Wohnzimmerfenster ging auf, und Frau Otterpohl rief: »Die Vogelscheuche sieht nicht echt aus!«

»Was soll ich denn noch machen?«, rief er zurück. »Ihr eine Perücke aufsetzen?«

Frau Otterpohl lachte. »Schaffst du heute noch das mit den Glitzerkugeln und den Fähnchen?«

»Nein, ich wollte nachher noch zu Peter. Das mach ich morgen.«

»Dann müssen die Hühner morgen auch noch drinbleiben?«

»Das werden sie wohl aushalten.«

Roland Kaiser rief mir zu: »Er geht weg und kommt heute nicht mehr in den Garten. Du musst etwas tun!«

»Was denn?«

»Leg was auf die Steine!«

Das Ei konnte ich aber nicht hochrollen.

Plötzlich fiel mir was ein. Frau Otterpohl hatte doch von Glitzerkugeln gesprochen. Ich flatterte den Baum hoch und landete auf meinem Schlafast. Die kleine Glitzerscheibe sah man nur zur Hälfte. Ich zog mit dem Schnabel an ihr. Das Reinstecken war viel leichter gewesen als das Rausziehen. Von unten rief Roland Kaiser: »Schnell! Er ist schon unterwegs!«

Auf einmal löste sich die kleine Scheibe. Ich flatterte sofort los. Roland Kaiser hatte recht, der Otterpohl ging bereits weg. Ich ließ die Scheibe fallen, und es klackte laut. Der Otterpohl stutzte. »Da ist doch was vom Himmel gefallen?« Er schlenderte zum Käfig und sah sich suchend um. Die Metallscheibe war auf einem Stein gelandet, sie funkelte in der Sonne.

»Ein Glückscent!«, rief der Otterpohl. Er fragte sich gar nicht, wo der herkam. Als er ihn eingesteckt hatte und wieder weggehen wollte, stoppte er auf einmal: »Wieso liegen die Steine eigentlich hier unten?« Er nahm einen Stein nach dem anderen und legte sie alle wieder auf das flache Gitterdach. Dann entdeckte er das Ei im Gras.

Ich war auf den richtigen Hühnerstall geflattert und beobachtete alles von hier aus. Der Otterpohl ging weiter mit dem Ei in der Hand, bemerkte mich und rief zu mir hoch: »Danke fürs Ei! Und wenn du dich fangen lässt, gibts auch Futter, und zwar im Stall!«

Dann verschwand er wieder im Menschenstall.

Ich flatterte hinunter. Mein Herz pochte mir immer noch bis zum Kropf, und ich öffnete meinen Schnabel, um mehr Luft zu bekommen.

»Klasse!«, sagte Roland Kaiser. »Du bist die Beste!« Dann streckte er sich und krähte. Es klang aber nicht so laut wie sonst. Er stolzierte herum, flatterte mit den Flügeln und scharrte zwischendurch. »Hoffentlich denkt Frau Otterpohl morgen an *alle* Steine«, meinte er. »Das Theater kann ich nicht noch mal gebrauchen.«

Er kam zu mir, steckte seine Flügelspitze durchs Gitter, und ich drückte ihm meine Flügelspitze entgegen. »Spiegeln«, dachte ich und war mir sicher, Roland Kaiser erobert zu haben.

Wenn das Gitter nicht gewesen wäre, hätten wir sofort – wie hießen diese anderen Worte, die Helga Haube dafür benutzt hatte? Ich sah zu ihr hin. Sie hockte da und tat, als wäre nichts gewesen. Dabei hatte ich auch ihr geholfen, denn sie saß mit im Käfig. Aber sie würdigte mich keines Blickes und ordnete gleichgültig ihre Flügelfedern. Sie hatte ihren Kopf zur Seite gedreht, die Außenfahne der Feder in ihren Schnabel genommen und strich nach unten entlang. Nun waren die einzelnen Äste wieder ordentlich ineinander verhakt, sodass die Feder ganz glatt aussah. Sie machte auf der anderen Seite weiter.

Ich wandte mich wieder Roland Kaiser zu. »Wenn du hier raus bist aus dem Käfig, werden wir dann –«

»Jetzt gacker nicht schon wieder das T-Wort!«, meckerte Helga Haube. Sie hatte mich diesmal sogar direkt angesprochen. Sie schimpfte weiter: »Das T-Wort ist genauso obszön wie das F-Wort bei den Menschen!«

»Betty sagt es auch so!«, gab ich zurück.

»*Du* sagst es aber nicht so!«

»Es geht mir an meinem gerupften Hintern vorbei, was *du* meinst, wie ich etwas zu sagen habe!«, gackerte ich sie an.

»Was? Du wagst es, mir –«

»Schluss!«, gackerte Roland Kaiser und fuchtelte mit seinen Flügeln. »Hört auf mit dem Herumgezicke! Wir sitzen alle im selben Stall!«

»Das stimmt nicht!«, meinte ich. »*Ihr* sitzt im Stall. Ich bin frei.« Und um es Helga Haube noch mal richtig zu zeigen, gackerte ich, so laut ich konnte, sodass alle es hören konnten, so laut, dass Helga Haubes Ohrscheiben unangenehm vibrieren mussten: »Roland Kaiser, wirst du mich treeeten, wenn du draußen bist?«

Roland Kaiser sah mich groß an und schüttelte den Kopf.

»Ich habe noch nie so eine sexsüchtige Henne kennengelernt. Du denkst ja wirklich nur an das eine.«

Komischerweise war mir egal, was er gackerte. Es war mir nicht wirklich egal, sondern meine Worte hallten einfach so stark in mir nach. Nicht die mit dem T-Wort, sondern die anderen: »Ihr sitzt im Stall, und ich bin frei.« Und davon eigentlich nur die letzten: »Ich bin frei!«

Vielleicht brauchte es diese drei Worte, um die Freiheit wirklich zu fühlen: Ich war durch die Gegend gewandert, durch Straßen, Gestrüpp, Gärten, ein Maisfeld. Ich hatte hoch auf dem Baum gesessen und die Umgebung überblickt. Mir war aufgegangen, dass das hier nicht ein riesiger Stall war, sondern sich alles endlos erstreckte (was ich mir aber immer noch nicht vorstellen konnte: das Endlose). Ich schlief mit frischer Luft um den Schnabel. Ich konnte überallhin gehen, auf jeden Ast flattern, die ganze Welt stand mir offen: Ja … *ich war frei.*

Es kann der Frömmste nicht in Frieden leben

Ich lief zur Sandkuhle und wälzte mich, obwohl ich heute schon gebadet hatte. Ich stand auf, schüttelte mich, sauste weiter und legte mich unter Bathildas Baldachin. Ich drückte mich wieder hoch, ließ Bettys Wohnzimmer links liegen und rannte zum Komposthaufen. Ich flatterte über den Zaun direkt zu dem höchsten Punkt, ohne den Gipfel mühsam erklimmen zu müssen.

Ja, alles war so einfach! Ich scharrte und scharrte, Gemüsereste und andere Dinge flogen durch die Luft. Ich flatterte weiter zu den Gemüsebeeten, wo wir Betty zufolge nicht hindurften. Da gab es runde Pflanzen mit großen Blättern, und ich knabberte an einem hellgrünen Blatt. Das schmeckte mild, viel besser als Gras! Ich war so froh, ich hätte die ganze Welt mit meinen Flügeln umarmen können! Ich preschte weiter, flatterte wieder über einen Zaun in einen anderen Garten und lief dort über den Rasen. Ein Mann mit einem Kurzgefieder lag da auf einer Liege und sah mich an.

»Ach«, sagte er. »Ein Scheißhuhn von den Otterpohls. Schade, dass es nicht der Scheißhahn ist.« Er sah sich um und rief laut: »Viktor!« Ein merkwürdiges Tier kam angelaufen. Es war eins von denen, die auf der Straße ein Band um den Hals trugen, also ein »Hund«. Dieser Hund war braun und hatte ein seltsames Gesicht mit schwarzer Schnauze, und um die Augen herum war er auch schwarz. Aus dem Maul lief Sabber.

»Viktor, fass!«, rief der Mann, und der Hund schoss auf mich zu.

Ich drehte mich um und rannte, so schnell ich konnte, fast spürte ich schon seine feuchte Schnauze an meinem Po. Ich flatterte hoch und weiter über den Zaun, über die Gemüsebeete und den Komposthaufen hinweg, bis ich wieder im Garten der Otterpohls war, und landete auf dem einen Arm der Vogelscheuche. Mein Herz pumpte und pumpte, gleich würde es aus meiner Hühnerbrust springen. Es war rutschig, durch dieses komische Gefieder, und ich ging vorsichtig zum äußeren Ende und schob den Ärmel zurück. Jetzt konnte ich direkt auf dem glatten Ast sitzen, drehte meinen Kopf und sah mich noch mal um. Dieser Viktor war mir nicht hinterhergekommen. Ihn hatte wohl der Zaun aufgehalten. Hier oben konnte er mich auch gar nicht kriegen. Die Welt ist weit und offen, dachte ich und fügte hinzu: Aber nicht alle sind einem wohlgesonnen.

Der Mann hatte mich »Scheißhuhn« genannt, obwohl er mich gar nicht kannte. Warum waren manche Menschen so freundlich und manche so unfreundlich? Nicht nur unfreundlich, sondern richtig hasserfüllt. Schließlich hatte ich dem Mann nichts getan. Nur rein zufällig war ich in seinem Garten gelandet. Ich wünschte mir, Bathilda wäre hier draußen und könnte mir meine Fragen beantworten. Für ein Huhn war es nicht gut, allein mit seinen Gedanken zu sein.

Ich drehte meinen Hals wieder nach hinten, streckte meinen Kopf noch weiter und rieb meinen Schnabel an der Bürzeldrüse. Langsam beruhigte ich mich, indem ich meine Flügelfedern einfettete und glatt strich. Mein Herz schlug wieder normal. Mein Gefieder war sortiert und mein Kopf auch.

»Komm da runter!«, rief jemand, und ich schaute mich um. Roland Kaiser stand in dem Auslauf und sah mich durchs Gitter an. »Du sitzt da oben wie auf dem Präsentierteller für den Habicht!«

Ich wollte schon aus Trotz hier sitzen bleiben, aber dann überlegte ich es mir doch anders und flatterte hinunter. Wieso sollte ich mich aus Trotz vom Habicht fressen lassen? (Ja, der Habicht fraß, denn er schien nicht so vornehm zu picken wie wir.)

Erst jetzt merkte ich, wie hungrig ich war. Vor dem Gitter gackerte ich Roland Kaiser laut an, dass ich Pickotit hätte. Er lief auch sofort zur Futterschüssel, kam ans Gitter und steckte seinen Schnabel durch. Bevor er die Körner fallen ließ, war mein Schnabel schon an seinem. Ich wollte ihn ja »spiegeln«. Die Körner fielen in meinen Schnabel. Das war doch viel praktischer. Er war verdutzt, sagte aber nichts. Er rannte wieder zum Futter und steckte seinen Schnabel erneut durchs Gitter, und ich öffnete meinen Schnabel und presste ihn an seinen. Diesmal klappte es nicht so gut, einige Körner fielen daneben. Es kitzelte ein wenig, wenn er versuchte, mir die Körner in den Schnabel zu stecken, das mochte ich.

»Widerlich!«, hörte ich.

Natürlich kam das von Helga Haube: »Dass ihr euch nicht schämt, einfach so herumzuschnabeln, das machen doch nur Menschen!«

Menschen hatten doch gar keine Schnäbel?

Ich wollte etwas Schnippisches sagen, da hörte ich die Tür aufgehen und drehte mich um. Der Otterpohl kam wieder heraus. Hatte er nicht gesagt, dass er erst morgen wiederkäme? Hatte dieser Peter, mit dem er sich treffen wollte, keine Zeit?

»Peter hat keine Zeit!«, rief er uns zu, als hätte er meine Gedanken erraten. »Und weil ich sowieso im Garten herumwerkeln muss, dachte ich, ich lasse mal die Hühner raus und nicht die Sau.« Er lachte und warf seinen Kopf zurück.

Roland Kaiser und Helga Haube ließ er aber nicht raus, nur

die anderen. Zuerst tat sich nichts, dann drängelten sich alle durch den Ausschlupf. Sie sahen sich um, als wären sie jahrelang nicht mehr draußen gewesen, als würden sie die Umgebung gar nicht mehr kennen.

»Dass er uns so lange da drinnen hat schmoren lassen«, keifte Dickmadam.

»Ich dachte schon, wir kommen heute gar nicht mehr raus!«, schimpfte Lisa Leghorn.

Betty musste erst mal Flatterbewegungen machen, als wäre es im Stall dafür zu eng gewesen. Sie gab ihren Senf dazu: »Das darf er nicht noch mal machen! Ich leide an Klaustrophobie!«

Der Otterpohl war aber schon wieder ins Haus gegangen und kam mit allerhand Zeug zurück. »Peggy!«, rief er. »Jetzt hilf doch mal!« Ich hoffte, dass die nette Frau auftauchte, aber es kam Frau Otterpohl. Beide trugen weitere Dinge auf den Rasen.

Allen war egal, was die Otterpohls da trieben. Hauptsache, die beiden befanden sich im Garten, denn ihre Anwesenheit war der beste Schutz gegen den Habicht. Roland Kaiser wirkte zu angeschlagen, er wollte auch gar nicht aus dem Käfig. Außerdem hatte er Angst, Frau Otterpohl könne dann schon wieder vergessen, alle Steine draufzulegen.

Lisa Leghorn und Betty kamen zum Kaninchenstall.

»Wie gehts?«, frage Lisa Leghorn Helga Haube. »Dein Gefieder sieht ja immer noch … äh … äh, noch nicht ganz wiederhergestellt aus.«

»Denkst du, das wächst an einem Tag nach?«, keifte Helga dünnhäutig zurück.

»So war es doch gar nicht gemeint, liebe Helga«, säuselte Lisa Leghorn. »Deine Haube sitzt jedenfalls noch eins a. Wie sagen die Menschen doch: Hauptsache, die Haare liegen.« Sie gackerte, aber Helga Haube war nicht nach Lachgackern zumute.

Betty stupste mich mit ihrem Flügel an. »Lass uns in mein Wohnzimmer gehen.« Sie ging wieder voran. Der Eingang war nicht mehr so schmal, jemand hatte an den Seiten des Busches gezerrt, er wirkte etwas ausgefranst.

»Vandalismus!«, rief Betty entsetzt aus. »Kaum ist man mal einen Tag nicht draußen, kommen die Vandalen und zerstören alles!«

»Das war bestimmt der Fuchs«, sagte ich.

»Der Fuchs? Ist der wirklich aufgetaucht?«

Betty konnte das ja nicht ahnen. Aber eigentlich wusste sie schon von ihm, denn sie hatte gesagt, ich solle seinetwegen ganz oben auf dem Baum schlafen.

»Hm«, sagte Betty. »Es ist wirklich gut, dass wir nachts im Stall sind. Wir Hühner sind immer gefährdet: Fuchs, Marder, Wiesel, Waschbär, Habicht, Rotmilan, Rabenkrähe. Alle wollen uns fressen.«

Sie zupfte mit dem Schnabel ein bisschen an den Wänden ihres Wohnzimmers herum. »Es wird nachwachsen«, sagte sie. »Manchmal kann man nichts anderes tun, als abzuwarten und Tee zu trinken.« Sie seufzte. »Teatime!« Dann seufzte sie noch einmal. Sie ging hinein und sah sich um. Innen war so weit alles in Ordnung. Es war ja auch nur ein Tag vergangen. Trotzdem zupfte Betty hier und da mit ihrem Schnabel herum, als müsse sie ihr Wohnzimmer nach langer Abwesenheit wieder in Ordnung bringen.

Ich sah ihr dabei zu. Sie stand gut im Gefieder, war kerngesund, hatte neben dem Stall und dem großen Garten noch ihr eigenes Wohnzimmer. Sie war offen, klug, und sie ging hinaus in die Welt. Wie gut sie es hatte! Genauso gut wie alle anderen hier. Und dabei taten sie so, als wäre es ein Hühnerweltuntergang, auch nur einen Tag im Stall verbringen zu müssen.

»Dein Scheißhuhn war in meinem Garten!«, brüllte auf einmal jemand.

Wir zuckten zusammen.

»Na und?«, hörten wir den Otterpohl zurückrufen.

»Von wegen ›na und‹! Dieses Huhn hat alles zugekackt.«

Das war gelogen! Ich hatte da überhaupt nicht hingekackt!

»Dann freu dich über den kostenlosen Dünger, Mann! Musst mir auch nichts dafür zahlen! Gern geschehen!«

»Du Arschloch, wir haben hier Unterschriften gesammelt. Der verdammte Hahn muss weg!«

»Ist mir doch egal, was du sammelst.«

So ging es noch einige Zeit weiter, bis der Otterpohl meinte, er werde Unterschriften gegen Viktor sammeln. Viktor sei das Allerletzte. Auf dem Bürgersteig würde man, wenn er da kurz zuvor langgelaufen sei, auf seinem Sabber fast ausrutschen.

Damit war Ruhe.

»Der Hühnerhasser-Heiner«, meinte Betty nur dazu. »Der war schon immer gallophob.«

Draußen klackte es laut. Wir spähten durch die vielen kleinen Löcher in der Wohnzimmerwand. Die Otterpohls schlugen Stangen in den Rasen und befestigten bunte Fähnchen und funkelnde Kugeln daran.

»Ob das den Habicht wirklich vertreibt?«, fragte Betty.

Woher sollte ich das denn wissen? Ich sagte: »Ich mache mit beim Eierlegen für Sina und Sabina.«

Betty drehte sich um: »Das ist super!«

»Roland Kaiser muss aber auch mitmachen«, sagte ich.

»Das wird er schon, der möchte ja auch Küken von sich haben. Welcher Hahn möchte das nicht? Warum sollte er sonst ständig die Hennen bespringen?«

Das stimmte. Es schien anstrengend zu sein und keinen Spaß zu machen, jedenfalls nicht so, wie zu scharren.

»Wir müssen morgen zu Sina und Sabina und uns um ein Nest kümmern. Ach, Mist, Roland Kaiser ist ja noch im Kaninchenstall. Heute ist es schon zu spät, aber wir können morgen schon mal alles vorbereiten – wenn der Otterpohl uns morgen überhaupt rauslässt, der Hühnerquäler.«

Ich stand auf und scharrte, das mochte Betty nicht in ihrem Wohnzimmer, aber ich tat es trotzdem. Der Otterpohl quälte sie alle ganz furchtbar, bloß weil sie einen Tag lang im Stall gewesen waren. Meine Halsfedern plusterten sich plötzlich auf, weil ich so wütend war! Was sollten denn die Hühner in Stall 2 sagen? Auf einmal überkam mich ein starker Schmerz. Ich wollte nur noch weg von Betty, dieser verwöhnten Henne, die nicht wusste, wie gut sie es getroffen hatte. Ich lief aus dem Wohnzimmer und weiter bis zu Bathilda. Dann fiel mir ein, dass *alle* Hühner hier verwöhnt waren. (Nur Roland Kaiser war mal allein im Maisfeld gewesen.) Nun war ich aber schon bei Bathilda. Dann konnte sie mir auch gleich ein paar Fragen beantworten. Bathilda wirkte wieder entspannt und eins mit sich. Ich legte mich neben sie und stand wieder auf.

»Warum können wir Hühner nicht einfach alle ausbüxen und in Freiheit leben?«, fragte ich sie und scharrte. Ich trat einen Schritt zurück und starrte auf den Boden.

»In diesen Breitengraden geht das nicht«, sagte Bathilda. Sie wunderte sich gar nicht über meine Frage. Sie verlangte auch gar nichts nach dem Motto: Quitte pro Kopf. »Wir Hühner scharren uns die meiste Nahrung frei. Hier ist der Boden im Winter gefroren, dann finden wir nichts.«

Das hatte auch schon Roland Kaiser im Maisfeld gesagt. Im Winter sei der Boden gefroren. »Winter? Was ist das genau?«, fragte ich.

»Das ist die kalte Jahreszeit. Wir haben jetzt Sommer, es ist warm. Dann kommt der Herbst, es wird kühler, das Licht wird weniger, es stürmt. Im Winter wird es kalt, es schneit, der Boden wird hart, alles ist grau, es ist sehr dunkel und ungemütlich. Am liebsten würde man einen langen Winterschlaf machen, bis er vorbei ist. Dann kommt der Frühling, es wird heller, und dann kommt wieder der Sommer.«

»Warum gibt es das alles?«

»Das zu erklären, dauert viel zu lange.«

»Was ist die beste Jahreszeit?«, fragte ich.

»Der Sommer«, antwortete Bathilda. »Wir Hühner von der Art Gallus gallus stammen aus den Tropen. Hier sollten wir eigentlich gar nicht sein. Genieß den Sommer, solange er andauert. Irgendwann ist er vorbei. Wie die Engländer zu sagen pflegen: *Enjoy it!*«

Mir war gar nicht bewusst, dass es mit Wärme und Licht bald vorbei sein konnte. Für mich war es selbstverständlich gewesen, dass es so war, wie es war, und auch so bliebe.

»Der Sommer wird vorbei sein?«, fragte ich.

»Auch wenn es keinen Winter gäbe, könnten wir hier nicht überleben«, erzählte Bathilda weiter. »Der Mensch hat uns hochgezüchtet zum Gallus gallus domesticus. Die Menschen füttern und beschützen uns, daher sind wir zu dem geworden, was wir sind. Wir sind langsam, keine guten Flieger, haben keine spitzen Schnäbel, keine spitzen Krallen, haben zu viel und zu wohlschmeckendes Fleisch. Außerdem sind wir zutraulich geworden. In der Natur, ohne Schutz, muss man aber misstrauisch und aggressiv sein. Sonst überlebt man nicht lange.«

Ich hatte noch nie über unsere Vorfahren nachgedacht und wie wir zu denjenigen geworden sind, die wir heute waren. Ich hatte nur von innen nach außen gesehen, aber nicht von außen nach innen. Wir Hühner waren also mit der Zeit wie Würmer für andere geworden, lecker und hilflos. Würmer konnten aber sicherlich allein überleben, auch im Winter. Mir grauste es vor dem Winter.

»Wie lange dauert der Winter?«, fragte ich.

»Lange.«

Ich konnte mir die Kälte nicht vorstellen. In Stall 2 war der Boden hart gewesen und auch die Ebenen. Aber so waren sie schon immer gewesen und nicht, weil es zu kalt gewesen war.

»Trotzdem ist der Winter nicht die schlimmste Zeit«, sagte Bathilda. »Weil man im Winter weiß, dass der Frühling kommt. Es ist Hoffnung da. Am schlimmsten ist der Herbst. Wenn der Winter bevorsteht.«

Diese Vorstellung ging mir durch Mark und Hühnerbein. Ich war vollkommen erstarrt.

»Kamm hoch!« Bathilda hatte ihren Kopf zu mir gedreht. Zum ersten Mal entdeckte ich so etwas wie Mitgefühl in ihren Augen. »Alles geht vorbei! Der Winter geht vorbei. Der Sommer geht vorbei, aber wir können ihn genießen, und wir wissen, dass er wiederkommt.«

Ich dachte über ihre Sätze nach.

»Alles ist in Bewegung«, sprach Bathilda weiter, aber ich bewegte mich immer noch nicht. Also war auch nicht alles in Bewegung.

Karneval

»Kommt alle her! Guckt euch die neuen Habichtschrecke an!«

Der Otterpohl lief fröhlich durch den Garten. Ich löste mich aus meiner Starre, die Neugierde trieb mich einige Schritte nach vorn. Rund um die Vogelscheuche steckten Stangen im Gras. Von den Stangen baumelten glitzernde Kugeln, lange bunte Streifen und kurze, dünne Metallstangen, die der Otterpohl mit seinen Händen anstupste, damit sie gegeneinanderstießen und dabei Geräusche machten. Selbst Bathilda war aufgestanden, um zu schauen. Betty kam aus ihrem Wohnzimmer heraus.

Alle glotzten blöd den Otterpohl an. Seine Frau musste schon ins Haus gegangen sein. »Jetzt seid ihr in Sicherheit«, rief er fröhlich. »Das wird den Habicht irritieren!«

»Haha, bist du zum Künstler geworden, Dödel-Dieter?« Hühnerhasser-Heiner stand da hinten am Gartenzaun. »Ein richtiger Installationskünstler bist du.«

»Halts Maul«, sagte der Otterpohl und ging ins Haus.

»Das wird den Habicht sicherlich sehr irritieren«, meinte Bathilda. »Ganz sicher.«

»Ist denn schon Karneval?«, fragte Betty.

»*Carne vale*«, sagte Bathilda. »Fleisch, lebe wohl. Das wird der Habicht sich sagen, wenn er die bunten Fähnchen sieht. Er wird auf unser Fleisch verzichten und nur noch Blumen fressen.«

Nun sahen wir uns die seltsamen Gebilde aus der Nähe an. Hatte der Otterpohl recht? Hielten diese bunten Streifen und die glitzernden Kugeln den Habicht wirklich ab?

Bathilda riss ihren Schnabel auf, gähnte und steckte uns alle mit ihrer Müdigkeit an. Lisa Leghorn ging in den Stall, die anderen folgten. Ich flatterte auf meinen Baum. Auf dem Ast fehlte mir jetzt mein Geheimnis, die glitzernde kleine Scheibe. Ich hatte mein Geheimnis für das Leben von Roland Kaiser und Helga Haube hergegeben.

Nachts mit einem Fuchs auf dem Motorrad

Als ich aufwachte, war es dunkel. Nur die Straßenlaternen leuchteten und auch manche Fenster. Alles war friedlich und ruhig. Keine brüllenden Menschen. Keine Autogeräusche und keine Musik. Kaum hatte ich das gedacht, kam der Fuchs aus den Sträuchern. Er drehte eine Runde um den Kaninchenstall und schnüffelte wieder am vergitterten Außengehege. Nach einer Weile sprang er auf den Käfig und versuchte, das Gitter einzudrücken, jedenfalls sah es so aus. Das Gitter hielt aber, und der Fuchs schnüffelte nun an den Steinen. Einen stupste er mit der Schnauze an. Der Stein bewegte sich nicht. Der Fuchs stellte seine Vorderpfoten auf die Steinkante und schob den Stein von sich weg, dabei stützte er sich mit den Hinterpfoten ab. Der Stein bewegte sich über das Gitterdach hinaus und fiel nach unten. Der Fuchs schaute hinunter auf das, was er vollbracht hatte. Er ging zurück und drückte nun mit den Vorderpfoten einen weiteren Stein vom Gitterdach. Nun tat er es nicht mehr so zögerlich, sondern wie jemand, der ein Ziel vor Augen hatte. Er schob auf dieser Seite noch den dritten Stein herab, drehte sich um und widmete sich dann der anderen Seite.

Gleich würde es zwei Tote geben. Ich wollte mich aufdrücken, aber meine Beine rührten sich nicht. Ich wollte gackern, bekam aber meinen Schnabel nicht auf. Mein Körper wollte keine Aufmerksamkeit erregen. Doch mein Herz klopfte noch stärker als bei der Flucht vor Viktor.

So, nun lag kein Stein mehr auf dem Gitterdach. Hatten Roland Kaiser und ich uns nicht gefeiert, weil der Otterpohl die drei Steine wieder draufgelegt hatte? Hatten wir nicht gedacht, dass die Krankenstation nun sicher sei?

Der Fuchs sprang vom Gitterdach herunter. Er hätte jetzt nur die eine Seite des Gitterdachs mit den Vorderpfoten hochdrücken müssen. Stark genug war er. Er lief noch eine Runde um den Käfig, stellte sich hin, stemmte die Vorderpfoten gegen den Rahmen, und der Kaninchenstall schwankte.

Dann hörte er auf und ging nun dorthin, wo das erhöhte Stallhäuschen aus Holz war. Hier konnte er besser drücken. Er rüttelte, bis der Stall schließlich samt Auslauf umkippte. Das Gitterdach klappte zur Seite. Man hörte lautes Gegackere, der Auslauf war nun oben und unten offen, und der Fuchs steckte seinen Kopf in das Stallhäuschen. Der Ausschlupf war groß genug, es kam ja auch ein Huhn da durch, und ein Fuchskopf war viel kleiner. Ich ging in die Knie und hob ab. Wie in einem Traum flatterte ich hinunter und gackerte laut: »Du Hühnermörder, du Hühnermörder!«, und der Fuchs zog seinen Kopf aus dem Stallhäuschen, sah mich, sprang hoch und schnappte nach mir. Fast hätte er mich auch erwischt. Ich flatterte auf das Dach des großen Stalles, aber der Fuchs wandte sich ab und widmete sich schon wieder dem Kaninchenstall, also flatterte ich erneut los und gackerte dabei: »Kommt raus und lauft ins Haus! Ich lenke ihn so lange ab!« Ich flog über den Fuchs hinweg, und er lief hinter mir her. Ich landete auf der Vogelscheuche, der Fuchs sprang jedoch hoch und erwischte mich fast am Hintern.

Ich drehte mich um, sah, wie Roland Kaiser und Helga Haube aus dem Ausschlupf lugten, dann zum Menschenstall rannten, hob ab, flatterte weiter bis zum Zaun vor dem Gemüsebeet. Hier ruhte ich mich kurz aus, aber schon war der Fuchs wieder da, und so flatterte ich Richtung Menschenstall. Meine Kräfte ließen allmählich nach, meine Flugmuskeln wollten nicht mehr.

Der Fuchs war mir dicht auf den Fersen, und ich musste im Halbdunkeln aufpassen, wirklich erst kurz vor der Tür herunterzukommen und es dann auch direkt durch die Klappe zu schaffen. Noch nie war ich so konzentriert gewesen. Ich landete, lief kopfüber hinein und stieß mir dabei den rechten Flügel, den ich nicht schnell genug eingezogen hatte.

Im Flur brannte Licht in einer anderen Form, es war klein und rund und stand auf einer anderen Ebene (einer Kommode). Helga Haube und Roland Kaiser sahen mich groß an.

»Los, weiter!«, gackerte ich. »Bloß weg von der Klappe.«

Wir gingen den Flur entlang, und als wir auf der Höhe des Katzennapfs angekommen waren, hörten wir hinter uns ein Klacken. Der Fuchs zwängte sich durch die Klappe. Wir rannten los, der Flur bog nach links ab, die letzte Tür stand einen Spalt weit offen, und wir liefen in das Zimmer. Dort war es dunkel, und ich bemerkte eine andere Ebene (das Ehebett) und flatterte hinauf. Der Fuchs folgte mir. Frau Otterpohl schrie, und der Otterpohl schrie auch. Es wurde schlagartig hell. Der Fuchs hatte mich an einem Flügel erwischt und ließ jetzt los. Frau Otterpohl kreischte weiter, und Herr Otterpohl stand auf dem Bett unter dem grellen Licht und hielt den Fuchs in der einen Hand. Er hatte ihn am Schwanz gepackt, und nun baumelte der Fuchs kopfüber nach unten und versuchte, sich irgendwie aus dem Griff zu befreien.

Ich gackerte, Helga Haube gackerte, Roland Kaiser gackerte, Frau Otterpohl schrie immer weiter, und der Fuchs schrie auch. Der Otterpohl starrte uns alle mit aufgerissenen Augen an. In der Hand hielt er immer noch den baumelnden, um sich beißenden Fuchs.

»Mach das weg!«, schrie Frau Otterpohl.

»Wohin denn mit dem?«, fragte der Otterpohl verwirrt.

Frau Otterpohl beruhigte sich, zitterte aber immer noch.

Sie entfernte sich so weit wie möglich von dem Fuchs. »Wirf ihn aus dem Fenster«, sagte sie. »Lass dich bloß nicht beißen!«

»Dann ist der doch im Garten und kommt wieder hier rein.«

»Dann setz ihn ganz hinten am Waldrand ab.«

»Denkst du, ich lauf mit dem Fuchs noch fünf Kilometer durch die Nacht?«

»Ah! Pass auf, halt deinen Arm ganz weit von dir weg!«

Wir drei hatten aufgehört zu gackern. Wir starrten auf den Otterpohl. Er würde den Fuchs doch nicht hier freilassen?

»Wir nehmen das Motorrad!«

»Du spinnst doch!«

»Hast du eine bessere Idee?«

So kam es, dass die Otterpohls keine Notiz mehr von uns nahmen, Frau Otterpohl die Motorradschlüssel holte, sich feste Schuhe anzog, den Otterpohl alle zwei Sekunden ermahnte, bloß den Fuchs weit von sich weg zu halten – und von ihr auch. Herr Otterpohl sagte, dass hoffentlich niemand auf der Straße sei und sie beide sähe, vor allem nicht die Polizei, denn wie sollte er der erklären, warum sie beide im Schlafanzug mit einem Fuchs durch die Nacht fuhren?

»Gib aber Gas!«, fuhr der Otterpohl seine Frau an, bevor die beiden durch eine andere Tür gingen. »Der Fuchs ist ganz schön schwer. *Du* musst ihn ja nicht die ganze Zeit von dir weghalten!«

Dann knallte die Tür zu, und es war Ruhe.

Roland Kaiser sprang aufs Bett. Ich auch. Hier schliefen die Otterpohls also. Diese erhöhte Ebene war weich und kuschelig. Es roch sehr stark nach Mensch. Einige Federn von mir lagen verstreut herum. Nun war ich noch kahler, noch hässlicher. Meine größte Sorge war aber, ob ich weiterhin so gut fliegen konnte.

Roland Kaiser hüpfte vom Bett und verließ das Schlafzimmer. Ich folgte ihm, denn es war seltsam, allein mit Helga Haube in einem Raum zu sein. Kaum war ich auf dem Flur, sprang er mir auf den Rücken. Das fühlte sich so seltsam an, seine Füße, seine Krallen zu spüren. Ich legte mich auf den Boden, das heißt, mein Körper tat es, denn ich hatte das nicht entschieden. Roland Kaisers Füße schienen nicht richtig Halt zu finden, er trippelte etwas herum, flatterte mit den Flügeln, ich hob meinen Po, und dann spürte ich, wie sich etwas Feuchtes an meine Kloake presste, Roland Kaiser flatterte immer noch, wohl um sein Gleichgewicht zu halten, und schon sprang er wieder von mir herunter. Ich stand auf, ging ein paar Schritte und schüttelte mich. Dann wurde mir klar, was gerade geschehen war: Roland Kaiser hatte mich getreten!

Ich hatte es zwar schon bei anderen beobachtet, aber trotzdem hatte ich gedacht, dass es besonderer wäre. Es war so nebenbei passiert, wie picken, scharren oder trinken. Nichts Großes. Dabei war es laut Bathilda doch das Größte: So entstehe Leben. Sein Samen würde hochwandern und meine Eier befruchten, und Küken konnten entstehen. Eigentlich hätte ich jubeln müssen. Hatte ich doch kaum noch daran geglaubt. Stattdessen hatte ich Durst.

Neben dem leeren Futternapf für den Kater stand auch einer mit Wasser. Ich trottete dorthin und steckte meinen Schnabel hinein. Wie ging Trinken noch mal? Ich hatte es ganz vergessen. Aber dann standen Roland Kaiser und Helga Haube neben mir. Die beiden tranken, und nun wusste ich wieder Bescheid.

Hier im Flur war es noch stiller als im Schlafzimmer. Es

war seltsam, dass die Otterpohls weg waren. Sie gehörten irgendwie hierher. Es fehlte dieses Gefühl: Sei bloß leise, denn sie könnten jederzeit ihren Kopf durch eine Tür stecken.

Auf einmal ging die Katzenklappe hoch, und wir drei rannten in Panik den Flur zurück in Richtung Schlafzimmer. Helga Haube kam nicht richtig um die Kurve, stieß gegen die Wand und lief dann schnell weiter. Wir flatterten alle hinauf auf die Kommode und erstarrten. Ein leises Tapsen kam aus dem Flur.

»Das ist nur Flocke«, stellte Helga Haube fest.

Sie fing an, ihr Gefieder zurechtzuzupfen. Sie war überhaupt nicht mehr aufgeregt. Tatsächlich schaute Flocke irgendwann ins Zimmer, sah zu uns hoch, drehte sich wieder um und ging weg.

»Der Kater«, gackerte ich. »Warum kann der Kater überall herumlaufen und hat keine Angst? Will ihn niemand fressen?«

»Die Otterpohls will auch niemand fressen«, meinte Roland Kaiser.

»Menschen haben es gut«, sagte ich. »Sie sind die größten Tiere, niemand wird sie essen.«

»Dafür haben sie keinen Schnabel.« Das kam von Helga Haube. Sie zupfte immer noch an ihrem Gefieder herum, sah kurz zu mir hoch und gackerte: »Ist es nicht schon Strafe genug, keinen Schnabel zu haben?«, und zupfte weiter.

Ich konnte mir nicht vorstellen, ohne Schnabel zu leben. Mit einem Schnabel konnte man seine Federn glatt ziehen, sich das Gefieder einfetten, picken, sich am Bauch kratzen. Man hatte seine Schnabellöcher, um zu atmen, und nicht so eine hässliche Nase.

Ein Schnabel sah gut aus, und man konnte an der Spitze so

viel fühlen: die Härte der Körner, die Weichheit der Würmer, die Kühle des Wassers, unser flauschiges Untergefieder. Ich gab es zu: Wir Hühner verbrachten viel Zeit damit, unseren Schnabel an unser Gefieder zu reiben, weil wir unsere weichen Federn gern an der Schnabelspitze spüren und weil wir uns einfach selbst gut riechen können. Ohne Schnabel würden wir weniger fühlen. Vielleicht war es nicht immer von Vorteil, viel zu fühlen, aber mit dem Schnabel fühlte man meist nur Fühlenswertes.

Ich hörte einen Knall und wusste sofort: Die Otterpohls waren wieder zurück. Sie hatten die Haustür zugeschlagen und kamen ins Schlafzimmer. Beide sahen ziemlich mitgenommen aus.

»Mission Fuchs erfolgreich erledigt«, sagte der Otterpohl. »Nicht den Fuchs erledigt, sondern uns seiner entledigt.«

Die Otterpohls schlugen sich mit ihren Flügelspitzen, also den Händen, ab, als hätten sie zusammen etwas ganz Wichtiges geschafft.

»So«, sagte der Otterpohl. »Jetzt erzählt mal, was überhaupt los war.«

Wir drei starrten weiter unbeteiligt vor uns hin.

»Ha!«, sagte der Otterpohl. »Man kanns ja mal versuchen.«

Roland Kaiser sprang von der Frisierkommode herunter, und wir folgten ihm. Der Otterpohl scheuchte uns durch den Flur und öffnete die Tür für uns, obwohl wir auch durch die Klappe hätten gehen können. Er ging noch mal zurück, und dann wurde es draußen plötzlich heller.

»Er hat die Lampen in den Räumen eingeschaltet«, sagte Roland Kaiser, und wir dackelten zum Rasen. Dort lag noch der umgekippte Kaninchenstall. Das löste in uns allen ein schlechtes Gefühl aus.

Der Otterpohl war nachgekommen und Frau Otterpohl auch.

»Jesus! Wie konnte denn das passieren?«, rief er aus.

»Sie müssen in den richtigen Stall«, sagte Frau Otterpohl, und der Otterpohl antwortete: »Ach nee.«

Sie standen noch eine Weile herum, und Helga Haube lief zur Sandkuhle und wälzte sich.

»Nachtbaden«, sagte Roland Kaiser. »Wir Hühner können heute nachtbaden, wenn auch nicht nackt baden.«

Helga Haube hatte echt Nerven. Putzte sich im Schlafzimmer das Gefieder und badete jetzt auch noch genüsslich.

Das Licht aus dem Wohnzimmer und aus der Küche beleuchtete in großen Rechtecken das Gras. Dieser Wechsel zwischen dem Hellen und dem Dunklen war seltsam. Der halbe Mond (oder war es doch die ruhende Sonne?) gab dazu ein kaltes Licht. Mir kam es so vor, als wäre das hier alles nicht echt.

Der Otterpohl ging zum Stall und schloss die Tür auf. Dann schleppte er mit Frau Otterpohl den Kaninchenstall hinein.

Mir schwante etwas, und schon lief ich zum Baum.

»Put-put-put!«, rief der Otterpohl und bekam Roland Kaiser zu fassen. Er lief mit Roland Kaiser in den Stall, und ich hörte kurz darauf, wie er das Dach vom Stallhäuschen zufallen ließ. Danach holte er auch Helga Haube.

»Ich bin noch nicht fertig mit Baden!«, gackerte sie empört, aber das verstand der Otterpohl nicht. Auch sie landete wohl im Stallhäuschen, denn das Holzdach klappte wieder zu. Der Otterpohl kam raus und suchte mich.

Ich flatterte auf den Baum, es war ungewohnt, wegen der verlorenen Federn. Dann war ich aber wieder oben auf meinem dicken Schlafast. Der Otterpohl blickte zu mir hoch. »Du brauchst wohl immer eine Extrawurst, ach nee, einen Extra-Ast.«

Das Leben endlos spüren

Am nächsten Morgen fing wieder erst ein kleiner Vogel zu zwitschern an, dann alle Vögel, bis sie plötzlich zusammen wegflogen. Ich fragte mich, wo diese kleinen Vögel wohl hinflogen, wo sie den ganzen Tag verbrachten und warum sie am Abend ausgerechnet zu diesem Baum zurückkehrten.

Roland Kaiser krähte, aber noch nicht mal halb so laut wie früher. Der Otterpohl ging zum Hühnerstall und öffnete die Tür. Dickmadam, Betty, Lisa Leghorn und Bathilda zwängten sich an seinen Beinen vorbei nach draußen. Der Otterpohl ging hinein, und kurz darauf liefen auch Roland Kaiser und Helga Haube hastig in den Garten. Der Otterpohl kehrte ins Haus zurück und kam mit einer großen Schüssel wieder, in der sich eine orange-grünliche Masse befand. Alle erwarteten ihn schon neugierig. Sie scharten sich um die Schüssel, als hätten sie tagelang nichts mehr zu picken bekommen.

Der Otterpohl sah zu mir hoch: »Put-put-put!«, rief er. »Möhren und Feldsalat!«

Ich kratzte mich mit dem Schnabel am Bauch, und er ging ins Haus. Kaum war er durch die Tür, flatterte ich hinunter. Das Fliegen war ungewohnt, weil mir seit gestern einige große Federn fehlten. Das hatte ich letzte Nacht schon bemerkt. Beim Flattern musste ich mich anders ausbalancieren, weil ich auf der rechten Seite zu wenig Auftrieb hatte. Ich kam etwas schief herunter, lief zur Schüssel, wo alle schon heruntergebeugt standen, drängte mich zwischen Bathilda und Roland Kaiser und pickte los. Das Zeug war mal fester, mal labberiger.

Weiter hinten im Schnabel, kurz vorm Schlucken, schmeckte ich endlich, dass die Masse leicht süßlich und auch etwas herb war. Gewöhnungsbedürftig. Gegenüber von mir pickte Dickmadam über die Schüssel gebeugt, ich sah nur ihren schönen roten Kamm. Sie schien sich nicht daran zu stören, dass ich auch da war. Während ich so in der Runde pickte, stieg in mir ein wohliges Gefühl auf, das neu war, aber nicht ganz neu. Ich hatte es schon einige Male gespürt. Wir standen hier und aßen gemeinsam. Keiner vertrieb mich, niemand beschimpfte mich. Von außen musste es so aussehen, als würde ich dazugehören.

Schon nach kurzer Zeit war die Schüssel leer, ich hätte nicht gedacht, dass das so schnell gehen würde. Jeder ging nun seiner Wege. Wie immer lief ich zum Stall, um noch Körner zu picken, und erschrak. Der Otterpohl stand dort. Ich hatte beim Picken gar nicht bemerkt, dass er wieder aus dem Haus gekommen war. Er sah mich kurz an, interessierte sich aber nicht weiter für mich, jedenfalls lockte er mich nicht mit seinem verdächtigen »Put-put-put!«. Ich ging also vorsichtig zum Futter. Er machte sich unter den Sitzstangen zu schaffen. Ich pickte und beobachtete ihn mit einem Auge weiter.

In meinem Bauch machte sich etwas breit. Es war nicht das Gefühl von vorhin. Das Gefühl vorhin hatte ich auf der Haut gespürt, als würde mich etwas warm umspülen und ein bisschen zusammendrücken. Diesmal breitete sich eine Wärme von meinem Muskelmagen aus. Später erfuhr ich, wie das Gefühl in meinem Bauch hieß: Rührung.

Der Otterpohl entfernte mit Kehrblech und Feger die Hühnerkacke von den Brettern unter den Stangen. Er selbst hatte nichts davon, denn er schlief ja nicht im Stall. Er musste den Geruch nicht ertragen. Er hatte uns vor dem Fuchs gerettet und etwas gegen den Habicht getan. Ich pickte gerade das Futter, das er uns hingestellt hatte.

Als mir ein Luftzug entgegenströmte, hörte ich auf zu picken. Der Otterpohl wirbelte beim Fegen die Kacke auf, und es roch auf einmal viel stärker als sonst. Der Geruch brachte mich zurück in Stall 2. Dort hatte es nach Kacke gestunken, nach zu viel Huhn und nach Hoffnungslosigkeit.

Ich war völlig verwirrt von der gleichzeitigen Rührung und der Hoffnungslosigkeit, als wäre mein Körper zu klein, um beides in sich zu spüren. Ich ließ das Futter stehen und rannte hinaus.

Draußen im Licht beruhigten sich meine Gedanken. Die Sonne schien hell, die Luft roch frisch.

Der ganze Horror von gestern Nacht war weg. Nur die Steine lagen noch auf dem Rasen. Alle gingen ihren Beschäftigungen nach. Roland Kaiser scharrte nach leckeren Geschenken für Dickmadam oder Lisa Leghorn. Aber seit er verletzt worden war und nicht mehr perfekt aussah, würdigten sie ihn keines Blickes mehr.

Seltsamerweise lag Bathilda nicht unter ihrem Baldachin, sondern lief scheinbar gleichgültig immer in der Nähe von Roland Kaiser herum. Das war typisch huhnisch: uninteressiert durch die Gegend zu schauen und »zufällig« immer ganz nah am Objekt des Desinteresses herumzuschwänzeln (ich weiß, es heißt scharwenzeln, aber »herumschwänzeln« passt besser, und wenn schon »scharwenzeln«, dann doch wohl »scharr-wenzeln«). Beim Otterpohl wusste man genau, wann er es auf einen abgesehen hatte. Er zeigte es mit seinen direkten Blicken und seinem zugewandten Kopf.

Ich suchte Betty und fand sie im Wohnzimmer.

»Wir habens getan«, sagte ich.

Sie schaute mich fragend an.

Ich erzählte Betty alles. Während ich gackerte, flatterte sie manchmal vor Aufregung ein bisschen.

Dann war ich fertig und sah in ihre ungläubigen Augen. Sie öffnete ihren Schnabel und fragte: »Wie sieht das Schlafzimmer der Otterpohls aus?«

Jetzt sah ich sie groß an. Da hatte ich ihr von dem Drama mit dem Fuchs erzählt, von meinem ersten Tretakt, und wofür interessierte sie sich?

»Haben sie geblümte Bettwäsche?«, fragte Betty weiter. »Ich war noch nie in ihrem Schlafzimmer. Und reinschauen kann man auch nicht. Es sind Gardinen vor dem Fenster.«

Mir fiel dazu nichts ein, und ich musste nachdenken – nicht über die Bettwäsche (was sollte das überhaupt sein?), sondern ob Betty noch ganz huhnisch tickte.

»Hast du keine Angst um uns?«, fragte ich sie.

Sie sah mich irritiert an. »Ihr seid alle noch da. Das sehe ich doch! Was ich aber nicht sehe, ist, ob die Otterpohls geblümte Bettwäsche haben. Das hab ich mich schon immer gefragt.«

Später lernte ich die Redewendung kennen: »Jemandem den Vogel zeigen.« Wenn ich die damals gekannt hätte, hätte ich mit der Flügelspitze auf meinen Kopf gezeigt, denn ich war ja ein Vogel. Die Menschen hatten es schwerer, jemandem den Vogel zu zeigen. Sie mussten erst mal einen Vogel finden, um auf ihn zeigen zu können.

»Ich müsste jetzt doch befruchtete Eier haben«, sagte ich. »Wir können dann unseren Plan mit Sina und Sabina … du weißt schon.«

»Wenn du heute ein Ei legst, ist es noch nicht befruchtet«, sagte sie. »Das ist doch schon lange unterwegs in dir. Vielleicht ab übermorgen. Nun muss ich mich noch treten lassen.« Sie spazierte los, und ich folgte ihr.

Roland Kaiser hatte gerade etwas beim Scharren gefunden und gab diesen lockenden Gackerton von sich, der besagte: »Kommt her! Ich hab etwas für euch!« Bevor aber jemand anderes kommen konnte, war Bathilda schon zur Stelle und pickte in rasender Geschwindigkeit alles auf. Roland Kaiser tat so, als sei es ihm egal, und Dickmadam und Lisa Leghorn machten auf halbem Wege wieder kehrt, es gab ja nichts mehr. Betty lief zu Bathilda, aber mir war klar, dass sie nur so tat, als würde sie dort noch Leckerbissen erwarten. Ihr Ziel war es, Roland Kaiser näherzukommen, aber wie es nun mal huhnisch ist – uninteressiert zu tun.

Der Wind wehte einige Gesprächsfetzen von Dickmadam und Lisa Leghorn herüber. Dickmadam meinte, sie als Huhn im besten Alter mit einwandfreiem Gefieder und perfektem Kamm würde etwas Besseres verdienen. Sie erzählte Lisa Leghorn, dass sie überlege, wieder die Nummer eins zu werden, denn die Verhältnisse hätten sich ja geändert. Roland Kaiser sei nicht mehr so stark wie am Anfang. Lisa Leghorn meinte, da sei sie mal gespannt.

Ich sah zu Roland Kaiser. Er scharrte jetzt an einer anderen Stelle. Betty lief um ihn herum, stellte sich vor ihn und wackelte mit ihrem flauschigen Hintern. Er sah sie an, sprang plötzlich auf ihren Rücken, biss ihr in den Nacken, flatterte mit den Flügeln, senkte seine Schwanzfedern und zitterte. Dann sprang er auch schon wieder herunter und ging seines Weges und Betty auch. Sie schüttelte sich ein paarmal, dann kam sie auf mich zugelaufen. Sie drehte ihren Kopf nach hinten und warf einen prüfenden Blick auf ihren Rücken. Dann fragte sie mich: »Sind noch alle Federn dran?« Ich konnte nichts Auffälliges entdecken. Betty war beruhigt. Das Gefieder saß.

An der Straße sah ich mich nach dem Fahrradfahrer mit dem Anhänger um. Ich hatte solche Lust, wieder da hinten zu sitzen und mich durch die Gegend fahren zu lassen. Es kam aber keiner. Wir mussten also zu Fuß weiter. Dann kam doch einer, aber ohne Anhänger. Am Gepäckträger waren zu beiden Seiten Taschen angebracht. Ich stupste Betty an, und sie wusste, was ich wollte. Wir sahen uns um und liefen wieder auf die Mitte der Straße. Auch dieser Fahrer wurde langsamer, sah uns an und fuhr schließlich an uns vorbei. Wir liefen einige Schritte hinterher und flatterten dann rechts und links auf die Taschen. Der Fahrradfahrer drehte sich um, sah uns, sagte aber nichts.

Letztes Mal war es besser gewesen, wir konnten nebeneinander sitzen, aber auch diesmal war es schön.

Sina und Sabina erwarteten uns schon. Ich berichtete von der Nacht mit dem Fuchs und schmückte alles aus. Mir gefiel es, dass Sina und Sabina so richtig mitgingen. Sie lobten mich für meinen Mut und fragten, ob ich ihnen noch weitere spannende Geschichten erzählen könne (die vom Habicht gestern sei auch sehr unterhaltsam gewesen), mir fiel jedoch nichts mehr ein.

»Aber was für euch wichtiger ist«, meinte Betty, »und was Molli ausgespart hat: Roland Kaiser hat uns beide getreten!«

Die beiden machten große Augen, dann hoben sie ihre flauschigen Flügel und gackerten: »Hurra! Hurra!«

Sina und Sabina wollten unbedingt wissen, wie es sich anfühlte, getreten zu werden. Sie schauten mich erwartungsvoll an. Ich sah zu Betty, aber die hielt ihren Schnabel. Sina und Sabina meinten, ich könne doch so gut erzählen. Ich sagte, ich hätte eigentlich nicht viel gefühlt. Es war so, als hätte sich ein feuchtes, kleines Ei zur Hälfte in die Kloake gedrückt. Also in die Gegenrichtung, und das auch nur sehr kurz. Der Tretakt ginge schneller als das Eierlegen und war auch angenehmer. Betty fügte hinzu, dass der Tretakt auch nicht so gefährlich sei, wie ein Ei rauszudrücken. An einer Legenot, wenn das Ei stecken blieb, starben viele Hühner. Sie glaube aber nicht, dass die vorgestreckte Kloake eines Hahns in der Kloake der Henne stecken bleiben könne.

Sina und Sabina jubelten wieder: »Hurra, Hurra! Bald können wir brüten! Wir werden Glucken!«

»Freut euch nicht zu früh«, unterbrach ich ihr Jubelgackern. »Ich bleibe dabei: Ich lege meine Eier hier nur ab, wenn wir einen sicheren Platz finden.«

Wir hatten ja gestern schon alles abgesucht und gingen jetzt weitere Möglichkeiten durch. Ich sei eine gute Fliegerin und solle hoch oben auf einem Baum brüten, wie die kleinen Zwitschervögel, meinten die anderen. Aber das wollte ich nicht. Vor allem war ich nur fürs Eierlegen zuständig und nicht fürs Brüten. Alle gackerten auf mich ein, das sei die einzige Möglichkeit, und ich solle es zum Wohl aller tun. Ich wollte mich schon umdrehen und gehen, da fiel Sina ein, dass man so hoch oben nicht brüten könne, denn die Küken könnten ja noch nicht fliegen und würden herunterplumpsen. Das schied also aus.

Dann schlugen Sina und Sabina doch tatsächlich vor, wir sollten nachts zu viert hier draußen brüten. Sie meinten, Betty und ich hätten doch auch die Katze vertrieben. Die beiden hatten noch nie einen Fuchs gesehen. Sie dachten, ein Fuchs sei so etwas wie eine Katze mit buschigem Schwanz.

Ich meinte, für den Fuchs würden noch nicht mal zehn von unserer Sorte ausreichen, aber sie wollten mir nicht glauben.

Ich sei eine Spielverderberin. Mir war klar, dass sie den Fuchs schon mit eigenen Augen sehen mussten. Aber ich hatte keine Lust, mich nachts vom Fuchs fressen zu lassen, damit sie endlich einsahen, dass wir nicht gegen ihn ankamen. Sie zeterten weiter, und langsam hatte ich den Schnabel voll. Sollten sie sich doch fressen lassen! Als ich ihnen den Rücken zudrehte und gehen wollte, fiel Sabina ein, dass wir mal in die Garage schauen könnten. Da stelle die Fütterin ihr Auto ab, aber dort läge auch allerhand Zeug auf den Regalen. Die Garage war sozusagen der Abstellraum der Fütterin, und sie ließ das Tor immer offen.

»Bingo!«, rief Betty aus. »Das ist doch ein super Brutplatz! Und fuchssicher!«

Sie hatte einen kleinen Käfig entdeckt, der fast genauso aussah wie der, in den mich die Otterpohls gesteckt hatten, um mich zum Tierarzt zu bringen.

Aber bis zu den Büschen im Garten war es ein weiter Weg. Dieser Käfig war sperrig. Hätte er die Form eines langen Wurms gehabt, hätten wir ihn vielleicht noch alle im Schnabel in den Garten zerren können. Aber so?

Betty und ich waren zurückgegangen und legten uns neben Bathilda, Betty auf die linke und ich auf die rechte Seite.

»Liebe Bathilda«, fing Betty an. »Bathilda, du bist das größte und stärkste Huhn von uns.«

Bathilda schaute weiter ungerührt geradeaus, als würde sie denken: »Na und? Genauso gut könntest du mir erzählen, dass der Rasen grün ist und der Himmel blau. Das wissen wir alle.«

»Bathilda«, fing Betty wieder an. »Bathilda, deine Stärke –«

»Was willst du?«, fiel ihr Bathilda ins Wort. Sie hatte plötzlich ihren Kopf zu Betty gedreht, und Betty zuckte vor Schreck zusammen. Sie fing sich aber schnell wieder: »Liebe Bathilda, wir brauchen deine Hühnerkraft.« Sie wartete, dass Bathilda nachfragte, aber die schwieg. Betty fragte schließlich selbst: »Wofür, willst du wissen? Also, um etwas Unhandliches zu verschieben.«

Bathilda schwieg weiter.

Betty fragte wieder: »Wie das genau aussehen soll? Also, liebe Bathilda, wir wollen zwei Freundinnen helfen, einen Transportkäfig aus Plastik von einem Ort zu einem anderen zu schieben, in ein Gebüsch.« Betty hob ihren Kopf und sah Bathilda an. Die sagte immer noch nichts. Betty fragte schließlich: »Hilfst du uns?«

»Damit sie da brüten können«, meinte Bathilda, und nun verschlug es Betty die Sprache. »Woher ich das weiß?«, fragte Bathilda. »Ich weiß es einfach.« Und ich wusste, dass sie es von mir wusste. Ich hatte es ihr schließlich erzählt.

»Was verlangst du dafür?«, fragte ich.

Die beiden drehten ihre Köpfe zu mir und sahen mich an, als hätten sie nicht gewusst, dass ich meinen Schnabel aufmachen konnte.

»Ach, Molli«, sagte Betty. »Das ist unhöflich, ihr gleich zu unterstellen, dass sie etwas dafür haben möchte. So ist Bathilda nicht! Wir sind doch eine Herde, und da hilft jeder jedem ohne eine Gegenleistung.«

»Ich will, dass auch ein Ei von mir ausgebrütet wird«, sagte Bathilda.

Nun waren Betty und ich stumm.

Nach einer Weile fragte Betty ungläubig: »Was hast du gesagt, liebe Bathilda?«

»›Ich‹«, sagte Bathilda, »steht für meine Person: Bathilda Brahma, das Brahma-Huhn, das neben dir liegt. ›Will‹ ist ein Verb, erste Person Singular, Präsens, Indikativ, das anzeigt, dass ich etwas verlange oder vorhabe. Du weißt, was ein ›Ei‹ ist: Es entsteht in etwa dreiundzwanzig Stunden in deinem Legedarm, kommt schließlich aus deiner Kloake heraus, es ist oval. Aber diese Info ist überflüssig, weil ›oval‹ von *ovum* kommt, was wiederum ›Ei‹ bedeutet, ein rundliches, konvexes Ding mit Kalkschale, Dotter und Eiklar, das bestenfalls nicht in die Pfanne gehauen und zu Rührei wird, sondern aus dem ein Küken schlüpft. Und was ›ausbrüten‹ ist, weißt du sicherlich auch: das Sitzen einer Henne auf den Eiern, um ihnen die nötige Wärme zu geben, mit gelegentlichem Wenden der Eier, und das einundzwanzig Tage lang, bis die Küken aus dem Ei schlüpfen. Also, welches der Wörter hast du nicht verstanden? Verstehst du jetzt meine Aussage im Ganzen? Ich lege ein Ei in euer Brutnest, und es soll ausgebrütet werden, und es soll daraus ein Küken schlüpfen.«

»Aber …«, Betty schüttelte den Kopf. »Aber Bathilda! Das Ei muss doch befruchtet sein!«

»Ach was«, sagte Bathilda.

»Doch, wirklich! Aus einem unbefruchteten Ei können keine Küken schlüpfen!«

»Ich habe Samen in mir.«

»Aber woher denn?«, fragte Betty.

»Ich war bei einer Hühnersamenbank, wo Hähne freiwillig ihren Samen spenden für Hennen mit Kükenwunsch, die keinen Hahn haben.«

»Wirklich?«, fragte Betty ungläubig.

»Der, der wie der Schlagersänger heißt, hat mich getreten.«

»Nein!«, rief Betty aus. »Er hat doch gesagt, dass du …« Sie hielt gerade noch rechtzeitig den Schnabel. Aber wir wussten, was sie gackern wollte. »Warum?«, fragte Betty stattdessen.

Ich hatte auf einmal Lust, für Bathilda zu antworten, und zwar mit der krummen Banane.

»*Quid pro quo*«, sagte Bathilda. »Ich hab sein Leben gerettet, und er gibt mir sein Leben – seinen Lebenssamen.« Sie putzte sich unter einem Flügel, als erzählte sie das Selbstverständlichste auf der Welt. »Ein sehr guter Deal – für ihn.« Dann putzte sie sich unter dem anderen Flügel: »Und so hässlich bin ich nun auch wieder nicht.«

Betty starrte nur noch verwirrt vor sich hin.

Auf einmal hörten wir lautes Gegacker und sahen nach. Roland Kaiser kämpfte mit Dickmadam. Da fiel mir ein, was Dickmadam heute Morgen zu Lisa Leghorn gesagt hatte. Ich hätte ihn warnen sollen.

Roland Kaiser und Dickmadam waren ineinander verkeilt. Dickmadam stieß ihn weg und stürzte sich gleich wieder auf ihn. Man sah, dass Roland Kaiser noch nicht wieder der Alte war. Er war langsamer. Er konnte ihr kaum etwas entgegensetzen. Dickmadam pickte ihn blitzschnell und ohne Unterlass. Roland Kaiser lag am Boden und kam nicht wieder hoch. Bathilda erhob sich auf einmal, rannte zu ihnen und ging auf Dickmadam los, was Dickmadam überraschte. Bathilda drückte sie mit ihrem Körper einfach weg. Dickmadam fing sich aber schnell wieder und pickte jetzt auf Bathilda ein.

Lisa Leghorn und Helga Haube schauten von Weitem fassungslos zu.

Bathilda war ungeübt im Kämpfen, das sah man, sie hatte auch nie kämpfen müssen. Sie hatte nur einen Vorteil durch ihre Größe. Roland Kaiser gackerte, sie solle sich nicht einmischen, aber er wirkte schon ziemlich mitgenommen. Dickmadam drängte sich an Bathilda vorbei und ging wieder auf Roland Kaiser los, der ihr aber auswich, sich an ihr vorbeidrehte und sie mit dem Schnabel am Nacken zu fassen bekam. Sie riss sich los, verlor dabei aber einige Federn, die nun herumflogen. Roland Kaiser biss ihr in den Flügel, und Dickmadam wand sich heraus und zog sich zurück.

Roland Kaiser hatte gesiegt, aber er sah noch viel schlimmer aus als vorher. Seine verletzte Brust hatte wieder angefangen zu bluten, und wie in Trance schleppte er sich zum Haus der Otterpohls und verschwand durch die Katzenklappe.

Ich lief zur Tür und wollte gerade durch die Klappe lugen, da schrie Frau Otterpohl: »Dietaaaaa! Der Habicht war wieder da!«

Ich hörte Schritte. Der Otterpohl schien aus dem Wohnzimmer gekommen zu sein. »Das waren bestimmt die anderen Hühner«, meinte er. Dann befahl er: »Alkohol, Tupfer!«

Von Roland Kaiser kam kein Ton.

»Der bleibt erst mal hier«, sagte der Otterpohl. »Weg von den anderen. Der kommt ins Arbeitszimmer.«

Die Otterpohls liefen immer wieder durch den Flur, es machte keinen Sinn, hineinzugehen und nach Roland Kaiser zu schauen. Sie hätten mich sofort entdeckt. Betty und Bathilda waren mir nachgekommen und lauschten auch angestrengt. Wir pressten unsere Ohrscheiben an die Katzenklappe. Plötzlich wurden wir weggedrückt, die Klappe ging auf. Wir stoben wild davon, selbst Bathilda sprang einen großen Schritt zurück. Kaum hatte ich wieder einen klaren Kopf, merkte ich, dass es nur Flocke war, der sich nun in seinem typischen Katzengang auf den Rasen zubewegte.

Warum waren wir Hühner immer so schreckhaft? Ich sah dem Kater hinterher. Er ging so geschmeidig, so abgerundet.

Katzen mochten zwar viel dümmer sein als Hühner, aber sie bewegten sich dafür lässig und nicht so ruckartig.

Ich flatterte vor das Fenster des Arbeitszimmers. Frau Otterpohl kam rein und stellte zwei Näpfe vor den blauen Transportkäfig. Überall im Zimmer verteilte sie Papier. Dann ging sie wieder und schloss die Tür. Es gab nichts mehr zu sehen.

Betty meinte, jetzt könnten wir nur abwarten und Tee trinken. Leider bekämen wir Hühner aber keinen Tee – habe sie das übrigens schon mal erwähnt?

Der Nestbau

Am nächsten Tag zogen wir los. Betty und ich gingen vor, Bathilda kam kurz darauf nach, damit es nicht so auffiel, dass wir uns alle drei in die Büsche schlugen und dann für lange Zeit nicht mehr zu sehen waren.

Der Weg war derselbe. Aber weil Bathilda mit dabei war, veränderte das alles. Bathilda zog die Blicke auf sich. Sie war einfach zu auffällig. Besonders Kinder wollten sie fangen und tätscheln – und uns auch. Wir mussten weglaufen (Bathilda konnte ja nicht fliegen). Ich dachte, wenn Küken den Kindern ähnelten, vielleicht war es doch nicht so gut, Küken zu bekommen? Zu viel Aufregung, zu viel Geschrei. Aber schließlich mussten Sina und Sabina sie großziehen und nicht wir. Wir mussten nur das Nest vorbereiten und die Eier legen.

Um diesen nervigen Kinder-Küken zu entfliehen, beschlossen wir, viel früher querfeldein zu gehen, auch wenn man im Gestrüpp schwieriger vorankam als auf dem Bürgersteig. Bathilda hatte dabei mehr Probleme als wir. Sie blieb immer wieder mit ihren befiederten Füßen irgendwo hängen. Trotzdem schien sie diesen Ausflug zu genießen. Energisch stapfte sie weiter.

Vor dem niedrigen Plastikzaun gab es das nächste Problem: Bathilda konnte ja nicht darüber hinwegflattern. Schließlich setzte sie einfach einen Fuß auf den elastischen Zaun, drückte ihn herunter und stieg dann über ihn hinweg.

Sina und Sabina kamen angelaufen, riefen »Hallo, hallo!« und erschraken dann wegen Bathilda.

»Das ist Bathilda Brahma«, stellte Betty sie vor. »Und das sind Sina und Sabina Seide.«

Betty erklärte weiter, dass uns Bathilda mit dem Käfig helfen und dafür aber auch ein Ei legen würde.

Sina sagte: »Wir haben natürlich nichts dagegen, zusätzlich Bathildas Ei auszubrüten, wenn wir draufpassen.«

»Bathildas Eier sind nicht viel größer als unsere«, meinte Betty.

Somit war alles beschlossen.

Die Aktion mit dem Käfig war anstrengender als gedacht. Betty und ich flatterten auf das Regalbrett und mussten den Käfig über die Kante schieben. Ich drückte zuerst mit meinem Kopf dagegen, aber das quetschte meinen Kamm ein, nein, das ging nicht, mein Kamm war zu empfindlich.

Ich schob mit meiner Brust. Das klappte besser. Betty zerrte mit ihrem Schnabel an den seitlichen Lüftungsschlitzen. Ruck für Ruck glitt der Käfig über die Kante. Er fiel nach unten und prallte so laut auf dem Boden auf, dass Betty und ich panisch hochflatterten (und auf dem Autodach landeten) und Sina und Sabina unter das Auto rannten. Nur Bathilda blieb gelassen. Als wir alle wieder mit laut pochenden Hühnerherzen hervorkamen, rief Bathilda: »Jetzt hat er eine Delle an der einen Ecke!«

Mit vereinten Kräften und angefeuert von Sina und Sabina, zogen (Betty und ich) und schoben (Bathilda) wir den Käfig Stück für Stück weiter. Um die Garage herum, über einen

Plattenweg, dann über den Gummizaun, über den Rasen in die Büsche und noch etwas weiter rein, bis der Käfig, der praktischerweise grün war, von Blättern gut verdeckt war.

»Hurra, hurra!«, jubelten Sina und Sabina mit ihren hohen Gackerstimmen und liefen quirlig umher, während wir drei heftig hechelten und die Flügel spreizten.

Ich legte mich mit ausgestreckten Flügeln auf die kühle, dunkle Erde, hechelte weiter und hoffte, ich würde keinen Hitzschlag erleiden. Mein Kamm schien zu brennen, genauso wie meine Kehle. Ich hätte gerne alle noch vorhandenen Federn abgeworfen, um es kühler zu haben. Bathilda tat es mir nach, und Betty grub sich regelrecht in die kühle Erde ein und jammerte, dass sie schließlich kein südländisches Huhn sei, sondern ihre Vorfahren aus dem kalten Schweden kämen.

Mir wurde nicht kühler, ich brauchte Wasser. Ich raffte mich auf und ächzte nur »Wasser?«. Sina und Sabina führten mich zu ihrer Tränke. Sie war breit und sehr flach – kein Wunder, Sina und Sabina waren auch sehr klein. Ich trank und sprang dann hinein. Das tat so gut! Also gackerte ich laut: »Betty!, Bathilda!« Sie regten sich nicht, und ich musste sie noch mal rufen, bis sie endlich aufstanden und zu mir trotteten.

»Stellt euch hier rein!«, sagte ich. »Hier ist noch Platz.«

Betty sprang hinein, und das Wasser spritzte hoch. Bathilda stieg über die Kante hinweg. Ich hatte den Eindruck, dass etwas Dampf hochstieg, als die beiden ihre heißen Beine in das Wasser tauchten.

»Ah«, sagte Betty. »Das tut gut! Und jetzt noch ein kaltes Vanilleeis!«

Bathilda hatte ihre Flügel zu beiden Seiten ausgestreckt und lässig über den Rand gelegt. Betty meinte anerkennend: »Du siehst aus wie Colt Seavers in seiner Freiluftbadewanne. Fehlt nur noch die Zigarre.«

Sina und Sabina schienen nicht davon begeistert, dass wir in ihrer Tränke standen. Sie rümpften ihre kleinen Schnäbel und meinten, dass wir doch hoffentlich nicht solche Käsefüße hätten wie die Menschen und vorher nicht über Kacke gelaufen seien und nun ihr Trinkwasser verschmutzten und so weiter. Sie grummelten, sie müssten sich jetzt um die Polsterung des Nestes kümmern, und gingen eingeschnappt in Richtung des neuen Brutkäfigs.

Wir drei genossen unser verdientes Hühnerfußbad. Die Kühle breitete sich von den Füßen aus über die Beine bis hinauf zur Brust. Sie stieg den Hals hoch zum Kopf und weiter bis zum Kamm. Ich hatte nicht mehr das Gefühl, vor Hitze gleich zu platzen. Mittlerweile hatten wir alle unsere Flügel ausgebreitet. Den Rand sah man gar nicht mehr. Ich schaute mich um. Es war so schön hier in der Sonne. Auch Bathilda schien es zu gefallen, obwohl sie ab und zu ihre Augen zusammenkniff. Sie war wohl einfach zu sehr an ihren schattigen Baldachin gewöhnt.

Betty seufzte: »Herrlich! Was gibt es Besseres, als nach getaner Arbeit im Pool zu relaxen!«

Ich sagte: »Die Otterpohls sollten auch so einen Pool in den Garten stellen.«

Von fern hörten wir Sina und Sabina fluchen. Es sei so anstrengend, Blätter und Gräser auszureißen, sie hätten doch nur so kleine Schnäbel, ihr Seidengefieder würde sich in den Zweigen verheddern und so weiter. Betty verdrehte die Augen und meinte: »Die jammern wie die Weltmeister. Wie wollen die einundzwanzig Tage und Nächte lang brüten, wenn sie sich schon beim Auspolstern so anstellen?«

Irgendwann stiegen wir dann doch aus dem Pool, Sina und Sabina quengelten zu sehr, und wir waren schließlich keine Wasservögel. Sina und Sabina hatten in der ganzen Zeit nur wenig Nistmaterial zusammengetragen. Jetzt kommandierten sie uns wieder herum. Dabei konnten die beiden genauso gut Gras und Blätter sammeln.

»Wir können nicht fliegen und so hoch hüpfen«, sagte Sabina. Sie zeigte mit ihrem Schnabel nach oben. »Die Blätter da!« Ich flatterte hoch und riss die Blätter vom Strauch ab. Warum mussten es ausgerechnet diese Blätter sein, was stimmte nicht mit denen weiter unten?

Sina zeigte Bathilda Stellen mit besonders guter Erde, die sie in ihrem Schnabel in den Käfig bringen sollte. Bathilda hatte keine Lust dazu, der *Quid-pro-quo*-Deal besage nur, dass sie den Käfig schieben müsse, aber Sina jammerte, ohne Erde sei das Nest zu trocken für die Eier, und die Küken könnten sich dann nicht durch die Eihaut picken. Bathilda wolle doch wohl nicht, dass ihr Küken elendig im Ei ersticke? Bathilda erschrak und baggerte mit ihrem großen Schnabel Erde aus.

Das hätte ich nicht gedacht, dass diese kleinen Seidenhühner selbst Bathilda zum Arbeiten bewegen konnten!

»Wir sind nicht eure Arbeitssklaven!«, schimpfte Betty. Das Gras fiel ihr aus dem Schnabel. Aber sie ließ sich zum Weiterarbeiten bewegen, weil Sina und Sabina immer wiederholten, es ginge schließlich um das Wohlergehen der Küken.

Nachdem der Käfig gut mit Gras, Erde und Blättern gepolstert war, verlangten die beiden, dass wir uns Federn aus dem Bauch ausrissen, damit die Eier es noch wärmer hätten.

»Ihr seid zwei schlimme Nimmersatte!«, meckerte Betty. Sie hatte schon längst ihre Hühnerhöflichkeit verloren. Sie schaute böse, als wäre sie kurz vorm Explodieren. Die Hitze hatte uns wieder eingeholt.

Ich lief erneut zum Pool und sprang hinein, aber das Wasser kam mir nur am Anfang kühl vor. Ich setzte mich, damit mein Bauch nass wurde. Ja, so war es etwas besser. Das Licht war noch heller geworden, gleißender. Ich wirbelte mit den Flügeln durchs Wasser, um sie zu benetzen, und sprang wieder hinaus.

»In der Sonne kann man jetzt nicht mehr liegen«, meinte Betty. »Da wird man ja zum Broiler.«

Sina und Sabina hatten Betty und Bathilda tatsächlich dazu gebracht, sich gegenseitig ein paar Bauchfedern auszureißen. Betty meinte nämlich, sie könne sich nicht ihre eigenen Federn ausreißen, das bringe sie nicht übers Herz. Daraufhin sollte sie Bathilda die Federn ausreißen und umgekehrt. Und nein, die Federn von Seidenhühnern eigneten sich nicht so gut zum Wärmen und Polstern, da waren sich Sina und Sabina einig, das sähe man doch auf den ersten Blick. Auf den ersten Blick sah ich nur, dass Betty die beiden am liebsten ganzkörpergerupft hätte.

Ich fragte mich, wozu die beiden überhaupt Federn hatten, sie konnten damit nicht fliegen, sie wärmten nicht richtig. Und gut aussehen tat ihr Federkleid auch nicht. Ich würde mir jedenfalls keine Federn ausreißen lassen. Ich hatte sowieso schon viel zu wenige. Warum ließen Betty und Bathilda sich immer weiter auf ihre Forderungen ein? Ich legte mich mit meinem nassen Bauch auf den kühlen Boden und döste ein.

»Wir sind fertig!«, hörte ich irgendwann und öffnete die Augen. »Wir sind fertig mit dem Nestbau«, gackerte Betty. Ich stand auf und drehte mich um. Sie standen alle vor dem Käfig und sahen hinein. Ich wollte auch schauen und drängte mich zwischen sie. Zuerst sah ich gar nichts. Im Käfig war es dunkler als ohnehin schon im Gebüsch. Dann erkannten meine Augen Konturen und schließlich etwas mehr. Ich hatte zwar noch nie ein Hühnernest gesehen, aber ich wusste sofort, dass hier alles stimmte. Das Nest wirkte gemütlich, dick gepolstert, an den Rändern etwas höher. Die Eier würden nicht herausrollen. Ich wusste immer noch nicht genau, was Brüten genau war, und dennoch war ich mir sicher, dass es sich hier gut brüten ließe.

»So«, sagten Sina und Sabina, »jetzt können wir noch in die Stadt gehen.«

»Spinnt ihr?«, fragte Betty. »Ich bin total fertig.«

Sina und Sabina waren schon wieder eingeschnappt. Ich erinnerte mich daran, wie höflich Betty am ersten Tag gewesen war, als sie zum Schluss ewig lang freundliches Zeug gegackert hatte. Vielleicht brauchte man zum Höflichsein Kraft, die sie jetzt nicht mehr hatte. Vielleicht reichte ihre Kraft nur noch dafür, sie selbst zu sein.

Bathilda sagte zu Sina und Sabina: »Für diese Mehrarbeit lege ich aber noch ein Ei dazu!«

»Ich weiß nicht, ob wir das möchten«, sagte Sina.

Ich fand Sina ganz schön frech.

Bathilda sagte: »Dann schaffe ich hier alles wieder raus und verteile es im Garten.«

»Aber dann kannst du gar kein Ei mehr hier legen«, sagte Sabina. »Dann wäre doch die ganze Arbeit umsonst gewesen.«

»Das wäre unvernünftig«, meinte auch Sina.

»Stimmt«, sagte Bathilda. »Das ist das Minus-*quid-pro-quo*-Prinzip. Ihr verliert dann mehr als ich.«

»Aber wir können doch alles wieder einsammeln und in den Käfig tragen.«

»Ich werde den Käfig bis zu unserem Garten schieben und mich dann da reinsetzen«, sagte Bathilda.

Wir alle starrten Bathilda an, und keiner von uns zweifelte daran, dass sie es tun würde. Alle hielten ihren Schnabel. Somit stand fest: Bathilda würde hier also zwei Eier ablegen und nicht nur eins.

Als wir endlich wieder in unserem Garten waren, kam Lisa Leghorn auf Bathilda zu: »Wo warst du?«

Bathilda sagte: »Auf der Suche nach Shiva und Vishnu.«

»Immer Shiva und Vishnu!«, meinte Lisa Leghorn. »Ich habe die beiden noch nie gesehen!«

Bathilda ging weiter, ohne sich umzudrehen.

Lisa Leghorn wandte sich an Betty: »Wieso ist dein Bauch so kahl?«

»Molli hat mir Federn ausgerissen«, sagte Betty. »Pass auf, sie ist ein bösartiges Miststück. Sie hat sogar Bathilda einige Federn ausgerissen!« Lisa Leghorn sah mich entsetzt an und verzog sich. Als sie weg war, fragte ich Betty, warum sie gelogen habe.

»Sei mir lieber dankbar«, meinte Betty, streckte ein Bein und einen Flügel nach hinten und gähnte. »Je bösartiger du wirkst, desto mehr Respekt haben die anderen vor dir.« Sie setzte ihren Fuß wieder ab, kratzte sich mit dem Schnabel am Bauch und sah auf: »Du weißt nicht, was Respekt ist? Respekt ist, wenn die anderen dich nicht angreifen. Nicht mehr und nicht weniger. Es heißt nicht, dass sie dich mögen.«

Wir legten uns neben Bathilda. Selbst Bathilda wirkte nicht mehr gelassen, sondern nur noch geschafft. Betty und ich konnten nicht die Kraft aufbringen, um nach Roland Kaiser zu sehen. Betty wiederholte, wir hätten ja für zwei Wochen Samen in uns, daher sei Roland Kaiser jetzt nicht so wichtig, auch wenn es besser wäre, sich mehrmals treten zu lassen. Sie sagte das so, als sei ein Hahn nur dazu gut, eine Henne zu besamen.

Am Abend drückten wir uns mühsam wieder hoch. Bathilda und Betty verschwanden im Stall, und ich flatterte von Ast zu Ast bis zu meinem sicheren Schlafplatz.

Obwohl ich so müde war, wachte ich mitten in der Nacht auf. Unten sah ich den Fuchs, er lief um den Hühnerstall herum, schnüffelte an den Wänden und suchte wieder nach einem Durchschlupf. Er lief auch an die Stelle, wo der Kaninchenstall gestanden hatte, und schnüffelte an den Steinen, die dort immer noch auf dem Rasen lagen. Schließlich verzog er sich, und ich schlief wieder ein.

Am nächsten Tag lief Lisa Leghorn mit erhobenem Schnabel durch den Garten, und als Dickmadam einmal am Wasser neben ihr stand, pickte Lisa Leghorn sie gegen den Kopf. Dickmadam guckte überrascht, aber Lisa Leghorn ging gleichgültig weg, und als Helga Haube und Betty ihr zu nahe kamen, pickte Lisa Leghorn ebenfalls nach ihnen.

Ich schlich mich in den Stall, schlug mir den Kropf mit dem Körnerfutter voll und ging dann hinaus zum Trinken. Betty lief auf mich zu: »Lisa macht jetzt eine auf Chefin! Sie bildet sich was auf ihr üppiges Federkleid ein! Helga Haube ist zerrupft, Dickmadam ist gestern von Roland Kaiser zerrupft worden, der ja selbst zerrupft ist. Ich und Bathilda sind am Bauch zerrupft, und du … du warst ja schon immer halb kahl.« Sie sah sich nach allen Seiten um und steckte mir ihren Schnabel fast in die Ohrscheibe. Leise gackerte sie weiter: »Der Bluff scheint gewirkt zu haben. Du bist ihr suspekt, dich lässt sie erst mal in Ruhe. Aber Angriff ist die beste Verteidigung. Du musst sie zuerst picken.«

Ich konnte nicht glauben, dass Dickmadam nicht mehr die Chefin sein sollte. Nur, weil ihr seit gestern ein paar Federn fehlten? Aber eigentlich war es in Stall 2 genauso gewesen: Wer schon Federn verloren hatte, der war ganz unten, und die gut befiederten Hühner waren ganz oben.

»Los!«, zischte Betty. »Du musst ihr zuvorkommen.«

Noch nie hatte ich von mir aus ein Huhn gepickt. Ich hatte immer nur zurückgepickt oder Hühner gepickt, die Bertha gepickt hatten.

»Hast du etwa moralische Bedenken?«, fragte Betty. Obwohl ich »moralisch« nicht kannte, begriff ich doch, was sie meinte. »Moral gibt es nur in Geschichten«, gackerte Betty. »Wir Hühner haben unsere Hackordnung, und die ist nicht in Stein gemeißelt.«

Nun. Betty kannte sich in Hühnerdingen besser aus als ich.

Lisa Leghorn scharrte unter dem Baum, auf dem ich immer schlief. Das ist doch ein Grund, sie zu picken, dachte ich. Das war mein Platz, wenn auch viel weiter oben. Außerdem hatte mich Lisa Leghorn schon mehrmals ohne Grund gepickt.

Ich tat so, als würde ich nur zufällig in ihre Nähe kommen. Schließlich war ich neben ihr, sah unbeteiligt zur Seite und pickte sie dann blitzschnell gegen den Kopf. Völlig überrascht machte sie einen Satz zurück, aber ich pickte noch mal nach ihr. Laut gackernd lief sie davon. Das schlechte Gewissen überkam mich, aber ich drängte es weg.

Betty lag neben Bathilda und widmete sich ihrer Gefiederpflege.

»Nachher kommt ein Ei«, sagte ich. »Ich sollte mich auf den Weg machen, bevor ich es hier lege.«

»Ich glaube, ich lege heute auch eins«, meinte Betty.

Bathilda nickte. Bei ihr sei es heute wohl auch so weit.

»Wir legen ja nicht jeden Tag eins, so wie du«, sagte Betty, schob ihren Kopf in meine Richtung und steckte ihren Schnabel wieder fast in meine Ohrscheibe: »Das hast du übrigens gut gemacht mit Lisa. Solange alle wie gerupft aussehen, musst du dich nur mit ihr herumschlagen. Du kannst die neue Chefin werden.«

Wir schlüpften durch den Zaun in die weite Welt. Unterwegs rissen Betty und Bathilda noch irgendwelche Pflanzen aus. Diese Kräuter seien gut fürs Nest, antibakteriell und beruhigend. Auch mir drückten sie ein Büschel in den Schnabel.

Als wir bei Sina und Sabina ankamen, hatte Betty ihre Höflichkeit, die sie gestern verloren hatte, zurückgewonnen. Sie schien wieder ganz bei Kräften zu sein. Vielleicht lag es auch an dem Lavendel in ihrem Schnabel, der sie wieder so umgänglich machte. Betty legte den Lavendel vor ihren Füßen ab und fragte, ob die beiden sich gut erholt hätten (ich fragte mich, wovon denn? Sie hatten ja kaum etwas getan), ob sie gut geschlafen und schon gefrühpickt hätten. Betty sagte, dass gestern alles sehr anstrengend gewesen, aber keiner mehr sauer sei, Schwamm drüber. Sie habe duftenden Lavendel mitgebracht und Bathilda und Molli (also ich) echte Kamille. Ich spuckte das Büschel aus. Diese echte Kamille schmeckte bitter.

Das schien bei Sina und Sabina gut anzukommen, und sie sagten, sie seien froh über das komfortable Nest. Aber es gäbe ja noch nichts zu bebrüten und die nächsten Tage auch nicht.

»Wieso nicht?«, fragte ich. »Ich lege heute bestimmt ein Ei. Und Betty und Bathilda auch.«

»Ja, aber wir müssen erst sammeln«, sagte Sina. »Wir brüten erst, wenn wir alle Eier beisammenhaben, sonst schlüpfen die ersten Küken doch viel früher.«

Betty meinte: »Normale Hühner können sogar bis zu zehn Eier ausbrüten.«

»Was heißt ›normale‹ Hühner?«, fragte Sina.

»So wie ich und Molli«, meinte Betty.

»Ach so«, bemerkte Sina spitz, »ihr seid also ›normal‹.«

»Meine Fresse«, sagte Bathilda genervt. »Ist es normal, dass Zwergseidenhühner immer so rumzicken müssen?« Wobei sie »Zwerg« besonders betonte.

Sina und Sabine schnappten nach Luft und wedelten mit ihren kleinen Flügeln. Betty steckte den beiden Lavendel in die offenen Schnäbel und sagte: »Das beruhigt.« Dann sah sie Bathilda an: »Wir müssen uns alle beruhigen. Stress ist nicht gut für das Ungeborene, ich meine, für das Ungeschlüpfte.«

Sina und Sabina sahen komisch aus mit dem lilafarbenen Lavendel in ihren schwarzen Schnäbeln.

Ich fragte Bathilda: »Ist es besser, ein Mensch zu sein oder ein Huhn?« Ich wollte mich ablenken, um nicht laut loszugackern.

»Das kommt darauf an«, sagte Bathilda. »Wenn du bei den Otterpohls Huhn bist, hast du es besser als die meisten Menschen auf der Welt. Wenn du woanders untergebracht bist, haben es die meisten Menschen besser. Das hab ich dir doch schon mal erklärt.«

»Also, Mensch zu sein hat auch seine Vorteile«, sagte Betty.

»Menschen können nachmittags in ihrem Pavillon sitzen und ihre Teatime abhalten.«

»Menschen dürfen alles bestimmen«, meinte Sabina, und der Lavendel fiel ihr aus dem Schnabel.

»Dafür müssen sie auch deinen Stall sauber machen und dazu noch Wasser und Futter bereitstellen«, sagte Bathilda. »Wer Chef ist, hat auch Pflichten.«

Ich ging ganz nah an Bathilda heran: »Du warst doch schon mal ein Mensch. Willst du lieber noch mal als Mensch zur Welt kommen oder wieder als Huhn?«

Bathilda scharrte, so gut es ging, mit ihren befiederten Füßen: »Hab ich doch schon gesagt: Kommt drauf an. Wenn ich kein Brahmahuhn wäre und gut fliegen könnte, wäre es noch besser, aber man kann nicht alles haben. Ich hätte genauso gut als Brathähnchen enden können. Nur fünf Wochen Lebenszeit. Gemästet und dann geschlachtet: Das ist kein Leben, das ist die reine Fleischzucht. Als hätten Hühner keine Seele. Selbst Karpfen dürfen zwei oder oft sogar vier Jahre leben. Sie dürfen über zweihundert Wochen länger leben als Brathühner.«

Sina und Sabina sahen bedrückt aus. Betty kratzte sich verlegen mit dem Schnabel unter dem Flügel.

»Man kann alles berechnen«, sprach Bathilda weiter. »Zähl die gute Zeit, die du im Leben hast, und den Grad der Freude. Es kommt nicht darauf an, ob du Huhn oder Mensch bist. Es kommt darauf an, wie dir das Leben gefällt und ob du das Lebenswerte spürst.«

»Und was ist mit einer Eintagsfliege?«, fragte Sina. Auch ihr fiel der Lavendel nun aus dem Schnabel.

Wie auf Kommando schwirrte eine dicke Fliege an uns vorbei.

Bathilda antwortete nicht. Sie stapfte zum Käfig, schob den

Riegel zur Seite, zog die Gittertür auf und zwängte sich rückwärts hinein. Sie füllte den Käfig gut aus.

»Haltet den Schnabel«, gackerte sie uns zu. »Ich muss mich konzentrieren, bevor ich das Ei lege. Ich muss ihm spirituell etwas mit auf den Weg geben.« Sie schloss die Augen.

Ich hoffte, sie würde nicht zu lange brauchen, denn mein Ei drückte auch schon. Außerdem hatten wir die Kräuter noch nicht hineingelegt. Aber da erhob sich Bathilda schon wieder und kam heraus. Im Nest lag ein hellbraunes Ei.

Sina und Sabina nahmen den Lavendel und die Kamille in den Schnabel und legten die Kräuter rund ums Ei. Das Nest duftete. Auch die Kamille roch gut, jedenfalls war ihr Duft angenehmer als ihr bitterer Geschmack. Ich ging hinein und drehte mich. Ein wenig eng war es schon. Bathildas Ei war noch etwas feucht. Ich blieb über dem Ei stehen, hockte mich hin und drückte. Der Legedarm stülpte sich durch die Kloake, und ich presste das Ei heraus. Es landete direkt neben Bathildas Ei. Ich stand auf, trat etwas zurück, so gut es eben ging in dieser Enge, und betrachtete das Nest. Bathildas Ei war etwas heller und nur ein bisschen größer als meins.

Der Karpfen aus Bathildas Gedicht hatte unrecht, und das Huhn hatte recht: Es war ein Wunder. Die Form, die Schale, das Innere. Es war ein Wunder, dass sich etwas so Vollkommenes an nur einem Tag entwickelte – in mir selbst. Ich selbst war ein Wunder. Man sollte den ganzen Tag stolz verkünden, dass man ein Ei gelegt hatte (vielleicht war Lisa Leghorn gar nicht so dumm?). Aus diesen Eiern sollten unsere Küken schlüpfen. Wenn alle Eier da waren, dauerte es noch drei Wochen. Drei Wochen kamen mir so lang vor. Die Brathühner lebten nur fünf Wochen. Und wir? Wie lange lebten wir? Ich lief hinaus.

»Wie lange lebe ich?«, fragte ich Bathilda.

»Ich bin keine Hellseherin«, sagte sie.

Sina und Sabina lugten wieder in den Käfig. Sie waren sichtlich erfreut über die wachsende Anzahl von Eiern. Nun setzte sich Betty aufs Nest, aber sie war noch nicht so weit.

Sina wandte sich an mich: »Durch das Brüten und Aufziehen werden wir beide jedenfalls nicht so lange leben. Wir altern dadurch schneller.«

»Und warum macht ihr das dann?«, fragte ich.

»Das hat Bathilda schon richtig zusammengefasst«, sagte Sina. »Wir wollen lieber richtig leben und dafür etwas kürzer. Wie soll man das Leben besser spüren als beim Ausbrüten und beim Aufziehen von Leben?«

»Aber ich dachte, man soll die Freude im Leben zählen?«, fragte ich.

»Es kann anstrengend sein *und* freudig«, sagte Sina.

Wieder bei den Otterpohls im Garten angekommen, flatterte ich auf den Fenstersims vor dem Arbeitszimmer. Die Zimmertür war zu. Unten stand noch immer der Käfig, der – in einer anderen Farbe – sich jetzt auch bei Sina und Sabina im Gebüsch befand.

Roland Kaiser saß auf dem Tisch, dort, wo ich auch schon mal gesessen und der netten Frau gelauscht hatte. Er schaute auf das kleine Fenster, aber diesmal war nicht die Frau da, sondern irgendwelche komischen kleinen Gebilde. Ich hackte mit dem Schnabel gegen die Scheibe, und Roland Kaiser drehte sich um. Er kam zu mir geflattert und sah mich an. Es war komisch, dass sich unsere Schnäbel so nah waren und doch durch die Scheibe getrennt. Ich stellte mir vor, wie der Fuchs gegen die Scheibe stieß, um mich zu fressen, aber nicht an mich herankam. Diese Vorstellung löste in mir ein angstvolles Kribbeln aus.

»Mir ist langweilig«, gackerte Roland Kaiser.

»Die Otterpohls meinen es bestimmt nur gut mit dir«, sagte ich. »Der Fuchs ist letzte Nacht wiedergekommen.«

»Ich kann hier nicht scharren.«

»Das ist wirklich blöd«, meinte ich.

»Und ich kann die Hennen nicht treten.«

»Das ist auch blöd«, meinte ich, obwohl mir auf der Hühnerzunge lag: »Bin ich etwa keine Henne?«

»Ich kann euch nicht vor dem Habicht beschützen.«

»Dafür ist doch der Karneval da«, sagte ich. »Die funkelnden Streifen und glitzernden Kugeln.«

»Dieser Nippes warnt doch nicht vor dem Habicht. Das macht der Chef in der Herde. Die Otterpohls wollen mich erst wieder rauslassen, wenn meine Wunden ganz verheilt sind.« Er sah betrübt in die Weite des Gartens.

Ich erzählte ihm von unserer Eiablage, damit er nicht so traurig war. »Wir wollen jede noch ein Ei legen«, sagte ich, »auch wenn ich nicht glauben kann, dass sechs Eier unter so ein kleines Seidenhuhn passen.«

Roland Kaiser ließ den Kopf hängen. Zuerst dachte ich, er sei jetzt noch trauriger, dann merkte ich, dass er einfach gerührt war. Sein Kopf hing nun fast über seinen Füßen. Er sah mich nicht an, als er sagte: »Wenn sie geschlüpft sind, muss ich sie mir ansehen.« Dann stutzte er und hob seinen Kopf: »Was für eine Rasse bist du eigentlich? Molli, wer?«

Ja, wer war ich? Eigentlich war ich mollig gewesen und nicht Molli. Betty hatte nur gedacht, das sei mein Name. Seitdem nannte man mich so. Alle anderen hatten noch einen Zweitnamen, der wohl ihre Rasse anzeigte (außer bei Roland Kaiser). Nur ich hatte keinen.

Roland Kaiser stolzierte nun auf der Fensterbank auf und ab. Seine langen Schwanzfedern schwangen elastisch mit. Er blieb stehen und sah wieder hinaus. Diesmal blickte er aber nicht in die Ferne, sondern prüfte, ob jemand in der Nähe war. »Ich verrate dir ein Geheimnis: Früher hieß ich Ingolf Italiener. Was für ein selten dämlicher Name! Aber ich habe diesen Namen hinter mir gelassen. Du kannst dir aussuchen, wie du heißt. Und du kannst dir aussuchen, wer du sein willst.«

Jetzt schien die Sonne so auf die Scheibe, dass ich mich selbst sah, noch viel klarer als im Wasser. Mein Kamm war röter geworden.

»So«, sagte Roland Kaiser, »ich muss zurück an den Rechner. Der Monitor ist schon ganz schwarz vom Nichtstun.«

Vorhin war ihm doch langweilig gewesen? Vielleicht langweilte ich ihn nun auch. Er flog zurück vor das kleine Fenster, das wirklich schwarz geworden war. Er tippte mit dem Fuß auf etwas, an das ich letztens auch gekommen war, und der Monitor, so, wie er das Fenster nannte, hellte sich auf, und die vielen kleinen Zeichen waren wieder zu sehen.

Am nächsten Tag legte ich mein Ei wieder vor die Tür der Otterpohls, denn Betty und Bathilda hatten das Gefühl, dass bei ihnen heute kein Ei kam. Allein wollte ich nicht zu Sina und Sabina. Außerdem, das gab ich zu, mochte ich es, wie der Otterpohl sich über meine Eier freute und mir dankte. Ich hatte das Gefühl, ihm etwas zu schenken.

Roland Kaiser hatte gesagt, ich könne aussuchen, wer ich sein wolle. Also lief ich auf Lisa Leghorn zu, pickte sie, legte mich mit Dickmadam an und auch mit Helga Haube, die aber sofort weglief, als ich mich ihr näherte. Ich hatte das

Gefühl, Kraft zu haben. Vielleicht kam das auch von den Vitaminen und Mineralstoffen. Betty und ich waren über den Komposthaufen geflattert und weiter bis zu dem verbotenen Gemüsebeet. Betty meinte, das Gemüse habe viele Vitamine, und da die Otterpohls uns immer nur Möhren geben würden und viel zu selten Salat, müssten wir halt unserer Gesundheit zuliebe mal etwas Verbotenes tun. Mit jeder Farbe habe es eine Bewandtnis, denn jede enthielte andere Vitamine. Natürlich sei das Gras, das wir ständig ausrupften, auch grün, aber jedes Huhn wisse, dass normales Gras nicht viel mehr Vitamine habe als Eisbergsalat.

Wir gingen zu einer Pflanze mit gekräuselten grünen Blättern. Es war nicht die hellgrüne, an der ich mal geknabbert hatte. »Sommer-Grünkohl«, sagte Betty. »Sehr gesund.« Sie knabberte an einem Blatt, und ich probierte auch. Der Grünkohl schmeckte so dunkelgrün, wie er aussah. Jedenfalls schmeckte er geradezu nahrhaft, nicht nur lecker, sondern als gäbe er unseren Körpern, was sie brauchten. Betty schlug vor, das Blatt ganz zu vertilgen, dann würden die Otterpohls nichts merken. Angeknabberte Blätter fielen auf, nicht aber fehlende. Als wir das Blatt aufgegessen hatten, knabberte ich von unten ein weiteres ab. Mit dem großen Blatt im Schnabel flatterte ich über den Zaun zu Bathilda.

Ich legte ihr den Grünkohl vor den Schnabel. Sie beäugte das Blatt.

»Was suchst du?«, fragte ich.

»Eine Raupe«, sagte Bathilda. »Es sind Raupenlöcher drin.«

Sie suchte weiter und machte keine Anstalten, am Blatt zu knabbern.

»Viele Vitamine«, sagte ich.

»Ich ess doch meinem Essen nicht das Essen weg«, meinte Bathilda. Ihr Kopf hing immer noch dicht über dem Blatt.

Inzwischen hatte Betty sich dazugesellt. Sie scharrte vor uns herum. »Bathilda isst am liebsten Fleisch«, meinte Betty. »Und zwar Würmer.«

»Wenns schon mal da ist«, sagte Bathilda und knabberte doch am Grünkohl.

»Gut so«, lobte Betty sie. »Zu viel Fleisch ist ungesund. Auch du brauchst ein paar Ballaststoffe für die Verdauung, liebe Bathilda.«

»Ballaststoffe werden überschätzt. Die richtigen Steinchen sind für unsere Verdauung viel wichtiger«, sagte Bathilda.

Dieses Gespräch über richtiges Essen und Verdauung langweilte mich. Ich drückte mich hoch, ging ein paar Schritte und flatterte auf den einen Arm der Vogelscheuche. Ich sah den Rasen, die Sträucher, die Blumen. Das alles nährt mich auch, dachte ich. Der Garten gab meinen Augen Nahrung. Ich musste mir nicht den ganzen Tag zerrupfte Hühner ansehen, die alle gleich aussahen und den gleichen stumpfen Gesichtsausdruck hatten.

Am nächsten Tag hatten Betty und Bathilda das Gefühl, dass ein Ei unterwegs sein könnte.

Als wir bei Sina und Sabina eintrafen, kam es mir vor, als wäre die Zeit stehen geblieben. Unsere Eier lagen genauso da. Sina und Sabina waren jetzt ganz aus dem Häuschen, weil es endlich losgehen konnte: das Projekt »Küken«.

Nacheinander gingen wir in den Käfig und legten je ein Ei hinzu. Die sechs Eier füllten das ganze Nest aus. Sina stieg in den Käfig und legte sich sofort auf die Eier. Sie sah ganz selig aus, wie sie da lag. Dann stand sie auf und rupfte sich Bauchfedern aus.

»Was guckt ihr?«, fragte sie. »Ich mach das nicht zur Polsterung. Die Eier haben es einfach wärmer direkt auf meiner Haut.«

Sie legte sich wieder hin. Im Liegen wirkte sie viel breiter als sonst. Und sie schien auch alle Eier zu bedecken. Sie rührte sich kein bisschen und ignorierte uns. Ich fand das seltsam, ging näher heran und steckte meinen Kopf in den Käfig. Da fauchte sie mich auf einmal an.

Ich fuhr zurück und sah Betty fragend an. »Lass sie«, sagte Betty. »Sie verhält sich jetzt anders. Glucken befinden sich in einem anderen Zustand.«

Am nächsten Tag kam Sabina uns aufgeregt entgegengelaufen. Sina bleibe stur auf den Eiern sitzen, obwohl sie, Sabina, heute Morgen sofort den Riegel zur Seite geschoben und ihr geöffnet habe. Sina würde nichts trinken, nichts picken, nicht baden.

Betty verdrehte die Augen: »Eine junge Überglucke, sie übertreibt es.«

Wir gingen zum Käfig. Sina nahm keine Notiz von uns. Sie war so reglos wie diese Steinstatue in der Stadt.

»Halloooo!«, gackerte Betty und wedelte mit einem Flügel vor ihr herum. Sina reagierte nicht. Betty pickte sie gegen den Kopf. Sina fauchte fürchterlich. Betty zog ihren Kopf schnell wieder aus dem Käfig. »So eine Furie!«

Sabina redete auf Sina ein: »Du musst doch etwas essen und trinken!« Doch Sina gab nur glucksende Laute von sich, die niemand verstand.

»Gluck uns nicht so an, als wären wir Eier!«, meinte Betty. »Rede im richtigen Gackerton mit uns. Wir sind erwachsene Hühner!«

Sina reagierte nicht.

»Sie hat den Brutkoller«, meinte Bathilda. »Da hilft nur Gewalt.«

Sie steckte ihren Kopf in den Käfig, man sah nur noch ihren riesigen, flauschigen Hintern, dann ging sie Stück für Stück rückwärts. Nun konnte man sehen, dass sie mit ihrem großen Schnabel Sinas kleinen Schnabel gepackt hatte und Sina nun gegen ihren Willen herauszog. Danach setzte sich Bathilda vor den Käfig. Der Eingang war jetzt versperrt.

Sina plusterte sich auf und schimpfte laut: »Lass mich rein! Lass mich zu meinen Eiern!«, aber gegen den Hühnerfels vor dem Eingang konnte sie nichts ausrichten.

Bathilda ignorierte sie und sah nach oben. Betty zog Sina hinten am Schwanz, und ich schloss mich an. Schließlich drehte Sina sich um, starrte uns an, als wäre sie aus einem Traum erwacht, und hastete an uns vorbei über den Rasen zum Wasser. Sie nahm ein paar kräftige Schlucke, flitzte in den Stall, wahrscheinlich zum Picken, kam wieder heraus, wälzte sich im Sandbad, rannte wie ein verrücktes Huhn über den Rasen, kackte, wollte wieder zurück, aber da rief eine Frauenstimme: »Na, du Süße, wo ist denn deine Schwester?«

Sabina lief sofort aus dem Gebüsch zu Sina.

»Ach, da ist sie ja«, sagte die Frau. Sie hatte sich etwas zum Draufsitzen mitgebracht, einen Stuhl, wie Betty mir in die Ohrscheibe flüsterte. Die Fütterin verteilte irgendwelche Leckereien an Sina und Sabina.

»Wir müssen uns ruhig verhalten«, sagte Betty leise, »sonst fliegen wir auf.«

Sabina stellte sich Sina immer wieder in den Weg. »Bleib hier«, gackerte sie. »Sonst machen wir uns verdächtig.«

»Und die Eier? Die kühlen doch jetzt zu lange aus!«

»Ihr drei dahinten!«, rief Sabina laut, ohne in unsere Richtung zu schauen. Sie wirkte so, als würde sie Sina angackern: »Kümmert euch um die Eier! Aber bloß nicht Bathilda! Die ist zu schwer!«

Die Frau griff sich Sabina und setzte sie sich auf den Schoß. Dann strich sie ihr übers Gefieder. »Ja, meine Süße.«

Sina schien zu kapieren, dass sie uns nicht verraten durfte. Sie setzte sich auf den Rasen.

»Jetzt müssen wir die Eier so lange warm halten«, meinte Betty. »Die beiden scheinen noch länger bei ihrer Fütterin zu bleiben. Sie schaute mich mit einem Das-willst-du-doch-sicher-machen-Blick an.

Bathilda hatte sich schon erhoben und trat zur Seite. Widerwillig ging ich den Käfig. Ich sollte nur die Eier ablegen und nicht bebrüten. Wie ging das überhaupt? Im Käfig war es noch dämmriger. Ich sah mir die Eier an. Meine waren etwas dunkler als Bettys und Bathildas Eier. Es war komisch, sich auf diese sechs Eier zu legen, die in uns drin gewesen waren.

Sie waren noch warm, und ich machte mich noch breiter, damit sie auch alle unter meinen Bauch passten. Ich wurde ganz ruhig und fühlte mich wie ausgewechselt. Ja, ich war ein Huhn, und das unter mir waren Eier. Die Eier sprachen zu mir – nicht in einer normalen Sprache, aber sie ließen mich auf einem anderen Kanal wissen, dass sie mich spürten, so, wie ich sie auch spürte. Sie sagten mir, dass sie mir vertrauten.

Ich war konzentriert und gleichzeitig gelöst. Nichts anderes auf der Welt interessierte mich mehr. Ohne einen Ton zu gackern, sagte ich den Eiern, sie müssten sich keine Sorgen machen, ich würde sie warm halten.

Sina und Sabina kamen irgendwann wieder.

»Unsere Fütterin ist wieder weg«, sagte Sina. »Sie hat nichts gemerkt. Auch nicht, dass ich gestern Abend nicht im Stall war. Das ist doch praktisch, so ein automatischer Ausschlupf.«

Betty fragte: »Wie war es in der Nacht?«

»Ganz gut«, sagte Sina. »Durch das Gitter habe ich viel mehr frische Luft um den Schnabel bekommen. Molli scheint aber sehr im Brüten aufzugehen, sehe ich gerade.«

Sabina sagte: »Komm runter. Ich lös dich ab.«

Ich war mir aber sicher, dass ich besser brüten konnte als diese mickrigen Seidenhühner. Ich verstand die Eier besser. Ja, nur mit mir würde das alles klappen.

Es musste noch eine Weile vergangen sein, ich konnte jedoch nicht sagen, was in dieser Zeit geschehen war. Ich kam erst wieder zu mir, als Bathilda ihren Kopf zu mir hereinsteckte, mit ihrem großen Schnabel meinen umschloss, aber keinen Halt fand. Es war komisch, meinen Schnabel in ihrem zu spüren. Schließlich biss sie in einen meiner Kehllappen und zog daran. Zuerst merkte ich nichts, dann durchzuckte mich ein starker Schmerz. Bathilda war schon etwas von mir weggerückt, hatte aber immer noch meinen Kehllappen im Schnabel. Wie ging das denn? Ich starrte hinunter: Sie hatte ihn ganz lang gezogen! Bevor sie mir meinen Kehllappen ausriss, stand ich auf und folgte ihr. Noch lange fühlte ich mich benebelt und bekam nicht mit, was um mich herum geschah.

»Wir gehen jetzt zurück«, hörte ich Betty irgendwann sagen. »Sabina und Sina brüten heute zu zweit, damit keiner den Brutkoller kriegt. Wir haben schon den Riegel vors Gitter geschoben.«

Auf dem Weg zurück war ich immer noch benommen.

»Die Eier«, sagte ich, während Betty und Bathilda mich flankierten, »sie sprechen ohne Töne. Sie sagen einem, was sie brauchen. Sie wollen beschützt werden.«

Wir stapften weiter durchs Gestrüpp. Bathilda blieb manchmal stehen, wenn sie einen Käfer oder eine Raupe entdeckt hatte. Sie konnte solche Leckereien ja nicht einfach ignorieren, wenn sie ihr auf einem grünen Blatt serviert wurden.

Als sie wieder einmal stoppte, um etwas in ihren großen Schnabel zu befördern, stellte sich Betty dicht vor mich. Unsere Schnabelspitzen berührten sich fast. Sie schob ihren Schnabel weiter nach unten und sah mir eindringlich in die Augen: »Du darfst nicht so gluckig werden. Es reicht, wenn Sina und Sabina in Trance sind.«

»Was heißt hier gluckig?« Ich war empört.

»Du hast vorhin Gluckgeräusche von dir gegeben und wolltest gar nicht vom Nest runter. *Wir* müssen die Kontrolle behalten, alles nüchtern überwachen. Wenn Sina oder Sabina demnächst nicht mal eine halbe Stunde am Tag von den Eiern runterwollen, müssen wir sie dazu zwingen.«

Bathilda schien ihren Snack verschlungen zu haben und gab ihren Senf dazu: »Glucken sind wie in einem Drogenrausch.«

Bei den Otterpohls angekommen, gingen wir wieder eine nach der anderen auf den Rasen, um nicht aufzufallen. Bathilda war die Erste. Lisa Leghorn lief ihr entgegen.

»Wo warst du so lange, Bathilda?«

»Vishnu und Shiva suchen«, meinte Bathilda.

»Das sagst du immer!«, meckerte Lisa Leghorn. »Kannst du auch mal was anderes suchen?«

»Na gut«, meinte Bathilda. »Ich war auf der Suche nach der verlorenen Zeit.« Sie schritt einfach weiter.

»Wie kann man denn Zeit verlieren?«, rief Lisa Leghorn ihr hinterher. »Und wo sucht man nach ihr?«

Ich überquerte den Rasen und flatterte auf den Sims vor dem Arbeitszimmer. Roland Kaiser saß wieder vor dem kleinen Fenster. Diesmal sprach ein Mann zu ihm. Ich hackte mit dem Schnabel gegen die Scheibe. Roland Kaiser drehte sich um, trat mit dem Fuß auf die Tasten, und der Mann bewegte sich nicht mehr. Dann flatterte er auf die Fensterbank.

»Was machst du den ganzen Tag?«, fragte ich.

Jetzt, da ich immer ausbüxte, kam mir dieses Arbeitszimmer doch ziemlich eng vor. Und man war den ganzen Tag allein.

Roland Kaiser sagte: »Was soll ich schon tun? Ich kann ja nicht den ganzen Tag den Kopf in den Sand stecken. Oder in die Sofaritze.« Er deutete auf das blaue Ding, wohl so eine Art Nest für Menschen. »Hier gibts ja keinen Sand.« Er drehte seinen Kopf und zeigte zu dem Fenster, das er immer »Monitor« nannte: »Ich sitze den ganzen Tag vor dem Rechner und erweitere meinen Horizont. Einzelhaft, aber mit einem Tor zur Welt.«

Ich wusste nicht, was er meinte. »Wo ist das Tor?«

»Im Rechner. Also zu sehen auf dem Monitor.«

»Kannst du da durchgehen?«

»Über die Tastatur kann ich mich mit der Welt verbinden. Ich entdecke jeden Tag etwas Neues.«

»Das Brüten hat begonnen«, sagte ich, weil ich nicht verstand, wovon er sprach.

Roland Kaiser blieb wie angewurzelt stehen. Dann gackerte er: »Klasse!« Er schwang die Flügel. »Dabei war ich nie als Zuchthahn vorgesehen.«

»Wann darfst du wieder raus?«

»Die Otterpohls haben nichts gesagt. Sie haben aber recht. Ich brauche meine Ruhe. Und hier kann ich endlich das Internet kennenlernen. Anders können wir Hühner ja nicht die

Welt erkunden. Wir sind keine Zugvögel. Ich lese, chatte mit anderen und schaue mir Videos an.«

Ich verstand ihn nicht so richtig. »Aber in drei Wochen bist du doch wieder draußen, oder?«

»Bestimmt«, meinte Roland Kaiser. »Ich muss mal zurück zum Vortrag, sonst wird der Monitor wieder schwarz. Halt die Ohrscheiben steif.«

Warum sollten meine Ohrscheiben steif sein? Ich flatterte wieder hinunter und merkte, dass ich noch ganz schön bedu-selt war. Ich verstand nun, warum Sina und Sabina unbedingt brüten wollten: Zu brüten war das Urhuhnigste, was es gab. Etwas, das man nicht verstehen konnte, sondern schon selbst fühlen musste.

Der General

Der Fuchs hatte anscheinend aufgegeben – oder ich hatte zu fest geschlafen. Jedenfalls wachte ich am nächsten Morgen erst durch das Gezwitscher um mich herum auf. Sofort dachte ich: Der Schlupftermin ist schon wieder einen Tag näher gerückt. Würden die Küken wirklich schlüpfen? Wie atmeten sie eigentlich in den Eiern? Wie hielten sie es in der Enge aus?

Unten öffnete der Otterpohl den Ausschlupf. Alle kamen heraus und rannten über den Rasen.

Heute sah ich die Sonne gar nicht, wo steckte sie nur? Der Himmel war grau. Da oben schwirrten viele Gebilde herum, die Betty »Wolken« genannt hatte. Sie bestünden aus Wasser. Wie aber konnte Wasser da oben herumfliegen? Außerdem waren die Wolken heute dunkel und nicht weiß wie in den letzten Tagen. Die Welt hatte nicht mehr diese strahlenden Farben. Alles war trister geworden. Und so fühlte ich mich auch. Ich flatterte hinunter.

Nachdem ich im leeren Stall gefrühpickt, dann im Garten getrunken und sandgebadet hatte, ging ich zu Bathilda. Betty war schon da. Wir mussten los.

Als wir am grünen Gummizaun eintrafen, kam uns Sabina schon entgegen. Wie hatte sie es geschafft, den Riegel zur Seite zu schieben? »Ganz schlimm! Furchtbar!«, gackerte sie, und wir starrten sie entsetzt an.

Betty fragte: »Was ist denn?«

Aber Sabina lief schon voran, und wir hasteten hinterher. Wir kämpften uns durch die Büsche, und zunächst war ich beruhigt, weil der Käfig noch da war. Aber irgendetwas stimmte nicht. Er stand gar nicht dort, wo wir ihn abgestellt hatten, sondern ein wenig weiter weg. Außerdem war noch etwas anderes verkehrt, bis mir aufging, dass »verkehrt« wirklich passte: Der Käfig stand verkehrt herum. Dort, wo unten sein sollte, war jetzt oben. Der Riegel zum Verschließen der Gittertür war auf der anderen Seite. Auch die Tür war zur anderen Seite aufgeklappt. Und das Nest? Ich ging dichter heran. Sina saß verstört da. Das Nistmaterial war über den Boden verstreut.

Betty bekam ihren Schnabel als Erste auf: »Was ist denn hier los?«

Jetzt bemerkte Sina unsere Anwesenheit, sprang auf und lief an uns vorbei. Wir sahen auf die Eier. Sie waren vollständig und nicht zerbrochen.

»Wir müssen den Käfig umdrehen«, meinte Bathilda.

»Warum?«, fragte ich. War es nicht egal, wo oben und unten war?

»Die Lüftungsschlitze sind jetzt unten«, sagte Bathilda. »Hühner brauchen aber Luft um den Schnabel und nicht um die Füße. Und Ungeziefer kann unten auch besser reinkrabbeln.«

»Du isst doch Käfer so gerne.«

»Essen, ja, aber sie sollen beim Brüten nicht im Nest rumkrabbeln.«

Sie trat seitlich an den Käfig. »Los, ich drücke, und ihr müsst an der Gittertür ziehen. Aber langsam!«

Betty und ich zogen mit dem Schnabel, Bathilda schob, und Sabina dirigierte. Ich hörte, wie das Nistmaterial rutschte, ich hatte wirklich Angst um die Eier. Wir schafften es, aber einige Eier waren auf das harte Plastik gekullert.

»Jetzt noch einmal«, befahl Bathilda.

Ich stand wieder Ängste aus.

Endlich stand der Käfig richtig herum. Die Eier lagen aber nun alle verstreut. Nein, so konnte das nicht bleiben! Ich ging hinein, drehte mich um, setzte mich in die Mitte und versuchte, mit dem Schnabel die Eier unter mich zu rollen.

Sabina erzählte, was vorgefallen war. Sina stehe immer noch unter Schock. Wir sollten sie erst einmal lieber nicht ansprechen. In dieser Nacht waren sie ja zu zweit im Käfig. Es sei auch ruhig gewesen, bis sie von einem Geraschel wach geworden seien.

»Wir dachten uns zuerst nichts dabei«, sagte Sabina. »Vielleicht ein Kaninchen oder ein Igel. Aber auf einmal sahen wir die Umrisse einer Schnauze und eine weiße Brust. Uns war sofort klar: Das ist der Fuchs!«

Ich zuckte zusammen. »Ein widerlicher Geruch«, sagte ich zu ihr.

»Genau«, bestätigte Sabina. »Der Fuchs hat uns natürlich auch gerochen.«

Ich erstarrte vor Schreck. Dann wurde mir aber klar, dass Sina und Sabina noch hier waren und die Eier auch. Die Geschichte musste also gut ausgegangen sein.

Sabina flatterte aufgeregt mit ihren kleinen Flügeln. »Er schabte mit seiner Pfote am Gitter.« Sie schüttelte sich. »Wir blieben ganz still sitzen. Er lief um den Käfig herum und drückte dann von oben mit den Pfoten gegen den Käfig. So hat es sich jedenfalls angehört, und der Käfig hat gewackelt.«

Sabina starrte auf den Boden vor sich: »Dann ist der Käfig zur Seite gekippt. Mir wurde ganz schwindelig, alles rutschte. Dann sprang er auf den Käfig und schnüffelte von oben durch die Schlitze.«

Sabina fing an zu scharren. »Er ist wieder runtergesprungen und hat noch mal geruckelt, und der Käfig kippte ein zweites Mal um. Wir richteten uns wieder auf und blieben ganz still.«

Sabina sah uns mit aufgerissenen Augen an: »Er kam nach vorne an die Gittertür und schabte, und irgendwann hat er dabei den Riegel zur Seite geschoben!«

»Nein!«, riefen Betty, Bathilda und ich gleichzeitig.

»Wir hörten ein Klacken, und Sina machte sofort einen Schritt nach vorn und hielt mit ihrem Schnabel das Gitter fest, und schon versuchte der Fuchs mit seinen Krallen, die Tür aufzuziehen!«

»Ach, du lieber Hühnerherrgott!«, rief Betty entsetzt.

»Als ich das begriffen habe, fasste ich ebenfalls mit dem Schnabel das Gitter, um es zuzuhalten«, sagte Sabina. »So ging es dann weiter: Wir beide hatten unsere Schnäbel am Gitter, stemmten uns unten mit den Füßen gegen den Käfig und zogen die Gittertür nach innen, und der Fuchs versuchte immer wieder, mit seiner Pfote das Gitter nach außen zu ziehen. Er versuchte auch, mit seiner Schnauze in das Gitter zu beißen, aber es ist zu flach, er konnte sich nirgendwo festbeißen, sonst hätte er die Tür mit seinen Zähnen aufziehen können.«

Wenn ich nicht schon eine Hühnergänsehaut gehabt hätte, hätte ich spätestens jetzt eine bekommen. So nah am Fuchs, so nah am Tod!

»Was dann?«, gackerte ich laut.

»Das ging noch eine ganze Weile so weiter. Wir zogen, und der Fuchs zog. Zwischendurch leckte er am Gitter und versuchte immer wieder reinzubeißen.«

Sabina schüttelte sich: »Einmal leckte er dabei über unsere Schnabelspitzen.«

Wir mussten alle unsere Schnäbel rümpfen. Widerlich!

»Wir konnten langsam nicht mehr, aber wir mussten weitermachen. Es ging nicht nur um uns, sondern auch um die Eier. Wir zogen also immer weiter hin und her.«

Ich konnte es nicht fassen, dass Sabina so lebendig vor dem

Käfig stand. Sie und Sina hatten den Kampf gewonnen. Zwei kleine Seidenhühner hatten mit ihren Schnäbelchen die Gittertür zugehalten. »Und weiter?«, gackerte ich laut.

»Irgendwann wurde es hell, und der automatische Ausschlupf an unserem Stall ging hoch. Die Fütterin kam auch aus dem Haus. Als der Fuchs sie hörte, ist er verschwunden. Sie hat ihn noch gesehen, und sie hatte Angst, er könnte uns gefressen haben. Wir mussten also beide raus und uns zeigen, weil sie sonst weiter in den Büschen gesucht und den Käfig entdeckt hätte. Mein Schnabel tut immer noch weh, besonders da oben, wo der Schnabel ins Gesicht reingeht. Kaum war die Fütterin weg, ist Sina zurückgerannt und hat sich sofort wieder auf die Eier gesetzt. Ich hoffe, sie sind nicht zu sehr ausgekühlt.«

Eine Weile sagte niemand mehr etwas.

»Und jetzt?«, fragte Betty. In ihrer Gackerstimme schwang Verzweiflung mit. Es war nicht leicht gewesen, den Käfig hierherzuschieben. Es war schon ein Glücksfall, dass er überhaupt in der Garage gestanden hatte. Dass Bathilda mit angepackt hatte. Dass Roland Kaiser uns getreten hatte.

Sabina guckte sie nur stumm an.

Betty plusterte ihr Gefieder auf, sie war richtig aufgebracht und gackerte laut: »So geht das doch nicht! Müssen wir nicht alles abblasen?«

»Wir blasen nichts ab.«

Die drei drehten sich um. Sina war zurückgekommen.

»Wir machen weiter«, sagte Sina, als wäre es das Selbstverständlichste auf der Welt. »Was denn sonst?«

»Was denn sonst?«, fragte Betty. »Es ist doch klar, dass der Fuchs zurückkommt. Und was dann? Wenn ihr nicht wieder so viel Glück habt?«

Sina antwortete nicht, und Betty gackerte sich weiter in

Rage: »Was gibt es daran nicht zu verstehen? Wollt ihr etwa gefressen werden? Es ist alles *aus*!« Sie flatterte so heftig, dass sie sogar ein Stückchen abhob.

»Wir machen weiter«, wiederholte Sina. »Egal, was kommt.«

Sie sah Sabina an, und die beiden klatschten sich an den Flügelspitzen ab.

Ich konnte nur staunen. Sie hatten die letzte Nacht nur mit viel Glück und eisernem Willen überlebt.

»Wir werden die Eier ausbrüten«, bekräftigte Sabina und sah reihum in alle Hühneraugen.

Eine Zeit lang herrschte Stille. Dann riss Bathilda kleine Zweige ab, und wir dachten, sie müsse sich Luft machen. Sie steckte die Stummel aber erst an der linken und dann an der rechten Seite des Käfigs in die Erde. Dann trat sie noch einmal kräftig darauf, damit die Zweige schön feststeckten.

Als sie fertig war, atmete Bathilda schwer. Sie sagte zu Sina und Sabina: »Jetzt kann der Käfig nicht mehr so leicht umkippen. Ihr kümmert euch um das Nest: Eier erst mal zur Seite und die Gräser und Federn neu richten.« Sie sah mich und Betty an: »Wir sammeln noch ein paar Kräuter und Gras.«

»Und der Riegel?«, fragte ich.

»Weiß nicht«, sagte sie.

Bathilda und Betty zogen los, um weiteres Nistmaterial zu suchen. Ich sah mir den Riegel an. Es stand eine Rundung hervor, damit die Menschen ihn fassen und bequem zur Seite schieben konnten. Wir hatten diesen Knauf ja auch mit dem Schnabel umfasst. Wir müssen etwas mit dem Verschluss machen, dachte ich, damit der Riegel nachts nicht zur Seite geschoben werden kann.

Bathilda war schon wieder zurück und hatte lange Gräser im Schnabel. Sie steckte ihren Kopf in den Käfig und legte die

Halme ab. Hinter mir grummelte jemand. Betty stand da mit einem Haufen Grünzeug im Schnabel. Wir machten Platz, und Betty lud das Nistmaterial ebenfalls im Käfig ab. Dann rieb sie sich mit dem Schnabel am Bauch wie immer, wenn sie verlegen oder nervös war. »Ich weiß nicht«, sagte sie. »Vielleicht sollten wir es sein lassen.«

»Wir müssen den Riegel sichern«, sagte ich. »Damit die Tür nicht aufgehen kann.«

Betty sah mich böse an: »Und du meinst, dass ein ausgewachsener Fuchs dann keine andere Möglichkeit findet?«

»Füchse sind nicht so klug wie wir«, sagte Bathilda.

Ich wusste nicht, ob das stimmte. Der eine Fuchs hatte jedenfalls gewusst, dass er die Steine herunterstoßen musste. Und der Kaninchenstall war viel schwerer und größer als dieser Käfig hier. Dafür hatte der Kaninchenstall keinen Boden, sondern war unten offen.

»Wir Hühner«, sprach Bathilda weiter, »können logisch denken und bis hundert zählen. Außerdem beherrschen wir den aufrechten Gang. Wir gehen jedenfalls aufrechter als jeder Schimpanse und bestimmt auch aufrechter als Lucy.«

»Wer ist Lucy?«, fragte ich.

Betty meckerte Bathilda an: »Der Fuchs mag dümmer sein als wir, aber er ist nun mal stärker.« Betty plusterte sich auf und gackerte sich so richtig in Rage: »Wie du sicherlich weißt, liebe Bathilda Besserwisserin, kann der Fuchs sogar Gänse erbeuten. Und dann meinst du, wenn hier so ein Käfig mit simplem Verschluss steht, können wir ihn davon abhalten, sich diese zwei mickrigen Etepetete-Zwerghühner zu schnappen?«

Sina und Sabina fielen ihre Unterschnäbel herunter, und auch Bathilda guckte ungläubig. Aber Bettys Rundumschlag war noch nicht beendet. Sie drehte sich zu mir: »Und du?

Du weißt gar nichts über die Welt, Molli-Möchtegern-Verschluss-Ingenieurin. Du riskierst ja nur das Leben von zwei anderen Hühnern und nicht dein eigenes. Da kann man dann leicht gackern, dass man nur den Verschluss besser sichern muss!«

Betty sah uns alle der Reihe nach an, und als keiner etwas erwiderte, lief sie wutschnaubend davon.

»So ist das«, sagte Bathilda, die als Erste ihre Sprache wiederfand. »Die Nettesten rasten immer am stärksten aus.«

»Meinst du?«, fragte Sabina.

»Das meine ich«, sagte Bathilda und nickte bekräftigend mit ihrem großen Schnabel. »Es ist anstrengend, immer nett zu sein. Die Wut staut sich wie in einem Luftballon, der aufgeblasen wird, die Haut wird immer dünner, und bei der geringsten Berührung platzen die Netten dann.«

Ich wollte nicht über Betty lästern, also sagte ich zu Bathilda: »Guck mal, kann man nicht einen Zweig hinter den Riegel stecken und ihn damit festklemmen?«

»Das müssen wir ausprobieren.«

Ich machte mich auf die Suche nach einem kleinen Ast, der nicht zu dick war, aber auch nicht zu dünn, und fand einen passenden im Gebüsch. Zurück am Käfig, stieß ich die Tür zu, schob den Riegel vor, stellte den Zweig auf und klemmte ihn mit dem Fuß zwischen Riegel und Gitter. Dann drückte ich den Zweig mit dem Schnabel, so gut es ging, weiter nach links.

»Los«, forderte ich Bathilda auf, »versuch mal, den Riegel zur Seite zu schieben.«

Bathilda drückte ihren Schnabel gegen den kleinen Knauf, aber der Riegel saß fest.

»Das heißt noch gar nichts«, sagte sie. »Ich bin kein Fuchs.«

Bathilda fiel ein, dass sie neulich in der Garage etwas Nützliches gesehen habe, das wolle sie holen. Schon stapfte sie los.

Ich trat ein Stück zurück, um den Käfig besser betrachten zu können. Sina und Sabina wuselten da drinnen immer noch herum. Unauffällig beobachtete ich sie. Ja, die beiden waren quicklebendig, wie sie so eifrig das Nest wieder herrichteten. Eier waren nicht so lebendig. Zwei Hühner waren wichtiger als sechs Eier.

Betty kam wieder, sie musste von den Kirschen gegessen haben, denn aus ihrem Schnabel kam ein süßlicher, vergorener Geruch. »Alkohol beruhigt die Nerven«, gackerte sie. »Ich darf jetzt wieder Kirschen naschen! Die Eier sind doch gelegt.« Sie fügte mit einem anderen Klang hinzu: »Und ausgebrütet werden sie wohl auch nicht werden.«

Was ritt mich bloß? Jedenfalls gackerte ich: »*Ich* werde heute Nacht in dem Käfig brüten.«

Betty sah mich mit einem Blick an, den ich nicht deuten konnte. Dann riss sie ihren Schnabel auf: »Spinnst du?«

»Der Riegel sitzt jetzt fest«, gab ich zurück. Aber es traf mich selbst wie ein Schlag. Mir wurde bewusst, was ich da gesagt hatte. Ich wünschte, ich hätte meinen Schnabel gehalten, aber jetzt gab es kein Zurück mehr, denn Sina drückte sich ans Gitter und sagte: »Das ist wundervoll von dir!«

Sabina stimmte ein: »Molli ist nicht feige!« Sie steckte ihre Schnabelspitze durchs Gitter.

Ich *war* aber feige. Was sollte ich jetzt tun?

Betty wandte sich nun an Sina und Sabina: »*Ihr* wolltet brüten und euch um die Eier kümmern. Molli wird heute Nacht *nicht* hier bleiben!« Sie hob ihre Flügel, senkte sie und sagte: »Basta!«

Sina und Sabina sahen bedröppelt aus. Sie taten mir richtig leid, und ich schämte mich. Ich hatte doch selbst gesagt, dass ich diese Nacht hier brüten würde (auch wenn mir die Worte nur aus Trotz herausgerutscht waren). Ich pendelte innerlich zwischen unbequemer Selbstachtung (»Ich tue, was ich sage«) und bequemem Selbsterhaltungstrieb (»Ich würde es ja tun, aber Betty sagt, ich darf nicht«).

Betty sah mich böse an: »Du machst das nicht!«, und automatisch gackerte ich: »Ich mach das!«

Betty riss wieder ihren Schnabel auf, aber bevor sie etwas sagen konnte, schauten Sina und Sabina mit weit aufgerissenen Augen an uns vorbei, und Betty und ich drehten uns sofort um, denn uns spukte ja noch der Fuchs im Kopf herum. Es war aber nur Bathilda, die zwei dicke lange Würmer um ihren Nacken geschlungen hatte.

»Zwei Spanner«, sagte Bathilda.

Sina und Sabina schauten suchend umher. »Wo?«, fragten sie.

»Wer soll schon Hühner bespannen?«, fragte Bathilda zurück. Sie beugte ihren Kopf vor und fummelte mit dem Schnabel an den Haken der Spanngurte.

»Was willst du denn damit?«, fragte Betty.

»Um den Käfig spannen«, erwiderte Bathilda, ohne aufzusehen. Sie schüttelte und drehte sich, bis die Gurte von ihr abfielen. Einen hob sie auf und zwängte den Haken schräg durch ein Gitterloch. Sina und Sabina sollten ihn von innen festhaken. Es war nicht ganz einfach für die beiden. Sie hatten keinerlei technisches Verständnis. Bathilda grummelte unzufrieden und dirigierte sie. Als es endlich geklappt hatte, nahm Bathilda den anderen Haken in den Schnabel, lief um den Käfig herum und zog den Spanngurt weiter.

»Der Gurt ist jetzt gespannt«, nuschelte sie. Sie steckte mit Mühe den zweiten Haken durch ein anderes Gitterloch. »Zieht weiter«, nuschelte sie, während sie sich mit den Füßen in den Boden stemmte, um die Spannung zu halten. Diesmal war es noch schwieriger für Sina und Sabina. Der Gurt war ja nicht mehr locker wie vorhin. Bathilda hielt den Gurt immer noch fest im Schnabel.

»Macht den Haken zwei Stäbe weiter längs rein«, wies sie Sina und Sabina an. Schließlich gelang es den beiden, den Haken im Gitter einrasten zu lassen. Das Gleiche taten die drei mit dem zweiten Spanngurt. Bathilda begutachtete ihr Werk. Sie zupfte mit dem Schnabel an einem Gurt.

Betty fragte Bathilda: »Und? Bekommst du die Haken auch wieder raus?«

Sina und Sabina schauten entsetzt.

»Keine Sorge«, beruhigte Bathilda die beiden. »Wir können euch Körner und Wasser durchs Gitter reichen. Für Wasser müssten wir aber schnabeln. Und für eure Hühnerkacke: Wir schieben ein paar Blätter durch, und ihr wickelt eure Kacke darin ein und versucht, sie durchs Gitter zu schieben. In Ordnung? Wenn die Küken geschlüpft sind, wirds allerdings ein bisschen eng.«

Sina und Sabina schauten noch viel entsetzter.

»War doch nur Quatsch«, sagte Bathilda, fasste mit ihrem Schnabel einen Gurt und versuchte, ihn zu lösen. Aber das war nicht so leicht. Hinter dem Gitter sahen Sina und Sabina immer verängstigter aus.

»Hört auf, so zu zittern«, meinte Bathilda. »Das Schlimmste, was passieren kann, ist, dass wir eure Fütterin holen müssen. Dann ist der Käfig futsch und die Eier auch, aber das ist besser, als ein Leben lang eingesperrt zu sein, oder?«

Bei Bathildas Worten »ein Leben lang eingesperrt zu sein« musste ich wieder an Stall 2 denken.

»Schläfst du mit offenen Augen?« Ich kam wieder zu mir. Betty starrte mich an. Der Käfig war offen, Sina stieg gerade heraus. Sabina blieb drin.

»Ich brauche Wasser«, sagte ich, »und etwas Futter im Käfig. »Aber es ist noch nicht Abend. Ich geh erst in den Käfig, wenn ihr in den Stall müsst. Und ich werde es bestimmt nur ein Mal tun!«

»Ich sehe mich mal um, ob ich kleine Näpfe finden kann«, meinte Bathilda.

»Willst du wirklich hier übernachten?«, fragte Betty.

Darauf konnte ich nichts sagen. Ich wollte ja gar nicht.

»Du bist doch meine einzige Freundin«, sprach Betty weiter, drehte ihren Kopf nach hinten und kratzte sich am Rücken. Ich verstand sie kaum, ihr Kopf war fast ganz im Gefieder verschwunden. Sie nuschelte irgendwas von Habicht, Fuchs, sozial, allein, und dann verstand ich überhaupt nichts mehr. Auf einmal schnellte ihr Kopf wieder nach vorn. Sie beugte sich zu Sina hinunter und starrte ihr direkt in die Augen.

»Nur eine Nacht!«, zischte Betty sie an, sodass Sina erschrak und fast nach hinten kippte. Sie musste mit den Flügeln wedeln, um sich auszubalancieren. Betty zischte weiter: »*Ihr* wolltet brüten. *Ihr* habt euch das Ganze ausgedacht!«

»*Du* wolltest auch unbedingt!«, gab Sina patzig zurück. Sie hatte sich wieder gefasst, ging einen Schritt zurück, wandte sich ab und tat dann so, als würde sie auf dem Boden nach etwas Leckerem suchen.

Betty sagte: »Das hält man ja nur noch besoffen aus«, und lief wieder Richtung Komposthaufen.

Was tat ich hier bloß? Ich trottete zur Wasserschüssel und trank. Immer, wenn ich meinen Kopf hinunterbeugte, sah ich mein Gesicht. Das war ich. Ich lebte. Vielleicht war das morgen nicht mehr so.

Ich lebte und wollte weiterleben. Ich wollte meinen Schnabel ins kühle Nass stecken, mit meinen Füßen im Boden scharren, Würmer finden, auf einem Bollerwagen sitzen und mich vom Wind streicheln lassen. Ich wollte hochflattern, auf einem Ast sitzen, in den Garten sehen und alles beobachten. Ich wollte mit frischer Luft um den Schnabel einschlafen, am frühen Morgen aufwachen, über den Rasen laufen und mit den Flügeln schlagen.

Es wurde Abend. Ich trottete zu den Büschen, stieg in den Käfig, und Bathilda verschnürte ihn mit den zwei Spannern. Es war wirklich gar nicht so einfach und dauerte ein wenig, die Haken von innen zu befestigen. Sina und Sabina hatten sich schon zeitig verabschiedet, sie seien ganz geschafft. Bathilda schob noch den Riegel vors Gitter und klemmte ihn mit dem kleinen Ast fest. Betty sagte: »Bis morgen.«

»Also dann, Waidmannsheil!«, meinte Bathilda, drehte sich um und ging mit Betty fort. Ich sah ihnen durchs Gitter hinterher, etwas verdeckt von den Gurten, dem Ast und den Haken. Betty beugte sich zu Bathilda herüber und steckte ihr fast den Schnabel in die Ohrscheibe. Ich hörte genau hin, denn Bettys Gegackere war nicht für andere Ohren bestimmt. Sie sagte: »Sie ist doch nicht die Jägerin, sondern die Gejagte.«

Irgendwann waren Bettys und Bathildas Hühnerhintern aus meinem vergitterten Gesichtsfeld verschwunden. Direkt vor mir standen zwei kleine Plastiknäpfe, die Bathilda gefunden hatte. Es waren wohl Eisbecher, leider ohne Vanilleeis. Bathilda hatte den einen in die Tränke getaucht. Es war nicht leicht für sie gewesen, den kleinen Napf mit dem Schnabel zum Käfig zu transportieren, ohne dass Wasser rausschwappte. Danach füllte sie mit ihrem Schnabel Körner in den zweiten Napf.

Bald würden alle im Stall sein: Sina und Sabina hier nebenan, Betty und Bathilda bei den Otterpohls. Sie waren heute

Nacht sicher. Ich vermisste meinen hohen Ast. Den Blick von ganz oben und die Gewissheit, dass alles, was unten war, mich nicht erreichen konnte. Es blieb noch lange hell, nichts veränderte sich. Alles war ruhig, nur einige Vögel zwitscherten noch.

In dem Käfig fühlte ich mich mehr als allein. Ich konnte nicht losziehen und auf Gesellschaft hoffen. Was sollte ich die ganze Zeit tun? Ich starrte die Gittertür an. Es gab keine Ablenkung. Irgendwann sah ich nicht mehr vor mich hin, sondern in mich hinein.

Wie angenehm ich es doch gehabt hatte. Nur durch meine eigene Blödheit saß ich hier in diesem Käfig. Ich hatte eine gute Freundin gefunden und noch zwei weitere Freunde (Bathilda und Roland Kaiser – die zwei pickten nicht auf mich ein, also waren sie meine Freunde). Ich konnte frei herumlaufen und mochte die vielen Pflanzen. Ich hatte oft gelachgackert. Dabei vibrierte mein Bauch, und ich lud mich mit Energie auf. Und obwohl ich nicht daran denken wollte, kamen auf einmal Gedanken an Stall 2 wieder hoch. Ich ließ den Kopf hängen. Nicht alle dort waren gemein gewesen. Und die Gemeinen wurden vielleicht so, weil man in Stall 2 gemein sein musste, um zu überleben.

Endlich wurde es dunkler. Die Eier unter mir waren warm, als würde nicht nur ich sie wärmen, sondern auch umgekehrt sie mich. Ganz egal, welches Ei von wem stammte, ich behandelte alle Eier gleich. Ich erhob mich und drehte die vorderen Eier mit meinem Schnabel, setzte mich wieder und rollte die anderen so lange mit einem Fuß, bis alle anders lagen. Wann die Eier gedreht werden sollten, das war etwas, das man als Huhn einfach wusste.

Irgendwann schlief ich ein, aber mein Schlaf war nicht tief. Es war zu ungewohnt, auf den Eiern zu liegen und dazu noch auf dem Boden. Nur Menschen konnten auf die Idee kommen, Hühner zu züchten wie Sina, Sabina und Bathilda, die nicht fliegen konnten. Wenn sie nachts nicht in Ställen eingesperrt wären, würden sie alle auf dem Boden gefressen werden.

Zwischendurch wachte ich immer wieder auf. Es raschelte um mich herum. Jemand nieste, hustete und krabbelte langsam weiter. Etwas wuselte im Gebüsch. Ich schlief schnell wieder ein. Irgendwann wurde ich von einem Schaben geweckt. In Stall 2 gab es zwar auch eine dunkle Phase, aber man konnte immerhin noch etwas sehen. Jetzt sah ich fast nichts. Wieder strich etwas über das Gitter, es klackte dabei. Das mussten Krallen sein.

Der Fuchs war da. Er schabte, ruckelte, kratzte, und ich roch ihn: derselbe Geruch wie neulich im Schlafzimmer der Otterpohls. Nun schnüffelte er laut, wahrscheinlich hatte er seine Nase direkt vor dem Gitter.

Ich blieb erstarrt sitzen und gab keinen Laut von mir. Natürlich half das nicht, denn der Fuchs wusste, wo ich war. Ich hatte noch nie so eine Angst gehabt. Wer das noch nicht erlebt hat – im Dunkeln zu sitzen und zu hoffen, dass der Fuchs, direkt vor einem, es nicht schafft, das Gitter aufzubekommen – der wird diese Angst nicht nachempfinden können.

Der Fuchs gab schmatzende Geräusche von sich, als würde er versuchen, in das Gitter zu beißen. Dann knallte es. Er musste an einem Spanngurt gezogen haben. Es knallte immer weiter, er biss auf den Gurten herum.

Das war ja nicht mehr auszuhalten! Am liebsten wäre ich mit lautem Gegackere hochgeflattert. Stattdessen stand ich auf und drehte die Eier. Es war noch nicht an der Zeit, aber es lenkte mich ab, die Eier an meinem Schnabel zu spüren.

Auf einmal ruckelte es heftig. Der Fuchs musste gegen den Käfig gesprungen sein. Ich hörte wieder ein Kratzen, und auf einmal kam mir in den Sinn, dass Sina und Sabina am frühen Morgen hierherkommen würden. Selbst, wenn sie den Fuchs nur von Weitem bemerkten, wären sie schon verloren. Er wäre mit zwei Sätzen bei ihnen. Die Vorstellung ließ mich noch mehr erschaudern: dass ich vom Käfig aus alles mitansehen müsste. Warum hatte ich mich bloß auf diesen Unsinn hier eingelassen? Ich hätte es so schön haben können bei den Otterpohls.

Es ruckelte weiter, der Fuchs kratzte am Gitter und sprang dann wieder gegen den Käfig. Es nahm gar kein Ende. Diese Nacht dauerte länger als die gesamte Zeit, die ich gelebt hatte. Ich wusste nun, was eine Ewigkeit war. Roland Kaiser hatte einmal gesagt, man könne nicht ewig leben. Man konnte aber auch nicht ewig die Angst in Schach halten. Irgendwann wurde man verrückt, weil es der einzige Weg war, dem Ganzen zu entkommen.

Vor dem Gitter raschelte es wieder, schließlich wurde es still. Aber ich traute der Stille nicht. Auch die Stille dauerte eine Ewigkeit an. Bestimmt wartete der Fuchs in der Nähe.

Langsam wurde es hell. Ich hörte Gezwitscher, Geraschel, Autos in der Ferne. Vor meinem Schnabel sah ich das Gitter mit den Gurten und den vier schwarzen Haken. Sie saßen also immer noch. Bathilda hatte sie mit ihrem großen Schnabel stramm genug gezogen. Der Fuchs hatte sie nicht lösen können. Sicherlich war er hier aber noch irgendwo. Er wartete darauf, dass die zwei kleinen Happen sich zeigten. Ich horchte. Auf einmal kamen Sina und Sabina um die Ecke. Gleich würde der Fuchs sie schnappen. Hoffentlich trug er sie schnell weg.

»Lauft!«, krächzte ich endlich und verstand mich selbst kaum.

»Guten Morgen, guten Morgen!«, rief Sina. »Wie ist es dir ergangen?« Fast zeitgleich sagte Sabina: »Oh!«, und mir blieb das Herz stehen. Ich wollte die Augen schließen, aber ich konnte nicht.

»Oh«, wiederholte Sabina. »Der Fuchs war da!«

Ich schüttelte mich. Dann fragte ich mich: Wieso *war*?

»Oder hat jemand anderes den Ast rausgerissen?«, fragte Sabina weiter.

Welchen Ast? Ach ja, es war ja meine Idee gewesen, den Ast zwischen Riegel und Käfig zu klemmen, damit der Riegel nicht zur Seite gedrückt werden konnte.

»Der liegt hier auf dem Boden«, fuhr Sabina fort. »Der Riegel ist aufgeschoben.«

Ich musste meine Gedanken sortieren. Dann hielten also nur noch Bathildas Spanngurte die Gittertür zu? Ich streckte meinen Kopf vor, griff einen Haken mit meinem Schnabel, aber er saß wirklich fest. Ich musste ihn anders fassen und mit voller Kraft ziehen. Er durfte sich dabei nicht wieder im Gitter verhaken, sondern musste schräg durch das Gitterloch hindurch. Der Haken schnellte weg. Ich löste auch den anderen Haken. Also gelang es mir auch ohne Bathildas Hilfe, die Tür zu öffnen. Das hatte ich mir gar nicht zugetraut. Ich drückte das Gitter auf, stapfte vorsichtig hinaus, sah mich nach allen Seiten um, blickte sogar nach oben. Schließlich fiel alles von mir ab, und ich musste mich erst mal strecken. Neben der Tür lag der kleine Ast. Mir wurde klar, dass ich nun tot wäre, wenn Bathilda nicht die Spanngurte gefunden hätte.

Ich hatte den Fuchs unterschätzt. Natürlich konnte er den Ast gut mit seinen Zähnen greifen und herausreißen! Wie hatte ich nur so dumm sein können! Ich lief zur Tränke, denn ich hatte keine Lust, im Käfig zu trinken. Hier draußen war das Wasser kühler. Ich trank richtig viel. Dann ging ich zurück.

Sina und Sabina waren über die beiden kleinen Näpfe gestiegen und begutachteten die Eier.

»Ja, der Fuchs war da«, sagte ich. »Er hat alles versucht. Es war ein Albtraum.«

Ich scharrte. »Nein, schlimmer, so was kann man gar nicht träumen«, sagte ich. »Dieses Kratzen, dieser widerliche Gestank.«

Mir fiel ein, dass die beiden das Gleiche erlebt hatten. Ich brauchte ihnen nichts zu erklären.

»Guten Morgen!«, hörte ich und drehte mich um. Bathilda und Betty waren schon da. Betty stellte sich neben mich und stupste mich mit ihrem Körper an: »Du hast es geschafft!« Sie schien wirklich froh zu sein.

»Nur dank Bathilda«, sagte ich. »Der Ast hat nicht gehalten.«

Dann erzählte ich alles ganz genau. Wie der Fuchs ständig versucht hatte, mit seinen Krallen das Gitter aufzuziehen, wie er an den Gurten biss, an ihnen zog und die Spanner dann laut gegen das Gitter knallten.

Ich sagte: »Wir müssen die Tür noch besser sichern.« Mir wurde jetzt auch klar, warum Bathilda die Haken durch das Gitter gesteckt und befohlen hatte, sie von innen einzuhaken. Wären sie von außen eingehakt gewesen, hätte der Fuchs sie mit den Zähnen gepackt und sie rausgerissen. Ich schüttelte mich wieder und lief hin und her.

»Beruhig dich doch«, sagte Betty. Ihre Worte beruhigten mich aber kein bisschen, und ich lief weiter hin und her.

Bathilda meinte: »Wir gehen jetzt mit offenen Augen durch die Gegend und suchen etwas zum Sichern. Und denkt dran: Müll ist nicht gleich Müll.«

Bathilda hatte mal wieder recht, aber ich konnte mir nicht vorstellen, irgendetwas zu finden. Trotzdem zog ich los, es tat gut, von diesem Ort wegzukommen.

In einem Beet entdeckte ich etwas Buntes, das sich drehte. Es steckte an einem dünnen Stab und erinnerte mich an die bunten Streifen bei den Otterpohls. Nur war das Ding hier sehr viel kleiner. Es faszinierte mich, dass es sich von allein bewegte, bis mir aufging, dass es der Wind war, der hineinblies und die Bewegungen verursachte. Wenn die bunten Streifen den Habicht abschreckten, konnte dann vielleicht dieses Ding den Fuchs verjagen? Im Gebüsch gabs kaum Wind, vielleicht war es dennoch zu etwas gut. Ich drehte meinen Kopf, klemmte den dünnen Stab in meinen Schnabel, zog ihn aus der Erde und schleppte ihn über den Rasen weiter bis in die Büsche.

Betty und Bathilda kamen auch gerade zurück. Sina und Sabina waren im Käfig geblieben. Betty hatte etwas Felliges im Schnabel, legte es in den Käfig und ging wieder los. Sie rief: »Ich hol noch mehr.«

Bathilda hatte Blumen dabei. Sie trug sie aber nicht im Schnabel, sondern hatte sie zwischen ihren Zehen mitgeschleift. An dem Stängel hingen lilafarbene Blüten, die wie kleine längliche Becher aussahen. Ob die Blumen schmeckten? Hatten sie so viele Vitamine wie der Grünkohl? Ich ließ den Stab fallen und beugte mich hinunter, um zu probieren, aber Bathilda zischte sofort: »Stopp!«

Sie wollte aber auch nie teilen! Dabei hatte ich ihr letztens auch ein Blatt Grünkohl gebracht!

»Die sind giftig!«, sagte sie und sah mich eindringlich aus ihren komischen Augen an.

»Was ist ›giftig‹?«, fragte ich.

»Etwas, das du nicht picken darfst. Sonst bekommst du Bauchschmerzen, dir wird übel, und vielleicht stirbst du sogar daran.«

»Wozu gibt es dann so etwas?«, fragte ich. »Wenn es uns nur Bauchschmerzen bereitet?«

Bathilda schloss langsam ihre Augen und öffnete sie wieder – ein Zeichen dafür, dass sie ungeduldig war. »Wir Hühner sind schließlich nicht der Nabel der Welt. Die Pflanzen wollen sich schützen, also entwickeln sie Gifte, damit niemand sie frisst.«

»Genau!«, gackerten Sina und Sabina jetzt aufgeregt aus dem Stall. Sie saßen nebeneinander auf dem Nest. »Die Fütterin hat uns gesagt, wir sollen bestimmte Blumen im Beet nicht picken. Dabei weiß sie gar nicht, dass wir sie verstehen können.«

»Warum gibt es dann ungiftige Pflanzen, die trotzdem überleben?«, fragte ich.

Bathilda stutzte und wirkte nachdenklich. Sie kratzte sich mit einem Fuß an der Brust. »Die haben andere Überlebensmechanismen«, sagte sie schließlich. »Jeder muss einen eigenen Überlebensweg für sich finden. Das ist so wie bei den Tieren: Manche sind sehr scheu und schnell, manche sind langsam, haben dafür aber einen Panzer, manche sind stark und groß, manche haben einfach viel Nachwuchs. Zu den Letzteren zählen wir.«

»Und die Menschen gehören zu den Starken und Großen?«

»Manche Tiere sind größer und stärker als die Menschen. Die Menschen sind langsam und überhaupt nicht stark. Sie haben kein gutes Gebiss, keine Krallen, aber sie beherrschen alle Tiere, weil sie technisch klug sind. Und sie haben einen Vorteil durch ihre Hände. Damit können sie vieles tun: Werkzeuge herstellen, Feuer machen, Auto fahren.«

»Ja, Hände wären nicht schlecht«, rief Sabina.

»Wir Hühner sind aber auch klug«, fügte Bathilda hinzu, »es ist nicht allein der viele Nachwuchs. Sonst hätten wir uns nicht so lange auf der Welt gehalten. Uns gibt es schon viel länger als den Menschen. Wir sind im Grunde Dinosaurier, denn wir stammen vom T-Rex ab.«

Inzwischen hatte Betty noch mehr Fell hergebracht und im Käfig abgelegt. Sie zog ihren Kopf wieder heraus und sah sich unsere Beute an: »Na toll«, sagte sie. »Blumen und ein kleines buntes Windrad. Wollt ihr den Käfig schmücken?«

»Das ist Fingerhut!« Bathilda stampfte so kräftig auf, dass wir alle erschraken. Dann ging sie zum Windrad, stellte sich mit beiden Füßen auf die dünne Stange und riss mit ihrem großen Schnabel die bunten, in sich gedrehten Scheiben heraus.

»Bist du tollwütig geworden?«, fragte Betty entgeistert, und auch Sina und Sabina schüttelten verständnislos die Köpfe.

Als alle bunten Teile auf der Erde lagen, schob Bathilda sie mit dem Schnabel zur Seite. »So«, gackerte sie. »Betty Besserwisserin.« Bathilda schien Bettys Schimpftirade von gestern nicht vergessen zu haben. »Molli hat das Allerbeste überhaupt gefunden: eine Lanze!« Sie deutete mit dem Schnabel auf das untere Ende des Stabs, das in der Erde gesteckt hatte. Mir fiel jetzt auf, wie spitz es war.

»Man kann«, fuhr Bathilda fort, »die Lanze in den Schnabel nehmen und den Fuchs damit stechen, am besten in die Nase.« Bathilda sah auf ihren Blumenstängel. »Die Fingerhüte stecken wir in das Gitter. Sie haben genau die richtige Größe, und wenn der Fuchs wieder in den Käfig beißen will oder daran leckt, bekommt er eine Portion Digitalis ab. Natürlich können wir die Hüte nicht mit dem Schnabel da reindrücken, wir müssen es mit unseren Füßen tun.« Sie ging nun einen Schritt auf Betty zu: »Und was willst du mit dem Fell?«

Betty kratzte sich verlegen mit dem Schnabel an der Seite. »Ich dachte, damit kann man das Nest weiter auspolstern.

Und vielleicht riecht der Fuchs den Hund und bekommt Angst.«

Nun tat mir Betty fast schon wieder leid: »Wo hast du das her?«, fragte ich. »Hast du es einem Hund ausgerupft?«

»Im Nachbargarten bürstet eine Frau gerade ihren Hund, und die Fellbüschel fliegen durch die Luft«, sagte Betty.

»Noch mehr Polster ist doch gut«, rief Sina, »das Hundefell ist sehr flauschig.«

Bathilda griff sich mit dem Schnabel die Lanze und hielt sie Sina und Sabina vor die Schnäbel. »Los! Nehmt!«

Die beiden guckten verdattert. »Und dann?«, fragte Sina.

»Dann machen wir die Gittertür zu, und ihr übt das Zustechen.«

Die beiden guckten ungläubig. Bathilda sah Sina an und nuschelte: »Nimm endlich!« Aber die starrte nur weiterhin auf die dünne Stange. »Ich kann das nicht.«

»Was kannst du nicht?«

»Zustechen. Ich kann niemandem wehtun.«

Bathilda ließ die Lanze fallen, und ihre Halsfedern plusterten sich auf. »Du kannst niemandem wehtun?«, gackerte Bathilda. »Es geht um den Fuchs!«

Langsam regte ich mich auch auf. Wenn ich in der letzten Nacht die Lanze gehabt hätte – ich hätte mit voller Wucht zugestochen. Ich wollte leben, und wenn der Fuchs dabei sterben musste, dann war es halt so. *Er* kam schließlich hierher, *er* hatte mich bereits einmal am Flügel gepackt, *er* war der Angreifer.

»Das nennt man Notwehr«, stimmte auch Betty mit ein.

Sina und Sabina rümpften ihre Schnäbelchen. Sabina meinte: »Wir sind zwei Kuschelhühner und gegen Gewalt.«

Sina nickte: »Wir sind gegen jede Form von Gewalt, egal gegen wen.«

»Meine Fresse! Wollt ihr lieber draufgehen?«, fuhr Bathilda sie an.

Sabina meinte: »Wir nehmen keine Waffen in unsere Schnäbel.«

Bathilda brauste richtig auf, so hatte ich sie noch nie erlebt. Sie streckte ihre Flügel aus und stampfte auf den Boden. Wenn ihr jetzt jemand unter die Füße geraten wäre, hätte sie ihn zermalmt. Auf einmal beruhigte sie sich und sagte schnabelknirschend: »Ihr sollt den Fuchs doch nur ganz leicht piksen. Ein wenig erschrecken.« Sie fügte ganz sanft hinzu: »Niemand hat die Absicht, dem Fuchs wehzutun.«

Ich sagte: »*Ich* werde es tun.«

»Was?«, fragte Betty. »Du wolltest doch nur eine Nacht bleiben!«

Bathilda drehte sich um. »In Ordnung«, sagte sie. »Du bist es gewohnt, dich zu behaupten. Du bist kein Schneeflöckchen.«

»Was soll das heißen?« Sina sprang empört auf. »Wir sind nur gegen Gewalt!«

Bathilda drehte sich zu ihr um und sah sie von oben herab an: »Klar, solange man nicht selbst Schnabel anlegen muss, ist man gegen Gewalt.« Dann drehte sie den Kopf nach hinten und ordnete die Federn auf ihrem Rücken. »Ihr seid so gewaltlos. Ihr seid sicherlich auch für gewaltfreie Kommunikation.«

Betty trat näher an Bathilda heran: »Molli sollte nicht noch eine Nacht hier bleiben.«

»Die beiden«, Bathilda sah zu Sina und Sabina, »wollen, nein, *können* es ja nicht.« Sie drehte ihren Kopf wieder Betty zu: »Es ist dir doch klar, dass der Fuchs zur Strecke gebracht werden muss, sonst lässt er nicht von uns ab, und drei Wochen sind eine sehr lange Zeit. Er wird irgendwann die Tür aufkriegen, er lernt jedes Mal dazu.« Bathilda wandte sich wieder an Sina und Sabina. »Aber unsere Schneeflöck–, Seidenhühner wollen ja lieber getötet werden, als selber zu töten.« Bathilda wedelte mit ihren großen Flügeln. Das Windrad hätte sich jetzt sicherlich gedreht, wenn sie es nicht auseinandergepflückt hätte.

Sina wollte gerade etwas erwidern, aber ich kam ihr zuvor. »Runter vom Nest«, gackerte ich.

Die beiden schauten sich unschlüssig an. Sabina stand schließlich auf und trat hinaus. Sina folgte ihr. Ich legte mich hin, die Eier waren warm und glatt. Ich mochte es, sie an meinem Bauch zu spüren. Bathilda schob mit ihrem Schnabel die Gittertür zu, hob die Lanze auf und steckte sie durch ein Gitterloch. Ich griff den Stab mit meinem Schnabel.

»Los! Stich zu!«, rief Bathilda hinter dem Gitter.

Das war leichter gesagt als getan. Ich hatte ja meinen Kopf seitlich zum Gitter gestreckt, um die Stange zu greifen, und nun musste ich auch seitlich mit dem Kopf nach vorne schnellen. Das war eine ungewohnte Bewegung.

»Schneller, fester«, befahl Bathilda.

Diese komische Bewegung strengte mich richtig an, aber Bathilda bestand drauf, dass ich weiterübte, denn Übung machte das Meisterhuhn.

»Du musst aufstehen und vorschnellen«, wies Bathilda mich an. »Die Betonung liegt auf ›schnell‹. Am besten machst du beim Zustechen einen Schritt nach vorn, so wie die Fechter.« Aber direkt vor der Käfigtür standen die Näpfe mit Futter und Wasser.

»Dann tu sie nach hinten«, sagte Bathilda.

Das war nicht einfach in dieser Enge, ohne etwas zu verschütten. Endlich waren die Näpfe aber hinten verstaut, und ich hatte mehr Bewegungsfreiheit vor dem Gitter. Ich trat beim Zustoßen gleichzeitig mit dem linken Fuß vor. So hatte ich auch mehr Halt.

»Kräftiger!«, befahl Bathilda. »Es geht um dein Leben! Entweder du oder der Fuchs!«

Ich wiederholte und wiederholte.

Bathilda gackerte weiter: Ich solle die Lanze nach dem Zustechen schnell wieder zurückziehen, sonst würde der Fuchs sie mit der Schnauze greifen und sie mir wegreißen. »Ziel auf die Nase. Die ist ganz vorn, groß genug und empfindlich.« Selbst im Dunkeln könne man doch hören, wo die Fuchsschnauze gerade sei.

Nach einiger Zeit musste ich nicht mehr nachdenken. Mein Körper kannte nun die Abläufe.

»Die Lanze am besten nur knapp überstehen lassen«, meinte Bathilda. Die Fingerhüte wollte sie erst abends ins Gitter klemmen. Ich trat heraus, und Sina stieg hinein, um sich wieder auf die Eier zu setzen.

Bathilda und Betty streunten woanders herum. Ich lief zum Sandbad und wälzte mich genüsslich. Das war schön!

Der Tag verging schneller als gedacht. Ich aß, ich trank, ich saß unter einem Busch und schaute in den Garten. Schließlich fanden wir uns frühabends alle vor dem Käfig ein.

Als ich mich in den Käfig setzte, bereute ich meinen vorlauten Schnabel wieder. Die Gittertür ging zu. Der Riegel wurde vorgeschoben, die Spanngurte wurden angelegt, ich musste die Haken von innen befestigen. Die Lanze wurde mir durchgereicht, bis nur noch die Spitze herausragte. Zum Schluss krallte sich Bathilda die Fingerhüte samt den Blättern und steckte sie in die Gitterlöcher, so hoch sie eben mit ihrem Fuß kam. Sina und Sabina fanden es zwar immer noch nicht gut, dass wir den Fuchs mit der Lanze stechen wollten, aber gegen das Vergiften schienen sie nichts zu haben.

Durch das Gitter sah ich nicht mehr viel: Vier Haken, Gurte, die Lanze, lilafarbene Blüten und grüne Blätter versperrten mir die Sicht. Weil ich kaum noch nach draußen sehen konnte, fühlte ich mich hier drinnen noch eingeengter.

An einer Stelle entdeckte ich etwas Schwarzes. Was war das? Ein Käfer? Ich wollte gerade zupicken, als ich Bathildas Gefieder erkannte. Das schwarz Glänzende war ihr Auge! Sie musste ihren Kopf seitlich an das Gitter gepresst haben. Sie entfernte sich wieder und gackerte: »Halt die Ohrscheiben steif! (Hatte das nicht auch schon mal Roland Kaiser zu mir gesagt?) Du wirst es schaffen! Meine Strategien waren meistens erfolgreich.«

Bathildas Körper entfernte sich noch weiter, und nun sah ich in einem Loch wieder etwas schwarz Glänzendes, umrahmt von einem braunen Kreis. Das musste Bettys Auge sein. »Zeigs ihm!«, gackerte sie. »Du musst überleben, hörst du?«

Dann kamen Sina und Sabina zum Käfig. Sie gackerten: »Sei nicht zu gewalttätig!«

Im Weggehen hörte ich Betty fragen: »Woher weißt du das alles?«

»In einem der vielen Menschenleben war ich mal ein General«, hörte ich Bathilda antworten.

»Jemand Bekanntes?«, fragte Betty.

»Mein Buch über Kriegsstrategien wird heute noch gelesen, obwohl es schon über zweitausend Jahre alt ist. Da sieht man mal: Das Gute bleibt.«

»Du bist … du warst …?« Betty klang ungläubig.

Ich wusste diesmal, was auf mich zukam. Aber ob das besser war? Der Fuchs war nun sicherlich auch vorbereitet. Vielleicht hatte er sich überlegt, wie die Haken der Spanngurte zu lösen waren. Mit etwas Gefummel konnte er sie mit den Krallen drehen und im richtigen Winkel herausziehen. Er musste auch nur zwei Haken entfernen und nicht alle vier, um die Tür zu öffnen. Nein, ich wollte mir das nicht weiter ausmalen.

Wieder dauerte es ewig, bis es richtig dunkel war. Als ich kaum noch etwas sehen konnte, nahm ich die Lanze in den Schnabel. Wenn der Fuchs kam, musste ich sofort aufstehen und zustechen. Das hätte ich auch üben sollen: erst aufstehen und dann zustechen. Aber jetzt war es zu spät.

Es war komisch, die harte Stange in meinem Schnabel zu spüren. So konnte ich meinen Schnabel nicht richtig schließen, und meine Zunge wurde trocken. Ich wünschte mir den Fuchs schnell herbei, aber irgendwie hoffte ich auch, dass er heute nicht kam.

Um mich herum raschelte es. Das schienen jedoch kleinere Tiere zu sein. Eine schwere Müdigkeit legte sich auf mich, kein Wunder, letzte Nacht hatte ich kaum geschlafen. Und wie sollte ich im Dunkelm überhaupt etwas treffen? Ich schloss die Augen. Es tat so gut, in den Schlaf zu gleiten.

Auf einmal kratzte es am Gitter, und ich merkte, dass ein paar Blüten abfielen. Der Fuchs war wieder da! Ich spürte die Erstarrung bis in meine Flügelspitzen. Etwas knallte, wahrscheinlich ein Gurt, an dem er gezogen hatte. Dann hörte ich wieder die Krallen am Gitter. Ein widerliches Klacken und Kratzen. Ich hörte sein Atmen, sein Schnuppern, ich roch den Gestank aus seinem Maul.

Los!, befahl ich mir. Ich wusste doch, was ich zu tun hatte. Ich wollte mich rühren, aber ich konnte nicht. Meine Befehle blieben im Gehirn und drangen nicht bis zu meinem Körper durch, egal, wie viele ich gab: »Mach endlich!«, »Rühr dich!«, »Mach schon!«, »Stich zu!«.

Auf einmal drückte die Lanze meinen Oberschnabel hoch, als würde man mir den Schnabel aufhebeln. Der Fuchs war wohl beim Kratzen gegen den Stab gekommen. Es fühlte sich so an, als würde mich der Fuchs durch diese Verlängerung hindurch berühren. Die Starre löste sich, und ich bewegte meinen Kopf nach vorn. Es gab keinen Widerstand, ich hatte ins Leere gestochen. Ich stach und stach, aber da war wieder nichts. Auf einmal fiel mir ein, dass ich ja aufstehen und einen Schritt nach vorn machen musste.

Ich hörte wieder ein Schnüffeln, ein Lecken. Ich stand auf, stieß nach vorn und trat auch gleichzeitig mit meinem linken Fuß vor, aber ich hatte wieder ins Leere gestochen. Enttäuscht zog ich die Lanze zurück, nicht allzu weit, sonst wäre sie aus dem Gitter geglitten.

Es knallte. Der Fuchs hatte erneut an einem Gurt gezogen, der dann zurückgeschnellt war. Nun war seine Schnauze wohl schon wieder am Gitter, er versuchte, den Gurt mit den Zähnen zu fassen. Ich stach zu und spürte zum ersten Mal Widerstand, gleichzeitig hörte ich ein hohes Jaulen. Ich zog die Lanze sofort zurück und stieß noch mal zu, diesmal dauerte es länger, bis ich auf Widerstand traf, und als Antwort kam wieder ein Jaulen. Danach musste der Fuchs weggesprungen sein, denn ich stieß nur noch ins Leere.

In einiger Entfernung raschelte es, dann war Stille. Die Angst lähmte mich wieder, und ich blieb mit der Lanze im Schnabel reglos stehen. Was, wenn der Fuchs jetzt noch wütender wurde? Jemand, der wütend war, hatte mehr Kraft. Ich horchte in die Dunkelheit, aber es schien sich nichts zu bewegen. Es raschelten keine Blätter. Nach einer Weile setzte ich mich wieder auf die Eier, sie durften nicht zu lange auskühlen. Dabei musste ich die Lanze zu weit herausgezogen haben, denn die Spitze glitt aus dem Gitterloch. Ich ließ den

Stab aus meinem Schnabel gleiten, drehte mich um und suchte im Dunkeln den Wassernapf.

Es dämmerte. Der Stab lag vor mir. Vorne an der Spitze klebte Blut. Ich war müde.

»Guten Morgen, guten Morgen!«, hörte ich und öffnete die Augen.

Sina und Sabina standen vor mir. Eigentlich wollte ich weiterschlafen, aber sie sagten mir, ich solle die Haken entfernen. Mit letzter Kraft löste ich die Haken, legte mich hin und wollte einschlafen. Kurz darauf hörte ich ein Klacken und schrak hoch. Ich wollte schon nach dem Stab greifen, da sah ich, dass Bathilda die Gittertür öffnete. Sie musste gerade angekommen sein und steckte ihren Kopf durch die Tür: »Du hast ihn erwischt. Aber tot ist er nicht, jedenfalls liegt er hier nicht irgendwo herum. Schade.«

Ich war so müde, dass ich gleich wieder wegdöste und im Halbschlaf träumte, Bathilda würde den Fuchs doch noch im Gebüsch finden und ihn mit ihrem großen Schnabel verschlingen. Nichts war zu groß für Bathilda.

»Du hast es geschafft!« Als ich die Augen öffnete, sah ich Betty, die mich fröhlich anschaute. »Komm raus!«

Ich fühlte mich schwer, aber ich erhob mich.

»Die Blütenkelche sind alle abgefallen«, stellte Bathilda fest. »Wenn er daran geleckt hat, wird ihm jetzt übel sein.«

»In mir drückt ein Ei«, sagte ich. »Vielleicht ist es befruchtet. Ich kann es doch dazulegen. Daraus kann auch noch ein Küken werden.«

»Nein!«, protestierte Sina. »Die anderen Eier haben Vorsprung!«

»Das Küken wird zu spät schlüpfen«, pflichtete Sabina ihr bei. Die beiden hatten sich schon auf die Eier gesetzt und kuschelten sich ein.

»Wer zu spät gelegt wird, den bestraft das Leben«, meinte Bathilda.

Betty meinte: »Hoffentlich schlüpfen überhaupt einige Küken aus den Eiern.«

Ich wollte nur noch weg und in Ruhe schlafen. Das Ei in mir konnte warten, bis ich bei den Otterpohls war. Alle fragten mich, wie es in der Nacht gewesen sei, aber ich hatte keine Lust zu erzählen. Ich hatte den Fuchs mit der Lanze verletzt. Ich hatte die Eier beschützt und überlebt. Was sonst noch passiert war? Unwichtig. Müde zog ich los und merkte gar nicht, wie ich zu den Otterpohls gelangte. Irgendwann war ich aber wieder durch den Gartenzaun geschlüpft. Es fühlte sich an, als wäre ich eine Ewigkeit fort gewesen.

Ich ging zu der Tür mit der Katzenklappe und drückte das Ei heraus. Auch diesmal betrachtete ich es wieder. Bedauernd dachte ich, dass aus diesem Ei kein Küken schlüpfen würde, obwohl es vielleicht befruchtet war. Schnell drehte ich mich um und ging.

Ich flatterte auf den Sims vor dem Arbeitszimmer. Roland Kaiser saß wieder vor dem Monitor. Ich pickte gegen die Scheibe. Eine Scheibe war doch etwas völlig anderes als ein Gitter. Roland Kaiser drehte sich um und starrte mich an, dann flatterte er auf die Fensterbank.

»Lange nicht mehr gesehen«, meinte er. »Viel zu tun gehabt?« Er wirkte schon um einiges kräftiger.

»Sozusagen«, erwiderte ich. Ich war zu müde, um alles zu erzählen. Ich sagte nur, ich hätte zwei Nächte lang gebrütet. Ich musste schließlich nicht erzählen, was *hätte* passieren können, was *fast* passiert wäre oder was wirklich passiert war, aber keine Auswirkungen gehabt hatte. Am Ende zählte das, was in 18 Tagen herauskam.

Roland Kaiser nickte. »Ich hab mich hier gut eingelebt«,

sagte er. »Nur die Otterpohls kommen manchmal ins Zimmer. Da muss ich aufpassen und vorher schnell den Verlauf löschen. Sonst merken die noch, dass ich lesen kann.«

Ich verabschiedete mich und flog von Ast zu Ast meinen Baum hinauf. Es war heute nicht zu hell, die Sonne schien wieder nicht. Ich war froh, endlich meine Ruhe zu haben und auf meinem dicken Ast hier oben schlafen zu können. Unten sah ich Dickmadam, Helga Haube und Lisa Leghorn. Komischerweise freute ich mich sogar über ihren Anblick.

Kaum war ich eingeschlafen, hörte ich: »Da bist du ja!«

Ich öffnete die Augen und entdeckte den Otterpohl. Er sah zu mir hoch, in einer Hand hielt er mein braunes Ei.

»Danke für das Ei!«, rief er und streckte den Arm noch höher. Dann nahm er den Arm herunter. »Ich hab dich zwei Tage nicht mehr gesehen. Dachte schon, der Fuchs hätte dich geschnappt!«

So ganz falsch lag er damit ja nicht.

Er rief: »Schön, dass du wieder da bist!«, drehte sich um und ging. Ich wollte schon etwas zurückgackern, dann erinnerte ich mich daran, dass ich nicht zeigen durfte, dass ich ihn verstand. Und mein Gegackere konnte er sowieso nicht verstehen. So etwas Nettes hatte jedenfalls noch nie jemand zu mir gesagt: Schön, dass du wieder da bist.

Der Otterpohl verschwand im Menschenstall, und ich nickte ein.

Plötzlich knallte es laut, und ich schrak hoch. Das Geräusch war von oben gekommen, vom Himmel. Es war dunkel. Wurde es denn schon Nacht? Ich hörte prasselnde Geräusche. Durchsichtige Fäden strömten vom Himmel, dann merkte ich, dass es Wasser war. Warum floss Wasser einfach so durch die Luft? Wie war das möglich? Über mir plätscherte es auf die Blätter. Unten liefen Dickmadam, Lisa Leghorn und

Helga Haube mit gesenkten Köpfen quer über den Rasen zum Stall. Es konnte nicht Nacht sein, sonst wären sie schon drin, und der Ausschlupf wäre zu. Nun tropfte es auch auf meinen Kopf. Wasser lief mir in die Augen. Schließlich kam ein ganzer Schwall, und ich war klatschnass.

Hier konnte ich nicht bleiben. Es blieb mir nichts anderes übrig, als hinunterzuflattern. Als ich mich von dem Baum entfernte, wurde es noch schlimmer. Das Wasser prasselte nur so auf meinen Kopf. Ich lief zu den Büschen. Hier war es zwar besser, aber auch nicht gut. Selbst unter Bathildas Baldachin wurde es ungemütlich. Es blieb mir wohl nichts anderes übrig. Ich lief quer über den Rasen zum Stall.

Hier drinnen war es trocken. Dickmadam, Helga Haube und Lisa Leghorn sahen mich ungläubig an. Ich tat so, als interessierte ich mich nicht für sie, obwohl ich Helga Haube doch heimlich anstarren musste. Ihre Haube hing platt herunter und war gar keine Haube mehr. Ich flatterte auf eine der Stangen, drehte den Kopf und schaute auf mein Gefieder. Mir ging auf, warum ich es einfettete. So konnten Schmutz und Staub nicht anhaften, aber auch das Wasser floss herunter, als hätte ich mir eine Schutzschicht angelegt. Am liebsten wäre ich wieder hinausgegangen, hätte meinen Flügel ausgebreitet und beobachtet, wie das Wasser von mir abperlte. Ich schüttelte mich. An meinen Flügeln hingen jetzt keine Tropfen mehr, nur die Federn an Kopf und Hals waren noch feucht.

»Was hast du hier im Stall zu suchen?«, gackerte Dickmadam von unten.

Ich wollte antworten, dass ich hier war, weil draußen so viel Wasser vom Himmel herunterkam, aber das erschien mir zu unterwürfig. In den letzten Nächten hatte ich den Fuchs überlebt, und heute würde ich auch Dickmadam überleben. Also schwieg ich.

Die Stange fühlte sich nicht so schön rau an wie der Ast am Baum. Sie befand sich auch nicht so weit oben, und die Hühner im Stall waren mir nicht wohlgesonnen. Ich war müde, konnte aber trotzdem nicht einschlafen. Durch das Fenster sah ich ein grelles, zackiges Licht, das aber nur kurz aufleuchtete und sofort wieder verschwand. Dafür knallte es schon wieder, und ich zuckte zusammen. Es wurde immer dunkler. Betty und Bathilda spazierten herein. Sie pickten Körner und tranken. Bathilda schlurfte in eine Legekabine, und Betty flatterte zu mir hoch. Dann schliefen wir beide ein.

Es war ungewohnt, hier drinnen aufzuwachen. Zuerst dachte ich, der warme Körper neben mir sei Bertha. Ich sah mich um. Die anderen schliefen noch. Dickmadam schlief auf der anderen Stange, etwas weiter saßen Helga Haube und Lisa Leghorn. Hühner wirkten so friedlich, wenn sie schliefen. Ihre runden Hühnerkörper bewegten sich beim Atmen nach oben und senkten sich dann wieder. Man sah ihren Gesichtern an, dass sie sich nicht dort befanden, wo sie gerade waren, sondern an einem anderen Ort.

Unten in einer Legekabine schlief Bathilda. Man hätte sie für eine große Federkugel halten können. Sie hatte ihren Kopf nach hinten gedreht und ins Gefieder gesteckt. Das konnten wohl nur Hühner: nicht nur innerlich in sich gekehrt zu sein, sondern auch äußerlich.

Draußen strahlte die Sonne, keine Spur mehr von der Tristheit gestern. Fenster fand ich immer wieder faszinierend: Sie schotteten ab, und man bekam trotzdem alles mit. Konnte es nicht immer so friedlich sein wie jetzt? Bathilda war auf der Suche nach der verlorenen Zeit gewesen. Wenn man Zeit verlieren konnte, konnte man sie dann auch anhalten? Und auch Lisa Leghorns Frage schien nicht dumm gewesen: Wenn man Zeit verloren hat, wo suchte man nach ihr? Und wenn man sie wiederfand? Was tat man dann mit ihr?

Betty fing an zu schnarchen. Sie öffnete immer wieder ihren Schnabel und atmete laut aus.

Ich hörte die Tür der Otterpohls, dann Schritte, und schon ging der Ausschlupf hoch. Der Otterpohl tauchte heute viel früher auf als sonst. Ich flatterte hinunter und bemerkte zum ersten Mal, wie laut mein Flügelschlag doch war. Am Boden angekommen, sah ich hoch. Niemand wachte auf, alle schliefen friedlich weiter. Ich pickte, trank und verließ den Stall. Die Luft war noch frischer und klarer als sonst. Ich atmete tief ein. Das Grün wirkte prall und saftig, an den Grashalmen hingen winzige Tröpfchen. Die Metallkugeln glänzten sauber gespült, die bunten Streifen bewegten sich leicht im Wind.

Der Otterpohl musste schon wieder reingegangen sein. Ich hatte den Garten ganz für mich, wie schon einmal, als die anderen im Stall eingesperrt waren. Ich flatterte hinaus und lief über den Rasen. Nicht nur die grünen Halme waren nass, auch der Boden war noch voller Wasser. Jeder Schritt erzeugte ein schmatzendes Geräusch. Dann trat ich auf etwas Weiches. Ich sah hinunter. Da ringelte sich ein Regenwurm! Und da waren noch weitere Regenwürmer! Sie lagen zwischen den Grashalmen. Was für ein Glück ich heute doch hatte! Ich schlug mir den Bauch voll.

Bald kamen auch die anderen heraus. Lisa Leghorn fand auch einen Wurm, Dickmadam ebenso. Die anderen Würmer hatten sich wohl schon wieder zurück in die Erde verzogen.

Betty wollte mir unbedingt etwas mitteilen, aber nicht hier, vor den Ohrscheiben der anderen. Die würden mich sonst für ein Küken halten und den Respekt vor mir verlieren. Bathilda kam nun auch endlich aus dem Stall und wir zogen los, schließlich mussten wir Sina und Sabina aus dem Käfig lassen.

Unterwegs erklärte mir Betty, dass es ein »Gewitter« gegeben habe. Das grelle Licht sei ein »Blitz« gewesen. Davon käme das »Donnern«, der laute Knall. Wasser vom Himmel sei »Regen«. Die Tropfen kämen aus den Wolken. Die Wolken bestünden aus Wasser, das hätte sie mir schon einmal erklärt. Regnen müsse es ab und zu, denn der Rasen, die Bäume, die Büsche – alle Pflanzen bräuchten Wasser, genauso wie wir.

Darauf war ich gar nicht gekommen, dass die Pflanzen Wasser brauchten. Überhaupt, dass sie lebten wie wir. Sie bewegten sich nicht und aßen auch nicht. Es war doch sicherlich langweilig, ein Grashalm zu sein.

Als wir am grünen Gummizaun ankamen, wurden wir still. Auch Bathilda grummelte nicht mehr wegen ihrer nassen Federfüße vor sich hin. Ob der Fuchs da gewesen war? Lebten Sina und Sabina noch? Wir liefen über den Rasen und hinein ins Gebüsch. Der Käfig stand noch an Ort und Stelle, und die Gittertür war verschlossen.

»Hallo, hallo!«, riefen die beiden auch schon, und ich freute mich, sie so quicklebendig wiederzusehen. Der Fuchs sei nicht da gewesen, berichteten sie. Nur der Regen habe aufs Dach getrommelt.

»Vielleicht hast du ihn wirklich vertrieben«, sagte Betty zu mir.

Die nächsten Tage liefen alle gleich ab. Morgens mussten wir Sina und Sabina aus dem Käfig lassen. Das hieß, Betty oder ich blieben manchmal im Garten. Bathilda hingegen ging jeden Tag hin. Tagsüber waren wir bei den Otterpohls und mussten abends noch mal los, um den Käfig für die Nacht zu sichern.

Regelmäßig besuchte ich Roland Kaiser. Wir trafen uns am Fenster. Es schien, als hätte er sich so gut im Arbeitszimmer eingelebt, dass er gar nicht mehr rauswollte. Er sei fasziniert vom Internet, sagte er. Da gebe es viel mehr zu entdecken als im Garten. Außerdem müsse er sich nicht um die Herde kümmern und seinen Rang verteidigen. Selbst das Treten würde er nicht vermissen, er sei schließlich nicht sexsüchtig.

Die Otterpohls hatten ihm eine Schüssel mit Sand ins Zimmer gestellt. Darin bade und scharre er manchmal. Aber danach müssten die Otterpohls den ganzen Raum saugen. Er wetze seine Krallen auch manchmal am Sofa, obwohl er wisse, dass die Otterpohls das nicht mochten. Aber der Kater mache das schließlich auch, und wieso sollten wir Hühner rücksichtsvoller sein als eine Katze?

Roland Kaiser sagte, er würde viel über die Menschen lernen und könne heimlich mit ihnen »sprechen«, und zwar über den Computer. Im Internet wisse keiner, dass er ein Hahn sei. Er würde mit Frauen »chatten«, sich also mit Frauen unterhalten, ihnen Komplimente machen, sie umgarnen. Er habe aber schnell gemerkt, dass Frauen nicht anders seien als Hennen. Sie seien eifersüchtig und hätten Angst vor Konkurrenz. Sie wollten, dass man ihnen ständig Honig um den Schnabel, nein, um den Mund schmiere. Daher habe er die Flirtforen verlassen und Portale aufgesucht, in denen sich nur Männer unterhielten. Aber dort sei es auch nicht besser, denn da ginge es immer nur um Frauen.

Ich war nicht immer in der Lage, ihm zu folgen, und fragte mich, wie Roland Kaiser vor diesem kleinen Fenster, dem Monitor, mehr über die Menschen und die Welt erfahren konnte als draußen im Garten. Ich erkundigte mich nach der netten Frau, aber er war ihr nicht begegnet. Wahrscheinlich hätte ich zufällig ein Video gesehen. »Video« klang irgendwie nach einem Geist.

In den nächsten Wochen wuchs mein Gefieder stetig nach, genau wie das von Roland Kaiser. Manchmal pickte Lisa Leghorn hinterhältig nach mir, aber ich pickte sie jedes Mal zurück, und dann ließ sie mich in Ruhe.

Jeden Tag hoffte ich, dass ein Wunder geschehen möge und die Küken früher schlüpften als gedacht, aber Betty sagte, alles brauche die Zeit, die es brauche, und niemand könne etwas beschleunigen. (Das stimmte nicht: Die Menschen hatten Hühner ja auch so gezüchtet, dass sie viel schneller groß wurden, wie ich von Bathilda erfahren hatte.)

Der ersehnte Tag rückte aber auch schon näher. Sina und Sabina sprachen ständig mit den Eiern, also mit den Küken da drinnen. Sie gluckten und meinten, die Küken seien fast ausgewachsen und würden durch die Eischale mit ihnen piepsen. Aber Betty, Bathilda und ich hörten nichts. Vielleicht bildeten sie sich das nur ein?

Sina und Sabina wollten, dass wir zur Tränke gingen, uns die Schnabel füllten, aber nichts hinunterschluckten, sondern es auf die Eier tropfen ließen.

»Die Erde hier im Nest ist nicht mehr so feucht wie am Anfang. Kurz vor dem Schlüpfen müssen die Eier also benetzt werden«, sagte Sina. »Sonst ist die Eihaut zu trocken, und die Küken können sie dann nicht durchpicken.«

»Wie schrecklich!«, gackerte Betty entsetzt, drehte sich um und lief sofort los. Wir rannten ihr hinterher.

Wir besprenkelten die Eier. Zu viel durfte es aber auch nicht sein, Sina achtete genau darauf, wie viel Wasser aus unseren Schnäbeln tropfen durfte.

Auch wenn Sina und Sabina anstrengend waren – sie kannten sich aus. Beim Bebrüten war bestimmt alles richtig gelaufen, und es stand gut, dass aus unseren Eiern bald Küken schlüpfen würden. Dieses Gefühl war mir – wie die vielen anderen Gefühle auch – ebenfalls neu: Zuversicht.

Pieps, pieps, pieps

Sina und Sabina saßen im Käfig und sagten nicht, »Hallo, hallo!«. Sie sagten gar nichts. Ich fragte mich, was wohl mit ihnen los war, da piepste es.

Gaben die beiden jetzt nicht nur Glucklaute von sich, sondern piepsten auch? Bathilda zog an dem einen Spanngurt und sagte, sie sollten den Haken lösen, aber heute waren beide gar nicht daran interessiert, schnell herauszukommen. »Los!«, nuschelte Bathilda mit dem Spanngurt im Schnabel. Die beiden warfen ihr nur einen kurzen Blick zu und rührten sich immer noch nicht.

Ich wurde langsam auch ungeduldig, trat neben Bathilda, griff mit meinem Schnabel das Ende des runden Hakens, und mit viel kompliziertem Gefummel konnten wir den Gurt schließlich lösen. So machten wir es auch mit dem anderen.

Betty hatte den Riegel zur Seite geschoben und öffnete die Gittertür.

»Pieps, pieps!«, machte es wieder.

Sina und Sabina hatten ihre Schnäbel nicht geöffnet. Aber vielleicht kam das Piepsen wie bei den Gluckgeräuschen aus dem Bauch?

»Wirklich?«, fragte Betty.

Lange Zeit war Stille, dann lugte aus Sabinas Gefieder plötzlich ein kleiner Kopf hervor. Der Kopf war braun-grau mit zwei schwarzen runden Augen. Das Küken war aber nicht so sehr an uns interessiert wie wir an ihm. Es sah sich um, als würde es sich denken: »So sieht es also hier draußen aus«, machte noch mal »Pieps!« und verschwand wieder unter Sabinas Bauch. Sabina gab mit geschlossenem Schnabel ein paar Glucklaute von sich, und das Küken piepste zurück.

Betty löste sich als Erste aus der Starre: »Seit wann? Wie viele?«

Sabina sagte: »Heute Nacht sind die ersten zwei geschlüpft. Ein anderes pickt gerade die Schale auf.«

Sabina erhob sich kurz, und ich sah ein kleines Loch in einem meiner Eier.

»Ich picke es auf!«, rief ich. »So gequetscht im Ei ist es viel zu schwer, die Schale aufzupicken.«

Aber Sabina saß schon wieder: »Jeder muss sich allein durchkämpfen.«

Mich machte Sabinas Weigerung wütend. Das arme Küken! Wieso sollte ich ihm den Weg ins Leben nicht erleichtern? Mein Körper spannte sich an: »Es ist *mein* Ei! Ich kann es aufpicken, wenn ich will!«

»Stimmt nicht!«, fauchte Sabina auf einmal zurück. »Ihr habt eure Rechte an den Eiern abgegeben. Wir haben das so besprochen: Ihr legt nur die Eier, um den Rest kümmern wir uns. Wir sind die Glucken. Es sind *unsere* Küken!«

Nun schaute ein anderes Küken heraus. Es war hellbraun und sah mich an: »Pieps, pieps, pieps!« Dann kam es ganz heraus, konnte aber im Nest nicht so richtig laufen und fiel hin. »Pieps, pieps!« Es war so klein, rund und flauschig. Beim Stolpern streckte es seine kleinen flauschigen Flügelchen von sich. Ich sah es nur mit offenem Schnabel an.

»Wie niedlich!«, sagte Betty, und auch Bathildas Stimme war voller Rührung: »So süß!«

Das Küken hatte bald genug von der Welt und verkroch sich wieder unter Sinas Bauch. Mit dem Kopf vorweg drängte es sich ins Gefieder, kam zuerst nicht voran, eine Zeit lang sah man noch seinen kleinen flauschigen Po, dann bohrte es sich durch und war ganz verschwunden.

Sabina stand auf, Sina solle auch mal kurz hochkommen. Die zwei Küken sahen überrascht aus, als es plötzlich hell wurde. Sabina griff mit dem Schnabel die zerbrochenen Eierschalen und legte sie vors Nest.

»Bringt die mal weg«, sagte sie.

Bathilda nahm sie nacheinander und legte sie vor ihre Füße. »Wieso wegbringen?«, fragte sie. »Schalen sind kein Abfall. Sie enthalten Kalzium, Zink und andere Mikronährstoffe. Außerdem sind sie knusprig wie Chips und enthalten nicht mal Acrylamid.« Sie pickte in die Eierschalen. Das fand ich seltsam: erstens, dass Bathilda Eierschalen aß, und zweitens, dass Bathilda sogar jetzt nur ans Essen dachte.

»Kommen die anderen auch noch?«, fragte ich. Schließlich hatten sie doch mit den Eiern gesprochen.

»Eins wird wohl nicht kommen«, sagte Sabina. »Ein Ei von Bathilda. Aus dem zweiten ist ja schon das eine Küken mit dem braun-grauen Kopf geschlüpft. Das andere Küken, das hier durch das Nest gestolpert ist, ist aus deinem Ei.«

Es war mein Küken! Dabei sah es mir gar nicht ähnlich.

»Bathildas Küken ist zuerst rausgekommen«, sagte Sina, »dann deins, und gleich kommt dein zweites.«

»Und meine?«, fragte Betty. Ihr niedriger Kamm war schon etwas blass geworden.

»Die kommen auch noch.«

»Was ist denn mit meinem anderen Ei?«, fragte Bathilda. Sie hatte doch tatsächlich aufgehört zu picken.

»Es ist stumm geblieben«, sagte Sina, drehte sich zur Seite und rieb mit ihrem Schnabel am Gefieder. »Ich denke, es ist nicht richtig befruchtet worden oder gefault. Wir müssen es bald entsorgen.«

»Entsorgen?«, fragte ich.

»Sonst wird hier alles krank«, sagte Sabina. »Aber wenn alle geschlüpft sind, ziehen wir sowieso in den Stall und müssen dort ein neues Nest bauen. Das hier ist ja schon alt, und langsam breiten sich die Milben aus.«

»Nimmt eure Fütterin sie euch dann nicht weg?«, fragte ich. Bei dem Gedanken gruselte es mich.

»Sie ist doch kein Unmensch«, meinte Sina. »Eier kann sie in die Pfanne hauen. Küken nicht.«

»Wer weiß«, sagte ich. Die Menschen konnten schließlich auch Brathähnchen essen. Und dabei wurden – wer hatte das noch mal gesagt? – die Hühner nicht älter als fünf Wochen. War man zu dem Zeitpunkt nicht noch ein Küken? Aber die Brathühner waren viel größer gewesen. Ich musste mich wieder schütteln.

»Guck sie dir doch an«, meinte Sabina. »Wer kann schon solch kleinen, niedlichen Geschöpfen etwas zuleide tun?«

»Stimmt«, sagte Betty.

»Dafür muss man schon sehr kaltherzig sein«, stimmte auch ich zu. Ich konnte mir nicht vorstellen, wie jemand es übers Herz brachte, derart putzigen Wesen etwas anzutun. Ich selbst war ganz überwältigt vor Rührung. Von dem Bedürfnis, diese kleinen, runden Flauscheküken zu beschützen. Ich wollte ihnen die Welt zeigen. Aber dann fiel mir ein, dass ich selbst die Welt kaum kannte. Ich dummes Huhn hatte bis vor Kurzem noch nicht mal gewusst, was Regen war. Und davor hatte ich nicht gewusst, dass es eine Sonne gab und den Fuchs und den Habicht.

Ich war also ein wirklich dummes Huhn, aber ich nahm mir vor, den Küken so viel zu helfen, wie ich konnte. Wenn sie wollten, durften sie auch unter meinem Bauch verschwinden.

Sina und Sabina hatten den Napf mit Futter entfernt, denn

das würde nachts nur die Mäuse anlocken, und Mäuse seien so klein, dass sie durchs Gitter kämen. Es stand also nur noch der Napf mit Wasser da, und auch den sollten wir wegbringen, denn die Küken könnten hineinfallen und sich erkälten.

Betty griff sich den Napf und stellte ihn vor den Käfig.

»Aber die Küken«, gackerte ich, »müssen doch etwas zu picken und zu trinken haben.«

»Die leben noch gut von ihrem Dottersack«, meinte Sina. »Die brauchen erst mal nichts.«

Mir fiel der Unterschnabel herunter. Was für ein Dottersack? Ich hatte doch eben das Küken gesehen, das unter dem Bauch hervorgekommen war. Wo sollte da ein Dottersack sein?

»Hör auf zu hyperventilieren«, sagte Betty und stupste mich mit ihrem Flügel an. »Es stimmt, sie brauchen erst mal nichts.«

»Pieps, pieps! Pieps, pieps, pieps!«, kam es wieder gedämpft aus dem Nest.

Bathilda hörte auf zu picken, sah in Richtung der versteckten Küken und gackerte: »Pieps, pieps, pieps. Tante Bathilda hat euch lieb!« Dann stutzte sie und fragte Sina und Sabina: »Verstehen sie mein Gegackere?«

»Nein, nur Gegluckse«, sagte Sina.

»Kannst du das dann für mich übersetzen?«

Sina fuhr sich mit dem Schnabel über die Brust und überlegte. »Was Tante heißt, weiß ich nicht, und auch nicht, was Bathilda heißt.« Sie gab ein komisches Glucksen von sich, das keiner von uns dreien verstand. Bathilda sah sie fragend an. Sina informierte uns: »Ich habe der Einfachheit halber gegluckst, dass wir sie alle lieb haben.«

»Oh, das ist gut!«, freute sich Betty.

»Pieps, pieps, pieps!«, hörten wir wieder.

»Was sagt es?«, fragte Betty.

»Es hat zu den Küken in den Eiern gesprochen und gesagt, sie sollten jetzt endlich auch rauskommen.«

Wir starrten weiter zum Nest. Selbst Bathilda hatte ihr Knabberzeug, die Eierschalen, vergessen. Wir warteten nicht drauf, dass die anderen Küken sich aus dem Ei pickten, das konnten wir sowieso nicht sehen, das geschah alles unter Sinas und Sabinas Bäuchen. Wir warteten darauf, dass eines der Küken wieder aus dem Seidengefieder herauskam oder wenigstens seinen kleinen Kopf herausstreckte.

»Ruht euch aus«, sagte ich. »Geht was picken und trinken. Ich brüte weiter.«

»Ich gehe allein«, sagte Sabina, »und ich bin auch gleich zurück. Dann kann Sina gehen.«

»Ihr lasst euch auch nicht die Butter vom Brot nehmen«, meinte Betty. »Oder besser: Ihr lasst euch nicht von den Eiern nehmen.«

Sabina stand auf und lief los. Sina rutschte in die Mitte. Wir hörten wieder ein Piepsen. Am liebsten hätte ich meinen Kopf unter Sinas Bauch gesteckt und nach den Küken geschaut. Dann fiel mir ein: Ich war doch früher auch ein Küken gewesen, genauso wie alle anderen hier. Waren wir wirklich so klein und putzig gewesen?

Ein Küken war ein noch größeres Wunder als ein Ei. Das Ei war in meinem Körper entstanden. Und dann hatte sich darin ein Küken entwickelt. Und jetzt lief es herum und piepste. Wie war das möglich? Wenn das kein Wunder war – was sollte dann sonst ein Wunder sein?

Sabina kam schon wieder zurück. Wie konnte sie so schnell picken, trinken, kacken und baden?

»Los, geh du jetzt«, sagte sie zu Sina, aber Sina wollte nicht. Sabina musste sie richtig drängen. Unwillig erhob sich Sina und kam heraus. Und in dem Moment sahen wir sie wieder!

Die zwei Küken wirkten überrascht, weil ihr warmes, weiches Zuhause sich auf einmal erhoben hatte.

An einem von Bettys Eiern war jetzt ein kleines Loch zu sehen. »Mein Küken kommt auch raus!«, rief Betty. Da setzte sich Sabina schon wieder ins Nest und verdeckte alles. Viel mehr sahen wir an diesem Tag nicht. Wir sicherten am Abend den Käfig wie immer ab, und ich hoffte diesmal noch stärker, dass der Fuchs nicht kam.

Ich konnte nicht schlafen. So lange hatten wir darauf gewartet. Wir hatten alle hart dafür gearbeitet (auch wenn die harte Arbeit ohne viel Glück nicht ausgereicht hätte). Morgen würden die letzten Küken geschlüpft sein.

Heute Nacht regnete es nicht, und ich saß wieder auf meinem Schlafast. Betty wollte, dass ich in den Stall komme, aber hier war ich ungestört. Was ich nicht ahnen konnte: Kurz nachdem ich endlich doch eingeschlafen war, pustete der Wind kalt durch mein Gefieder – brrrr, richtig widerlich! Und dann fing es an zu regnen. Nur war der Stall aber verschlossen. Wohin also? Ich blickte zum Menschenstall. Etwas flimmerte im dunklen Arbeitszimmer.

Ich flog hinunter, der Wind wirbelte mich wieder hoch, und ich geriet in Schieflage. Dann ging die Böe vorbei, und ich ließ mich bis zum Sims gleiten. Das Licht war wirklich da, ich hatte mich nicht getäuscht. Roland Kaiser schaute wieder auf den Monitor und trat gezielt auf die Tastatur. Er wirkte konzentriert und ruhig, wie er da so saß und ab und zu seine Beine bewegte. Ich bewunderte wieder seine Figur: Er hielt sich so gerade. Ich sah mir gern seinen Körper an, wenn er es nicht mitbekam.

Der Wind drückte nun den Regen in meine Richtung, die Tropfen peitschten gegen die Scheibe und auch gegen meinen Rücken. Langsam wurde es richtig ungemütlich. Ich klackte mit dem Schnabel gegen die Scheibe, und Roland Kaiser zuckte zusammen. Er drehte sich um und sah mich groß an. Dann ging er in die Knie, hob ab und flatterte zu mir. »Draußen regnet es«, stellte er fest. »Du kannst nicht auf deinem Ast schlafen.«

Er zeigte mit dem Schnabel zur Tür. »Siehst du das Ding? Dieses waagerechte Stück ist die Klinke. Du musst daraufflattern, weiter außen, keine Angst, du sackst nach unten, und wenn das passiert, drückst du mit den Füßen nach vorne, also Richtung Tür, verstanden? Die Tür ist nicht abgeschlossen, sie ist nur zu.«

Ich wusste zwar nicht so richtig, was er meinte, aber ich flog zur Tür, schlüpfte durch die Katzenklappe ins Haus und machte genau das, was er gesagt hatte. Als die Klinke sich senkte, erschrak ich trotzdem und flatterte weg. Dann probierte ich es noch mal. Die Tür ging auf, fast wäre ich hintenübergekippt. Ich ließ die Klinke los, schlug wild mit meinen Flügeln und landete schließlich auf meinen Füßen. Roland Kaiser erwartete mich schon. »Die Tür öffnet sich nach innen, deswegen lässt sie sich von außen besser aufdrücken«, sagte er.

Ich trat ein. Der Raum war dunkel, aber durch den hellen Monitor sah man noch etwas.

»Ich bin müde«, sagte Roland Kaiser. »Ich geh gleich in den Käfig. Willst du mit?«

Aber ich wollte nie wieder in so einem Käfig schlafen.

»Ach, fast vergessen«, sagte er. Er flog hoch gegen die Tür, und sie knallte zu. Hoffenlich hatte er damit nicht die Otterpohls geweckt.

»Sicher ist sicher«, meinte er. »Wer weiß, ob der Fuchs noch mal durch die Katzenklappe kommt.«

Ich flatterte aufs Sofa. Hier war es weich und nicht ganz ebenerdig, man hatte einen guten Überblick. Eigentlich wollte ich von den Küken erzählen, aber kaum lag ich auf dem Sofa, schlief ich ein.

Obwohl ich erst so spät eingeschlafen war, wachte ich noch früher auf als sonst. Ich flatterte zum Fenster und sah hinaus. Vom Regen war nicht mehr viel zu sehen, die Sonne schien, die Blätter und Grashalme glänzten. Hier drinnen war es stiller als im Stall. Die Geräusche waren nicht nur gedämpft, sondern blieben außen vor.

»Endlich bist du wach«, hörte ich und drehte mich um. Roland Kaiser schaute aus dem Käfig. »Du musst jetzt gehen, sonst merken die Otterpohls etwas.«

Diesmal war es schwieriger, weil die Tür jetzt nach innen geöffnet werden musste. Schieben war einfacher als ziehen, aber mit Roland Kaisers Hilfe klappte es.

Die Otterpohls schienen noch zu schlafen. Ich lief zur Katzenklappe. Als ich sie aufdrücken wollte, rief mir Roland Kaiser hinterher: »Ich weiß jetzt, warum die anderen so gelacht haben.« Ich drehte mich um. Was meinte er?

Er sagte: »Die anderen haben gelacht, als ich mich damals vorgestellt habe. Im Internet konnte ich herausfinden, dass ein bekannter Sänger so heißt wie ich.«

Ich wusste immer noch nicht, was er meinte.

»Die Lieder, die aus Otterpohls Wohnzimmer kamen«, meinte er, »waren von ihm, aber ich behalte den Namen trotzdem. Der Sänger sieht gut aus und hat eine kräftige Stimme. Es ist keine Schande, denselben Namen zu tragen wie er, im Gegenteil.« Er zog sich wieder ins Zimmer zurück und drückte die Tür zu. In der Stille war das ziemlich laut, genauso wie in der Nacht. »Miau!«, hörte ich und drehte mich zur anderen Seite. Der Kater lag in so einer Art Korb und war wach geworden. Ich verschwand durch die Klappe in die weite Welt.

Heute war ich noch ungeduldiger. Es dauerte mir viel zu lange, bis der Otterpohl wach war und den Ausschlupf öffnete. Am liebsten wäre ich wieder in den Menschenstall gegangen, durch den Flur ins Schlafzimmer und hätte laut gegackert, damit er aufwachte.

Als die anderen endlich herausgelassen wurden, lief ich zu Betty und Bathilda. Ich wollte sie drängen, aber das musste ich gar nicht. Sie hatten es heute selber eilig. Unterwegs sprachen wir nicht viel. Ich dachte nur an die Küken. Am Garten angelangt, rannte ich quer über den Rasen und dann in die Büsche hinein, bis ich vor dem Käfig stand.

»Sind sie alle da?«, gackerte ich atemlos.

Ich hörte Gepiepse unter Sina und Sabina. »Ja. Nur das eine stumme Ei von Bathilda ist ein Ei geblieben.«

Betty und Bathilda standen nun neben mir. Wir entfernten die Spanngurte und öffneten die Tür. Sina und Sabina erhoben sich. Fünf Küken waren da! Zwei hellbraune, ein grau-braunes mit weißem Bauch und zwei braun-weiß gepunktete. Die weißen Punkte waren vor allem auf den Flügeln gut zu erkennen. Sie sahen aus wie Betty im Kleinformat.

»Hühnergottseidank!«, sagte Bathilda. »Das Küken hat die Füße von Roland Kaiser geerbt!«

»Wir würden es auch mit Federn an den Füßen mögen«, meinte Sina. »Ob Federfüße oder nicht, Hauptsache gesund.«

»Dem Küken wird es aber nicht egal sein«, gab Bathilda zurück. »Kein Huhn hat gern Federfüße.«

»Du solltest mal zum Podologen gehen«, meinte Betty. »Der schneidet vielleicht nicht nur Fußnägel, sondern rupft auch Fußfedern.«

»Pieps, pieps, pieps!« Die Küken sahen uns an. Ein Küken, es war eines von Betty, pickte einem meiner Küken nun gegen den Kopf.

»Hey!«, gackerte ich. »Hör auf damit, du freches Küken! Du bist genauso wie deine Mutter!«

»Was soll das denn heißen?«, gackerte Betty zurück.

Ich streckte meinen Kopf dicht vor das Küken, und es schaute mich aus seinen schwarzen Augen an, als wüsste es nicht, was ich meinte. Bathildas Küken stolperte davon, und die anderen fingen auch an, herumzulaufen, so gut es im Nest eben ging.

»Wir müssen umziehen«, sagte Sina. »Hier draußen ist es zu gefährlich.«

»Aber es hat die ganze Nacht geregnet, der Rasen ist zu nass, sie könnten sich erkälten«, entgegnete Sabina. Die beiden sahen sich ratlos an, während wir drei immer noch die Küken anstarrten. Sina und Sabina stiegen aus dem Käfig, und das Gepiepse wurde noch lauter.

»Niedlich!«, gackerte Betty. »So niedlich!«

Sabina sah uns an. »Ihr müsst die Küken auf dem Rücken über den Rasen tragen. Was schaut ihr so?«

»Wie soll das denn gehen?«, fragte ich.

»Na, die Küken springen auf eure Rücken, und ihr geht möglichst geduckt über den Rasen zum Stall. Bathilda nimmt drei auf ihren breiten Rücken und ihr jeweils eines«, sagte Sabina.

Dafür mussten die Küken aber erst mal aus dem Käfig kommen. Die Gittertür ging nicht ganz bis zum Boden, sodass die Küken über die Kante hinüberspringen mussten.

»Kein Problem«, sagte Sina. »Sie werden uns schon folgen.« Sie ging mit Sabina ein Stück weiter weg und gluckste. Es schien eine Art Rufen zu sein, denn die Küken piepsten aufgeregt und kämpften sich durch das Nest bis zur Käfigtür. Das erste hüpfte hoch, probierte es noch einmal und war draußen. Die anderen machten es ihm nach. Nur eines von meinen Küken war noch im Käfig und piepste kläglich. Es hüpfte und hüpfte, kam aber nicht so hoch. Sina gluckste weiter und rief nach ihm, aber es war zu schwach. Sein Gefieder war auch noch nicht so flauschig, es wirkte nicht so rund und proper wie die anderen. Wieder piepste es kläglich. Ich wusste nicht, was es sagte, aber der Klang rührte an mein Mutterherz.

»Wenn es das nicht schafft, müssen wir es erst mal zurücklassen«, gackerte Betty.

»Spinnst du?«, herrschte ich sie an. »Das sagst du nur, weil es nicht dein Küken ist!«

Das Küken hüpfte weiter, es fiel aber jedes Mal auf den Rücken. Ich stieg in den Käfig, drehte mich um und half ihm, als es wieder hüpfte, indem ich einen Fuß unter seinen Po steckte und es etwas hochstieß. Es kam über den Rand und plumpste aus dem Käfig, berappelte sich, stand auf, und lief den anderen hinterher. »Siehst du«, gackerte ich ihm zu. »Du kannst es auch.«

Inzwischen wurde schon der Rücken-Aufstieg geplant. Bathilda lag flach auf dem Boden, und Sina und Sabina stellten sich hinter sie und gluckten. Das Bathilda-Küken und ein Betty-Küken waren schon auf Bathildas Rücken.

»Dann lauf doch schon mal los«, sagte Sina zu ihr. »Besser, wir bringen schon mal zwei rüber, als hier lange zu warten.«

Bathilda erhob sich, und mich wunderte es, dass die beiden Küken sich auf ihrem Rücken halten konnten. Bathilda versuchte, ganz ruhig ohne viel Ruckeln zu gehen. Nur ihr Kopf bewegte sich bei jedem Schritt leicht nach vorn.

Bei Betty lief es genauso ab: Zwei Küken sprangen hoch, und sie machte sich auf den Weg.

Übrig blieb nur das Nachzügler-Küken.

Sina und Sabina gluckten dem Küken gut zu. Ich legte mich flach auf den Boden. »Du schaffst es«, gackerte ich aufmunternd, obwohl ich wusste, dass es mich nicht verstand. Das Küken schien zu wissen, was wir von ihm wollten, es war nicht dumm. Statt von der Seite auf den Rücken zu hüpfen, nahm es den flacheren Weg von hinten, stapfte meine ausgedünnten Schwanzfedern hoch und lief weiter bis zu meinem Rücken. Dort waren noch nicht alle Federn nachgewachsen, und ich spürte die kleinen Füße direkt auf meiner Haut. Es kitzelte ein wenig, und ich war ganz gerührt. Vorsichtig erhob ich mich. Sina und Sabina gingen neben mir her und passten auf. Sie gackerten mir zu: »Weiter, gut so, weiter.« Während ich über den Rasen lief, war ich hoch konzentriert. Das Küken durfte nicht herunterfallen. Ein Hühnerrücken musste für ein kleines Küken ganz schön hoch sein. Vielleicht würde es sich dabei verletzen. Es war doch noch so zart.

Noch nie war mir ein Weg so weit vorgekommen. Noch nie war ich beim Laufen so angespannt gewesen. Das Küken piepste ängstlich, aber ich konnte es nicht trösten. Vor dem Stall musste es absteigen. Der Ausschlupf war ohnehin klein, und mit einem Küken auf dem Rücken würde es gar nicht gehen. Kaum saß ich, sprang das Küken herunter. Es sah sich um und lief von allein in den Stall.

Dort waren schon die anderen. Betty und Bathilda standen nur da und starrten auf die Küken, die überall herumwuselten.

Sie liefen ganz schnell hin und her, schauten sich neugierig um. Nur mein Nachzügler-Küken war etwas ruhiger. Es legte sich hin und ruhte sich aus. Sina sagte: »Dein eines Küken scheint etwas schwächlicher zu sein als die anderen. Es hat auch viel länger gebraucht, um die Schale aufzupicken. Bettys Küken sind früher rausgekommen, obwohl sie erst viel später angefangen haben.«

Das Küken piepste wieder kläglich, als wäre es ganz verlassen. Sina lief zu ihm hin, und das Küken stand auf und drückte sich mit dem Kopf nach vorn in ihr Gefieder, bis es ganz unter ihrem Bauch verschwunden war. Die anderen Küken liefen weiter herum, verharrten manchmal kurz, schauten durch die Gegend, wuselten wieder herum. Sie hatten den typischen Kükenblick: erwartungsvoll und etwas ungläubig.

Wie konnten die Küken denn schon so schnell laufen? Ja, und noch einmal, ja: Es war ein Wunder – dem Karpfen zum Trotz.

Sina und Sabina wollten sich um die Küken kümmern, wir anderen waren ja nur das Fußvolk, wie Bathilda sagte. Wir wurden dazu abkommandiert, Nistmaterial zu sammeln. Außerdem sollten wir den Käfig ausleeren und zurück zur Garage bringen – nicht, dass sich noch andere Tiere dort einnisteten. Wir sollten uns nützlich machen.

Bathilda sagte: »Zu Befehl, wenn es die Herrschaften so wünschen.« Sina und Sabina schauten angenehm berührt, aber ich war mir sicher, dass Bathilda es nicht ernst gemeint hatte.

Betty sagte: »Ihr habt doch Streu auf dem Boden und da in den Kabinen auch.« Sie sah wieder auf die Küken. »Aber na gut, wir suchen etwas Weicheres, nur ist draußen alles nass.«

Mit dem Ausmisten waren wir ziemlich schnell fertig. Danach schoben wir den Käfig in die Garage zurück, nur bekamen wir ihn nicht wieder hoch aufs Regal. Bathilda schlug vor, den Käfig auf die Seite zu legen, dann sähe es so aus, als hätte ein Tier, ein Marder oder eine Katze, ihn hinuntergestoßen.

Zurück im Gebüsch, verteilten wir überall das alte Nistmaterial. Es war auch noch das eine Ei von Bathilda zurückgeblieben. Sie starrte es lange an, dann meinte sie, ich solle ein tiefes Loch ausscharren. Ich wollte gerade fragen, wieso sie nicht selbst ein Loch ausscharrte, als mir ihre befiederten Füße wieder einfielen. Als das Loch fertig war, stellte sie sich auf die andere Seite, beugte sich herüber und rollte das Ei mit dem Schnabel in die Kuhle. Ich sollte das Loch wieder zuscharren. Betty kam mit Kräutern im Schnabel zurück und schwang sie hin und her, um die letzten Tropfen abzuschütteln. Sie sah uns an und fragte kaum verständlich mit vollem Schnabel, ob wir das Ei beerdigten, und Bathilda antwortete, das Ei sei noch zu etwas zu gebrauchen, voller hochwertiger Proteine, also gutes Futter für Würmer, die sich davon ernähren würden, und von diesen Würmern könnten sich später wiederum Hühner ernähren, und so würde sich der ewige Kreislauf schließen. Auch ein ungeschlüpftes Ei sei wertvoll, so wie alles auf der Welt.

Im Stall pickten die Küken auf dem Boden herum und streckten dabei ihre runden, flauschigen Hintern in die Höhe. Sie liefen mit schnellen Schritten durch den ganzen Stall, und Sabina musste aufpassen, dass sie nicht in die Tränke hüpften. Die war zwar nicht sehr tief, aber immer noch tief genug für ein Küken.

Mein kleiner Nachzügler war die ganze Zeit unter Sina geblieben und ließ sich nicht blicken. Als das neue Nest fertig war, standen wir ruhig da und beobachteteten die Küken, die immer noch neugierig herumwuselten. Schließlich sagte Sina:

»Ihr müsst gehen. Es ist Sonntag, und da kommt die Fütterin früher in den Stall.«

»Außerdem«, sagte Sabina, »muss sie den Wasserbehälter auswechseln und kükengerechtes Futter zubereiten, denn langsam sollten die Kleinen doch etwas Vernünftiges in den Schnabel bekommen.«

»Pieps, pieps, pieps«, machten die Küken, und Sina sagte: »Wir haben euch alle lieb.«

Vitamine, Mineralstoffe und ganz viel Liebe

Widerwillig verließen wir den Stall und gingen zurück. So viel Niedlichkeit hielt man aber auch nur aus, wenn man eine Glucke war und sich ständig um die Küken kümmern musste. Wenn man still sitzen blieb und sie einfach nur beobachtete, rieben die Gefühle einen auf. Gute und schlechte Gefühle waren unterschiedlich, aber in ihrer Reibung waren sie gleich.

Nachdem wir gegangen waren, machte ich mir Sorgen um mein Nachzügler-Küken. Es war kleiner als die anderen und nicht so munter. Es zerriss mir das Herz, dass es so schwächlich war. Für das Leben brauchte man Kraft.

Die anderen Küken würden es picken und piesacken, denn alle fielen über die Schwächeren her. Als ausgewachsenes Huhn hatte man seine Methoden gefunden, damit umzugehen, aber als Küken war man schutzlos. Man konnte nichts anderes tun, als kläglich zu piepsen. Ich wusste nicht genau, was es gesagt hatte, aber am Ton hatte ich hören können, dass es so etwas gepiepst haben musste, wie: »Ich bin so allein, ich schaffe es nicht.«

Küken waren zwar niedlich, aber sie verhielten sich auch nicht freundlicher als erwachsene Hühner. Sie pickten sich gegenseitig und sprangen frech auf alles drauf. Sie waren klein und flauschig, doch sie hatten es schon faustdick hinter ihren noch nicht sichtbaren Ohrscheiben.

Es war noch früh, als wir wieder im Garten der Otterpohls ankamen. Bathilda hatte nicht alles in die Garage zurückgelegt. Einen Gurt hatte sie sich um den Hals gewickelt und mitgenommen: »Spanngurte kann man immer gebrauchen.«

Betty schüttelte den Kopf: »Diebstahl ist unmoralisch und wird bei den Menschen zu Recht bestraft.«

Bathilda sagte: »Die Fütterin von Sina und Sabina wird es verkraften. In der Garage steht ein Mercedes.«

»Ach, und wer einen Mercedes fährt, darf beklaut werden?«, fragte Betty.

Als wir durch das Loch im Zaun geschlüpft waren, blieb Bathilda stehen, beugte ihren Kopf und löste mit ihrem Schnabel die beiden Haken, die sie ineinandergehakt hatte. Sie drehte sich, bis der Gurt zu Boden fiel.

»Zurück zu den Strategien«, sagte Bathilda. »Den Gegner erst gar nicht durchzulassen ist das A und O.«

»Das war aber nicht unter den Punkten dabei, die du aufgelistet hast«, sagte Betty. »Ich habe dein Buch über Kriegsstrategien zwar nicht gelesen, aber davon gehört.«

Bathilda schüttelte den Kopf und griff sich dann mit dem Schnabel einen Haken vom Boden. Sie nuschelte: »Das ist über zweitausend Jahre her. Es ist ja wohl klar, dass ich inzwischen dazugelernt habe, oder?« Sie drehte uns den Rücken zu und schlurfte zum Zaun. »Wer nicht vorwärts geht, geht rückwärts«, nuschelte sie weiter. Ich stellte mich neben sie, um zu sehen, was sie da tat.

»Man kann auch stehen bleiben«, sagte ich.

»Stillstand ist Rückschritt«, erwiderte Bathilda.

»Das stimmt nicht«, sagte ich. »Stehen bleiben ist keine Bewegung, aber wenn man zurückgeht, bewegt man sich nach hinten.«

»Bathilda meint das anders«, mischte sich Betty ein.

»Sie kann das nicht anders meinen«, sagte ich. »Entweder gibt es Bewegung, oder es gibt keine.«

Bathilda hakte das eine Ende im Zaun ein, nahm dann den anderen Haken in den Schnabel und schob ihn durch ein Loch weiter oben. Er baumelte herunter, sie fasste ihn wieder, schob ihn weiter unten durch und dann quer herüber.

»Was wird das denn?«, fragte Betty.

»Hier ist sicherlich der Fuchs durchgekommen«, erklärte Bathilda. »Siehst du die rötlichen Fellbüschel da an den Zweigen?« Betty und ich schauten angestrengt. Da hing zwar etwas, aber man konnte es nicht richtig erkennen. Wie kam Bathilda darauf, dass es vom Fuchs war?

»Das ist ja wie Nähen, also eher wie Flicken.« Betty beobachtete Bathildas Tun aufmerksam. Bathilda flickte weiter, bis der Spanngurt nur noch ganz kurz war. Sie zog nun mit voller Kraft und hakte ihn schließlich ein. Dann trat sie zwei Schritte zurück und begutachtete ihr Werk. Der Spanngurt war nun kreuz und quer über dem Loch verflochten, es sah aus wie ein großes Spinnennetz. »So«, sagte sie. »Nun kann der Fuchs nicht mehr rein, selbst wenn er sich von Mollis Lanzenstichen erholen sollte und ihm von der Digitalis-Überdosierung nicht mehr übel ist.«

»Super«, sagte Betty anerkennend. »Jetzt musst du nur noch ein großes Netz über die Bäume flechten, dann haben wir auch Ruhe vor dem Habicht.«

»Ein Angriff von oben ist nicht so leicht abzuwehren wie ein Loch im Zaun«, sagte Bathilda. »Deswegen gibt es auch fast nur noch Luftangriffe und kaum noch Bodentruppen. Die Maginot-Linie war für die Katz. Ich habe es doch gerade gesagt: Wer nicht vorwärts geht, geht rückwärts.« Sie zögerte. »Den Luftkrieg habe ich bei meinen Kriegsstrategien nicht bedacht. Aber damals konnte ich auch noch nicht ahnen, dass es Flugzeuge geben würde.«

Wir ließen Bathilda vorgehen. Sie wurde auch sogleich bemerkt.

»Liebe Bathilda!«, rief Lisa Leghorn. »Wo warst du?«

»Auf der Suche nach Vishnu und Shiva.«

»Das sagst du immer. Ich habe die beiden noch nie gesehen. Und jetzt sag nicht, du warst auf der Suche nach der verlorenen Zeit, denn ich hab darüber nachgedacht.«

»Ach ja?«

»Ja. Man kann die Zeit nicht verlieren.«

Lisa Leghorn baute sich breitbeinig vor Bathilda auf.

Bathilda sagte: »Ich war jedenfalls nicht auf der Suche nach mir selbst.« Sie schlenderte an ihr vorbei.

»Warum solltest du auch auf der Suche nach dir selbst sein?«, rief Lisa Leghorn ihr nach. »Du bist doch schon da?« Sie wedelte mit ihren Flügeln, um auf sich aufmerksam zu machen. Aber Bathilda ging einfach weiter. Lisa Leghorn lief ihr ein Stück nach. Betty nutzte die Gelegenheit, um ungesehen aus dem Gebüsch herauszukommen, und ging zum Stall. Mittlerweile hatte Lisa Leghorn sich aber wieder umgedreht. Ich musste also noch warten. Nach einer Weile ging ich wieder zurück zum Zaun und legte mich dorthin. Eine Maus lief vor mir her. Sie zog ein Hinterbein nach und kam deswegen nicht so schnell voran. Was war mit ihr passiert? Bathilda hätte sie sich sofort geschnappt. Aber mich erinnerte die Maus an mein schwächliches Küken. Was hatte das Küken bloß? Warum fehlte ihm die Kraft? Es wäre gar nicht aufgefallen, wenn die anderen Küken nicht so anders gewesen wären. Den anderen Küken gehörte die Welt.

»Mehlwürmer!«, hörte ich. »Es gibt Mehlwürmer!«

Das klang nach Lisa Leghorn. Sie konnte einfach ihren Schnabel nicht halten und gackerte immer aus, was ihr gerade durch den Kopf ging.

Als ich aus dem Gebüsch kam, sah ich schon die nach oben gerichteten Hühnerhintern. Alle waren gekommen, um die leckeren Mehlwürmer aufzupicken, auch Betty hatte den Stall verlassen. Mir kam wieder in den Sinn, dass ein Huhn nicht allein sein sollte. Allein hätte man zwar den ganzen Stall und den ganzen Garten für sich, selbst die leckeren Mehlwürmer. Aber man wäre trotzdem traurig. Wir Hühner waren nicht fürs Alleinsein gemacht.

»Ah, du bist auch da!«, begrüßte mich der Otterpohl. Die anderen nahmen keine Notiz von seiner Aussage. Sie waren zu sehr damit beschäftigt, die Würmer in sich hineinzupicken. Der Otterpohl streckte mir seine Hand entgegen. »Du brauchst ja immer eine Extrawurst. Ach nee, Extrawürmer.«

Ich sah auf seine geöffnete Hand und dachte an das schwächliche Küken. Mehlwürmer waren doch sicherlich klein genug für ein Küken. Jedenfalls würde ein Küken keinen Regenwurm verschlingen können. Ich schnappte mir einen Schnabel voll und flatterte den Baum hoch.

»Schon genug?«, rief mir der Otterpohl hinterher.

Auf meinem Schlafast steckte ich die Mehlwürmer in die Rille unter meinem Fuß. Ich drückte sie noch weiter hinein, damit sie nicht herausfallen konnten. Dann flatterte ich herunter, nahm wieder einen Schnabel voll und immer so weiter.

»Verstehe«, sagte der Otterpohl. »Du bunkerst dir einen Mitternachtssnack.«

Als keine Würmer mehr da waren, flatterte ich wieder hoch. Von hier oben sah ich, wie die Hühner jetzt auseinandergingen. Jedes Huhn hatte sein eigenes Ziel. Aber heute Abend würden sich alle wieder im Stall einfinden.

In der Nacht konnte ich nicht einschlafen. Ich machte mir Sorgen um das schwächliche Küken. Ich wollte auch nicht immer »das schwächliche Küken« denken, als wäre die Schwäche ein Teil von ihm. Wie hießen die Küken überhaupt? Und waren sie Hennen oder Hähne? Klar war nur, welches Küken von wem stammte und dass die Küken Sina und Sabina als ihre Glucken ansahen, was sie auch waren, denn von uns anderen gluckste niemand.

Ich sah zum Haus hinüber. In Roland Kaisers Zimmer brannte noch Licht. Ich flatterte herunter, aber nicht zum Fenster. Ich wollte richtige Gesellschaft haben, ich wollte neben einem anderen warmen Hühnerkörper sitzen. Ich schob die Katzenklappe hoch, lief durch den Flur, flatterte auf die Klinke und schob meine Füße nach vorn. Die Tür ging auf, und ich flatterte durch den Türspalt ins Zimmer.

»*Du* bist es!«, rief Roland Kaiser, als ich ins Zimmer kam. »Du hast mich vielleicht erschreckt! Ich dachte, Frau Otterpohl erwischt mich jetzt am Rechner.«

Ich rückte sofort mit der Sprache heraus und erzählte ihm alles. Auch, dass eines der Küken schwächlich war. Jetzt war es mir schon wieder aus dem Schnabel gerutscht, dabei wollte ich doch nicht mehr »schwächlich« sagen.

»Du siehst echt fertig aus«, sagte Roland Kaiser. »So habe ich dich ja noch nie erlebt. Selbst nach der Fuchsattacke hast du besser ausgesehen.« Eigentlich wollte ich aus seinem Schnabel etwas anderes hören. Aber was?

»Ich kenn mich auch nicht so gut mit der Aufzucht von Küken aus«, sagte Roland Kaiser. »Schließlich bin ich ein Hahn. Aber wir können mal googeln.« Ich wusste nicht, was er meinte, aber ich war zu niedergeschlagen, um Fragen zu stellen. Wir flatterten auf den Tisch und hockten uns vor den Monitor. Roland Kaiser bewegte seine Füße schnell hin und her, es klackte leise, wenn er mit seinen Zehen eine Taste herunterdrückte. Er schaute gespannt auf den Bildschirm. Immer wenn er mit seinen Füßen zugange gewesen war, änderte sich auf dem Monitor etwas.

»Also«, sagte er. »Kamillentee wäre vielleicht gut und Multivitamine.«

»Tee«, sagte ich. »Betty hat es auch noch nie geschafft, Tee zu trinken. Was ist das überhaupt?«

»Heißes Wasser mit was drin. Du kannst doch die Kamille einfach ins Wasser tun«, sagte er. »Das müsste sich auch so ein bisschen auflösen.«

Es beruhigte mich, neben ihm zu sitzen. »Und die Vitamine?«, fragte ich.

»Die Menschen nehmen Multivitamin-Tabletten, aber da kommen wir wohl nicht so einfach ran als Hühner. Der Otterpohl verfüttert doch manchmal geriebene Möhre.«

»Manchmal reicht nicht«, sagte ich. »Dann ist das Küken nicht mehr da.«

»So schlimm?«, fragte Roland Kaiser.

Ja, es war schlimm. Und es war schlimm, dass es den anderen nicht so zu Herzen ging wie mir. Würde Betty mehr für das Küken empfinden, wenn es ihres wäre? Sie alle waren nicht traurig wegen des schwächlichen Kükens (ich hatte es schon wieder gedacht), sondern freuten sich nur über die herumflitzenden anderen. Bei Betty musste ich nun an den Grünkohl denken. Aber sie hatte auch gesagt, man dürfe nicht zu viel davon essen, er blähe, man würde also einen Luftbauch bekommen, und das würde dann drücken.

Roland Kaiser sah weiter aufmerksam auf den Monitor. Ich solle mich aufs Sofa legen, er müsse sich beim Recherchieren konzentrieren. Ich flatterte hinüber zum Sofa, legte mich hin und schlief ein.

Jemand stupste mich in die Seite. Ich wollte schon aufspringen und denjenigen picken, aber als ich die Augen öffnete, dämmerte mir, dass Stall 2 schon lange hinter mir lag und ich mich in Roland Kaisers Zimmer befand. Ich atmete auf und schüttelte meine Erinnerungen ab. Ich wurde noch mal gestupst. Mit dem rechten Auge sah ich, dass Roland Kaiser neben mir stand.

»Kamm hoch und Schnabel nach vorn!«, kommandierte er. »Wir können uns die Multivitamine selbst zusammensuchen.« Welche Multivitamine? Ach so, ja, für das Küken. »Ich werde mich heute selbst aus meiner Rekonvaleszenz entlassen und unterwegs mit dir die passenden Wildpflanzen suchen. Die Menschen flößen solchen Küken mit einer Kanüle Tee und Vitamine in den Schnabel. Aber wir haben keine Kanüle und werden das Küken mit unseren eigenen Schnäbeln füttern. Schließlich tun das andere Vögel auch. Sie füttern ihren Nachwuchs von Schnabel zu Schnabel.«

So früh am Morgen brauchte ich einen Moment, um seine Aussagen zu verarbeiten. »Was für Wildpflanzen?«, fragte ich.

»Kamille«, sagte er, »und anderes.«

Ja, das kannte ich. Wir hatten schließlich büschelweise Kamille und Lavendel gesammelt.

»Lavendel auch?«, fragte ich.

»Nein, das beruhigt, und wenn das Küken schon so ruhig ist, wirds noch ruhiger«, sagte er. »Wir sammeln Kamille, das ist gut gegen Entzündungen, und im Gestrüpp suchen wir noch nach Brennnesseln. Die haben Vitamine, Mineralstoffe und bioaktive Substanzen. Sie sind gut gegen Müdigkeit und regen den Stoffwechsel an. Und dann schauen wir auch, ob irgendwo Schlehen wachsen. Schlehen sind gut fürs Immunsystem und schützen vor Infekten. Das dürfte erst mal eine gute Mischung sein.«

Kamille war reichlich vorhanden, aber die anderen Pflanzen? Noch nie davon gehört. Roland Kaiser sprach schon weiter: »Eigentlich müssten wir das Küken zu den Otterpohls bringen, damit es zum Tierarzt kommt, aber wenn es wirklich so schwächlich ist, wie du sagst, dann kann es auch nicht den langen Weg mit uns zurücklaufen.«

»Zum Tierarzt?«, fragte ich entsetzt. »Das ist jemand, der den ganzen Tag Tiere quält! Diese Frau hat mir so wehgetan wie kein anderes Huhn!«

»Ach, das war bestimmt nur zu deinem Besten«, sagte Roland Kaiser.

»Woher weißt du, dass die Otterpohls dich heute rauslassen?«

»Ich werde ihnen das schon deutlich machen.«

Als ich im Flur stand, drückte Roland Kaiser die Tür wieder zu. Ich zog meinen Kopf ein, ging durch die Klappe und trat ins Freie. Es war noch sehr früh. Die Luft roch frisch, der Himmel war klar, und bald würden die anderen aufwachen.

Roland Kaiser hatte es wirklich geschafft, herausgelassen zu werden, jedenfalls jetzt am Tag. Er hatte vor der Tür gestanden und laut gekräht. Die Otterpohls waren zu dem Schluss gekommen, dass Roland Kaiser nun stark genug sei und nach draußen wolle.

Wir machten uns also zu viert auf den Weg. Roland Kaiser schwärmte die ganze Zeit, dass die echte Welt doch viel schöner sei als die Internetwelt. Die frische Luft um den Schnabel, die Gerüche, die Geräusche, die Sonne auf dem Gefieder, die Erde unter den Füßen. Erst jetzt merke er, wie sehr ihm das alles gefehlt habe.

Wir ließen Betty und Bathilda vorgehen, denn wir wollten ja noch nach Brennnesseln und Schlehen suchen. Betty hatte uns die Stelle mit der echten Kamille gezeigt. Sie und Bathilda rupften ebenfalls etwas Kamille aus. Ich sagte, sie sollten meine Kamille mitnehmen und zur Seite legen.

Wir merkten uns die Stelle (an einem Feldrand). Brennnesseln wuchsen dort nicht, aber die fanden wir auch bald, und zwar vor einer verwilderten Hecke. Brennnesseln hatte ich schon oft gesehen, an Straßenrändern, in der Nähe von Büschen, überall eigentlich. Aber ich hatte nicht gewusst, dass sie heilende Kräfte besaßen. Schlehen zu finden, war schwieriger. Roland Kaiser sah immer nach oben. Er brauche mich für die Ernte, denn die Früchte würden sich über unseren Köpfen befinden und ich könne besser fliegen als er. Meist wüchsen Schlehen an Waldrändern, sie mochten sonnige Plätze. Wir suchten lange. Schließlich gab er auf, fand dafür aber eine wilde Möhre, die er an den kleinen weißen Blüten und den filigranen Blättern erkannt hatte. Er scharrte und scharrte, bis wir beide mit unseren Schnäbeln die Möhre aus dem Boden ziehen konnten. Roland Kaiser trug die wilde Möhre, während ich die Brennnesselblätter im Schnabel hatte.

Vor dem Stall wuselten die Küken herum, sie pickten vor sich hin, hüpften, sahen sich alles neugierig an. Ich zählte vier, also war mein Küken nicht dabei. Sina und Sabina hatten alle Flügel voll zu tun, Betty und Bathilda standen nur herum.

»Hallo, hallo!«, riefen Sina und Sabina mir freudig zu. Roland Kaiser ignorierten sie.

Ich nuschelte mit den Blättern im Schnabel: »Wo ist das Küken?« Sie sahen mich fragend an. Vor Schreck fielen mir die Brennnesseln aus dem Schnabel. Wussten sie nicht, wen ich meinte? Oder wollten sie mir die schlechte Nachricht nicht gackern?

»Welches?«

Mein Herz klopfte mir bis zum Kropf. »Das schwächliche!« Jetzt hatte ich es schon wieder so genannt. Es sollte doch nicht nach seiner Schwäche benannt werden. Bathilda hatte einmal gesagt, wenn man jemandem oft etwas sage, dann werde er auch so.

»Ach, das«, sagte Sina. »Es wollte nicht mit rauskommen. Es sitzt im Stall.«

»Und dann habt ihr es dort gelassen?«

»Wieso so wütend? Es gibt noch vier andere Küken, um die wir uns kümmern müssen. Und sollen dann alle wegen dem einen Küken im Stall bleiben?«

Ich hob die Brennnesselblätter wieder auf und lief zum Stall. Roland Kaiser folgte mir. Im Stall saß das Küken und piepste.

»Ach, du Kleines«, gackerte ich. Ich war erleichtert, dass es noch piepsen konnte und nicht reglos auf dem Boden lag. In einer Ecke entdeckte Roland Kaiser die Kamille und trug sie zur Tränke. Sie war noch flacher als die alte Tränke, und in der Mitte befand sich so eine Art Glocke. Klar, das musste so sein wegen der Küken, damit die nicht ins Wasser hüpfen konnten. In einer anderen sehr flachen Schale befand sich ein Futterbrei.

Mit dem Schnabel zerteilte Roland Kaiser die Brennnesselblätter und legte auch sie in den Wasserring. Schließlich zerhackte er die Möhre, was schwieriger war. Er tauchte seinen Schnabel da ins Wasser, wo die Kamille schwamm. Dann kam er zu mir.

Das Küken wollte seinen Schnabel nicht öffnen und sah

Roland Kaiser nur stumm an. »Du musst jetzt deinen Schnabel aufmachen!«, gackerte ich. Ich zog seinen Oberschnabel hoch. So musste das Küken seinen Kopf heben. Roland Kaiser flößte ihm das Kamillenwasser ein, und ich ließ los. Das Küken klappte seinen Schnabel schnell auf und zu und schluckte. Wir machten weiter mit den zerteilten und eingeweichten Brennnesselblättern, und schließlich gab es ein bisschen wilde Möhre. Mir fielen die Mehlwürmer ein. Die würde ich morgen mitbringen.

Das Küken schluckte alles brav und wurde dann müde. Ich setzte mich auf das Küken, um es warm zu halten, und sah hoch zum Fenster. Die Sonne schien. Von draußen hörte ich aufgeregtes Piepsen. Draußen war es hell und schön. Draußen waren die Pflanzen, das Licht, der Boden, das Leben.

Das Küken regte sich nicht, und ich stand entsetzt auf und beugte mich zu ihm hinunter. Es schlief. Sein Körper bewegte sich beim Ein- und Ausatmen. Ich seufzte erleichtert. So, wie es da schlief, war ich wieder ganz gerührt. Ich werde mich um dich kümmern, mein kleines Küken, dachte ich und hoffte, dass das Küken im Schlaf meine Gedanken empfangen konnte.

Roland Kaiser war zu seinen anderen Kükenkindern gegangen. Vorhin hatte ich gar nicht mehr daran gedacht, dass ich ja noch ein zweites Küken hatte, das mit den anderen da draußen herumflitzte und voller Energie war. Jetzt fiel es mir wieder ein, und ich fragte mich, wieso dieses hier ganz anders war. Aber die Frage würde mir niemand beantworten können. Also stellte ich mir eine Frage, die für mich lösbar war: Wie sollte ich das Küken nennen, damit es nicht immer das »schwächliche Küken« hieß? Es sollte noch kein richtiger Name sein, denn ich wusste ja noch nicht, ob es eine Henne oder ein Hahn wurde. Das »kräftige Küken« wollte ich es nicht nennen, denn das stimmte offensichtlich nicht. Wäre das »sonnige Küken« nicht was? Die Sonne war gelb, rund und warm. Sie tauchte alles in freundliche Farben, und man fühlte sich wohl, wenn man sie sah. Mit dem Küken erging es mir ähnlich. Es war rund und warm, das spürte ich, obwohl ich wärmer war. Es tauchte mein Leben in freundliche Farben, und ich fühlte mich wohl, wenn ich es sah. Von jetzt an nenne ich dich so: das sonnige Küken, sagte ich mir. Den alten Namen wollte ich nie wieder in den Schnabel nehmen. Ich blieb noch eine ganze Weile so sitzen, bis das Küken wieder aufwachte und unter mir hervorkroch.

Die anderen Küken kamen herein. Sie flitzten herum, tranken selbstständig, indem sie wie die großen Hühner ihre Schnäbel ins Wasser tunkten, ihre Köpfe in den Nacken legten und schmatzende Schnabelbewegungen machten. Sie pickten von allein Futter und piepsten laut. Dann kamen auch Betty, Bathilda und Roland Kaiser in den Stall. Bathilda sagte: »Wir sind also die leiblichen Eltern und die Paten.« Es war klar, dass die Küken Sina und Sabina als ihre Mütter ansahen. Sie suchten bei ihnen Schutz, wenn sie ein unbekanntes Geräusch hörten.

Das sonnige Küken saß nur stumm da. Ich blieb dicht hinter ihm. So würde es von den anderen nicht gepickt werden, denn ich wusste, dass immer die Schwäch–, die Sonnigen gepickt wurden. Mein anderes Küken war quicklebendig und erkundete mit seinen Halbgeschwisterchen weiter den Stall. Mir ging das Herz auf beim Anblick dieser kleinen flauschigen Kugeln. Sie waren neugierig auf das Leben und so unbefangen.

»Schöne Küken«, sagte Roland Kaiser. »Zwar keine Rasseküken, nur Halbrasseküken, aber so ist mir das auch lieber.« Er kratzte sich mit dem linken Fuß an der Brust.

Wir blieben so lange, bis Sina und Sabina uns hinausscheuchten, weil sich bald der elektrische Ausschlupf schließen würde. Dabei war noch längst nicht Abend. Sie wollten wohl ihre Ruhe haben. Ich sagte ihnen noch, sie sollten das sonnige Küken wärmen. Als ich aufstand und ging, piepste es und verschwand sofort unter Sinas Bauch. Ich gackerte laut: »Bis morgen, sonniges Küken. Schnabel nach vorn!« »Kamm hoch!« konnte ich nicht sagen, denn es hatte noch keinen Kamm.

Roland Kaiser und ich gingen nicht sofort zu den Otterpohls zurück, sondern suchten nach weiteren wilden Heilpflanzen. Ich wunderte mich, dass es so viele gab. Wir fanden auch jetzt keine Schlehen, und Roland Kaiser sagte, dass wir es mit anderen Früchten probieren sollten, die sowohl Vitamin C als auch Zucker hätten, um dem Küken auf die Beine zu helfen.

Nach längerer Suche entdeckten wir Walderdbeeren, von denen er ganz begeistert war. Er pickte welche, und ich probierte auch. Sie waren einfach köstlich! Sie schmeckten so, wie sie aussahen: rot und intensiv. Roland Kaiser sagte: »Du bist ganz rot an der Schnabelspitze«, und ich dachte an die nette Frau, die betont hatte, dass roter Lippenstift den Männern gefalle. Er findet mich jetzt sicherlich attraktiv, dachte ich, aber er meinte nur, ich solle meine Schnabelspitze im Gras abreiben.

Abends ging Roland Kaiser wieder in den Menschenstall, und die Otterpohls hatten nichts dagegen, dass er weiterhin in ihrem Arbeitszimmer übernachtete. Das Krähen war bei geschlossenem Fenster nicht so laut zu hören, und der Nachbarschaftsstreit hatte sich in den letzten Tagen gelegt.

Die anderen standen noch draußen. Ich beobachtete Betty

und Bathilda. Sie steckten die ganze Zeit die Köpfe zusammen und tuschelten aufgeregt. Ich hätte nie gedacht, dass die sonst über allem stehende Bathilda auf einmal so überschwänglich sein konnte. Die Küken seien so süß, ihr Küken sei so wohlgeraten. Es würde hoffentlich nicht so groß werden wie sie und fliegen können, es hätte schließlich auch keine Federn an den Füßen. Mir kam es so vor, als hoffte sie, dass das Küken all das würde ausleben können, was ihr verwehrt blieb. Sie kam mir noch viel aufgeregter vor als Betty.

Die beiden waren mir fremd geworden. Wir hatten zusammen an dem Kükenprojekt gearbeitet, jede von uns hatte ihr Bestes gegeben. Gemeinsam hatten wir Erfolg gehabt. Und jetzt strahlten die beiden. Bathilda trauerte dem ungeschlüpften Küken kein bisschen nach. Wahrscheinlich hatte sich im Innern des Eis auch gar nichts entwickelt. Aber wenn ein Küken geschlüpft war und es war schwä–, sonnig, konnte man es nicht begraben und vergessen. Das Küken atmete, es piepste, es war mehr lebendig als t–, als ein Ei. Ich wollte nicht nur das Wort schw– nicht mehr denken, auch andere Wörter wollte ich streichen. Nicht nur streichen, sondern erst gar nicht denken. Dachte man ein Wort oder sprach es aus, würde es immer mehr zur Wirklichkeit werden. Das galt für alle Wörter. Wörter lebten wie Tiere, Menschen und Pflanzen. Sie lebten dadurch, dass man an sie dachte, und dadurch, dass man sie aussprach. Man selbst war der Mutterboden für die Wörter.

Ich war nicht glücklich (wie Betty, Bathilda, Sina und Sabina), sondern geteilt. Ich freute mich über mein kräftiges Küken, und ich war traurig wegen meines schw–, sonnigen Kükens. Sollte nicht jedes Küken neugierig die Welt erkunden? Aber das Küken hatte genug mit sich selbst zu tun. Es stand am Anfang seines Lebens, und es schien, als wäre der Anfang auch schon das En–, nein, ich wollte das nicht denken. Das sonnige Küken lebte. Ich sah es vor mir. Seine schwarzen, runden Kükenaugen, die mich anblickten. Erwartungsvoll, aber nicht flehend. Aufgeschlossen, aber nicht aufdringlich.

Am nächsten Morgen machten wir uns auf den Weg. Betty und Bathilda kümmerten sich wieder um die Kamille. Roland Kaiser und ich setzten uns auf halber Strecke ab. Ich hatte den Schnabel voller Mehlwürmer und konnte nicht gackern. Wir hatten schon vorher alles geklärt.

Es war schön, an einem Morgen durch Felder und Wiesen zu streifen. Mit vollem Schnabel fühlte es sich noch schöner an. Nicht, weil der Schnabel voll war, sondern weil man dann nicht gackerte.

Die glänzend roten Erdbeeren sahen zwischen ihren grünen Blättern herrlich aus. Und sie rochen lieblich. Die Eindrücke gingen durch das Schweigen viel tiefer, und ich vergaß meine Sorgen. Die setzten erst wieder ein, als wir ankamen. Wie gestern auch, waren alle draußen. Die Küken flitzten herum, scharrten und pickten im Boden, obwohl das Futter im Stall war. Aber das Picken und Scharren steckte schon in ihnen, sie machten es einfach wie die großen Hühner.

Das sonnige Küken konnte ich hier draußen natürlich wieder nicht entdecken. Dabei hatte ich ein bisschen gehofft, dass es heute mit den anderen gleichauf war. Wir gingen in den Stall, und da saß es und piepste. Ich freute mich, dass das Küken noch da war, und zugleich zerriss es mir das Herz, dass es so allein war. Ich lief zu ihm, und es hörte auf zu piepsen. Die Mehlwürmer ließ ich aus dem Schnabel erst mal auf den Boden fallen. Dann machten Roland Kaiser und ich uns wieder ans Werk. Ich zog den Oberschnabel des Kükens hoch.

Es klappte seinen Schnabel auf und legte seinen Kopf in den Nacken. Roland Kaiser zermatschte die weiche, süße Erdbeere in seinem eigenen Schnabel und flößte dem Küken den Brei ein. Ich ließ den Oberschnabel los, und das Küken machte Bewegungen, als würde es Wasser hinunterschlucken. Nun nahm sich Roland Kaiser die Mehlwürmer vor. Sie waren schon weich geworden, weil ich sie die ganze Zeit im Schnabel getragen hatte. Nach und nach verschwanden die Mehlwürmer im Küken.

»Hat es gut geschnabelt?«, fragte ich.

Das Küken piepste nicht zurück, wirkte aber zufrieden. Zum Schluss kam wieder der Kamillensud an die Reihe. Danach schien das Küken satt zu sein und wurde schläfrig. Ich setzte mich auf das Küken und hielt es warm, und Roland Kaiser stolzierte hinaus.

Einige Zeit später kamen alle herein. Die Küken tranken und aßen. Manche hüpften in die flache Futterschale und liefen darin herum, während die anderen zwischen den trampelnden Füßen pickten.

Betty sah auf meinen Bauch und lachgackerte. Ich schaute nach unten. Das sonnige Küken war aufgewacht und hatte seinen kleinen Kopf aus meinem Gefieder gestreckt, um zu sehen, was los war. Es kam ganz heraus. So schnell und sicher wie seine Geschwister flitzte es nicht. Das sonnige Küken war noch etwas wackelig auf den Beinen. Aber immerhin lief es. Dann war es ihm schon wieder zu viel. Es piepste, kam zurück und verschwand wieder unter meinem Bauch.

Ich wollte Sina und Sabina Vorhaltungen machen. Wieso kümmerten sie sich nicht stärker um das sonnige Küken? Wenn es nicht aß und trank, dann unternahmen sie nichts. Sie sagten, Hühnerküken seien Nestflüchter und würden nicht gefüttert. Punkt. Sie rückten kein Stück von ihren festen Vorstellungen ab. Dabei konnte ein wenig Hingabe den Ausschlag geben, ob es überlebte.

Eines von Bettys Küken lief zu Bathilda, es fand ihre Kehllappen interessant. Es hüpfte immer wieder hoch und schnappte nach ihnen. Schließlich bekam es den linken Kehllappen zu fassen und hing nun in der Luft. Bathilda saß reglos da und ließ sich nichts anmerken. Tat das nicht weh? Jetzt bewegte sie sich ein wenig, um das Küken abzuschütteln, aber es ließ immer noch nicht los. Ich bewunderte schon Bathildas Geduld, da schwenkte sie auf einmal kraftvoll ihren Kopf zur Seite, und das Küken flog in hohem Bogen nach hinten und landete im Nest. Ich war ziemlich entsetzt, sah dann aber, dass das Küken verwundert seinen Kopf hob, als fragte es sich, wie es dahin gekommen war. Es hüpfte heraus, lief wieder zu Bathilda, pickte vor ihr herum, machte aber keine Anstalten mehr, sich in ihren Kehllappen zu verbeißen.

Und was machten die anderen Küken? Mein anderes Küken hüpfte auf Sinas Rücken, schloss die Augen und döste ein. Bathildas Küken stellte sich vor mich und beäugte mich. Es piepste, als würde es mir etwas erzählen, aber ich verstand es nicht. Trotzdem piepste es munter weiter. Bettys anderes Küken stand vor Roland Kaiser, der es angaffte, als sei es ein Wunder. Das Küken streckte ein Beinchen und einen Flügel nach hinten, gähnte und lief dann weg.

Bevor wir aufbrachen, fütterten Roland Kaiser und ich das sonnige Küken noch einmal. Es wollte nicht mehr, es war ihm wohl zu unruhig, aber es musste. Die anderen Küken kamen herbei und guckten neugierig. Zum Schluss gab es wieder Kamillensud in den Schnabel. Ich ging mit dem Küken zu Sabina und gackerte ihm zu, dass es unter ihren Bauch laufen solle, auch wenn das sonnige Küken mich nicht verstand. Das Küken machte es dann schließlich.

Wenn die Henne nicht zum Küken kommt, muss das Küken eben zur Henne gebracht werden, sagte ich mir.

In den nächsten Tagen päppelten wir das sonnige Küken weiter auf. Die anderen Küken wuchsen und bekamen schon richtige Federchen an den Flügeln. Das sonnige Küken hinkte der Entwicklung hinterher, es war kleiner, immer noch schw–, ruhiger, aber es wurde langsam kräftiger. Es wartete schon auf uns und wehrte sich gar nicht mehr so sehr gegen unsere Fütterung. Es lief sogar schon allein zum Wasser und trank. Am Sonntag dürften wir aber nicht kommen, sagten Sina und Sabina. Die Fütterin sei dann zu Hause und wegen der Küken auch den ganzen Tag im Garten. Wer schaute sich denn nicht gerne den ganzen Tag kleine Küken an? Gab es etwas Niedlicheres?

Dem sonnigen Küken ging es zwar schon viel besser, aber mir war trotzdem nicht wohl dabei. Bestimmt wartete es auf uns. Es würde enttäuscht sein. Hoffentlich dachte es nicht, ich hätte es vergessen. Wir hatten ihm alles gegeben: Stärkungsmittel und Vitamine. Und nicht nur das. Es bekam Wärme und Aufmerksamkeit – Nährstoffe für die kleine Kükenseele. Ich hatte Sina und Sabina gesagt, dass sie es wenigstens mit Kamillensud und dem Kükenfutter füttern müssten. Und sie sollten mir nicht wieder damit kommen, Hühnerküken seien Nestflüchter und müssten von allein picken. Ich hatte ihnen gedroht (womit, wiederhole ich an dieser Stelle lieber nicht) und sie dabei so böse angeschaut, dass sie es mir versprachen.

Am Sonntag stand mir die Welt offen, doch ich wusste nichts mit mir anzufangen. Bei mir drehte sich alles um das sonnige Küken.

Ich wollte zu Sina und Sabina, um wenigstens von Weitem nachzusehen, wie es lief. Aber sie hatten mir zu verstehen gegeben, dass ihre Fütterin glaube, die Küken seien ihre eigenen (vielleicht hatte ein entlaufenener Hahn dabei seine Finger im Spiel gehabt). Die Fütterin durfte nicht erfahren, dass es die Küken fremder Hühner waren, sonst würde sie die Küken wohl zu uns bringen. Nein, das wäre schlecht. Dickmadam, Helga Haube und Lisa Leghorn wären eifersüchtig, es würde nur noch Streit geben.

Trotzdem musste ich mich am Ast festkrallen, um nicht doch noch loszuziehen. Vielleicht würde das Küken nichts trinken und essen, weil es an mich und Roland Kaiser gewöhnt war? Ich sah in die Rille. Es steckte kein einziger Wurm mehr drin. Mein kleiner Vorrat an Mehlwürmern war verfüttert. Da ging mir auf, wie viel das Küken doch gegessen haben musste, und das beruhigte mich etwas.

Betty und Bathilda tuschelten. Ihren Gesichtern sah man an, dass es die ganze Zeit um die Küken ging. Bathilda erzählte wohl die Geschichte mit dem Küken, das sich an ihrem Kehllappen festgebissen hatte. Jedenfalls machte sie mit dem Kopf eine Schwenkbewegung, und beide lachgackerten laut auf.

Roland Kaiser, dem das Treten ja nicht gefehlt hatte – er sei schließlich nicht sexsüchtig –, sprang abwechselnd auf Dickmadam, Lisa Leghorn und Helga Haube. Aber es ging ihm dabei vermutlich wirklich nicht nur ums Treten. Er hatte gemerkt, dass ein Huhn sich hinlegte und nicht mehr bewegte, wenn er ihm auf dem Rücken sprang. So konnte er Kämpfe verhindern. Wenn Dickmadam sich wütend näherte, sprang er einfach von der Seite auf sie drauf. Er blieb auch dann noch auf ihr hocken, wenn er schon längst seine Kloake gegen ihre gedrückt hatte. Solange er auf ihrem Rücken saß, konnte sie ihm nicht dumm kommen. Auch Lisa Leghorn, die zuletzt wegen ihres tadellosen Gefieders gemeint hatte, Chefin werden zu können, hatte er gezeigt, dass er wieder bei Kräften war und sich nicht auf dem Schnabel herumtanzen ließ.

Trotzdem hatte ich Angst um Roland Kaiser. Er durfte nicht ausfallen. Nur mit einem einzigen Schnabel konnte man kaum genug Heilpflanzen für das sonnige Küken sammeln. Er hatte doch anfangs verkündet, er werde nicht bei der Kükenaufzucht helfen? Und jetzt tat er es doch. Es kam sowieso immer alles anders als gedacht. Bathilda war gefühlvoll. Der Otterpohl war doch ganz nett, obwohl er Brat–, nein, ich wollte mich nicht daran erinnern. Und das Küken war lebhafter geworden. Was machte es wohl gerade? Wurde es von seinen Geschwistern gepickt? Beschützten Sina und Sabina es? Hatte es heute schon genug getrunken? Je länger ich hier saß und nachdachte, desto größer wurden meine Sorgen.

»Hey!«

Ich schaute mich um. Betty stand unter dem Baum und winkte mir mit einem Flügel zu. Sie rief weiter, aber ich sah weg. Sie und Bathilda hatten mich im Stich gelassen. Nur Roland Kaiser hatte mir unter die Flügel gegriffen. Vielleicht, weil es ebenso sein Nachwuchs war. Zur Hälfte bestand das Küken ja aus ihm, auch wenn ich immer noch nicht richtig begriff, wie das sein konnte. Ja, es war ein Wunder! Der Karpfen wäre genervt, wenn er ständig meine Gedanken gehört hätte.

Auf einmal hörte ich lautes Flügelschlagen. Betty kam hochgeflogen und nahm neben mir Platz. Ich schaute sie verwundert an. Dann erinnerte ich mich daran, dass Betty mir doch diesen Ast gezeigt hatte. Nur war sie seitdem nicht mehr hochgeflattert.

»Das bringt nichts«, gackerte sie. »Sich Sorgen zu machen. *Don't worry, be happy*. Genieß den Sonntag, auch wenn für uns Hühner der Sonntag kein Glückstag ist. Die Fütterer sind zu Hause statt bei der Arbeit. Und ständig haben sie dann was im Garten zu tun und nerven. Wenn du traurig bist, musst du laut gackern, damit die Sorgen aus deinem Körper rauskommen.«

»Was soll ich denn gackern?«, fragte ich. »Ich mache mir Sooorgen?«

»Ach, Quatsch«, meinte Betty. »Papperlapapp. Das wäre ja selbst erfüllende Prophezeiung oder ein negatives Mantra. Du kannst einfach irgendwas laut rausgackern. Es muss gar keine Bedeutung haben, nur nichts Schlechtes. Wir sind zwar keine Singvögel, aber etwas schräg gackern können wir. Singen – das tut auch den Menschen gut.«

Sie hielt auf einmal inne. »Hör mal, ich mag zwar keine Schlager, aber …« Es hatte wirklich Musik eingesetzt. Betty horchte weiter und zuckte vor Freude. »Oh, gut!«, meinte sie. »Los, schnell, lass uns zu Bathilda flattern.«

Unten angelangt, setzte ich mich neben Bathilda. Betty ließ sich zu meiner anderen Seite nieder. Die beiden stupsten mich mit ihrer ganzen Körperseite an. Dann merkte ich, dass sie zu der Musik schaukelten, erst nach rechts, dann wieder nach links. So ging das hin und her.

Betty und Bathilda gackerten mit: Vor sehr langer Zeit hätten sich irgendwo an der Küste Hühner breitgemacht. Sie gackerten weiter, nach der Ebbe käme die Flut und dass die Deiche mal gut und mal weniger gut hielten. Und immer wieder gackerten sie, dass an dieser Küste, an diesem Strand, die Hühner im Wasser seien und nicht oft an Land. Zwischendurch hackten sie einige Male mit dem Schnabel in den Boden, wenn in dem Lied geklatscht wurde. Weil sich manches wiederholte, konnte ich auch bald mitsingen. Ich riss meinen Schnabel weit auf und gackerte lauthals: »Sind die Hüüüüühner im Wasser!« Natürlich klang mein Gegackere nicht so wie der Gesang der Menschen, wir dachten die Worte nur. Heraus kam etwas anderes.

Wir schunkelten, als wären wir ein einziger Körper. Irgendwann hörte das fröhliche Lied auf, aber es hatte Spaß gemacht. Meine düsteren Gedanken waren verflogen, ich fühlte mich beschwingt.

Am nächsten Morgen sammelten Roland Kaiser und ich wieder Brennnesseln und Erdbeeren. Ich war ungeduldig und lief hin und her, was Roland Kaiser wiederum nervös machte. Er pickte mich sogar einmal gegen den Kopf. Das beruhigte mich aber nicht. Mir konnte das alles nicht schnell genug gehen. Ich musste doch wissen, was mit dem sonnigen Küken war.

Als wir endlich den Stall betraten, saß dort kein Küken! Ich hielt den Atem an und blickte um mich. Aber ich entdeckte es nicht! Ich drückte meinen Schnabel fest zusammen. Roland Kaiser nuschelte etwas Unverständliches. Ich lief hinaus zu Sabina. Sie sah mich nur entsetzt an. Auch Betty und Bathilda sahen mich entsetzt an. Sie wollten es mir wohl nicht gackern, aber ich erkannte an ihren Blicken, dass etwas ganz Schlimmes passiert sein musste. Ich wollte fragen, wo das sonnige Küken war, da merkte ich, dass etwas aus meinem Schnabel tropfte. Ich blickte nach unten. Die Tropfen waren rot. Blut? Dann erinnerte ich mich daran, dass ich eine Walderdbeere in meinem Schnabel hatte und ihn deshalb nicht fest zusammendrücken wollte. Jetzt musste es so aussehen, als blutete ich aus dem Schnabel.

Als ich wieder aufsah, fielen mir die Küken da weiter hinten auf. Sie wuselten um Sina herum und suchten auf dem Boden nach etwas Leckerem. Es waren aber zu viele Küken, und zwar fünf. Fünf, dachte ich, wie können es hier draußen fünf sein? Eines wirkte etwas kleiner und langsamer als die anderen: das sonnige Küken! Es befand sich hier draußen und machte mit! Aber nun war es erschöpft und setzte sich auf den Rasen. Ich lief zu ihm hin, und es schaute hoch, es erkannte mich. Der Erdbeersaft tropfte weiter aus meinem Schnabel, und bevor er noch ganz auslief, beugte ich mich über das Küken. Es öffnete von selbst seinen Schnabel, und ich bekam etwas von der zerquetschten Erdbeere in das Küken hinein. Was herunterfiel, pickte ich auf und gab es ihm erneut.

Roland Kaiser war mir nachgekommen. Er ließ die Brennnesselblätter aus dem Schnabel fallen, zerriss sie und steckte sie dem Küken in den Schnabel. Mein anderes Küken kam her, schaute neugierig und pickte in die Blattstücke, die da noch lagen. Anscheinend schmeckte es ihm aber nicht, und es lief wieder weg. Ich setzte mich neben das sonnige Küken ins Gras. *Auf* das sonnige Küken wollte ich mich nicht setzen. Es sah die Sonne und genoss die frische Luft um den Schnabel. Ich rückte näher und legte ihm meinen Flügel um, denn es ging ein leichter Wind. So saßen wir nebeneinander, das sonnige Küken und ich. Wir sahen die Küken, die Hühner, den Rasen, die Blumen, die Büsche, die Bäume, den Himmel, die Bienen, die Fliegen und die Schmetterlinge. Ich schaute seitlich an mir hinunter. Das Küken bemerkte meinen Blick nicht, sondern starrte weiter ungläubig auf die Welt vor sich. Als würde es denken: Was für ein Wunder, das alles!

Die anderen Küken flitzten zwar über den Rasen, entfernten sich aber nie weit von Sina und Sabina. Ich hatte das Gefühl, dass sich jetzt noch mehr Federn an ihren Flügeln zeigten als vorgestern. Wie schnell das doch bei den Küken ging. Man konnte ihnen richtig beim Wachsen zusehen.

Roland Kaiser und ich machten die nächsten Tage weiter. Es wurde aber immer schwieriger, das Küken zu füttern, weil es nicht mehr so ruhig sitzen blieb. Vom Verhalten her konnte man es kaum noch von den anderen unterscheiden. Es ermüdete nur schneller und war deutlich kleiner als die anderen.

Wenn ich mir die Küken so ansah, war ich froh, dass ich mich nicht den ganzen Tag um die Bande kümmern musste. Es stresste Sina und Sabina so, dass sie selbst kaum zum Picken kamen. Wie musste es dann erst einer Henne gehen, die ganz allein noch mehr Küken aufzog? Es zerrte an den Nerven, Niedlichkeit hin oder her. Die Küken liefen, hüpften, scharrten, und das fünfmal so schnell wie große Hühner. Sie piepsten die ganze Zeit und gaben erst Ruhe, wenn sie einschliefen.

Die Küken wuchsen und wuchsen, auch das sonnige Küken. Sie wurden mit der Zeit unkükiger – länglicher. Ihr Hals kam zum Vorschein. Sie sahen immer mehr nach Hühnern aus, aber nach hässlichen Hühnern. Ihr Gefieder schien zerzaust, sie waren dürr und hatten jede Niedlichkeit verloren. Betty meinte, sie wirkten wie kleine Geier. Aber sie piepsten immer noch, und Sina und Sabina kümmerten sich weiterhin um sie.

Mein sonniges Küken hatte sich gut entwickelt, es stach nicht mehr heraus. Manchmal lief es noch zu mir, aber ich scheuchte es zu den anderen zurück. Es sollte nicht an meinen Flügelzipfeln hängen. Es sollte nicht anders sein als die anderen Küken. Anderssein machte einen angreifbar. Das sonnige Küken schaute mich dann verdattert an, aber es flitzte schließlich weg. Ich hatte die Verwirrung in seinen dunklen Kükenaugen gesehen, es hatte sich bestimmt gefragt, ob es das alles in seinen frühen Kükentagen nur geträumt hatte? Dass ich ihm Nahrung eingeflößt, es unter meinem Bauch warm gehalten und unter meinen Flügel genommen hatte? Dass ich mich gesorgt hatte? Dass ich es geliebt hatte? Was das sonnige Küken, das jetzt hässlich und groß war, aber nicht wusste: Ich machte mir immer noch Sorgen. Und ich liebte es immer noch.

Irgendwann waren sie fast ausgewachsen. Bathildas Küken überragte alle anderen, es hatte nur länger gebraucht, um zu wachsen. Mein sonniges Küken war das schönste, es hatte nur länger gebraucht, um schön zu werden. Die Küken piepsten immer noch. Sina meinte, es könne noch eine Weile dauern, bis sie anfingen zu gackern. Dabei wollten Betty, Bathilda und ich so gerne, dass sie gackerten. Wir wollten wissen, was die Küken zu sagen hatten. Aber manchmal hörte man auch am Ton, was sie fühlten: Sie waren empört, erfreut, einsam oder suchend.

Es stand nun endgültig fest: Das sonnige Küken wurde zu einer Henne. Dazu hatte ich noch einen Hahn. Ich konnte mir nicht vorstellen, dass er irgendwann so krähen würde wie Roland Kaiser. Betty hatte auch einen Hahn und eine Henne. Bathildas Küken entwickelte sich zur Henne, was Bathilda sehr erfreulich fand, denn Hennen waren bei den Menschen beliebt.

Die Küken wurden selbstständiger. Sie hingen nicht mehr andauernd zusammen, liefen Sina und Sabina nicht immer hinterher. Die beiden waren richtig froh darüber. Sina meinte, sie hätte nie gedacht, dass Kükenaufziehen so anstrengend sei. Wenn man es noch nicht kenne, sei man nur entzückt von den kleinen Piepseküken, aber wenn man sie dann um sich hätte, seien sie eine Last. Die beiden wussten nicht, ob sie jemals wieder Glucken werden wollten. Roland Kaiser kam nicht mehr jedes Mal mit. Er sagte, er wisse nun, dass sein Nachwuchs wohlgeraten sei.

Die Walderdbeeren

Als Betty, Bathilda und ich eines Morgens ankamen, merkten wir sofort, dass die Stimmung seltsam war. Ich zählte sofort die Küken durch, aber sie waren alle da. Statt uns zu begrüßen, sagte Sina: »Die Fütterin hat neue Halter für die Küken gefunden. Sie sind auch schon zwei Monate alt.«

Es stimmte, ihr Gefieder war fast vollständig ausgebildet, sie waren groß, nicht ganz groß, aber auf jeden Fall nicht mehr klein. Die Gluckengefühle hatten sich abgekühlt. Sina und Sabina pickten sie sogar manchmal weg, wenn sie zu aufdringlich wurden.

Sabina sagte: »Es ist gut, dass sie jetzt ihr eigenes Leben leben.«

Betty meinte: »Das wird auch Zeit. Die Halbstarken müssen jetzt endlich auf eigenen Beinen stehen.«

Und auch Bathilda gab ihren Senf dazu: »Sie gehen mir schon seit geraumer Zeit auf die Nerven.«

Sie alle waren froh, dass die Küken nun groß waren. Aber ich hatte immer noch Gluckengefühle für mein sonniges Küken, das zur Junghenne geworden war.

Ich setzte mich auf den Rasen und beobachtete das Treiben. Wahrscheinlich war alles wie immer: Die Junghühner, ehemals Küken, erkundeten weiterhin den Garten. Sie scharrten allein, zu zwei, zu dritt bei den Büschen. Sina und Sabina gingen nicht mehr auf ihr Piepsen ein, so nach dem Motto: Spart euch das. So hilflos seid ihr nicht mehr.

Betty und Bathilda hatten auch kein Auge mehr für die Junghühner. Betty wiederholte immer wieder, wie hässlich

Hühner doch in der Adoleszenz seien. Keine richtigen Hühner, keine richtigen Küken. Einfach nur zerzaust und unförmig.

Für mich schien heute alles anders. Alles um mich herum würde sich verändern. Am Sonntag, also in drei Tagen, sollte die Piepsebande abgeholt werden. Die Küken würden weg sein. Unsere Treffen hier wären dann sinnlos. Unser Kükenprojekt ging dem Ende zu. Die Junghühner ahnten nichts von dem bevorstehenden Abschied. Die drei Wochen Brutzeit waren mir so lang vorgekommen und die letzten acht Wochen so kurz. Bald –

»Das wusstest du doch, dass die Küken nicht dableiben.« Betty stand vor mir und stupste mich mit ihrem Schnabel an. Mir ging so vieles durch den Kopf. So etwas, wie: »Natürlich wusste ich das!« oder: »Warum gackerst du mir das?« oder: »Es sind ja gar keine Küken mehr, von was redest du also?« Aber ich blieb stumm.

Bathilda sagte: »Nichts bleibt so, wie es war. Leben ist Wandel.«

Sollte sie sich ihre blöden Lebensweisheiten doch in ihren dicken Hühnerhintern stecken. Ich konnte nicht länger hier sitzen bleiben. Ich drückte mich hoch und scharrte. Aber ich zerfetzte nur die grünen Grashalme, und Sina beschwerte sich, dass ich ihren gepflegten Rasen so zerrupfte.

Ich wollte zunächst etwas zurückgackern, doch dann lief ich zu den Büschen. Dorthin, wo der Käfig gestanden hatte, wo ich zwei Nächte gebrütet und letztlich den Fuchs verjagt hatte. Die Vorfreude auf die Küken war groß gewesen. Hier hatten sie in den Eiern gelegen, ganz klein und wehrlos. Sie konnten nur durch uns Hennen überleben, durch unsere Wärme, unser Eierdrehen, unseren Schutz.

Erde flog mir gegen den Flügel. Bathildas Küken scharrte, trat einen Schritt zurück, schaute auf die freigescharrte Stelle, scharrte weiter, trat wieder einen Schritt zurück, beäugte wieder die Stelle und so weiter. Bathildas Nachwuchs hatte ja keine Federfüße und genoss es, ganz Huhn zu sein. Ich fing auch an zu scharren. Ich drückte meine Zehen fest in die Erde und schleuderte die Klumpen nach hinten weg.

Das Scharren könnte eigentlich gut in Bathildas Weisheiten miteinfließen. Bathildas Scharr-Lebensweisheit würde dann vielleicht so lauten: »Man scharrt, um selbst freizulegen, was das Leben für einen bereithält. Wenn du selbst aktiv bist, kannst du viel mehr entdecken, als wenn du nur daliegst und wartest.« Na gut, Bathilda würde es etwas knackiger formulieren. Ich scharrte und scharrte. Das sonnige Küken, das kein Küken mehr war, stand irgendwann neben mir und schaute, ob ich denn etwas freigelegt hätte. Es sah mich fragend an und piepste.

»So ist das Leben«, gackerte ich, auch wenn es mich nicht verstehen konnte. »Das Kükenprojekt ist bald vorbei, und jeder geht dann seiner Wege.«

»Pieps«, sagte das sonnige Küken.

»Ja, genau«, gackerte ich. »So ist es nun mal, und deswegen muss man sich darüber auch nicht so viele Hühnergedanken machen.«

»Pieps!«

»Also, ich bin überhaupt nicht traurig. Ihr seid viel zu groß für eine Piepsebande geworden, wie Betty so sagt. Und wer groß ist, muss allein zurechtkommen und seinen eigenen Platz in der Welt finden.«

»Pieps.«

»Du wirst zu Fütterern kommen«, gackerte ich. »So wie hier oder bei den Otterpohls. Das sind nette Menschen, die Hühner mögen.« Ich schluckte. »So ist das Hühnerleben dann auch lebenswert, in einer kleinen Hühnerherde mit Garten.

Du kommst nicht in so einen Riesenstall, wo es stinkt, laut ist und wo du keine Sonne und kein Gras siehst. Du wirst trotz des Stalls frei sein, scharren können und frische Luft um den Schnabel haben. Du darfst dich nur nicht unterkriegen lassen, verstehst du? Du musst –«

Das sonnige Junghuhn beugte sich runter und pickte in den Boden vor mir. Ich musste etwas Leckeres freigescharrt haben, aber ich wusste nicht, was. Es war schon in seinem Schnabel verschwunden.

Die Küken wussten immer noch nicht, dass sie bald zu anderen Fütterern kamen. Sina und Sabina hatten ihnen extra nicht Bescheid gesagt. Am vorletzten Tag war es wie immer. Alle waren im Garten. Ich starrte die ganze Zeit das sonnige Küken an, als könnte ich mir durch das Anstarren einen Vorrat mit Bildern anlegen.

Am letzten Tag hatte ich Betty und Bathilda vorgehen lassen. Ich machte einen Umweg. Auf einmal stand ich wieder vor den kleinen roten Erdbeeren. Roland Kaiser hatte vor einiger Zeit gesagt, dass es bald keine Walderdbeeren mehr geben würde, wir bräuchten nicht wiederzukommen, denn die Saison sei längst vorbei. Erst nächstes Jahr würden die Pflanzen wieder Früchte tragen. Aber es waren noch Erdbeeren da.

Auf einmal dachte ich daran, Erdbeeren für das sonnige Küken mitzunehmen. Es war jetzt zwar groß und brauchte keine Stärkung mehr, aber hatte ich nicht auch gerne Erdbeeren gegessen? Roland Kaiser und ich hatten uns die Bäuche vollgeschlagen und dann aufgehört, weiter zu picken, um dem Küken immer wieder etwas mitbringen zu können. Das Küken hatte den Erdbeerbrei gemocht.

Ich beugte mich hinunter, und es roch fruchtig. Als ich hineinpickte, strömte mir ein noch viel stärkerer Duft in die Schnabellöcher. Ich atmete tief ein und pickte weiter. Dann setzte ich mich und starrte die kleinen roten Früchte an. Wenn man mich jetzt gemalt hätte, hätte man das Bild so nennen können: »Stillleben mit Erdbeeren und Huhn« oder einfacher: »Huhn starrt Walderdbeeren an«.

Ich wusste nicht, wie lange ich hier gesessen hatte, aber der Anblick der Erdbeeren, der Duft und der mit Erdbeeren gefüllte Kropf trösteten mich. Die Erdbeeren hingen an grünen Kelchen, und in der Mitte war der Stiel. Mir kam in den Sinn: Wie dumm ich doch gewesen war! Ich hätte statt der einzelnen Erdbeeren, die ich in meinem Schnabel transportiert hatte, mehrere Erdbeeren an den Stielen mitnehmen können. In meinen Schnabel passten so einige Stiele, und an jedem hing eine Erdbeere.

Ich nahm einen Stiel in meinen Schnabel und biss ihn durch. Die Erdbeere fiel samt Stiel zu Boden. Das tat ich auch mit einigen anderen. Dann hob ich sie mit dem Schnabel auf. Es war schwierig, die letzten Stiele in den Schnabel zu bekommen, ohne dass die anderen wieder herausglitten. Dann hatte ich alle Stiele im Schnabel, und die Erdbeeren baumelten seitlich herunter. Sie waren ganz schön schwer.

Ich war wohl ziemlich spät dran. Die Althühner und die Junghühner tummelten sich nicht vor dem Stall, sondern hinten vor den Büschen. Ich lief in den Stall und legte die Erdbeeren ab. Dann ging ich zu den anderen. Alle schienen unbeschwert zu sein. Nur auf mir lag diese Schwere. Ich suchte nach dem sonnigen Küken, ich konnte es mir einfach nicht abgewöhnen, es weiterhin so zu nennen, und jetzt spielte es auch keine Rolle mehr. Ich entdeckte es ganz hinten, dort, wo ich gestern gescharrt hatte. Das sonnige Küken bemerkte mich. Es war unschlüssig und sah mich lange an, dann kam es doch zögerlich zu mir, auch wenn es damit rechnen musste, dass ich es wieder wegscheuchen würde. Ich tat es jedoch nicht und gackerte, obwohl es mich nicht verstand, dass es mitkommen solle. Als wir am Stall waren, lief es sogar von allein freudig hinein. Vielleicht erinnerte es sich noch daran, dass Roland Kaiser und ich es im Stall gefüttert hatten.

An der Stelle, an der es oft gesessen hatte, lagen sie nun: Walderdbeeren im Ganzen. Das sonnige Küken lief neugierig zu den Beeren und beäugte sie. Es wusste nicht, was das war, hatte es doch immer nur den Brei von uns bekommen. Aber der vertraute Duft schien ihm in die Schnabellöcher zu steigen. Ich sah an seinem Gesicht und seinen Füßen, die nun aufgeregt trippelten, dass es sich erinnerte. Es beugte sich hinunter und pickte vorsichtig in eine Erdbeere. Sie schmeckte offensichtlich – und mehr als das. Das sonnige Küken schien zu wissen, dass die Erdbeeren es gerettet hatten und ihm immer noch guttaten.

Heute blies der Wind stärker. Betty hatte gesagt, es sei jetzt Herbst, und bald würden die Stürme die Blätter von den Bäumen fegen. Das Fenster war halb geöffnet, und der Wind wehte herein und trug von irgendwoher ein Lied mit sich. Das sonnige Küken hielt kurz inne und sah mich an. Ich drehte mich um und lief aus dem Stall, lief fort aus Sinas und Sabinas Garten.

Als Betty und Bathilda abends zu den Otterpohls zurückkamen, waren sie bester Laune. Endlich war das Kükenprojekt abgeschlossen, sie konnten sich nun wieder ganz dem normalen Hühneralltag widmen. Ich wollte mir ihr fröhliches Gegackere nicht anhören und verzog mich auf meinen Ast. Hier war ich weit oben, alles schien nicht so nah.

In den letzten Tagen war es früher dunkel und viel kälter geworden. Die Pflanzen veränderten ihre Farbe, es gab weniger Blätter über meinem Kopf. Alles schien sich auf den Winter vorzubereiten, den ich nicht kannte.

Mein Gefieder war nachgewachsen und sehr dicht. So ein dichtes Gefieder ohne kahle Stellen hatte ich noch nie gehabt. Es schützte mich vor leichtem Wind. Es hielt mich warm. Auf Dickmadam, Lisa Leghorn und Helga Haube machte mein gut ausgestattetes Federkleid Eindruck. Sie rümpften nicht mehr den Schnabel über mein Aussehen. Im Gegenteil. Waren sie jetzt doch selbst in die Mauser gekommen und sahen struppig, zerrupft und einfach erbärmlich aus.

Morgen wird alles anders sein, dachte ich. Die Küken sind dann fort, leben dann irgendwo weiter, und wir werden nicht wissen, wo. Übermorgen werden wir dort nur noch Sina und Sabina antreffen, ohne die Piepsebande.

Ich hatte es gewusst, aber ich konnte es mir immer noch nicht vorstellen. Nein, ich musste morgen zu ihnen. Ich musste mit meinen eigenen Augen sehen, dass die Küken mitgenommen wurden. Ich musste mein sonniges Küken noch einmal sehen.

Weine nicht, wenn der Regen fällt

Ich ging frühmorgens los, noch bevor der Otterpohl den Ausschlupf öffnete. Es war kühl und grau.

Durch unser Kükenprojekt war ein neuer Weg entstanden: ein gut sichtbarer Trampelpfad im Gestrüpp. Wir hatten bei jedem Marsch das hohe Gras etwas platter getreten.

Die verblühten Pflanzen neigten sich nach vorne, als würden sie die Köpfe hängen lassen. Die gelb-weißen Kamillenblüten sah ich nicht mehr. Erdbeeren gab es auch keine mehr, außer einer kleinen, vertrockneten. Ich ließ sie hängen und drehte um. Alles wirkte nicht mehr so saftig und üppig. Gut, dass das sonnige Küken nicht erst jetzt schlüpfte. Damals, direkt nach dem Schlupf, war die Welt noch voller Sonne und Vitamine gewesen, genau richtig, um ein kleines Küken aufzupäppeln.

Als ich bei Sina und Sabina ankam, entdeckte ich seltsamerweise niemanden im Garten. Ich lief über den Rasen zum Stall, die Ausschlupfscheibe war geschlossen. Ich flatterte vors Fenster. Sie waren noch alle da. Auf dem schmalen Sims konnte ich mich jedoch nicht lange halten, und so flatterte ich wieder hinunter.

Der Garten kam mir trostlos vor ohne Hühner. Hatte ich schon erwähnt, dass ein Garten ohne Hühner leer wirkt? Aber hier war die Leere besonders stark zu spüren. Unsere geselligen Runden würde es nicht mehr geben.

Irgendetwas sagte mir, dass ich mich besser versteckte. Direkt beim Stall gab es aber kein Versteck. Ich flatterte also über den hohen Metallzaun neben dem Stall. Hier sah mich zwar jeder, aber man konnte mich nicht erreichen, und das war die Hauptsache.

Die Junghühner piepsten im Stall. Sie waren aufgeregt und schienen zu spüren, dass ihnen etwas bevorstand.

Die Wolken am Himmel färbten sich dunkler, der Wind wurde kälter. Ich hoffte, dass ich mich nur geirrt hatte. Die Junghühner würden gar nicht fortgebracht. Nichts würde sich verändern.

Die Fütterin kam mit zwei Menschen zum Stall. Sie trugen diese Plastikkäfige, so ähnlich wie unser Brutkäfig. Die Fütterin öffnete die große Menschentür und ging mit ihnen hinein. Lautes Gepiepse drang aus dem Stall. Ich konnte von hier aus nichts sehen, aber ich wusste, was die Menschen taten. Sie fingen die Junghühner ein, die entsetzt wegliefen. Die Junghühner konnten nicht entkommen und piepsten ganz laut um Hilfe. Aber man packte sie und steckte sie in die engen Käfige.

Nun kamen die drei Menschen lachend wieder heraus. Die Junghühner in den Käfigen piepsten vor Angst. Ich lief ein Stück vor und versuchte, durch die Luftschlitze an der Seite in die Käfige zu schauen. In einem saß das Bathilda-Küken, und in dem anderen befanden sich Bettys Küken.

Mein Hahn-Küken und mein sonniges Küken waren also noch da, und ich hoffte, Sina und Sabina hatten sich geirrt. Es wurden nicht alle Küken abgeholt. Niemand wollte meine beiden haben. Das eine wollte niemand, weil es ein Hahn war, der keine Eier legte, und mein sonniges Küken wollte niemand, weil … weil ich sonst traurig sein würde. Das war natürlich ein dummer Gedanke – wen interessierte schon die Traurigkeit eines Huhns?

Und schon wieder kam die Fütterin mit einem anderen Menschen an. Dieser Mensch trug nur einen Käfig, und ich hoffte, sie würden nur das Hahn-Küken mitnehmen. Sie gingen in den Stall, und wieder hörte ich entsetztes Gepiepse. Es war mein sonniges Küken, das so herzzerreißend piepste. Auch das andere Küken piepste. Dann kamen die Fütterin und der andere Mensch wieder heraus. Sie lachten, als wäre das alles ein großer Spaß. Ich starrte auf den Käfig. Zwei Junghühner saßen darin, meine beiden Küken. Das sonnige Küken schaute durch die Luftschlitze, entdeckte mich und piepste laut um Hilfe, aber ich konnte nichts tun. Mein Hühnerbauch fühlte sich ganz komisch an. Ich lief mit, um weiter meine Küken zu sehen und auch, damit das sonnige Küken mich sah. Die zwei Menschen bemerkten mich. Wahrscheinlich hätten sie mich auch eingefangen, wenn nicht der Zaun gewesen wäre. Ich starrte das sonnige Küken weiter an, seine schwarzen Augen, die mich jetzt hilflos anschauten, und ich gackerte laut: »Alles Gute! Alles Gute!«, bevor die zwei Menschen mit meinen Küken um die Ecke verschwanden.

Ich konnte es nicht fassen, ich redete mir immer noch ein, dass alles ein Irrtum war. Die Menschen würden gleich wiederkommen, denn sie hatten doch ein Küken zu viel mitgenommen. Sie wollten das sonnige Küken gar nicht. Sie wussten, dass das sonnige Küken hierhergehörte.

Im Garten war es nun ganz still. Der Ausschlupf blieb zu. Eine Seite in mir wollte über den Zaun flattern bis zum Stallfenster. Diese eine Seite wollte in den leeren Stall blicken. Die andere Seite in mir wollte die Leere nicht sehen, sie klammerte sich immer noch an die Hoffnung, dass alles ein Versehen war. Es fing an zu regnen, und ich beschloss, nicht zum Fenster zu fliegen. Ich flatterte über den Metallzaun, lief über das Gras und flatterte über den Gummizaun.

Als ich bei den Otterpohls ankam, regnete es immer noch. Ich hatte gedacht, dass alle sich in den Stall verzogen hätten, aber Dickmadam, Lisa Leghorn und Helga Haube liefen auf dem Rasen herum und suchten nach Regenwürmern. Betty und Bathilda entdeckte ich unter Bathildas Baldachin.

»Wo warst du?«, rief Betty mir zu.

»Wo wohl?«

»Nein«, gackerte sie entsetzt. »Das hast du nicht wirklich getan? Komm her!« Sie rückte ein Stück von Bathilda weg und zeigte mit ihrer linken Flügelspitze auf den Platz zwischen sich und Bathilda.

Unter Bathildas Baldachin war es noch halbwegs trocken geblieben. Ich setzte mich zwischen die beiden. Betty rückte noch näher an mich heran, bis ich ihren warmen Hühnerkörper spürte. Sie meinte: »Gut, dass wir keine Stachelschweine sind. Sonst könnten wir nicht so eng nebeneinandersitzen und kuscheln.«

Bathilda sagte in ihrem typischen Bathilda-Ton: »Es ist auch gut, dass wir keine Kakerlaken, Schmeißfliegen oder Würfelquallen sind.«

Mir war egal, was ich war und was ich nicht war. Ich fühlte mich elend. Gerade wollte ich wieder aufstehen und auf meinen Ast fliegen, da wurde das Wohnzimmerfenster aufgerissen. Der Otterpohl schien wieder getrunken zu haben, obwohl es Sonntag und nicht Samstag war. Aber Frau Otterpohl war anscheinend nicht da.

»Ihr Hühner!«, brüllte er. »Es regnet, und ihr seid ja immer noch draußen! Dann nehmt das!«

Und wir hörten wieder Musik.

Betty gackerte begeistert: »Wie toll! Wieder ein Schunkellied!«

Die beiden fingen an zu schunkeln, und mir blieb nichts

anderes übrig, als mitzumachen, war ich doch zwischen den beiden eingeklemmt.

Weine nicht, wenn der Regen fällt, dam-dam, dam-dam.
Es gibt einen, der zu dir hält, dam-dam, dam-dam.

(Zu dem »dam-dam« gackerten Betty und Bathilda besonders laut.)

Marmor, Stein und Eisen bricht
Aber unsere Liebe nicht
Alles, alles geht vorbei
Doch wir sind uns treu.

Kann ich einmal nicht bei dir sein, dam-dam, dam-dam.
Denk daran, du bist nicht allein, dam-dam, dam-dam.

Marmor, Stein und Eisen bricht
Aber unsere Liebe nicht
Alles, alles geht vorbei
Doch wir sind uns treu.

Ich war gerührt von dem Text. Konnte man das auch auf die Küken anwenden? Sie waren weg, aber unsere Liebe für sie würde bleiben. Ich hoffte, das sonnige Küken spürte das auch: »Denk daran, du bist nicht allein.«

Wenn ich ein Mensch gewesen wäre, hätte ich mir wohl die Augen ausgeweint (das erfuhr ich später, dass Menschen weinten, wenn sie traurig waren). Aber es war tröstlich, zwischen Betty und Bathilda zu sitzen und ihre warmen Körper zu spüren. Sie hatten mich in ihre Mitte genommen, und in der Mitte war man gut aufgehoben.

Marmor, Stein und Eisen bricht
Aber unsere Liebe nicht
Alles, alles, alles geht vorbei
Doch wir sind uns treu.

Nimm den goldenen Ring von mir, dam-dam, dam-dam.
Bist du traurig, dann sagt er dir, dam-dam, dam-dam.

Marmor, Stein und Eisen bricht
Aber unsere, unsere Liebe nicht
Alles, alles, alles geht vorbei
Doch wir sind uns treu

Everybody now!

Goldener Ring? Mir hatte keiner gesagt, dass ich dem sonnigen Küken einen goldenen Ring hätte mitgeben müssen, damit es sich an mich erinnerte, wenn es traurig war. Ich sah Betty vorwurfsvoll an, aber sie schien sich keiner Schuld bewusst zu sein. Und ich hatte ja auch gar keinen goldenen Ring. Betty und die anderen trugen grüne Ringe am Bein. Selbst wenn ich ihnen einen davon abgenommen hätte, wäre er nicht golden gewesen. Dabei hätte es gut gepasst: ein goldener Ring für ein sonniges Küken.

Betty und Bathilda waren bester Laune. Ich verstand das nicht. Als Huhn sei man doch froh, meinte Betty, wenn die Küken endlich flügge waren. Man könne sich nicht ewig um diese Halbstarken kümmern. Sie müssten sich nun allein durchschlagen.

Aber in unserem Fall noch nicht mal das, meinte Bathilda. Die Küken würden einen Stall bekommen, Futter und frisches Wasser. Das Leben sei nicht so hart wie bei den Gallus gallus, den wilden Kammhühnern. Die müssten sich jeden Tag ihr Futter selbst zusammensuchen. Sie lebten im dichten Wald und hätten nicht immer eine Wassertränke und eine Futterschüssel vor ihrem Schnabel.

»Es gibt Schlimmeres, als im Wald zu leben«, sagte ich. »Im Wald ist man wenigstens frei.«

»Ach ja?«, fragte Betty. »Wo lebt es sich denn schlechter?«

Ich dachte an Stall 2 und wie empört Betty und die anderen waren, wenn der Otterpohl den Ausschlupf auch nur ein kleines bisschen später öffnete. Sie konnten sich nicht vorstellen, wie schlimm es anderen Hühnern erging. Dabei hatte Bathilda doch immer gesagt, dass wir Hühner bei den Otterpohls es besser hatten als die meisten anderen Hühner auf der Welt. Sie musste es doch wissen.

Ich wollte nicht noch mehr Traurigkeit aus meiner Vergangenheit hervorholen. Ich drückte mich hoch. Der Trost war auf einmal verschwunden, und es traf mich mit voller Wucht: Das sonnige Küken war wirklich weg, und die Hühner, die ich hinter mir gelassen hatte, vegetierten wahrscheinlich immer noch in Stall 2 vor sich hin.

Just do it!

Roland Kaiser saß wieder vor dem Monitor. Heute schien er gar nicht rausgegangen zu sein. Aber so nass und kalt, wie es draußen war, wäre ich auch drinnen geblieben. Ich pickte gegen das Fenster. Roland Kaiser drehte sich um, ging in die Knie, stieß sich ab und flatterte zu mir herüber.

»Sie sind weg«, sagte ich. »Alle.« In Gedanken fügte ich hinzu: auch das sonnige Küken.

Roland Kaiser blieb stumm. Das Fensterbrett im Zimmer war gesprenkelt. Wenn ich dorthin sah, wollte ich immer durch die Scheibe picken, denn diese Punkte sahen aus wie Körner. Innen hatte ich aber gemerkt, dass es nur Flecken waren. Sie waren da, aber sie waren trotzdem keine wirklichen Körner. Wenn sie wirklich gewesen wären, hätte man sie auch wegpicken können. Etwas war nur wirklich, wenn es auch weg sein konnte. Die Küken waren wirklich da gewesen. Ich sagte: »Ich habe es mit meinen eigenen Augen gesehen, wie sie abgeholt wurden. In so einem kleinen Käfig wie dem, in dem sie geschlüpft sind.«

Ich hatte es ausgegackert, und das Wegsein der Küken wurde für mich noch wirklicher.

»Sie sind weg. Sie sind weg!«, gackerte ich laut weiter. »Sie sind weg! Das sonnige Küken ist weg!« Mein Gackern hörte sich krächzend an, als drückte jemand meinen Hals zusammen. Fast wäre ich ausgerutscht und musste mich mit den Flügeln ausbalancieren.

»Vorsicht!«, sagte Roland Kaiser. »Ein nasser Sims eignet sich nicht zum Scharren! Ich komme raus.«

Als er draußen war, sagte er: »Lass uns spazieren gehen.«

Es regnete noch immer, und sein buntes Gefieder wurde ganz glatt und glänzend. Seine Federn waren vollständig nachgewachsen, er sah wieder genauso prächtig aus wie vorher.

Roland Kaiser lief aber nicht zu den Büschen, sondern flatterte auf den Hühnerstall. Ich tat es ihm nach. »Du hast gesagt, dass wir am Zaun erst den Spanngurt lösen müssten«, sagte er. »Dazu habe ich keine Lust. Wir beide können doch fliegen. Wieso tun wir es nicht einfach? *Just do it.*«

Ich sah ihn fragend an.

»›*Just do it*‹«, sagte er, »bedeutet: Mach es einfach. Ein Werbespruch, der sehr erfolgreich war, weil man sich dadurch selbst in den Hintern getreten hat.«

Wie konnte man sich selbst in den Hintern treten?

Roland Kaiser fuhr fort: »›Mach es einfach!‹ Nicht lange nachdenken! Drei Worte können viel bewegen.«

Auf dem Dach war es glitschig. Ja, besser jetzt sofort losflattern als auszurutschen, dachte ich.

»Und weißt du, was?«, fragte Roland Kaiser. »Das sind eigentlich die letzten Worte eines zum Tode Verurteilten gewesen. Ein Doppelmörder wurde gefragt, ob er noch ein paar letzte Worte sagen wolle, und er sagte zu dem Erschießungskommando: ›*Let's do it*‹ – Legen wir los. Daraus wurde dann ›*Just do it*‹ – mach es einfach.«

Wir gingen in die Knie und hoben ab. »*Just do it!*«, rief Roland Kaiser, und wir flatterten über ein Stück Garten und über den Zaun hinweg. Wieso hatten wir das nicht immer schon so gemacht? Nur Bathilda musste durch das Loch im Zaun. Aber wir beide (und auch Betty) konnten doch fliegen! Wir hatten extra dafür Flügel mit großen Schwungfedern. Wir waren groß und schwer, aber wir waren immer noch Vögel!

Auf dem Bürgersteig waren etliche Pfützen. In jeder sah ich mich, als wäre ich überall verteilt. Aber ich wusste auch, dass ich, wenn ich weiterging, meinen Anblick mitnahm. Ich blieb nicht in den Pfützen zurück.

»Du hast es gesehen«, sagte Roland Kaiser. »Das ist gut. Wenn man etwas nicht mit eigenen Augen gesehen hat, weiß man nie, ob es wahr ist.«

Roland Kaiser schaute nicht hinunter zu den Pfützen. Er stolzierte erhobenen Hauptes über sie hinweg, wie immer mit schwingenden Schwanzfedern. Das Schwingen verlieh ihm etwas Dynamisches, obwohl sein Gang ruhig war.

»Du weißt, dass es wahr ist, also kannst du es auch begreifen«, sprach er weiter. »Begreifen hat etwas mit greifen zu tun. Du kannst es greifen, es schwirrt nicht so herum. Greif es, und gib ihm einen Platz. Im Nest oder auf einem Sofa. Leg es dort ab.«

»Oder in meinem Herzen?«, fragte ich.

»Ihr Hennen immer mit euren Herzen. Das habt ihr euch doch nur von den Menschen abgeguckt. Ihr fühlt mit eurem ganzen Körper, nicht nur mit der Pumpe.«

Roland Kaiser schaute nach links und rechts und ging dann über die Straße. Ich folgte ihm. Im Gestrüpp war es matschig, fast wäre ich ausgerutscht. Ich wusste nicht, wohin er wollte. Es war weder der Weg zu Sina und Sabina noch zu den Walderdbeeren. Irgendwann standen wir vor einem tristen Stoppelfeld. Was wollte er hier? Hatte er sich verirrt?

»Hier sind wir«, sagte Roland Kaiser und hielt kurz inne, »im Sommer gewesen. Jetzt ist der Mais abgeerntet.«

Das Feld war nicht wiederzuerkennen. Aber dann entdeckte ich ein paar von diesen großen, länglichen Blättern. Sie hatten jetzt eine bräunliche Farbe angenommen und lagen verstreut auf dem Boden. Und ich fand auch einen in gelb-braune Blätter eingewickelten Kolben, der am Rand lag. Man hatte ihn anscheinend übersehen. Im Sommer war es hier schön gewesen mit diesen grünen Maispflanzen. Wie hoch sie doch in den Himmel geragt hatten und wie herrlich man durch ihre Reihen spazieren konnte! Das Licht, das so speziell gewesen war.

»Es wird bald wieder irgendwas nachwachsen«, sagte Roland Kaiser. »Vielleicht Weizen, und was gibt es Schöneres als ein strahlend blauer Himmel über einem goldenen Weizenfeld?«

Bei »golden« fiel mir ein: »Ich hab dem Küken keinen goldenen Ring mitgegeben.«

Roland Kaiser drehte sich um und sah mich an: »Wozu?«

»Damit das Küken weiß, dass es nicht allein ist.«

Roland Kaiser ordnete mit dem Schnabel sein Gefieder unter einem Flügel. »Das weiß es auch so. Hühner brauchen keinen Ring dafür.« Er sah auf: »Als das Küken abgeholt wurde – hat es dich da ebenfalls gesehen?«

Etwas drückte in meinem Hals. Es kam kein Laut heraus. Ich streckte die Flügel zur Seite, was wohl »ja« bedeuten sollte. Dann löste sich der Knoten: »Es war im Käfig und hat durch die Lüftungsschlitze geschaut. Es hat mich gesehen, wie ich mitgelaufen bin, bis es nicht mehr ging.«

Mir zerriss es wieder das Herz, als ich es aussprach. Mit Worten konnte die Vergangenheit wieder lebendig werden. »Es hat mich verängstigt angesehen«, sagte ich. »Ich konnte ihm nicht helfen.«

»Das ist der goldene Ring«, meinte Roland Kaiser. »Der goldene Ring ist jetzt in dem Kopf der Junghenne. Dieses Bild wird sie in sich tragen: dass du bei ihr bleiben wolltest. Einen Ring am Fuß kann man verlieren, aber die Gewissheit, dass man von seiner Glucke nicht verlassen wird, bleibt.«

Roland Kaiser streckte einen Flügel aus und sah nach oben:

»Die Sonne scheint heute genauso wie an den sonnigen Tagen. Nur ist sie heute hinter den Wolken versteckt.«

Wir gingen weiter. Es regnete noch ein bisschen stärker. Jetzt waren Regenwürmer herausgekommen, viel mehr als damals auf dem Rasen. Sie lagen einfach so auf dem Boden. Roland Kaiser pickte einen Wurm, schlang ihn hinunter, dann pickte er noch einen. Schon lange habe er keine saftigen Würmer mehr gepickt, immer nur das trockene Körnerfutter, das glücklicherweise seit Kurzem von Käfern befallen war, worüber Frau Otterpohl sich aufregte, wenn sie die Näpfe füllte. Dabei seien die Käfer das Leckerste an dem Futter, meinte Roland Kaiser.

Ich hatte keinen Hunger.

Roland Kaiser wies mich immer wieder auf die saftigen Würmer hin, aber ich wollte sie nicht. »Hühner, die keinen Pickotit haben, leben nicht lange!«, herrschte er mich schließlich an. »Ein Huhn muss immer einen gesunden Hunger haben. Sonst stimmt mit ihm etwas nicht.«

Ja, um die Regenwürmer war es schade. Es war auch schade, dass es keine Sonnenwürmer gab, die bei Sonne hervorkamen. Das Wetter musste schlecht sein, damit sich Leckeres zeigte.

Wir gingen weiter, und er pickte ab und zu noch einen Wurm. Ich hatte nasse Füße, langsam wurde auch mein Gefieder durchnässt. Wenn wir durch die Pfützen gingen, spritzte Wasser gegen meinen Bauch. Die Nässe passte zu meiner Stimmung: Die Umgebung war genauso trostlos wie meine Gedanken.

Wir kamen nun wieder in die Nähe einer Straße. Wenn ein Auto vorbeiraste, schossen Wasserfontänen hoch. Es war schummrig und düster wie nachts in Stall 2.

»Immer picken zu können ist nicht das Wichtigste für ein Huhn«, gackerte ich. »Es gibt Hühner, die haben genug zu picken. Und trotzdem ist es kein Leben.«

Wir gingen nebeneinanderher. Ich sah mich um. Ja, selbst im Regen inmitten verwelkter Pflanzen war es besser als in Stall 2. Ich versuchte, mich damit zu trösten: Das sonnige Küken würde nicht in Stall 2 kommen. Sonst hätte ich alles getan, um es herauszuholen. Dann fiel mir ein, dass noch so viele andere Hühner in Stall 2 waren. Ich genoss hier draußen mein Leben. Ich war fröhlich, ich war traurig. Aber die Hühner dort durften nichts fühlen. Ich konnte nur hoffen, dass sie bald in Stall 3 kamen.

»Ich verstehe dich«, sagte Roland Kaiser auf einmal.

Ich glaubte nicht, dass Roland Kaiser mich verstand. Wer nicht in Stall 2 gewesen war, konnte das nicht verstehen. Der konnte nur schimpfen, wenn man zu spät in den Garten gelassen wurde, wenn man die Musik von den Otterpohls nicht mochte, wenn man nicht oft genug Mehlwürmer bekam.

»Jetzt ist dein Kopf leer. Und wenn dein Kopf leer ist, kommen die Erinnerungen von früher wieder und füllen ihn.« Auf einmal blieb Roland Kaiser stehen, sah mich an und sagte: »Es ist kein Gerücht.«

Ich sagte: »Nein, die Küken sind wirklich weg.«

»Das meine ich nicht«, sagte er, blieb stehen und kratzte sich. Dadurch blieb Schmutz von seinen Füßen an seinem Bauch hängen. »Wir Hühner von Privatfütterern wollen das ja nicht glauben. Keiner von uns konnte sich das vorstellen, und ich bin auch noch keinem Huhn begegnet, das aus so einem Stall kommt.«

Ich hatte das Gefühl, weitergehen zu müssen. Diesmal ging ich schneller als Roland Kaiser. Die Pfützen füllten sich ohne Unterlass mit Regentropfen. Sie wurden immer größer und tiefer.

Wenn ein Hahn nicht mehr kräht wie ein Hahn

Als wir durch die Katzenklappe geschlüpft waren, bestand Roland Kaiser darauf, unsere Füße auf der Matte abzuputzen. Die Otterpohls würden sonst an der schmutzigen Tastatur merken, dass wir dort getippt hätten.

Hier am Computer hatte Roland Kaiser alles nachgeschaut und festgestellt: Das, was immer nur als Gerücht unter Hühnern gegolten hatte, stimmte. Dann konnte er eins und eins zusammenzählen: Ich musste ein Huhn aus so einem Horrorstall sein. Roland Kaiser hatte aber noch mehr herausgefunden: dass Küken getötet wurden, nur, weil sie männlich waren und keine Eier legen konnten. Kaum zu glauben! Wie war so etwas möglich? Diese schlimmen Sachen ließen ihn nicht mehr zur Ruhe kommen. Er hatte immer weiter recherchiert und sich dann mit diesem Lied beruhigen müssen. Er tippte jetzt mit seinen Zehen, und auf dem Monitor erschien ein Mann. In der Hand hielt er ein längliches Metallstück. Um ihn herum saßen viele Menschen, und dann kam Musik, und der Mann fing an zu singen:

Wenn selbst ein Hahn nicht mehr kräht wie ein Hahn,
Dann sind wir jenseits von Eden.
Wenn wir nicht fühlen, wie groß das Hühnerleid ist,
Wie bei keinem anderen Tier,
Dann haben wir umsonst gelebt.

Wenn ein Ei nur eine Backzutat noch ist,
Dann sind wir jenseits von Eden.
Wenn ein Küken weiblich sein muss,
Nur, um nicht geschreddert zu sein,
Dann haben wir umsonst gelebt.

Lass uns jeden Tag das Leben endlos spür'n,
Und uns niemals uns're Ehrlichkeit verlier'n.
Denn wenn uns gar nichts mehr zusammenhält,
Verlöscht vielleicht das letzte Licht der Welt.

Wenn unser Glaube nicht mehr siegen kann,
Dann sind wir jenseits von Eden.
Wenn jede Hoffnung nur ein Horizont ist,
Den man niemals erreicht,
Dann haben wir umsonst gelebt.
Dann haben wir umsonst gelebt.

Ich will mit dir neue Hühnerwelten spür'n,
Wenn wir uns auch in Gedanken nur berühr'n,
Irgendwann muss ich für immer geh'n,
Dann will ich sagen, diese Welt war schön.

Wenn selbst ein Hahn nicht mehr kräht wie ein Hahn,
Dann sind wir jenseits von Eden.
Wenn wir nicht fühlen, wie groß das Hühnerleid ist,
Wie bei keinem anderen Tier,
Dann haben wir umsonst gelebt.
Dann haben wir umsonst gelebt.
Dann haben wir umsonst gelebt.

Als das Lied zu Ende war, drückte Roland Kaiser mit seinen Zehen auf einige Tasten, und das Lied begann von vorn. Wir flatterten aufs Sofa und rieben uns die nassen Bäuche und die nassen Hintern ab. Dann gingen wir ein Stück weiter und setzten uns auf eine trockene Stelle. Nun war es gemütlich. Das Gefieder war trocken, das Sofa war weich, unsere zwei warmen Hühnerkörper lagen nebeneinander. Durch das Fenster sah ich, dass der Regen richtig stark geworden war.

Das Lied hörte auf und fing sofort wieder an. Roland Kaiser meinte, es würde nun weiterlaufen, bis er es stoppte. Und dann sagte er: »Wenn wir Menschen wären, sähen wir jetzt aus wie ein altes Ehepaar.« Ich stellte mir die Otterpohls auf dem Sofa vor. Sie waren zwar keine Stachelschweine, aber sie hatten lange Körper, lange Beine, lange Arme. Ich konnte mir nicht vorstellen, dass sie so schön miteinander kuscheln konnten wie wir Hühner.

Lass uns jeden Tag das Leben endlos spür'n,
Und uns niemals uns're Ehrlichkeit verlier'n.
Wenn uns gar nichts mehr zusammenhält,
Verlöscht vielleicht das letzte Licht der Welt.

Ja, ich wollte das Leben endlos spüren und meine Ehrlichkeit nie verlieren. Mehr wollte ich gar nicht, und mir fielen die Augen zu.

Am nächsten Morgen spürte ich einen warmen Körper neben mir. Ich dachte, es sei Bertha. Meine Augen waren noch geschlossen, und ich blieb im Halbschlaf liegen. Es war wohlig, neben einem ehrlichen Huhn zu liegen. Schließlich wollte ich ihr gackern, dass ich einen langen Traum gehabt hatte. Dass es nicht nur den Kükenstall, Stall 2 und 3 gab, sondern eine weite Welt da draußen mit Pflanzen, Würmern, Erde, Sonne und Himmel – das waren alles Dinge, die ich ihr schlecht beschreiben könne, sie müsse das alles schon selbst erleben, denn man könne die Dinge nur begreifen, wenn man sie selbst fühle. Ich war ganz wehmütig, weil der Traum jetzt vorbei war.

Als ich meine Augen öffnete, sah ich den schwarzen Monitor auf dem Tisch. Er gab keinen Ton mehr von sich. Neben mir schlief Roland Kaiser. Er ließ seinen Kopf hängen und atmete gleichmäßig. Draußen war es hell, der Tag hatte begonnen. Ich machte mich auf den Weg.

Ich stand auf dem nassen Rasen und sah das Glitzern der Wassertropfen an den Grashalmen. Die Luft war so klar, dass ich sie kräftig einsog. Sie strömte durch meine Schnabellöcher und durchspülte meine Lungen. Ich atmete ein und wieder aus. So blieb ich lange Zeit stehen und ließ die frische Welt in mich hinein. Auch Atmen konnte ein Genuss sein.

Mir fiel eine Zeile aus dem Lied wieder ein: das Leben endlos spüren und ehrlich sein. Es stimmte. Irgendwie hatte ich das Gefühl, dass beides zusammengehörte. Aber ich wusste noch nicht, wie. Spürte man das Leben und wurde dadurch ehrlich, oder war man ehrlich und spürte dadurch das Leben?

Über mir auf dem Schlafbaum fingen die Vögel an zu zwitschern. Wieder erst einer, dann zwei und dann alle. Ich wünschte mir, ich könnte sie verstehen. Ich wünschte mir, ich könnte alle verstehen, auch den Fuchs und den Habicht. Ich würde sie fragen, ob es ihnen denn gar nicht leidtäte, ein Huhn umzubringen. Hinter mir hörte ich ein Geräusch und drehte meinen Kopf. Der Otterpohl war am Stall und öffnete gerade den Ausschlupf. Sofort drängten die anderen durch die Öffnung ins Freie.

Betty rief: »Heute ist Montag!«

Montage waren die Tage nach den Sonntagen – die Tage nach den Tagen, an denen wir nicht zu den Küken gehen durften, weil die Fütterin sonntags im Garten war. Am Montag war die Freude immer besonders groß gewesen, die Küken zu sehen.

»Was sollen wir jetzt tun?«, fragte ich.

Betty blickte mich komisch an. Bathilda war dazugekommen und schaute auch verständnislos.

»Ja, was wohl?«, fragte Betty. »Das, was wir immer tun. Scharren und im Garten herumlaufen.«

Betty und Bathilda drehten ihre Hälse zur Seite und widmeten sich ihrem Gefieder. Sie schienen sich vom Montag abgewendet zu haben. Ich sah sie stumm an, wie sie mit ihren Schnäbeln sorgfältig ihr Gefieder ordneten und die Schwungfedern glatt strichen. Die Welt um sie herum interessierte sie nicht mehr. Sie kümmerten sich nur noch um sich selbst. Sie machten sich schön, streichelten sich mit dem Schnabel. Sie brachten sich Aufmerksamkeit und Wertschätzung entgegen. Wie viele Federn ein Huhn doch hatte! Und jede Einzelne wollte beachtet und gepflegt werden. Es war beruhigend mitanzusehen, wie andere Hühner sich selbst wichtig nahmen. Nach einer endlos langen Zeit schienen Betty und Bathilda fertig mit ihrer Gefiederpflege zu sein.

»Wir sollten wieder hingehen«, sagte ich. »Vielleicht konnten sich die Küken aus den Käfigen befreien und sind zurückgekommen.«

Betty und Bathilda warfen sich vielsagende Blicke zu.

Bathilda meinte: »Ich habe schon hier auf dem kurzen Rasen ganz nasse Federfüße.«

Sie zuckte kurz mit den Flügeln und ging weg. Bei jedem Schritt hob sie ihr Bein ganz hoch und stakste so durch das feuchte Gras. Nicht nur ihre Federfüße wurden nass, sondern auch ihre Beine, die ebenfalls befiedert waren. Betty sagte immer, dass Bathilda so aussehe, als hätte sie eine Plüschhose an. Auf einmal blieb Bathilda stehen und pickte in den Rasen. Sie hatte einen saftigen Regenwurm gefunden.

»Dann lass uns gehen«, sagte Betty, und ich drehte mich um.

Nur ein Huhn?

Als wir bei Sina und Sabina ankamen, konnten wir sie nicht im Garten entdecken. Wir flatterten über den Zaun und liefen zum Stall. Der Ausschlupf war offen. Die beiden lagen träge auf dem Boden. Natürlich war kein Küken ausgerissen und zurückgekommen. Ich hatte mir etwas vorgemacht, aber ich war trotzdem enttäuscht. Als Sina und Sabina uns sahen, grüßten sie nur kurz. Sie hingen herum wie verdorrtes Gras.

»Ihr seht ganz schön schlapp aus«, meinte Betty.

»Sind wir auch«, sagte Sabina.

»Na klar sind wir das«, stimmte Sina ein.

»Kann ich verstehen«, meinte Betty. »Wir waren immer nur zu Besuch. Ihr hattet die ganze Arbeit.«

Sina und Sabina erzählten, wie erleichtert sie seien, dass die Piepsebande endlich weg sei. Sie hätten durch den ganzen Stress ganz schön abgenommen, das sehe man kaum wegen ihres flauschigen Gefieders, sie selbst aber würden es natürlich merken und so weiter. Ich hörte nicht mehr zu.

Der Stall kam mir leer vor. Das Gewusel und das Gepiepse fehlten. Die Küken waren weg, aber noch nicht ganz. Ihre Körper waren nicht mehr hier, aber dafür etwas anderes. Der Stall hatte eine andere Aura als vorher, als die Küken noch nicht da gewesen waren. Die Küken hatten in den letzten Wochen etwas hier hinterlassen. Das spürte ich.

Auf einmal gackerte Betty laut auf und schlug mit den Flügeln.

»Ja! Super!«

Auch Sina und Sabina schlugen freudig mit ihren Flauscheflügeln. Sie schienen auf einmal wieder voller Energie zu sein.

Ich sah die drei fragend an.

»Da wird ihr doch glatt der Unterschnabel runterfallen«, sagte Sabina.

»Sina und Sabina können es sich noch mal vorstellen. Aber dann eher im Frühsommer.«

Irgendetwas in meinem Kopf kam durcheinander. Sie hatten doch gerade gejammert, wie anstrengend die Küken gewesen seien.

Betty sagte: »Ich wär dann auch wieder mit dabei. Und du?«

Mein Kopf hatte sich vor Überanstrengung abgeschaltet. Ich konnte nichts gackern.

»Dann Flügelspitze drauf«, sagte Betty und streckte ihren rechten Flügel aus. Sina und Sabina schlugen ein und ich auch. Danach ließen sich Sina und Sabina wieder hängen. Wir verabschiedeten uns, und Betty schlug vor, spazieren zu gehen.

Die abgefallenen Blätter waren bunt: gelb, braun, rötlich. Sie lagen überall herum. Es machte Spaß, in den Blätterhaufen zu scharren. Man brauchte wenig Kraft und bewegte viel. Die Blätter waren noch feucht und flogen im hohen Bogen nach hinten weg. Zwischen den bunten Blättern entdeckten wir Leckereien: Käfer, Schnecken und andere kleine Krabbeltiere, die schnabelgerecht waren.

Wir gingen weiter, und Betty gackerte: »Was für ein schöner Herbsttag!«

Die Sonne schien, und durch die ausgedünnten Baumkronen kam viel mehr Licht durch als sonst. Die drückende Sommerhitze war längst verschwunden, und die Herbstkühle hatte genau die richtige Temperatur für gut befiederte Hühner.

Irgendwann kam mir die Gegend bekannt vor. Wenn ich in letzter Zeit an Orten war, die ich schon kannte, fühlte ich mich wohl. Aber jetzt war es anders.

Betty maulte, ihre Füße würden langsam wehtun.

Ich wusste ja selbst nicht, warum ich immer weiterging. Es fühlte sich sogar beklemmend an. Als würde mir jemand gegen die Brust drücken. Meine Beine bewegten sich aber von allein. Ich lief schneller und schneller.

»Hey!«, rief Betty mir hinterher. »Wieso rennst du so? Wohin willst du eigentlich?«

Ich wollte nicht weiter, aber ich konnte mich nicht stoppen. Als würde der Fuchs irgendwo auf mich warten und als beeilte ich mich jetzt, in sein Maul zu gelangen.

Auf einmal wurde mir klar, wohin ich lief. Wenn ich den Ort gesucht hätte – ich hätte ihn niemals wiedergefunden. Aber mein Körper schien sich zu erinnern, er brauchte meinen Kopf nicht. Bald sah ich schon Stall 2. Davor stand ein Lastwagen. Ich blieb kurz stehen, dann bewegte ich mich weiter, obwohl ich keinen Schritt mehr gehen wollte. Meine Beine trugen mich ins Verderben. Nur der Zaun hielt mich noch auf.

Aus dem Stall schleppten Menschen Käfige heraus, die ganz anders aussahen als der Brutkäfig. Sie waren größer und flacher und hatten Gitterwände. Viele Hühner waren darin eingezwängt. Sie mussten ihre Köpfe einziehen, so niedrig war es. Immer mehr solcher Käfige mit Hühnern wurden herausgetragen. Im Lastwagen stapelten sie sich. Die neuen Käfige wurden einfach auf die anderen geworfen.

Betty war mir gefolgt. Ich hörte ihren entsetzten Ausruf: »Das ist ja furchtbar!«

Ich konnte den Blick nicht von den Käfigen abwenden.

Die Hühner sahen aus wie ich damals, manche sogar noch schlimmer. So nackt wirkten sie schwach und verletzlich. Ein

Huhn sah mich durch das Gitter an. Seine Augen waren ausdruckslos. Ja, die Hühner wurden abtransportiert. So, wie sie in den Käfigen zusammengepfercht waren, wusste ich: Man sorgte sich nicht um sie. Und wie zur Bestätigung hörte ich einen Menschen brüllen: »Mach schneller, Mann! Wir haben nicht ewig Zeit! Quetsch sie einfach alle da rein und dann Klappe zu! Die werden sowieso alle totgemacht!«

Es ist wahr, dachte ich, was die Pessimisten gesagt hatten. Diejenigen, die wir alle für verrückt gehalten hatten. Stall 3 gab es gar nicht. Nach Stall 2 wartete nur noch der Tod. Dafür hatten wir uns jeden Tag zusammengerissen, denn in Stall 3 würde doch alles besser werden.

»Es ist also wahr«, sagte Betty. Ihre Stimme klang anders als sonst. »Ich dachte, es wäre nur ein böses Gerücht. Es gibt sie wirklich, diese Horrorställe. Hühner als Arbeitssklaven zusammengepfercht.«

Ein Huhn kam mir bekannt vor. Es sah so aus wie das, das mich mit seinen netten Worten aufgebaut hatte: »Mach weiter!« Aber es konnte natürlich auch ein anderes sein. Es schaute mich stumm an. Sein linkes Bein war nach hinten verdreht. Es hätte vor Schmerzen laut gackern müssen, aber im Gegensatz zu den anderen im Käfig war es ganz ruhig.

»Schneller!«, schrie der eine Mann wieder.

Die Käfige stapelten sich jetzt bis unter die Decke des Lastwagens. So viele Hühner, so eng zusammengepfercht. Sie waren für diese Menschen wie Kisten mit Erdbeeren. Eigentlich noch weniger. Mit Erdbeeren würden sie wohl vorsichtiger umgehen, damit sie nicht zermatschten. Bei den Hühnern war es ihnen egal.

Auf einmal platzte etwas in mir. Ich gackerte laut und schlug mit meinen Flügeln, als hätte ich mich gerade aus einer Beklemmung befreit. Noch nie hatte ich so laut gegackert, nicht einmal bei der Tierärztin. Die lange Spritze hatte mir größere Schmerzen bereitet als alles zuvor, aber jetzt spürte ich den Schmerz überall: im Kopf, in der Brust, im Hals, auf der Haut. Ich gackerte und gackerte, und einer der Männer drehte sich um und entdeckte mich. Es war derjenige, der den anderen Mann angebrüllt hatte. Er sah mich mit so einem kalten Blick an, dass ich nicht anders konnte, als laut weiterzugackern.

Ein anderer Mann kam mit einem weiteren Käfig voller Hühner heraus und warf ihn auf die anderen Käfige. Er wollte schon wieder zurück zum Stall gehen, da hielt ihn der brüllfreudige Mann am Arm fest. Der andere Mann schaute fragend, und der Brüllfreudige hob sein Kinn und deutete in meine Richtung. Der Mann drehte sich um und folgte seinem Blick. Der Brüllfreudige sagte: »Ihr habt zwei Hühner entkommen lassen.«

»Sieht so aus«, meinte der andere. »Aber das Huhn daneben schaut ganz anders aus.«

»Es gehört aber dazu«, sagte er. »Manche sehen halt anders aus. Los, schnapp sie dir.«

»Eben hast du noch gesagt, mach schneller, und jetzt soll ich zwei Hühner fangen?«

»Ja, mach.«

»Spinnst du? Wir verladen hier gerade Tausende von Hühnern, mein Gott!«

»Schnapp sie dir!«

»Ich mach jetzt weiter.« Der Mann riss sich los und ging wieder zum Stall.

Der Brüllfreudige ließ uns nicht aus den Augen. Dann ging er los. Er lief Richtung Tor, das offen stand, und dann weiter am Zaun entlang. Gerade kam ein Lastwagen durch das Tor. Ich wollte wissen, ob er leer war.

»Los, wir müssen uns vom Acker machen«, sagte Betty. Aber ich ließ den Lastwagen nicht aus den Augen.

»Los!« Sie pickte mich gegen den Kopf.

Der Mann musste sehr schnell gelaufen sein. Er war schon fast bei uns. Ich stand da wie angewurzelt. Betty pickte mich noch mal, diesmal viel stärker, und die Starre löste sich. Wir rannten weg vom Zaun. Der Mann drehte auch ab und lief hinter uns her. Das Gras wurde höher, und wir kamen nicht mehr so schnell voran. Der Mann holte auf und kam immer näher, ich spürte schon, wie der Boden vibrierte, gleich würde er uns zu fassen bekommen. Als ich das Schnaufen dicht hinter uns hörte, dachte ich an »Mach weiter!«, das für mich jetzt wie *»Just do it!«* klang.

»Losfliegen!«, rief ich, ging in die Knie und hob ab. Betty tat das Gleiche. Wir flatterten zu dem einzigen Baum, der hier in der Umgebung stand, und landeten auf einem der wenigen Äste. Ich drehte mich um. Der Mann hatte nicht aufgegeben. Er war mit offenem Mund weitergelaufen. Sein Gesicht war rot und fleckig.

»Ihr verdammten Viecher!«, schrie er, als er unter dem Baum angekommen war. Er ließ nicht locker, aber der Ast war zu hoch.

Mein Herz pochte.

»Ich krieg euch noch!«, schrie der Mann. Er schwang einen Arm nach oben und ballte seine Hände zu Fäusten.

»Los«, sagte Betty. »Kacken wir auf seinen Kopf.«

Ich konnte aber nicht auf Kommando kacken. Was dachte sich Betty dabei? Betty konnte das anscheinend auch nicht. Sie sagte: »Schade, dass wir nicht wie die Menschen spucken können.«

»Mein Ei kommt vielleicht gleich«, sagte ich. »Es drückt schon.«

»Dann lass das Ei auf ihn fallen«, meinte Betty.

Ein Ei war aber keine Kacke. Ein Ei war wertvoll, keine stinkende, klebrige Masse.

»Der Otterpohl freut sich über meine Eier«, sagte ich. Und ich gab zu: Manchmal überlegte ich mir, ob ich nicht heimlich ein Nest in Otterpohls Garten bauen, mich wieder von Roland Kaiser treten lassen und heimlich meine Eier ausbrüten sollte. Ein Ei war für mich jetzt etwas, aus dem ein Küken entstehen konnte.

»Du wirst es eh nicht bis zu den Otterpohls schaffen. Bis wir zurück sind, ist es schon spät.«

Der Mensch da unten schrie weiter: »Ich krieg euch noch! Glaubt ja nicht, ihr könnt euch davonmachen, ihr Wichser!«

Ich spürte das Ei im Unterbauch. Die Kalkschale war schon lange fertig. Ich bekam Krämpfe, das Ei wollte raus. Der Mann stand immer noch brüllend da, und der nächste Baum war zu weit weg. Bis dorthin konnten wir nicht flattern. Es blieb mir also gar nichts anderes übrig. Das Ei würde sowieso nach unten fallen. Es gab drei Möglichkeiten:

- Es konnte auf dem Boden landen und kaputt gehen.
- Es konnte auf dem Boden landen und heil bleiben. Dann könnte der Mann es aufheben, sich darüber freuen und es aufessen.
- Es konnte dem Mann auf den Kopf fallen.

Ich hoffte, dass nicht die zweite Möglichkeit eintreten würde. Ich wollte nicht, dass der Mann mein Ei mit nach Hause nahm. Das Ei war ein Teil von mir, und es wäre mir dann so vorgekommen, als würde er etwas von mir besitzen.

Betty kapierte, was ich vorhatte: »Du musst genau zielen.«

Ich drückte und drückte. Der Mann schrie: »Ja, komm runter, du Wichser!« Betty bewegte ihre Flügel. Mir war klar, dass sie ihn von mir ablenken wollte. Er sollte zu ihr hinsehen und nicht zu mir. Mein Legedarm stülpte sich nach außen durch die Kloake, und ich drückte weiter. Ich blickte noch mal nach unten und streckte meinen Hintern, so weit es ging, vom Ast weg. Das Ei flog runter, ich drehte mich und sah ihm nach. Es flog wie in Zeitlupe. Erwartungsvoll krallte ich mich an den Ast. Es machte »Platsch« – das Ei war auf seinem Kopf gelandet.

»Ah«, schrie er und wusste nicht, wie ihm geschah.

Eigelb und Eiklar liefen ihm über das Gesicht, die zerbrochene Eischale fiel von seinem Kopf. Betty sah nach unten, riss ihren Schnabel auf und lachgackerte ganz laut. Als ich den Mann so sah, musste ich mitgackern.

»*Strike!*«, rief Betty und gackerte weiter.

»Ihr Wichser!«, brüllte der Mann und wischte sich übers Gesicht. »Wartet!« Er zertrampelte die zwei Schalenhälften, die auf dem Boden lagen, und stapfte davon, während wir weitergackerten. Er ging aber nicht in Richtung Tor, sondern zur Straße. Dort bückte er sich und stopfte sich etwas in die Hosentaschen.

»Was macht er da?«, fragte ich Betty.

Sie schob ihren Kopf etwas vor und schaute angestrengt. Dann sagte sie: »Bloß weg hier!«

»Warum?«, fragte ich. »Er ist noch nicht weit genug entfernt.«

»Er sammelt Steine«, sagte Betty. »Der will uns damit bewerfen. Los!«

Sie ging in die Knie und hob ab. Ich sah noch einmal zu dem Mann. Er hatte sich umgedreht. Ich flatterte Betty hinterher. Auch wenn ich gut fliegen konnte, war ich doch kein kleiner Zwitschervogel, der so federleicht in den blauen Himmel emporstieg. Ich musste mühsam mit meinen Flügeln flattern. Außerdem hatte ich ganz schön zugenommen.

Betty flog noch schlechter als ich. Sie landete schon bald und ich neben ihr.

»Er hat uns gesehen«, sagte ich. »Wir müssen weiterlaufen.«

Sie sah sich um, riss die Augen auf und lief los. Sie hatte nichts gesagt, aber ich hatte an ihrem Blick gemerkt, dass uns der böse Mann nachlief. Die ersten Steine prallten schon neben uns auf.

Betty bog irgendwohin ein, ich folgte ihr, sie lief links entlang, dann wieder rechts und so weiter. Wir kamen bis zu einer Stelle mit viel Gestrüpp und einer Gruppe von hohen Bäumen. Sie nahm Anlauf und flatterte auf den niedrigsten Ast und dann immer weiter hoch, und ich folgte ihr. Es war wie auf meinem Schlafbaum: ein Ast nach dem anderen.

So weit oben war ich noch nie gewesen. Mein Schlafast lag viel tiefer. Als ich hinuntersah, kam mir alles ganz klein vor. Ich traute mich gar nicht, noch einmal hinabzuschauen, aber ich musste wissen, ob der Mann uns gefolgt war. Ich konnte ihn glücklicherweise nirgends entdecken.

Allmählich gewöhnte ich mich an die Höhe. Wir mussten wirklich von allem weit weg sein, denn obwohl ich so viel von der Umgebung sah, entdeckte ich weder den Garten der Otterpohls noch den Garten von Sina und Sabina. Auch Stall 2 war außer Sichtweite.

Mein Herz pochte nicht mehr so wild. Ich setzte mich.

»Da war ich«, sagte ich.

»Wo?«, fragte Betty.

»Dort«, sagte ich. »Ich war eine von ihnen.«

Ich beugte mich hinunter und rieb meinen Schnabel am Bauch. Mein Bauch war jetzt dicht befiedert. Ich drehte meinen Kopf zur Seite und kraulte mich mit dem Schnabel unterm Flügel. Dann steckte ich meinen Kopf noch weiter ins Gefieder, bis er ganz verschwand. Ich sah nichts mehr, es war so, als hätte ich mich unter meinem eigenen Flügel in Sicherheit gebracht. Hier war es weich und warm.

»Ich war in diesem Riesenstall«, nuschelte ich. »Wir haben ihn Stall 2 genannt, weil wir als Küken in einem anderen Stall gewesen sind. Meine Freundin Bertha war auf einmal tot. Ich bin geflohen und habe mich in den Garten der Otterpohls verirrt.«

Ich tat weiter so, als müsste ich mein Gefieder in Ordnung bringen. Betty sagte nichts.

»Ihr wisst nicht, wie es dort ist«, nuschelte ich. »Man weiß es erst, wenn man dort war. Und man weiß es auch erst richtig, wenn man von dort weg ist.«

Ich erzählte noch ein wenig, aber bald war ich auch schon fertig. Was gab es auch groß zu erzählen, wenn ein Tag wie der andere war? Wenn der Tag nur aus essen, trinken, sich gegen andere behaupten, Eier ablegen und schlafen bestand? Es war alles geregelt, es war alles da – aber nicht, um wirklich zu leben. Dann fiel mir noch etwas ein: »Wir dachten, dass wir irgendwann in Stall 3 kämen. Dort sollte alles besser sein.«

Ich zog meinen Kopf wieder hervor. »Was kann ich tun?«, fragte ich Betty und sah sie an. Sie starrte aber nur vor sich hin. Ich wiederholte: »Was kann ich tun?«

Betty drehte ihren Kopf zu mir und fragte: »Was?«

»Ich muss was tun«, sagte ich. »Die anderen retten.«

»Wie denn?«, fragte Betty. »Du bist doch nur ein Huhn. Und selbst wenn du ein Mensch wärst – was könnte ein einzelner Mensch schon ausrichten? Mit einer Maschinenpistole dorthin gehen und alle Hühner rauslassen. Und dann? Das Gerücht besagt, dass es Tausende solcher Ställe gibt.« Sie blickte wieder nach vorn. »Du bist nur ein Huhn und ich auch.«

Wir saßen noch lange auf dem Ast. Unten waren weder Menschen noch Tiere. Auf der Straße weiter hinten fuhr kein Auto. Es lief nirgends Musik.

»Wir müssen zurück«, sagte Betty. »Hier könnten Füchse oder Marder herumlaufen. Wölfe soll es auch wieder geben, die sind noch größer als Füchse. Es kommt mir hier so ländlich vor, vielleicht fliegt neben dem Habicht auch noch ein Bussard oder ein Rotmilan herum. So weit draußen ist alles voller Gefahren.«

Sie drehte ihren Kopf nach allen Seiten: »Die Luft ist rein.«

Ich sog die Luft tief durch meine Schnabellöcher ein. Ja, sie war frisch, und sie roch anders, irgendwie gesund, sie duftete nach den Bäumen, nach dieser Landschaft.

»Hier ist es ansonsten gar nicht schlecht«, sagte Betty. »Wir sollten öfter mal eine Wanderung machen. Aber erst mal müssen wir wieder nach Hause finden.«

Wir flatterten herunter und wussten nicht, in welche Richtung wir gehen sollten. Betty meinte, irgendwann müsse man auch mal mit dem Nachdenken aufhören und einfach den ersten Schritt machen. Ich sagte: *»Just do it!«* Also gingen wir los, durch Gestrüpp, durch hohes Gras, durch niedriges Gras, durch einen Wald.

Im Wald entdeckte ich etwas weiches Grünes, das viel kürzer war als Gras. Ich blieb darauf stehen. Es fühlte sich so wohltuend an. Ich trat auf der Stelle. Nie hätte ich gedacht, dass man mit den Füßen so etwas Angenehmes fühlen konnte. In Stall 2 war der Boden immer hart gewesen, unten und auch auf den Ebenen. Darüber hatte ich früher nie nachgedacht, es gab ja nichts anderes. Dass man auch Schönes empfinden konnte, war mir erst draußen so richtig klar geworden. Schon das Scharren in der Erde war genussvoll gewesen. Aber das hier fühlte sich noch viel wohliger an. Es linderte die schlimmen Gefühle oben im Kopf. Vielleicht konnten wir nächstes Jahr dieses Grün für das Brutnest sammeln.

Betty hatte mich beobachtet und trat nun ebenfalls auf der Stelle. »Du hast recht«, meinte sie, »das Moos fühlt sich sehr geschmeidig unter den Füßen an.«

Natürlich verliefen wir uns. Das war aber nicht schlimm. Der Wald hatte viel zu bieten. Vielleicht fanden wir die Gegend auch schön, weil wir sie nicht kannten. Wir betrachteten alles aufmerksamer. Wir liefen nicht mit Scheuklappen auf ein Ziel zu.

Mir gefielen besonders diese zierlichen Büsche, die Farne, wie Betty sagte. Manche Blätter hatten genau die richtige Höhe, sodass ich unter ihnen hindurchgehen konnte. Ich streckte meinen Kopf extra in die Höhe. Ihre grünen Ärmchen strichen mir dann sanft über den Kamm.

Wir ließen die sanften Farne hinter uns, gingen endlos lange weiter, und die Gedanken an Stall 2 kamen langsam zurück.

»Bathilda kennt sich doch mit Angriffen aus?«, fragte ich Betty und sah, dass sie nichts davon hielt.

»Glaub mir«, sagte sie. »Wir paar Hühner können nichts ausrichten.« Auf einmal blieb sie stehen: »Da vorne sind Brombeeren!« Sie lief eilig zu den dichten Büschen voller dunkler Beeren.

»Du darfst nicht die unteren nehmen«, meinte sie. »Du musst deinen Kopf strecken und die obersten picken!«

Irgendwann kamen wir ganz erschöpft bei den Otterpohls an. Das lange Umherirren war aber nicht schlimm gewesen: Wir hatten unsere Füße an weichem Moos gerieben, reife

Brombeeren verspeist, uns von sanften Farnen streicheln lassen. Ohne das Sich-Verlaufen hätten wir diese schönen Orte niemals entdeckt.

Betty und ich legten uns zu Bathilda unter ihren Baldachin. Ich sah hoch zu den großen gebogenen Blättern. Zum ersten Mal nahm ich diese Pflanze wirklich wahr. Sie beugte sich über einen und schützte vor praller Sonne, vor leichtem Regen und vor dem scharfen Blick des Habichts.

Bathilda sagte: »Ihr wart ja lange weg. Es scheint auch ohne Küken Spaß gemacht zu haben.«

»Wir hatten wirklich viel Spaß«, erzählte Betty. »Wir saßen auf einem Ast, und Molli hat ein Ei gelegt. Nein, nicht gelegt, sie hat ein Ei fallen gelassen – mitten auf den Kopf eines Arschlochs!«

Betty und ich lachgackerten, aber dann erinnerte ich mich wieder daran, wer dieser Mann war, was er vorher getan hatte und wieso er überhaupt hinter uns her gewesen war.

»Bathilda«, sagte ich. »Du kennst dich doch mit Krieg, Kämpfen und so aus, hast du gesagt. Du warst doch ein … ein –«

»Bekannter General«, vervollständigte Bathilda meinen Satz.

»Ja, genau.« Ich hatte meinen Kopf zu ihr gedreht. »Wie kann ich Hühner befreien? Aus einem Riesenstall.«

»Die sind jetzt schon alle weg«, warf Betty ein.

»Aber es kommen doch wieder neue. Oder meinst du, der Stall bleibt leer?«

»Ihr wart also noch woanders«, sagte Bathilda. »Ich rieche jetzt auch Brombeeren.«

»Es gibt noch ganz viele«, sagte ich. »Wir können dich hinführen.«

Kaum hatte ich die Worte ausgesprochen, bereute ich es schon wieder. Bathilda konnte nicht wie wir im Notfall fliegen.

Ein großes Huhn, das nur laufen konnte, hatte es noch viel schwerer, den Gefahren zu entkommen. Wäre sie heute mit dabei gewesen – der böse Mann hätte sie sicherlich zu fassen bekommen.

»Es ist gefährlich da draußen«, fügte ich schnell hinzu.

»Ach«, sagte Bathilda in ihrem typischen Bathilda-Ton. »Freiheit ist nun mal gefährlich.«

»Du wirst doch immer wiedergeboren«, sagte ich. »Hast du dann noch Angst vor dem Tod? Oder wünschst du dir, schnell zu sterben, um wieder als Mensch zu leben?«

»Jeder, der lebt, will auch weiterleben, außer er ist krank«, sagte Bathilda. »Das habe ich dir bereits gesagt.«

»Aber du wirst dann doch als etwas anderes weiterleben«, wandte Betty ein.

»Trotzdem«, erwiderte Bathilda, »bin ich jetzt ein Lebewesen und will leben. Außerdem weiß ich nie, ob es schlechter oder besser wird. Ich könnte auch als Krustenechse oder Pfeilgiftfrosch wiedergeboren werden. Ach was, die habens gar nicht so schlecht. Was ich allerdings auf keinen Fall will: als Huhn in der Massentierhaltung zu landen. Dann würde ich wohl doch überlegen, dem Ganzen schnell ein Ende zu setzen, denn schlimmer gehts nimmer.« Bathilda sah Betty an: »Du hast mir nie geglaubt, dass es so etwas gibt. Du hast gedacht, das wäre nur ein Gerücht und alle Hühner lebten so wie wir.«

Betty senkte ihren Kopf und wühlte verlegen mit dem Schnabel in ihrem Gefieder. »Das haben die anderen auch gedacht. Woher sollten wir das auch wissen? Wir haben es nie mit eigenen Augen gesehen.«

»Die Welt besteht nicht nur aus dem, was man mit eigenen Augen sehen kann«, meinte Bathilda.

»Was ist jetzt mit den Hühnern? Was können wir tun?«, fragte ich.

Bathilda sah mich an. So aus der Nähe spürte ich, dass diese Augen in Wahrheit viel älter waren als ein Hühnerleben. Sie öffnete ihren großen Schnabel: »Es gibt auch Menschen, die dagegen sind. Sie wollen nicht, dass die Hühner so leben müssen. Aber es sind zu wenige. Solange nicht sehr viele Menschen dagegen sind, wird sich nichts ändern.«

Ich hielt ihrem Blick stand.

»Die Menschen sind bequem. Sie wollen das Schlechte nicht sehen«, ergänzte Bathilda.

»Sag ich doch«, gackerte Betty neben mir. »Wir können nichts machen. Noch nicht mal, wenn wir Menschen wären.«

Roland Kaiser kam angelaufen. »Meine Damen«, begrüßte er uns. »Wie läufts?«

Mir kam in den Sinn, dass Roland Kaiser sich ganz anders benahm, wenn andere dabei waren.

»Kükenprojekt abgeschlossen«, sagte Betty.

»Hab ich schon gehört. Dann hoffe ich, dass der Nachwuchs sich wiederum fortpflanzt. Unsere Küken waren doch recht passabel.«

Bathilda wandte sich wieder an mich, als wäre Roland Kaiser gar nicht da: »Wie gesagt, solange nicht sehr viele Menschen gegen diese Megaställe sind, wird sich nichts ändern.«

»Du willst mir also gackern, dass ich nichts tun kann«, sagte ich. »Das hat Betty auch schon gesagt.«

Bathilda stand auf und sah zu mir herunter: »Ich habe nicht gesagt, dass du nichts tun kannst. Ich habe gesagt, was ich gesagt habe. Wenn ich sage, dass sich nichts ändert, solange nicht sehr viele Menschen gegen diese Massenställe sind – was folgt dann logisch daraus?«

Roland Kaiser gackerte: »Dass viele Leute dagegen sein müssen.«

»Genau«, meinte Bathilda und sah mich noch eindringlicher an. »Du musst sehr viele Menschen dazu bringen, dagegen zu sein.«

Nun stand auch Betty auf. Sie wedelte aufgeregt mit ihren Flügeln: »Wie soll denn ein Huhn das schaffen? Sie scheitert doch schon allein deswegen, *weil* sie ein Huhn ist.«

Alle redeten, als wäre ich nicht da. Ich drückte mich ebenfalls hoch. So, nun war ich wieder auf gleicher Höhe.

»Oder es gelingt ihr gerade, *weil* sie ein Huhn ist«, meinte Bathilda.

Bettys Kopf zuckte vor Überraschung. Roland Kaiser verzog keine Miene.

»Warum werden niemals Hunde in solchen Ställen vegetieren, selbst wenn sie Eier legen würden?«, fragte Bathilda.

Betty antwortete: »Weil die Menschen mit Hunden mitfühlen. Mit uns fühlen sie nicht mit.«

»Genau«, meinte Bathilda. »Aber wenn ein Huhn seine Geschichte erzählen würde, könnten die Menschen auch mit uns Hühnern mitfühlen. Worte können mehr bewegen als Waffen.«

»Worauf willst du hinaus?«, fragte Betty.

Bathilda sagte: »Sie war in so einem Megastall, und sie ist sprachbegabt. Sie kann davon erzählen.«

»Ja, und wie? Soll sie sich auf den Marktplatz stellen? Meinst du etwa, die Menschen könnten sie verstehen? Und außerdem –«

»Ich kann tippen, was sie zu erzählen hat«, sagte Roland Kaiser. »Wir können die Datei in eine Cloud hochladen und sie dann weiterverbreiten.«

Bathilda nickte ihm zufrieden zu: »Mollis Geschichte kann sehr viele Leute dazu bewegen, gegen diese Megaställe zu sein. Sie muss von ihrem Leid erzählen.«

»Nein, nicht nur vom Leid«, meinte Betty auf einmal

begeistert. »Sie soll auch von der Freude erzählen. Alles. Von den Brombeeren, den Küken, dem Bollerwagen, den Kirschen, von uns – alles!«

Roland Kaiser und ich saßen lange vor dem Bildschirm. Ich wusste nicht, wo ich anfangen sollte. An meine Zeit im Ei konnte ich mich nicht erinnern, und ich konnte mich auch nicht daran erinnern, wie ich mich selbst aus der Schale gepickt hatte. Auch die Kükenzeit war zum größten Teil aus meinem Gedächtnis verschwunden. Dann wusste ich es endlich. Ich erinnerte mich gut an den Tag, an dem ich allein ohne Bertha aufgewacht war. Damit hatte eigentlich alles begonnen.

Es dauerte ewig, Roland Kaiser meine Erlebnisse zu diktieren, und ich bezweifelte, dass wir das durchhalten würden. Auch Bathilda und Betty saßen oft dabei, weil ich manche Wörter nicht kannte. Sie mussten dann eingreifen und die fehlenden Wörter einsetzen. Sonst hätte ich zu viele Lücken gehabt.

Ich bräuchte als Autorin nun endlich auch einen Nachnamen, und zwar einen mit M, meinte Betty. Ich sei aber weder eine Marans noch eine Madras. Und andere Hühnerrassen mit M fielen ihr nicht ein. Da sagte Roland Kaiser, es müsse ja keine Hühnerrasse sein. »Kaiser« sei schließlich auch keine. Nach langem Überlegen fiel mir ein Wort ein, das mit M anfing und mir gefiel. Am Morgen war es frisch und ruhig. Ich mochte den Morgen. Bathilda sagte, ich müsse aber internationaler klingen, also wurde aus »Morgen« schließlich »Morgan«. Ich war jetzt Molli Morgan.

Bathilda und Betty bestanden auch auf einem Prolog, das sollte so eine Art Vorspann sein. Weil Bathilda unbedingt das mit dem Ei, dem Huhn und Brahma reinbringen wollte, Betty sich aber für die bekannte Hühnersage aus Hawaii aussprach und ich meinen Ärger über das eine Lied loswerden wollte, das in letzter Zeit immer von Hühnerhasser-Heiner herüberdröhnte, gab es letztlich drei Prologe. Betty fand das nicht gut. Das sei zu viel an Vorspann.

»Drei Prologe. Das ist doch mal was anderes«, meinte Bathilda.

Sie tippte den ersten, ich verfasste den zweiten und Betty den dritten.

Inzwischen hatte Betty Tee probiert: Er stand bei den Otterpohls in der Küche, und Betty hatte sich hineingeschlichen und ihren Schnabel in die breite Tasse gesteckt, den Kopf gehoben und schmatzend den Tee getrunken. Er hatte ihr nicht geschmeckt.

Mit der Zeit lernte ich, selbst zu tippen. So war ich in der Lage, meine Erlebnisse direkt einzugeben, ohne meinen Schnabel aufzumachen, denn es fiel mir nicht leicht, über manche Dinge zu sprechen. Außerdem konnte ich auch in Ruhe nachdenken. Es wartete niemand darauf, dass ich schnell weitererzählte.

Ich durchlebte beim Schreiben alles noch einmal: Angst, Freude, Überraschung, Enttäuschung, Wut und Trauer. Durch das Nacherzählen wurde mir erst richtig klar, was es bedeutete, ein Huhn zu sein. Und vor allem, was für ein Glück es bedeutete, in Freiheit zu leben, wenn man schon mal ein Huhn war.

Als ich das letzte Wort getippt hatte und Roland Kaiser, Bathilda und Betty alles durchgesehen und überarbeitet hatten, schickten wir meine Geschichte ins World Wide Web, wie Roland Kaiser es nannte, also in die weite Welt des Internets hinaus. Es waren nur Worte, aber mir kam es so vor, als würde ein Küken, das ich aufgezogen hatte, nun sein eigenes Leben leben. Dieses Küken blieb aber trotzdem noch (in einer »Datei«) bei mir. Es ging weg, und es war hier.

Unsere Arbeit war getan. Roland Kaiser blieb im Arbeitszimmer, Betty und Bathilda watschelten in den Stall, und ich flatterte hoch auf meinen Ast. Mittlerweile war es schon später Herbst. Bald würde auch ich im Stall übernachten müssen. Aber heute wollte ich noch mal auf dem Ast sitzen und allein mit meiner Geschichte sein.

Es war noch dunkler und kälter geworden, die Stürme hatten angefangen. Vielleicht würde einer der Stürme auch hier die Dächer der riesigen Hühnerställe abreißen. Aber Betty und Bathilda hatten gesagt, dass es in dieser Gegend nicht solche starken Stürme wie auf Hawaii gebe. Es würde höchstens im übertragenen Sinne einen großen Sturm geben: wenn die Menschen meine Geschichte läsen und endlich Sturm liefen gegen die Massenställe und gegen das Leid der Hühner. Denn auch die Hühnerwürde sei unantastbar.

Ich hörte, wie sich das Wohnzimmerfenster der Otterpohls öffnete. Es wurde nur gekippt, aber die Musik, die herausströmte, war genauso gut zu hören wie bei ganz offenem Fenster. Ich meinte zu hören, wie der Otterpohl rief: »Nur für dich!«

Wie eine Blume am Winterbeginn,
Und so wie ein Feuer im eisigen Wind,
Wie eine Puppe, die keiner mehr mag,
Fühl' ich mich an manchem Tag.

Dann seh' ich die Wolken, die über uns sind,
Und höre die Schreie der Vögel im Wind.
Ich singe aus Angst vor dem Dunkel mein Lied,
Und hoffe, dass viel geschieht.

Ein bisschen Frieden, ein bisschen Sonne
Für diese Erde, auf der wir wohnen.
Ein bisschen Frieden, ein bisschen Freude,
Ein bisschen Wärme, das wünsch' ich mir.

Ein bisschen Frieden, ein bisschen träumen
Und dass die Hühner nicht so oft leiden.
Ein bisschen Frieden, ein bisschen Liebe,
Dass ich die Hoffnung nie mehr verlier'.

Ich hoffe, meine Geschichte ändert sehr viel,
Ich bin nur ein Hühnchen, das sagt, was es fühlt.
Allein bin ich hilflos, ein Vogel im Wind,
Der spürt, dass der Sturm beginnt.

Danksagung

Ich danke: Betty, Bathilda, Roland Kaiser, Sina, Sabina.
Und Bertha. Wir sehen uns wieder.
Molli

Ich danke:
Stefanie Laab (Rettet das Huhn e. V.) für die Informationen über Hühnermassenställe und für die Schilderung, wie die Untersuchung eines zugelaufenen Huhns beim Tierarzt abläuft.
Mareike Petersen (PROVIEH) für die Antworten zu meinen Fragen über Abläufe, Versorgung etc. in Hühnermassenställen.
Daniela Tesch (Rettet das Huhn e. V.) für die Möglichkeit, in ihrem Garten glückliche Hühner zu fotografieren, für interessante Informationen, für die Beantwortung spezieller Fragen und für das Zurverfügungstellen ihres Fotos von Mara als Pressefoto von Molli.

Einige Beschreibungen weichen von der Realität ab. Sie wurden der Geschichte angepasst. Diese Abweichungen sind auf mich zurückzuführen, in der Regel gewollt und beruhen nicht auf den Auskünften der genannten Personen (oder den eigenen Recherchen).
Q. L.

Gefördert durch ein Künstlerstipendium im Rahmen der NRW-Corona-Hilfen.

**Ministerium für
Kultur und Wissenschaft
des Landes Nordrhein-Westfalen**